Phoenix Wolf

TÖRÉKENY

HORIZONT

MECH FACTORY BOOKS

2024

Phoenix Wolf: TÖRÉKENY HORIZONT

Szüleimnek

„Maradj hű magadhoz és soha ne add fel az álmaidat.”

Első könyv

A vihar szeme felé

1

Karin Nagasawa elgondolkozva nézte az Eridanus IV egyre nagyobbra növő kékeszöld gömbjét, miközben felkészült a repülés utolsó szakaszára. A navigációs számítógép zöld vonalakat rajzolt a képre, jelezve a lehetséges pályákat, amelyek a legoptimálisabb úton vezetik le a *Prometheust* az űrkikötőbe. Az Északi Kontinenst teljes egészében benövő Eridanus City, a bolygó egyetlen városa innen még nem látszott. A vastag fehér felhőtakaró eltakarta az Egyenlítői Szigetek keskeny vonalát is, így aki innen látta meg először az Eridanust, az akár azt is hihette, hogy a bolygó teljesen lakatlan. Az idilli kép után szinte sokkolólag hatott rájuk a milliárdos megapolisz döbbenetes látványa.

Karin begyújtotta a fő fékezőhajtóműveket, és az áramvonalas hajótestet két oldalról szorosan ölelő gondolákból kékesen izzó csóva csapott ki. Óvatos kormánymozdulatokkal megfordította a hajót a hossztengelye körül, míg a számítógép képernyőjén zölden nem villantak a vektorok. Bár a gép elvileg önmaga is el tudta volna végezni a visszatérési procedúrát, Karin szerette maga csinálni az egészet. Rápillantott a pásztázóra, amely szorgalmasan kutatta a környező űrt. Két hajó repült nem messze tőle alacsony orbitális pályán. Kicsit felemelkedett a pilótaülésből, csak annyira, hogy kilásson a széles páncélüveg kilátóablakon. A légkör tetején sikló teherhajók még innen is jól látszottak. Valószínűleg rakományra várnak, tűnődött, és erről eszébe jutott, hogy ideje túlesni a bejelentkezésen. Pár parancsot ütött be a kommunikációs rendszer billentyűzetén, kiválasztva a forgalomirányítás csatornáját.

– Itt a *Prometheus* futárhajó azonosítási szám PWN870045 az Eridanus Központi Forgalomirányításnak. Belépési és leszállási engedélyt kérek a Hadfield űrkikötőbe. – darálta be szenvtelen hangon az ezerszer ismételt mondókát. A rádió egy ideig süketen hallgatott, majd végül egy fáradt férfihang jelentkezett be.

– Eridanus Központi Forgalomirányítás jelentkezik. Azonosítás folyamatban. – Karin elmosolyodott a pilótafülke sötétjében, amint elképzelte, milyen arcot vághat az operátor, amikor megjelennek a monitorán a hajója adatai. A *Prometheus* egy, a hadsereg által leselejtezett régi könnyű korvett volt, amelyet egy zártkörű aukción vett. Egy régi barátja vitte be, aki később arra is hajlandó volt, hogy eladjon pár megsemmisítésre ítélt alkatrészt. Az egészben az volt a legjobb, hogy a hajón nem kellett rejtegetni a fegyvereket, mert a papírokban az szerepelt, hogy lebénították őket. Persze a dolog illegális volt – legalább tíz év kényszermunka, hallotta apja feddő hangját a fejében – és pontosan a lehetőség miatt nem volt gyakori, hogy magánszemélyek kezébe kerüljön egy ilyen űrhajó. Arról nem is beszélve, hogy a megmaradt Deathwing osztályú korvetteket már jó tíz éve kivonták a használatból.

– Azonosítás rendben *Prometheus.* Üdvözöljük itthon. – Karin közben a magasságmérőt figyelte, és magában azt számolgatta, hogy mikor bukkan majd fel a horizonton a város. – A leszállással viszont várnia kell egy ideig, mert a kikötő felett vihar tombol. Amíg kicsit nem csitulnak ott lent a dolgok, álljon orbitális pályára.

Karin némán káromkodott magában. A nyári viharok akár fél napot is eltarthatnak és annyi ideje nem volt. Gyorsan számba vette a lehetőségeket.

– Negatív, forgalomirányítás. Elszivárgott az üzemanyagom. Éppen csak annyi maradt, hogy eljussak a kikötőig. – Ez persze nem volt igaz, de a két utólag beszerelt póttartályról nem voltak feljegyzések. És az ilyen hajók híresek voltak a meghibásodásokról.

– Nem léphet be a kikötő légterébe *Prometheus.* Másodfokú repülési tilalom van érvényben az egész nyugati part felett. – Karin újra elmosolyodott. A másodfokú tilalom azt jelentette, hogy csak bolygóbiztonsági okokból küldik fel a vadászokat. Azaz senki sem fogja megakadályozni őt abban, amire készült.

– Nincs más választásom, forgalomirányítás. Kihagy a kettes motor... – Igyekezett kétségbeesett hangot megütni, de a nevetést alig tudta magába fojtani. A trükk ősrégi volt, és nyilván a forgalomirányító is ismerte. De tenni nem tudott ellene semmit, arra már nem volt ideje. Vállat vont. Maximum újabb adag bírságot sóznak a nyakába. De most ez érdekelte a legkevésbé. Pár másodpercig még szórakozottan hallgatta a központ fenyegetőzését, majd néhány újabb kétségbeesett rádióüzenet után megszakította az adást.

– Úgy látszik a rádió is tönkrement. – bólogatott álszent mosollyal immár csak a saját szórakoztatására és figyelme újra a műszerek felé fordult.

A *Prometheus* kilencven méteres tüskeszerű törzse élesen lefelé billent, és ahogy elérte a felsőbb atmoszférát, izzani kezdett körülötte a levegő. A páncélzat állta a sarat, és néhány perc múlva a hajó lelassult annyira, hogy elmaradjanak a lángok. Karin negyvenezer méteren stabilizálta a gépet és parancsot adott a számítógépnek a szárnyak kibocsátására. A két hátsó gondola oldalából lassan előnyomakodtak a légköri manőverek során használatos rövid szárnyak a végükön függőleges vezérsíkokkal. A gép érezhetően megrázkódott, ahogy a szél belekapott a lapokba. A műszerfalon vörös lámpák gyúltak miközben a számítógép visítva tiltakozott a túlterhelés ellen. A lány egy mozdulattal kikapcsolta a vészjelzést és még egyszer utoljára végignézett a térképen. Ha minden jól megy, öt percen belül már az űrkikötőben lesz.

A kilátóablakon túl már látszott a gigászi örvény, amely alatt fel-feltűntek a város szürke foltjai. Karin előrenyomta a botkormányt és erőszakosan süllyedni kezdett, miközben éles szögben megbillentette a hajót. Veszett rázkódás vette kezdetét, és csörömpölő zaj tudatta a háta mögül, hogy valamit újra elfelejtett lerögzíteni. Éles süvítéssel kísérve átfúrta magát a felhők tetején, miközben a navigációs képernyőn megvadulva pörögtek a számok. Közel ötszörös hangsebességgel robbant ki a felhők közül. A lány arcán kövér izzadtságcsepp gördült végig az összpontosítástól, miközben izzadt kézzel próbálta felhúzni a gépet. A kormányok nehézkesen reagáltak. Az orkán erejű szél hatalmasakat taszított a *Prometheuson*. Az ég alját baljós villámok világították be, és Karin csak remélni tudta, hogy nem fog belevágni egy sem, kiégetve a teljes rendszert.

Átkattintotta a hajtóművet légköri üzemmódra, és kezét a gázkarokra helyezte. Miközben próbált egyenesen repülni, egyik szemével folyamatosan a navigációs számítógép kijelzőjén futó pályaelemeket figyelte. A vonalak másodperceken belül elérték egymást, és ekkor határozott mozdulattal előrelökte a kart. A hajó éktelen recsegéssel tiltakozott a durva bánásmód ellen, de a struktúra kitartott. Karin befordult a végső irányvektorra, amelynek a repülőtér felé kellett vinnie. A viharban semmi sem látszott, de a gép szerint a bázis ott volt. Remek, újabb vakleszállás, gondolta bosszúsan.

Az esőfüggönyön keresztül feltűntek az első irányfények, és a számítógép jelezte, hogy megkapta a leszálláshoz szükséges paramétereket. Az egyik oldalsó monitoron az űrkikötő térképén egy vörös jelzés tűnt fel. Átrepült a kifutó felett, egyenesen a megadott pont felé véve az irányt. Alatta homályos árnyékként suhantak el a kikötő betonján parkoló űrhajók. A lány élesen befordult, miközben a hajó szinte megtorpant a levegőben az újabb hirtelen fékezéstől. Az utolsó pillanatban kilökte a futóműveket és kicsit felhúzva a gép orrát nullára csökkentette a sebességet. A *Prometheus* pár métert zuhant – egyenesen a kijelölt platformra. A lábak panaszosan felnyögtek, de kitartottak.

Karin hangosan kifújta levegőt, miközben lassan levette a hajtóművek fordulatát. Kikapcsolta a biztonsági övet és hátradőlt. Eddig szinte észre sem vette, hogy az elmúlt percben visszatartotta a lélegzetét. A pilótaruha alatt a pólója merő víz volt és a haja csatakosan tapadt a fejére. Remegő kézzel eresztette a botkormányt, pár mély lélegzetvétellel próbált gátat szabni az adrenalinrohamnak.

Rápillantott a kronométerre és elkomorult. Bármilyen jól is repült az idő egyre fogyott. Előkotorta a ruha felső zsebéből a papírlapot, amelyen a Stellarcom logója virított, és átfutotta újra a szöveget. Gondterhelten sóhajtott, majd pár másodpercig még erőt gyűjtött. Aztán a papírt oldalra lökve lendületesen elindult a raktér felé.

Alig húsz perccel az után, hogy átverekedte magát a leszállás utáni ellenőrzésen és a feldühödött forgalomirányító tiszteken, már ott is állt a kertvárosi ház előtt. Még mindig zúgott a füle a féktelen száguldás után, de most mégis tétovázott, miközben rátette a kertkapu régimódi kilincsére a kezét. A borostyánnal benőtt épületre nézve megrohanták az emlékek. A kitartóan zuhogó eső patakokban folyt végig az arcán.

A buján zöld kert máskor üdítően ható színei ezúttal nem hozták a megszokott megnyugvást. Éveken keresztül a nagyapa háza a béke és a megnyugvás szigete volt számára. Egy hely, amelyet nem felejtett el meglátogatni, még akkor sem, ha csak pár napot tartózkodott a bolygón. Eszébe jutottak a hosszú beszélgetések a kertben, a meghitt karácsonyi ünneplések, amelyek után a télikertben közösen nézték a kavargó hópelyheket. Az öregség bölcsessége kelt akkor barátságos párbajra a fiatalság lendületével. Karin megrázta a fejét, hogy kiverje belőlük az emlékeket. A hajáról vízcseppek repültek szerteszét. Lenyomta a kilincset, és hosszú léptekkel, leszegett fejjel átvágott a kerten. Éppen odaért a bejárati ajtóhoz, amikor az halk nyikordulással kinyílt.

– Karin. – Apja arcáról most sem lehetett túl sok érzelmet leolvasni. Hiroshi Nagasawa most is kifogástalan Armani öltönyben feszített, mint az elmúlt húsz évben bármikor, amikor találkoztak. Nem mintha ez olyan gyakran történt volna.

– Apa. – A lány hangja reszelősen csendült. Nyoma sem volt a korábbi magabiztosságnak. Lélekben az elmúlt perc alatt újra tíz éves kislánnyá változott vissza.

– Gyere lányom. Nagyapád már csak rád vár. A szobájában van. – mutatott felfelé. Bíztatóan megszorította a vállát, és arcán egy biztató mosoly árnyéka szaladt végig. Félreállt az útból és beljebb tessékelte. Karin hálás arccal nézett rá, majd ellépett mellette és tétova léptekkel elindult felfelé a lépcsőn. A lépcső tetején anyja várta. A máskor büszke termetű asszony legalább tizenöt évet öregedett az elmúlt napokban. Szemei vörösek voltak a sírástól, szőke haja kócosan lógott az arcához tapadva. Szavak nélkül átölelték egymást és pár másodpercig csak az anyja szipogása hallatszott. Végül elengedte és mélyen a szemébe nézett.

– Jó, hogy itt vagy Karin. Tegnap óta már csak téged vártunk. Apa…nagyapád már napok óta csak téged szólított.

– Mennyire rossz a helyzet? – kérdezte a lány elszoruló torokkal. Az anyja pár másodpercig csak nézett maga elé, majd lassan megrázta a fejét. Karint a sírás fojtogatta.

– Az orvosok már napokkal ezelőtt azt mondták, hogy meg kellett volna halnia. A kór teljesen felfalta a testét. Csak a gépek és a puszta akaratereje tartja életben. – Az anyja arcán újabb könnycseppek futottak végig. Karin tettetett erősséggel magához ölelte, majd ellépett tőle, és benyitott a szobába.

A hálószobát a széles, vastag tölgyfából ácsolt ágy uralta, amelyben most egy meglepően apró ember feküdt párnákkal és takarókkal körbebástyázva. A létfenntartó gép halk zümmögése és rendszertelen csipogása csak tovább fokozta a baljós hangulatot. A lány átvágott a szobán és az ágyhoz lépett. Nagyapja fáradtan kinyitotta a szemét, arcán erőtlen mosoly futott át. Karin szemét forróság öntötte el, és leguggolt az ágy mellé. Megragadta az ernyedten fekvő kezet és magához szorította. A száraz, öregkori foltokkal tarkított bőr alatt szinte tapintani tudta a csontokat.

– Szervusz Karin – lehelte az öreg alig érhető hangon. – Úgy látszik mégis meghallgattak az égiek, és megérhettem, hogy még lássalak egyszer. – A lány átölelte és forró könnyekkel keveredő puszit nyomott az arcára. A sírásnak már semmi sem tudta az útját állni; elemi erővel tört fel a szíve mélyéről. Leült az ágy mellé húzott székre és megpróbált úrrá lenni az érzelmein. Az öreg szeretetteljes arckifejezéssel nézte, arcán az élettel megbékélt emberek nyugodtságával.

– Ne sírj Karin. Ennek is el kellett jönnie. Szerettem volna még megélni, hogy láthassam a dédunokáimat, de már így is sokat éltem. Az embernek azzal kell beérnie, ami megadatott neki. Én boldog életet tudhatok magam mögött, és belenyugodtam már, hogy el kell mennem. – Erőtlenül elmosolyodott, látva, hogy a lány ellenkezni próbál. – Nem,

nem akarom, hogy tovább is gépekre kötve éljek. Vagy, hogy újabb transzplantációval tartsanak életben. A testet meg tudják újítani, de a lélek elfárad, hidd el. Itt az ideje, hogy megpihenjek. – Pár pillanatig csak nézték egymást; a két sötétbarna szempár egymásba fúródott. Az öreg végül nagyot sóhajtott.

– Csak egy valami van, amit nem akarok magammal vinni a sírba. – Amennyire tudta felemelte a fejét, hogy lássa, nem áll-e valaki az ajtóban. – Csukd be kérlek, ez most csak ránk tartozik. Nem hiszem, hogy anyád vagy akár apád megértené. – Karin furcsán nézett, de végül szó nélkül felállt, bezárta az ajtót, majd visszaült az öreg mellé.

– Te vagy a legkedvesebb unokám Karin. Talán még a lányomnál is jobban szeretlek. Amit viszont itt most mondani fogok, az nagyon súlyos titok. Egész életemben magammal cipeltem, de a lelkiismeretem nem engedi, hogy ennyiben maradjon. Nekem soha nem volt erőm hozzá, hogy segítsek neki. De te még fiatal vagy. Előtted egy teljes élet. – A lányban felébredt a kíváncsiság. Nagyapja fiatal korában kalandos életet élt. A történetein nőtt fel és némelyiket kívülről tudta már. De úgy látszik az öreg még itt, a halálos ágyán is tudott meglepetésekkel szolgálni.

– Hol is kezdjem. – Az öreg megpróbálta ülő helyzetbe felküzdeni magát, de ehhez már nem volt elég ereje. A lány néhány párnát húzott a feje alá és felsegítette. Az idegen kórokozók szinte teljesen felzabálták már a testét. Rövid köhögés után nagyapja újra ránézett.

– Fiatal koromban a Cryogennek dolgoztam, mint kutató. Közvetlenül az egyetem után kerültem az alkalmazásukba, amit még nagy megtiszteltetésnek fogtam fel. Már akkoriban is a legnagyobb cégek közé tartozott a Cryogen. Egy év kemény munka után beosztottak abba a szigorúan titkos csapatba, amelyet aztán egyik napról a másikra bepakoltak egy űrhajóba és egy mélyűri bázisra vittek. – Rövid szünetet tartott, mintha gondolkodna valamin. – Soha nem sikerült kiderítenem, hogy hol volt az az állomás. Pedig később többször is próbáltam utánajárni.

– Az életemnek erről a szakaszáról soha nem meséltem nektek. Most sem szabadna róla beszélnem. Amikor otthagytam a céget nem sokkal a hazatérésem után megfenyegettek, hogy a családom látja kárát, ha mégis eljár a szám. Így ha bárki kérdezte, hogy mivel foglalkoztam akkoriban, akkor csak annyit feleltem, hogy biokibernetikai kutatásokat végeztem az egyetemen. – Pár másodpercre az öreg a távolba révedt, mintha újra átélné azokat az éveket.

– Tulajdonképpen ez tényleg így volt, és mégis nagyon másképp. Először csak furcsa adatokat, majd még furcsább mintákat adtak, miközben a bázis egyes részeire be sem engedtek. Nyilvánvaló volt, hogy sokkal többről van szó, mint amit elárultak. Miután pár hónap alatt kiderítettük, hogy a kapott minták nem földi eredetűek, bevittek az elzárt területre, amelyen az igazi kutatás folyt. – Nehézkesen oldalra fordította a fejét. Karin szinte látta, hogy az öreg újra átéli a pillanatot.

– Olyan volt, mintha beléptem volna csodaországba. Amiket ott láttam, azok évtizedekkel jártak előrébb, mint akár a mai tudomány. Nap mint nap újabb és újabb csodák kerültek elő, amelyeknek néha a működését sem értettük. Sőt volt olyan is, amire a mai napig nem jöttem rá. Sorra születtek a felfedezések azokból az információkból, amelyeket időről-időre elénk tártak. Mintha csak a semmiből kapták volna elő őket.

Minden idegen, furcsa és roppant izgalmas volt. Néhányan az idősebbek közül azt rebesgették, hogy a cég valamikor régen, még az első űrexpedíciói alatt talált valamit, és ebből származott a későbbi gazdagsága. Az összes tudományos felfedezés a 2030-as évek óta; a hiperhajtóműtől az olcsó plazmahajtóműveken át, egészen a terraformálási módszerekig minden, ami az egekbe repítette annak idején a részvényeit. Szó szerint. – Az utolsó szavai köhögésbe fúltak, és eltartott pár percig, míg újra visszanyerte a hangját.

– Ahogy teltek az évek, egyre magasabbra kerültem a hivatali ranglétrán. Olyan mintákkal, olyan információkkal dolgozhattam, amelyet csak kevesen láthattak. Még a kiválasztott kevesek közül is. Elvakított a becsvágy és egyre többet akartam, miközben morálisan egyre lejjebb süllyedtem. Mindenkin átgázoltam, aki az utamba került. A szemem előtt mindenféle tudományos fokozatok és díjak lebegtek és keveset törődtem a helyzettel. Nem foglalkoztatott, hogy honnan nyerik az információkat, ameddig én profitáltam belőle. – Megvető arckifejezés ömlött szét a ráncoktól szabdalt arcon.

– A rémálmok valamikor a bázisra kerülésem idején jelentek meg először, de csak az utolsó év táján kezdtek eluralkodni rajtam. A lelki terhek lassan maguk alá gyűrtek, és egyre elkeseredettebb emberré váltam. Az éjszakákat forgolódva, álmatlanul vagy rémálmoktól gyötörten töltöttem. Idegen hangokat hallottam a fejemben, amelyek folyamatosan a szabadságért rimánkodtak. Furcsa képeket, amelyet egy idegen lénnyel azonosítottam, akit a cég tart fogva. Aztán egy napon, talán az őrülettől hajtva, én is megpróbáltam bejutni az elzárt területre. – Az öreg újra elrévedt, majd mélyet lélegzett.

– Volt az állomásnak egy olyan része, amelyet katonák őriztek és senki sem mehetett oda a fejeseken kívül. Vad pletykák keringtek arról, hogy mi lehet odabent, de nekem megvolt a saját teóriám. Mindenkit távol tartottak, és aki megpróbált beszökni azt azonnal kirúgták. Esetenként az illetőt soha nem is látták többé. Ennek ellenére vagy féltucat ilyen esetről hallottam, amíg ott voltam. Soha nem gondoltam, hogy a végére én is a megszállottjává válok a dolognak. Később a pszichológusok a fokozott idegi terhelés számlájára írták az egészet. – Elfordította a fejét és egy ideig csak szuszogott, mintha erőt gyűjtene.

– Persze nem jutottam messzire. Sőt semeddig sem. A katonák pont ezért voltak ott. Elfogtak még mielőtt elértem volna az első csarnokot és elzártak pár napra. A vezetőknek kínos lett volna, ha csak úgy lelőnek egy ismert tudóst, ezért inkább alkut ajánlottak. A hallgatásomért cserébe egy kényelmes állást az újonnan betelepített Eridanuson. Nem volt választásom, belementem. – Elfordította a fejét. – De az esdeklő hangok és az idegen lény kétségbeesett vergődése azóta is kísért. Mielőtt elhagytam a bázist, ígéretet tettem magamban, hogy visszamegyek majd érte. De aztán jött nagyanyád, a gyerekek, majd az unokák és az öregség. Elfelejtődött az egész és csak nagyritkán bukkant fel ismét az álmaimban. Csak a bűntudat maradt, hogy cserbenhagytam őt. – Hátradőlt, mint akinek hatalmas teher szakadt fel a válláról. Lehunyta a szemét. – Ez hát az én titkom. Végre megszabadultam tőle.

Az öreg elfordította a fejét és az ablakon keresztül a kint tomboló vihart nézte. Halkan felnyögött, ahogy a fájdalom a testébe mart. Átfordult, hogy újra szembenézzen a lánnyal.

– Mindig légy hű magadhoz Karin. – suttogta alig hallhatóan. – Ne engedd, hogy mások mondják meg, hogy mit tegyél. – Még egyszer utoljára megfeszültek az izmai, majd lehunyta a szemét és mély sóhaj kíséretében elernyedt a teste. Karin riadtan kapott a keze után, de az öreg már nem reagált a rázásra. A műszerek éktelen visításba kezdtek, és programjuknak megfelelően újabb adag gyógyszert pumpáltak át az öreg testbe. A meggyötört szervezet azonban már képtelen volt felvenni a harcot. Mire az ajtó felpattant, a gépek már megállapították a halál beálltát.

Mikor végre felfogta, hogy mi történt, a lányból újra előtört a fájdalom és zokogva borult az élettelen testre. Peter Schaeffer, Karin imádott nagyapja, nem volt többé. A lány szíve körül mintha láthatatlan jeges marok záródott volna össze. A veszteség érzését idővel végtelen üresség váltotta fel. Nem emlékezett, hogy hogyan és mikor került ágyba, sem arra, hogy mikor sírta álomba magát.

2

Újra kislány volt. A házban már mindenki régen aludni ment, de ő még nem tudta lehunyni a szemét. Hiába húzta a fejére a takarót, hiába számolt százig, ahogy nagymama mondta, az elkövetkező nap várható izgalmai nem hagyták nyugodni. Holnap megy először iskolába.

Két hete érkezett ide a Hesperusról, ahol eddig a szüleivel élt. A bányásztelepülés iskolái nem voltak jók – legalábbis anya szerint – ezért elhozták ide az Eridanusra, hogy itt tanuljon tovább. Először sajnálta, hogy nem találkozhat egy ideig a barátaival, de a város a megérkezést követően minden nap szolgált valami új, izgalmas dologgal. Lassan megfakultak a Hesperus csodái, és a helyükre új, csillogó-villogó emlékek kerültek.

Az álom csak nem akart érkezni. Karin kitapogatta az éjjeliszekrényen pihenő modellt, amelyet tegnap zsarolt ki nagyapjától. A harminc centis űrhajó makett egy régi filmből származott, és sokkal kecsesebb volt, mint bármi, amit az űrrepülőtéren eddig látott. Az ablak felé tartotta a négy, szitakötő-szerű szárnnyal felszerelt gépet, és a kinti lámpák beszivárgó fényében megcsodálta a gép körvonalait. Megpróbálta utánozni a repülők hangját és kinyújtott kézzel tett pár kört a vadásszal. Egyszer majd ő is ilyen géppel fog repülni. Ha majd ő is felnőtt lesz.

Hirtelen a szeme sarkából mozgást vett észre. A szoba sarkában az árnyékok mozdulni látszottak. Először a kintről beszűrődő fények játékának tartotta a dolgot, de rövid szemlélődés után látta, hogy az árnyak lassan határozott formát öltenek. Csodálkozva felült, hogy jobban szemügyre vegye a jelenséget. Nem félt a sötétben, mint sok más gyerek és erre büszke is volt. A Hesperuson gyakran játszottak félhomályos, elhagyatott részeken, ahová egyébként be sem szabadott volna lépniük. A felnőttek elnézték a csínyeket, bár volt, amikor csúnyán kikapott miatta. Például, amikor elbújtak a légcserélő rendszer csövei között. Most azonban a sötétség a sarokban egyre jobban összesűrűsödött, és Karin kíváncsiságába lassan egy csöppnyi félelem vegyült. Talán fel kellene kelnie és felkapcsolni a világítást – jutott eszébe –, de ekkor a sötétből egy alak kezdett kibontakozni. Nem tudja honnan, de érezte, hogy nem akarja bántani. Egy magas férfi volt, hátán fekete tollakból álló hatalmas szárnyakkal; arca tökéletesen metszett obszidián.

Barátságosan mosolygott és kinyújtotta a kezét a kislány felé. A szárnyak szétnyíltak, és teljes három méteres fesztávjukkal eltakarták a kilátást. Karin elejtette a modellt és aprót sikkantva hátrább húzódott. A sötét angyal felfelé fordított kinyújtott tenyerében fénypontok jelentek meg. Pár pillanat alatt egy gömbfelület állt össze belőlük, a közepén egy nagy kékes színben izzó golyóval. A jelenés alig tartott pár pillanatig, amikor hirtelen eltűnt, pont olyan gyorsan, mint ahogy megjelent.

Karin izzadtan ébredt az álmából. Kint tovább tombolt a vihar, de már reggel volt. Felült az ágyban és átkarolta a felhúzott lábait. Elgondolkodott az álmon. Már régen nem jutott eszébe az eset, pedig még most is pontosan emlékezett rá. Bár felnőtt fejjel nyilvánvaló volt, hogy akkor álmodta csak az egészet, a rákövetkező reggelen elmesélte nagyapjának a dolgot. Az öreg komoran végighallgatta a történetet, és a végén tőle szokatlan idegességgel közölte, hogy biztosan csak képzelődött. Jól össze is vesztek aznap, de végül, mire délután hazaért az első iskolai nap után, az egészet elfelejtették. Egészen mostanáig. Nem értette, hogy miért jelent meg újra ez az álom.

Pár percig csak bámult kifelé az ablakon. A szélben kavargó esőcseppek vad táncot jártak, amihez a még mindig tomboló vihar szolgáltatta a ritmust. Végül összeszedte magát, félrelökte az összegyűrődött takarót, és feltápászkodott. Pilótaruhája az ágy mellett álló széken feküdt, akkurátusan összehajtva. Biztosan anya rakta oda, jutott eszébe és kicsit elszégyellte magát. Felhúzta a nadrágot és a pólót, de a zubbonyt a székre akasztotta. Egy pillanatra szembenézett magával az ággyal szemközti tükörben.

Egy nem túl magas, harminc körüli, vékony nő nézett vissza belőle. A válláig érő koromfekete haja most csapzottan tapadt a fejére, de hiába túrt bele, ez különösebben nem javított a helyzeten. A ferde metszésű szemek körül karikák sötétlettek, a viseletes póló és nadrág sem javított az összképen. Nem volt túlságosan hiú – csak amennyire egészséges –, de most úgy érezte, hogy ráférne egy alapos fürdő és egy tisztább ruha. Ugyan nem tartotta magát különösebben szépnek, de volt annyira realista, hogy tudja: ha akarna akár csinos is lehetne. Vállat vont. Most pont ez a kis erőfeszítés hiányzott. És ez úgysem volt az ő stílusa. De a fürdés azért nem ártana.

Húsz perc múlva, immár sokkal frissebben, lement a konyhába, ahol anyja éppen a reggelit készítette. Arca kivörösödött a sok sírástól, de most jól tartotta magát. Apja az ebédlőasztalnál ült és a reggeli teája elkészítésével volt elfoglalva. A szokásos zakó ezúttal hiányzott, Karin legnagyobb meglepetésére.

– Jó reggelt Karin. Ülj le. Kérsz egy kis rántottát? – Anyja a válaszra sem várva már hozta is a serpenyőt, és egy adagot kotort a lány tányérjára.

– Sziasztok. – Meglepődött, hogy milyen rekedt a hangja. Leült és szó nélkül elkezdte belapátolni az ételt. Anyja is leült az asztal harmadik oldalára. Pár percig némán ettek és nem néztek egymásra. Végül az apja törte meg a csendet. Megköszörülte a torkát.

– Ma be kell mennem a városba elintézni a hivatalos dolgokat. Valószínűleg nem jövök vissza csak estére.

Karin bólintott és tovább evett. Persze, ezt is el kell valakinek intéznie. Apja szokás szerint praktikusan állt a kérdéshez. Most talán jobb is. Nem érezte magát elég erősnek, hogy ma bármit csináljon.

– Kerestek kora reggel a kommunikátorodon. Az űrkikötőből hívtak. – Feddően nézett a lányára. – Azt mondták, hogy ha délig nem fizeted be a dokkolási díjat, akkor zár alá helyezik a hajódat. – Megcsóválta a fejét. – Azt is mondták, hogy a tegnapi leszállás miatt eljárást indítanak ellened.

Egy pillanat alatt Karin agyát elöntötte a vér. Bár apja nem mondta ki, de pontosan tudta, hogy mire gondol. Mindig is helytelenítette, hogy független pilótának állt, és nem egy cég alkalmazásában tevékenykedett. Már azt is nehezen emésztette meg, hogy a középiskola után nem tudományos pályára ment – amelyre egyébként bőven megfeleltek volna a jegyei –, hanem az akadémiára jelentkezett. A *Prometheus* megvétele aztán végleg betette a kiskaput az öregnél.

– Apádnak igaza van, nem kéne…– kezdett volna rá az anyja is a szentbeszédre, de Karin lecsapta a villát a tányérjára. A porcelán csendülése belefojtotta a szót a nőbe.

– Ne kezdjük újra, jó?! Azt hittem már megbeszéltük ezt. Az én életem, azt teszek vele, amit akarok.

– Mi csak aggódunk miattad az apáddal. Előbb-utóbb valami olyanba fogsz keveredni, amivel tönkreteszed magad – próbált békülékeny hangot megütni, de Karin most nem volt olyan idegállapotban, hogy újra végighallgassa a szülei kritikáját.

– Igen, ez volt a véleményetek akkor is, amikor elmentem a Földre tanulni. És akkor is, amikor nem akartam beállni cégrabszolgának a Davishez. – Amint kimondta, meg is bánta. Apja a Davis Mining

Corporation hesperusi részlegének a vezetője volt, anyja is a cégnek dolgozott kutatóként. Mint igazából mindenki a Hesperuson. Harminc éve küzdöttek a céges hierarchiában, és büszkék voltak az eredményeikre. Ez azonban egyre inkább a vállalathoz láncolta őket; úgy alakult a gondolkodásuk is, ahogy azt ott megkívánták. Engedelmes bábok voltak, egy gigászi céges gépezet fényes csavarjai. Karin túl sokat látott ebből, hogy már tizennyolc éves korára eldöntse, mivé nem akar válni. Ezért aztán titokban beadta a jelentkezését a Földre, az Űrerő akadémiájára, ahova rögtön fel is vették. Az iskola után két évet töltött el a flottánál, majd otthagyta azt is, amikor nyilvánvalóvá vált számára, hogy a hadsereg is csak a cégek bábja. Azóta független pilótaként kereste a kenyerét; futárkodott, kereskedett, ami éppen jött. Ezt az életet szerette, még ha a rosszabb napokon be is kellett vallania magának, hogy ez is csak a szabadság illúziója.

– Nem vagyunk cégrabszolgák. – Apja hangja határozottan koppant. – De erről úgy látom már úgysem tudunk meggyőzni. – Lehajtotta a fejét.

– Mindegy. Most ne veszekedjünk. Menj, intézd el a hajódat, és utána gyere haza. – Sóhajtott – Beszélek majd az itteni képviselőnkkel és elintézem a szabálysértést. – Karin dühös arcot vágott, de visszanyelte a feltoluló szavakat és bólintott. Apjának most az egyszer igaza volt. Nem most kéne összeveszniük. Eszébe jutott az álom az angyallal és erről a nagyapa tegnapi szavai.

A reggeli hátralevő részében semleges témákról beszéltek, mindhárman óvatosan kerülve a kényes pontokat. Apja a végén felállt, elbúcsúzott mindkettőjüktől és elment. Karin békülékenyen rámosolygott az anyjára, szinte ösztönösen érezve, hogy a másik nőnek is jólesne most egy kis törődés.

– Anya, kérdezhetek valamit?

Marthe Nagasawa érdeklődve nézett a lányára.

– Persze – mondta végül halkan. – Mire vagy kíváncsi?

Karin megköszörülte a torkát, és közben a kiürült bögréjét forgatta a kezében.

– Te mit tudsz arról, hogy nagyapa mivel foglalkozott, miután kikerült az egyetemről?

Vajon elmondta az öreg neki is a történetet, vetődött fel Karinban. Anyja azonban zavart arcot vágott.

– Ezt most miért kérdezed? – megrázta a fejét – Én úgy tudom, hogy ottmaradt az egyetemen és kutatott. Még valami díjat is kapott érte. Aztán találkozott anyával és eljöttek ide az Eridanusra. – Elgondolkozott. – Mikor is volt ez? Úgy 2074-ben? Az biztos, hogy nem sokkal az első telepes hullám után. Amennyire én tudom, utána itt dolgozott a Hanabi Intézetben, majd a Hawking Egyetemen adott elő biofizikát. Amikor én születtem, akkor váltott. Öt éves koromban költöztünk ide. – Elbambult. – Nem sokkal anya halála előtt. – Arcán egy kövér könnycsepp gördült végig. A kézfejével letörölte.

Karin egy pillanatra megsajnálta az anyját. Tudta, hogy a kérdése újabb sebeket szakított fel, de mindenképpen biztos akart lenni a dolgában.

– Nagyapa nem beszélt soha arról, hogy a Cryogennek dolgozott volna?

Marthe mély levegőt vett.

–Cryogen? Azt nem hinném. Valamiért nagyon utálta őket. Hacsak a Hanabiban nem került velük kapcsolatba. Úgy tudom, hogy az Intézetet is főleg a Cryo pénzeli a háttérből. De ezt mondjuk a kutatóközpontok jó részéről el lehetne mondani. – A Cryogen Corporation keze mindenhova elért. Amióta a múlt század derekán, a második tudományos forradalom kezdetén előálltak a plazmahajtóművel és nem sokkal később a hipertéri meghajtással, a cég szinte mindenhol jelen volt. Mindenben részt vett, amiből pénzt lehetett csinálni. Sem előtte, sem azóta nem ívelt egyetlen konszern csillaga ilyen meredeken felfelé. A Cryo neve eggyé vált a fejlett technikával, a szinte már-már megmagyarázhatatlan újításokkal és találmányokkal.

Karin bólintott. Nem akarta elmondani anyjának, hogy mit tudott meg. Addig még semmiképpen, amíg fényt nem derít néhány homályos részletre. Magában végiggondolta, hogy mit fog tenni. Az asztal alatt lassan ökölbe szorult a keze. Mert végigcsinálja a dolgot. Az egyetlen ember, aki igazán megértette az életében, ennyit igazán megérdemelt.

3

Josh „Templar" McCormick a vezetéknél fogva kirántotta a csatlakozót a fali aljzatból, aminek hatására egy pillanatra elfeketedett előtte a világ. Pár másodpercig szédelegve bámulta a számítógép fekete dobozát, és a kezében kígyózó, törött dugaszban végződő kábelt. Ez meleg volt, nagyon meleg, gondolta. Szíve még mindig a torkában dobogott az elmúlt pár perc eseményeitől. Ha csak egy másodperccel is később szakítja meg a kapcsolatot, megtalálja a címét a rendszert védő program. Nem kétséges, hogy perceken belül pár igen dühös céges smasszerral kellett volna szembenéznie. Elvégre ebben a viharban senki sem szereti, ha ki kell mozdulnia a kényelmes melegből. Főleg nem egy túlzottan is kíváncsi kölyök miatt.

Josh nagy nehezen összeszedte magát, és óvatosan lecsatolta a neuropántot a homlokáról. Az érzékeny hardver révén a gondolataival irányíthatta a gépet, szinte eggyé válva vele. A rendszer generálta virtuális valóságban hatalmasnak érezhette magát és szabadon mozoghatott. Lenézett a székben ernyedten lógó lábaira, és szeretetteljesen végigsimított a mattfekete számítógépházon. A kibertérben ő volt a hírhedt Templar, aki előtt egyetlen cég rendszere sem maradhatott rejtve. Senki sem sejtette, hogy az öt éve történt baleset óta egyedül élő, tizenkilenc éves Josh McCormick több mint a kaptárszerű lakóház egyik arctalan lakója. Több mint az a szerencsétlen nyomorék srác a hatodikról.

Szomorúan vizsgálgatta a törött csatlakozót, majd odagurult a szekrényhez, amelyben számos haszontalan kacat között több régi számítógépes alkatrész is feküdt. Előkotort egy újabb kábelt és az asztalra dobta. Még várnia kellett, amíg újra visszacsatlakozhat. Addig is lesz ideje átnézni a céges rendszerből lemásolt anyagokat. De előbb eszik valamit, határozta el.

A konyha éppen olyan elhanyagolt volt, mint a lakás többi része. A hűtő képernyőjén vörös jelek villogtak a lejárt szavatosságú dolgokra figyelmeztetve. Josh most sem törődött a kellemes női hangú figyelmeztetéssel, amely a lejárt élelmiszerek veszélyeire figyelmeztette, és kitúrt néhány gyanús kinézetű doboz alól egy egész jó állapotban lévő mélyhűtött pizzát. Óvatosan felnyitotta, megszaglászta, és amikor az átment a hevenyészett minőségellenőrzésen, bedobta a sütőbe. Az intelligens sütő felismerte a pizzába sütött organikus áramkör adatait, és beállva az ideális hőmérsékletre megkezdte az étel elkészítését. Josh közben egy kevésbé használt kést és villát kerített a mosogatóból és lehajtotta a falba épített asztalt.

A készülődést halk dallamos hang szakította félbe. A hűtő képernyőjéről eltűntek a figyelmeztető üzenetek, és átadták a helyüket a ház kommunikációs rendszere által továbbított információknak. A képernyőn egy magas, meglehetősen vékony lány látszott. Az olcsó, alacsony felbontású kamera, amely az ajtó előtti képet mutatta, nem árult el sok részletet, és ráadásul még rossz helyre is volt téve, de Josh még így is azonnal felismerte Karin Nagasawát a szénfekete, egyenes szálú, vállig érő hajáról. A lányon a test vonalát követő motoros ruha volt, kezében egy áramvonalas bukósisakot tartott. Haja a szemébe lógott és morcos arccal nézte az ajtót.

Josh odagurult a képernyőhöz. A lány egyike volt annak a pár embernek, akiket a barátjának tekintett. Azon kevesek közé tartozott, akik előítéletek nélkül közelítettek hozzá, és ez már önmagában is nagy szónak számított. Egy közös ismerősük révén találkoztak, amikor még csak kezdő adatkalóz volt, a baleset előtt. Bár jó tíz évvel idősebb volt nála, mégsem nézte gyereknek soha, és egyenrangúként beszélt vele. Kezdetben Josh bele is habarodott egy kicsit, de aztán tisztázták a dolgokat, és azóta a legjobb barátok voltak.

Most azonban az általában vidám Karin szokatlanul szomorúnak tűnt. Megnyomta a telefon gombját.

– Szia, Karin. Gyere fel. Ismered a járást. – Könnyed hangot próbált megütni. Közben a sütő jelezte, hogy elkészült a vacsorája. A kamerán látta, hogy a lány ellép az ajtótól és elindul felfelé. Gyorsan kirántotta a megsült pizzát, és ugyanazzal a mozdulattal a tányérjára lökte. Pár pillanatnyi gondolkodás után egy újabb tányért vett elő, és a tészta felét átügyeskedte arra. Kritikus szemmel körbenézett, majd lemondólag sóhajtott. Ennyi idő alatt már úgyse fog rendet rakni. A kaja sem a legjobb, de legalább meleg. A kinti hideg után biztosan jól fog esni a lánynak.

Kigurult a szűk előszobába, és amint felhangzott az ajtócsengő berregése, kinyitotta az ajtót. Karin meglehetősen csapzottan állt az ajtóban. Félresöpörte a nedves hajtincset az arcából és erőltetetten rámosolygott.

– Szia Josh. Bemehetek? – kérdezte, majd a választ meg sem várva belépett az ajtón.

– Örülök, hogy látlak. Mi szél hozott ebben a nagy viharban? – A lány leült, és elkezdte lecibálni magáról a csizmáját és a dzsekijét. Josh közben lassan hátragurult, hogy helyet adjon a lendületes művelethez. Karin végre végzett a nedves bőrruhával és az előszoba közepén felejtve a halmot, nyújtózott egyet.

– Csak úgy benéztem hozzád. – Benyúlt a bukósisakjába, és elővarázsolt belőle egy üveg eredeti skót whisky-t. – Gondoltam megihatnánk együtt. Közben pedig beszélgethetnénk.

A fiú közben előkerített egy törülközőt a fürdőből, és miközben a lány megszárítkozott, kihozta a tányérokat.

– Akkor előbb hadd kínáljalak meg én. Tudom, hogy nem nagy szám, de nincs más itthon – mosolyodott el kényszeredetten. A lány szeme felcsillant, amint az illatok betöltötték az előszobát.

– Aranyos vagy – vigyorodott el, és elvette a felkínált tésztát, miközben beljebb lépett.

A nappali azon helyiségek egyike volt, amelyet a fiú ritkán használt a lakásban és kivételes rendet tartott benne. Az alacsony, falba rejtett polcokon a régimódi papírkönyvek pedáns rendben sorakoztak, a padlót borító drága szőnyeget sem csúfította semmi. A rafinált rejtett világítás sejtelmes félhomályba vonta a szobát, különleges atmoszférát kölcsönözve a neki. A falról egy négyfős család mosolygott boldogan a korábban élettől telt helyre. A nagyobbik, ötéves-forma fiúcska már akkor is egy gyerekek számára készült számítógépet tartott. Josh begurult a székével, óvatosan megkerülve az üvegasztal. Karin a nyomában belépett, és kicsit megilletődve elhelyezkedett a kényelmes fotelek egyikében. Maga alá húzta a lábát, és a tányért a combján egyensúlyozva lecsípett egy darabot a pizzából. Közben a fiú a szekrényből két poharat tett elé, és töltött az aranybarnán csillogó italból.

– Remélem nem zavartalak meg valami fontosban. – kezdte udvariaskodóan a lány. Josh érdeklődve nézett rá. Hirtelen a frissen lopott céges adatbázis nagyon alacsony fontosságú dolognak tűnt.

– Nem, éppen vacsorázni készültem. De egyébként is. Te soha nem zavarsz. – Kicsit oldalra döntötte a fejét és mosolygott. Karin visszamosolygott rá.

– Köszi. Jó ezt hallani néha. – Félretolta a tányért és jókorát húzott az italból. – És, hogy megy az üzlet? Nagyon be vagy havazva munkával? – intett a fejével Josh szobája felé. A félig nyitott ajtón még mindig látni lehetett az asztalon fekvő számítógépet a neuropánttal és kábelekkel. Josh megrázta a fejét.

– Csak a szokásos. Benézek ide-oda. Sok ám a kíváncsi ember – mosolygott sokat sejtetően. Érezte, hogy a lány most nem csak úgy benézett – bár ez sem lett volna szokatlan –, hanem ezúttal kérni akar valamit. Ilyet eddig szinte soha nem csinált; talán ezért érezte feszélyezve magát. Az arcáról sütött a tanácstalanság. Úgy gondolta megkönnyíti a helyzetét.

– De ha nem csalódom téged is érdekelne valami. Vagy valaki – fordult felé tettetett közönnyel. Karin hálás arccal, kicsit szégyenlősen rámosolygott. Josh elpirult kicsit, de igyekezett megőrizni a profi álarcát.

– Nos, igen. Nem is tudom, kihez fordulhatnék ezzel. De téged sem akarlak olyasmibe keverni, amiből bajod lehet.

– Veszélyes? – csapott le a témára a fiú. A lelke mélyén a Templar lángpallost rántott. A lány lassan bólintott.

– Valószínűleg. Tudsz titkot tartani?

Josh elvigyorodott. Ha valamihez, hát ehhez értett. Az egész élete titkolózásra épült. Hallgatását beleegyezésnek véve Karin belevágott a történetbe. A lány már korábban is mesélt a nagyapjáról, de erről a dologról eddig soha nem beszélt. A nagy hatalmú cég nevének említésére Josh kicsit összerezzent, de aztán szó nélkül végighallgatta a történetet.

– Tehát nagyapád ezen a bázison dolgozott, amiről nem tudja, hogy hol van. És fogadjunk, hogy téged pont ez érdekelne. – Nem kellett éppen gondolatolvasónak lennie, hogy ezt kikövetkeztesse. Ismerte már a lány természetét. – És nem árult el valamit még? Egy-két cím vagy név talán jól jönne... – próbálta megjátszani a nagymenőt, de magabiztossága hirtelen elillant, amikor meglátta, hogy Karin szemében pár könnycsepp csillan. Pár pillanatig megfeszült a csend köztük, majd a lány lehajtotta a fejét.

– Meghalt. Ezt a történetet a haláláig őrizgette, annyira félt, hogy bajunk esik – sóhajtott és dühösen kitörölte a könnycseppeket a szeméből. – Azt kérte tőlem, hogy szabadítsam meg ezt a lényt, akármi legyen is. És én megfogadtam, hogy teljesítem az utolsó kívánságát. – Hangjában dacos eltökéltség csendült. Josh nyelt egyet, és bólintott.

– Bocsáss meg. Nem tudtam – hebegte, majd erőt vett magát. – Persze, mindenben segítek, amiben csak tudok. Biztos van pár adat, amin el lehet indulni. – Felvillantotta legbiztatóbb mosolyát, bár érezte, hogy szavai hamisan csengenek. – Egyet se félj, megtalálom neked ezt a bázist. Ha kell, még a Cryogen fő rendszeréből is kibányászom.

Karin hálásan bólintott, és újabb adag whiskyt hajtott fel.

– Köszönöm Josh. Igazi haver vagy. Persze nem kívánom ingyen... – kezdte volna, de a fiú legyintett. Barátoktól egyébként sem kért soha pénzt. Ami azt illeti, kezdte érdekelni a dolog, és ilyenkor nem törődött a költségekkel. Volt elég jól jövedelmező üzlete ahhoz, hogy megvegye azt, amire szüksége volt az élethez. Azt meg már régen megtanulta, hogy a barátokat nem lehet megfizetni.

– Iszunk még? – vigyorgott rá a lányra, és felemelte a poharát. Az este hátralevő részében már nem esett több szó a témáról. Miközben a drága whisky lassan elfogyott, mindketten elsírták egymásnak a bánatukat. Végül Karin elaludt a fotelben összegömbölyödve, és miután betakarta, Josh is nyugovóra tért. A lány hajnalban ment el, és álmában még homlokon csókolta a fiút.

4

A nap még egy utolsót lobbant a horizonton, hogy aztán átadja helyét az éjszaka sötétjének, amikor Karin ráhajtott az északi kilences autópályára. A vihar már néhány napja elvonult, és az utána érkező nyári hőség órák alatt felszárította a tócsákat. Karin tövig húzta a gázkart, és a Highwaystar turbinája engedelmesen felsüvített. A nehéz motor – fajtájának ritka túlélője – rakétaként lőtt ki a pályán vánszorgó elektromos kiskocsik között. A típus gyártását már vagy húsz éve beszüntették, tekintettel a sok balesetre, de Karinnak még az egyetemi évek alatt, a Földön sikerült szert tennie egy ép motorblokkra és egy alig sérült vázra. Hat évbe telt, amíg több motorőrült segítségével sikerült újra felépítenie, és azóta, hogy elkészült, elválaszthatatlan társakká lettek. Az elnyújtott, túlméretezett törzset nem hétköznapi használatra tervezték: telivér versenymotor volt, az autópályák igazi ura. A kétszer hatsávos pálya külsőbb régióiban automata meghajtással suhanó autók mintha álltak volna, úgy húzott el mellettük. Itt, az Eridanuson, még a legbelső sávokban sem volt szabad háromszáznál gyorsabban menni, és Karin ezúttal nem akarta megkísérteni a szerencséjét, inkább beállt erre a tempóra. A gép akár ennek a kétszeresére is képes lett volna, de azért a számítógép már most elérkezettnek látta az időt arra, hogy kitolja a gépet stabilizáló rövid szárnyakat.

A lehulló éjszaka leplét a város fényei törték át. Az Arakusa negyed felhőkarcolói holografikus reklámokba burkolóztak, fennen hirdetve néhány zaibatsu hatalmát. Köztük alacsonyabb építmények bújtak meg, de szerény fénypontjaikat elhomályosították a villogó, színes hirdetések. Karin északkeletre tartott, Neonankingbe, az óceánparton terpeszkedő városrészbe, de még jó kétórányi út hátra volt. Neonanking a kínaiak főhadiszállása Eridanuson, ugyanúgy, mint a San Huan a spanyoloké, vagy a New Hamburg délen a német bevándorlóké. Amikor betelepítették a bolygót, az egyes csoportok hajlamosak voltak együtt maradni, furcsa városrész-államokat alkotva a szupervároson belül.

Neonanking több szempontból is eltért a többitől. A beköltöző kínaiak, talán a hagyományaikból eredő xenofóbiától hajtva, nemigen engedtek beleszólást a kormánynak a saját ügyeikbe. Az engedékeny helyi törvények és a negyed speciális különállása óhatatlanul magához vonzotta a kétes elemeket. A paletta a legalitás köpenyébe burkolózó hírhedt kereskedőházaktól, a szerencsejáték-barlangokon át, a zsoldos és csempésztanyákig terjedt. Beszélték, hogy egész Neonanking vezetése a Triád kezében van, de Karin úgy sejtette, hogy ez csak részben igaz. Az üzlet túl nagy volt ahhoz, hogy abból pár óriáscég kimaradt volna.

A Highwaystar falta a kilométereket és egyre mélyebbre hatolt az éjszakában. A négy xenon fényszóró éles csóvája messze megvilágította a jórészt üres utat. A navigációs számítógépre bízta a gép irányítását és kicsit lazított. A pályának ez a szakasza egy kiterjedt iparterület felett vitt el és az autók nagy része elmaradt mellőle.

Karin elgondolkozott az előtte álló feladaton. Miközben Josh már napok óta kutatta a netet használható információk után, úgy döntött, tesz egy próbát az egyetlen szóba jöhető másik nyommal. Nagyapja régen sokat mesélt egy barátjáról, Csan Cö Mingről, akivel együtt dolgoztak a Hanabi Intézetben. Ming kezdetben a beosztottja volt, de amikor az öreg átment az egyetemre, ő kapta meg a csoportja vezetését. Sokáig tartották utána is a kapcsolatot, sőt Karin emlékezett rá, hogy egyszer –még alig lehetett tíz éves– meglátogatta őket egy idős, apró bácsika, akit kitörő örömmel fogadtak. Nagyapja később elmondta neki, hogy Ming egy előkelő kínai családból származott, aki miután megörökölte apja vállalkozását, befektette a vagyonát egy újonnan induló felderítő expedícióba. Később kiderült, hogy a bolygón ritka nehézfémeket találtak, és ez a Ming házat a legbefolyásosabb kereskedőházak közé emelte. A történetet el is felejtette egészen addig, amíg a temetésen meg nem pillantott egy ismerős arcú, ősöregnek ható kínait, akit két testőr kísért. A hatalmas limuzinra festett címert később nem volt nehéz beazonosítania. Jobban visszagondolva az is lehet, hogy dolgozott is már a kereskedőháznak egyszer-kétszer. Nagyapja dolgai között megtalálta Ming számát, és egy kurta komhívást követően elindult Neonankingbe.

A pálya lassan lejteni kezdett és a horizonton feltűnt a sötéten csillogó óceán. A víztükör előtt a partot teljesen elborította a fényárban úszó épületrengeteg. Karin átsüvített egy a pálya teljes szélessége felett átívelő, kínai jelekkel vibráló holografikus kijelző alatt, és lassítani kezdett. Kikapcsolta a számítógépet és manuális vezérléssel átvágott az egyre sűrűbben haladó járművek között. A navigációs rendszer pontosan jelezte, hogy mikor kellett volna letérnie, de még így is túlment az első lehajtón és csak egy kilométerrel később sikerült lejutnia az egyre tömöttebb sztrádáról. A forgalom még így, este is elviselhetetlen mértéket kezdett ölteni.

Az ötven-százemeletes tornyok óriásként magasodtak körülötte, ahogy végighaladt – immár normálisabb tempóban – Neonanking egyik központi utcáján. A városrész mindig is elbűvölte sokszínűségével. A tradicionális kínai építészeti jegyek kaotikus összevisszaságban keveredtek az üvegből és acélból konstruált kolosszusok modernségével. Az eklektikus toronyházak lábainál ívelt tetejű, piros lampionokkal kivilágított, apró épületek bújtak meg. A reklámok fényében az út felett átívelő fából készült díszes kapuk tűntek fel. Aranyozott írásjeleikben, vörös és fekete lakkozásukban tompán tükröződött vissza a város fényáradata. Lassított, hogy átadja magát egy pillanatra az élménynek, és pár percig szinte lépésben gurult a végeláthatatlan kocsisorok között. Merengését a navigációs számítógép figyelmeztető hangja szakította félbe. Kisorolt a legkülső sávba, és az egyik toronyház sarkánál befordult egy sokkal kevésbé forgalmas, de annál rendezettebb útra. Az út mentén drága autók álltak, mellettük, körülöttük fekete öltönyös testőrök vizsgálták infraszemüvegben az éjszaka vándorait. Karin nem kételkedett benne, hogy az öltönyök alatt illegálisabbnál illegálisabb fegyverek lapulnak, ezért igyekezett minél kevésbé feltűnően viselkedni. A számítógép utasításait követve lassított és lehúzódott az útról. A nem túl magas, de annál elegánsabb épület parkolójában már várta két ismerősnek tűnő öltönyös testőr.

Megállt, lekapcsolta a turbinát és leugrott a motorról. Lehúzta a sisakját, majd könnyedén a karjára vetve elindult a várakozó férfiak felé. A közel kétméteres férfiak minden sztereotípiát meghazudtolóan kínainak tűntek. Az egyenzakó feszülése tökéletesre gyúrt izmokat és esetleg golyóálló páncélmellényt sejtetett, de ez önmagában még nem magyarázta volna az impozáns méreteket. No lám, a genetikai módosítások újabb csodái, gondolta megvetően. Bár az ilyen jellegű beavatkozások nem voltak teljesen tilosak, de a megszerzendő engedélyek miatt csak a leggazdagabbak engedhették meg maguknak az ilyen tenyészharcosokat. A flottánál a tengerészgyalogosok gyűlölték és megvetették őket, maguk között mindenféle neveket osztogatva nekik. Tenyész, über, húsdroid csak az enyhébbek voltak, amiket Karin hallott tőlük. Az előtte tornyosuló két fickóra nézve hirtelen meg tudta érteni őket. Egyszerűen túl tökéletesek voltak, olyan… mesterségesek. Akkor már tényleg inkább egy harci robot.

– Ms. Karin Nagasawa? – kérdezte mély hangon az egyik über, kifogástalan angolsággal.

Karin bólintott.

– Én vagyok az. Ming úr titkárnőjével beszéltem komon.

A tenyész zordan intett a fejével a bejárat felé, és elindult előre. A társa lemaradt kissé a lány mögött. Úristen, ezeknek tanítják ezt a viselkedést, vagy eleve így bújnak ki a lombikból, kérdezte magában gúnyosan. Szinte eltörpült a két testőr között, akik bevezették az épületbe, át az előtéren, egyenesen be a liftbe. Az első fickó valami kódot ütött be a lift panelján, majd elindultak lefelé. Tíz-tizenöt másodperc múlva a fülke lelassított és megállt. A feltáruló ajtó mögött egy diszkréten megvilágított iroda előtere tűnt fel, további testőrökkel. Karin kissé megszédült az újabb hústornyok látványától, de igyekezett megőrizni a hidegvérét és nem kimutatni a félelmét. Egy szokatlanul apró, fiatal kínai nő jelent meg, hosszú, mintás selyemruhában. Meghajolt a lány előtt, mondott valamit kínaiul, majd megfordult, és elindult a tömör cseresznyefa ajtó felé. Egy pillanatig habozott, majd mikor a nő hátrafordult, tétován elindult utána.

A testőrök elhúzták az ajtót, és Karin a selyemruhás nő mögött belépett Ming úr magánrezidenciájába. A tágas terem falait végig hologramok borították, a környező terület látképét varázsolva a helyiségbe. A kényelmes ülőalkalmatosságok mellett egy eredeti fából készült méregdrága íróasztal uralta a teret. Mellette egy nagyon réginek kinéző páncél állt, a megfakult lapokon a Ming ház címere feszített. Ugyanaz a címer, amelyet az épület homlokzatán is látott, és amelyet a padlót borító vastag szőnyegbe szőttek.

A ház feje éppen az íróasztalnál ült, és ujjai sebesen jártak az asztal lapjába épített billentyűzeten. Előtte egy nagy felbontású átlátszó monitorpanelen különféle feliratok látszottak. Ming felnézett, amint a Karint bekísérő lány odasúgott neki valamit. Lekapcsolta a monitort, felállt és közelebb lépett.

Az idős férfi lehetett vagy kilencven éves. Az arcán mély ráncokat hagyott a kor, hajának maradványa vékony, szinte áttetsző ősz szálakban lapult a fejére. Hajlott kora ellenére elég jól tartotta magát, bár az egész ember még így is alig ért Karin válláig. Aszott kezén a kortól sötét foltok látszottak, ahogy kinyújtotta felé.

– Üdvözlöm kisasszony. Karin Nagasawa, ha nem tévedek. – Hangja az öregségtől reszelőssé vált már, de korábban valószínűleg egész kellemes lehetett, állapította meg a lány meglepetten. Elfogadta a kinyújtott kezet és óvatosan megrázta.

– Megtiszteltetés számomra, hogy áldoz rám az idejéből Ming úr. – Derékból meghajolt, ahogy apjától látta. Akciója mosolyt csalt az öreg arcára és a fotelok felé intett.

– Foglaljon helyet. Amikor utoljára láttam, még alacsonyabb volt nálam – nevetett a saját viccén és ő is leült. – Sajnálom, ami Peterrel történt. Igazán jó barátom volt. Ha ő annak idején nem karol fel, soha nem jutottam volna el ide.

Karin lehajtotta a fejét. Egy pillanatra elhallgattak. Végül az öreg intett a selyemruhás nőnek, és mondott neki valamit kínaiul. A lány meghajolt és kiment.

– Remélem, megtisztel azzal, hogy iszik velem egy teát. Myung azonnal hozza. Egyenesen a Földről importáljuk. – Oldalra hajtotta a fejét. – Ha jól emlékszem, ön ott tanult. Az Űrerő akadémiáján, Londonban.

Karin meglepetten nézett az öregre. Vajon utánanézetett, mielőtt beengedte ide, vagy egyszerűen csak emlékszik mindenre. Ming mintha olvasott volna a gondolataiban, elmosolyodott.

– Peter mesélte nekem alig néhány éve. Nagyon büszke volt magára. – Közben újra nyílt az ajtó és az előbbi lány tért vissza egy ezüsttálcával a kezében. Letérdelt, és némán nekilátott a tea elkészítésének. A zöld színű tealevelek pompás aromát árasztottak magukból. A lány miután végzett felállt, meghajolt és kiment, szorosan becsukva maga után az ajtót. Ming átnyújtotta neki a csészét a forró itallal, majd maga is belekortyolt a sajátjába.

– Köszönöm a teát Ming úr. Igazán jóízű – hajolt meg ültében kissé az öreg felé, majd letette a teáscsészét. – Egy nagyon kényes ügyben szeretném a segítségét kérni, amely összefügg néhai nagyapámmal. – Tanácstalanul figyelte a kínai kiismerhetetlen arckifejezését. Ming végül elmosolyodott, és letette a csészéjét az asztalkára.

– Örömömre szolgál, ha segíthetek, Nagasawa kisasszony. Kérem, mondja el, miben segíthetek – intett bíztatóan. Karin nyelt egyet. Most már nincs visszaút, gondolta. Hirtelen úgy érezte, hogy az öregben megbízhat.

– Nagyapám a halálos ágyán rám bízott egy titkot, amelyről most nem beszélhetek. De összefüggésben van az életének azzal az időszakával, amely az Önök megismerkedése előtt történt. Nem tudom beszélt-e Önnek erről a témáról.

Ming lassan bólintott, arcán távolba révedő arckifejezéssel.

– Igen, beszélt. Bár nem túl sokat. Meg aztán régen is volt. Arra emlékszem, hogy előtte az Osaka Egyetemen dolgozott. A biokibernetika alapjaival foglalkozott, ami akkoriban egy új tudományág volt. – Újra elmosolyodott. – Utána a Hanabi Intézetben fejlesztettük tökélyre és teremtettük meg a gyakorlati alkalmazás feltételeit. A nagyapja rengeteg olyan ötlettel szolgált, amely gyökeresen új irányt szabott a fejlődésnek.

– Beszélt önnek az osakai időkről? Esetleg említett ott valakit, akivel együtt dolgozott? – Karin picit előrébb hajolt. Ming töprengett egy ideig, de aztán megrázta a fejét.

– Igazából nem szívesen beszélt azokról az időkről. Én pedig nem kérdeztem. Nem lett volna illendő. Meg aztán elfoglalt minket a kutatás. – Magában láthatólag újraélte az eseményeket. – Most hogy említi, volt egy ember, aki rendszeresen kereste az egyetemről. Elég furcsa figura volt. Nekem kicsit túl kimértnek tűnt ahhoz, hogy kutató legyen. Inkább olyan volt, mint azok a menedzserek, akik a Hanabi üzleti ügyeit is intézték. – Az öreg kicsit lehalkította a hangját. – Peter az egyik beszélgetés után elszólta magát, és annyit mondott, hogy ne vegyem fel, ha Jacobsson újra hívja. Ez nem sokkal azelőtt volt, hogy otthagyta a céget.

Karin bólintott és belekortyolt a teájába. Ming kiismerhetetlen arccal nézte a hologramok teremtette látványt a falon.

– Miután elment egyszer elakadtunk a kutatásban. Arra gondoltam, hogy megkeresem ezt a Jacobssont, hátha tud segíteni. Aztán kiderült, hogy nem volt az osakai egyetemen egyetlen Jacobsson nevű kutató sem. Ami azt illeti sem akkor, sem előző évek során.

Karin letette a csészét, és éppen kérdezni akart volna, amikor Ming felemelte aszott kezét és mutatóujját az ajkához emelte.

– Ja igen, talán van itt még valami, ami segíthet. Jóval később hozzánk került egy nagyon furcsa ember. Azt állította, hogy Peterrel dolgozott korábban. – A tekintete elkalandozott. – Ahmed, vagy Abdullah, vagy valami ilyesmi neve volt. A vezetékneve nem is ugrik be. Hiába régen volt – mosolyodott el az öreg, és felhajtotta a teáját.

– Miért volt furcsa? – kérdezte Karin kíváncsian. Ming tovább mosolygott, gondolatban újra felidézve a korábbi munkatársát.

– Abdul, igen, megvan, Abdulnak hívtuk. Nos Abdul eléggé kilógott abból a képből, amilyennek az ember egy tudóst elképzel. Nagy koponya volt, hihetetlen ötletekkel, de aligha neveztem volna normálisnak. Mindig beszélt, bár általában magában. Többnyire azt sem lehetett érteni, hogy mit mond. Gyakran kaptuk rajta, hogy az állandóan magával hordott imaszőnyeget leterítette valami váratlan helyen és buzgó imádságba kezdett. Emlékszem, egyszer valaki megzavarta eközben. Az illetőt utána vérbe fagyva vitték el a mentők. Érdekes, hogy a Hanabi szabályai nagyon szigorúak voltak, de Abdul dolgaiból soha nem lett ügy. – Kicsit újra elmélázott, majd folytatta.

– Aztán egyik napról a másikra eltűnt. Azt hallottam, hogy csatlakozott az Omar szektához, bár ez lehet, hogy csak pletyka volt. – Vállat vont. – Nem biztos, hogy tényleg köze volt a nagyapjához. Abdul gyakran állított egymásnak ellentmondó dolgokat. Meg aztán, ha mégis, akkor sem biztos, hogy bármi használható információval szolgálhatna.

Karin elgondolkodott. Két nevet tudott meg, de egyik sem kecsegtetett sok jóval. Mindkét ember elég idős lehetett már, ha egyáltalán éltek még. Jacobsson – már ha egyáltalán ez volt a valódi neve – jó eséllyel a Cryonak dolgozott, tehát őt csak a legvégső esetben szerette volna felkutatni. És ha Abdul valóban belépett az Omar szektába, akkor újabb problémák adódhatnak. Az a szekta nem szerette az idegeneket. Idegen nőket pedig be sem engedtek a bázisaikra. Megcsóválta a fejét. Nem egészen erre számított. Ming közben elővarázsolt egy apró plasztikkártyát. A lapon a család címere díszelgett. Ahogy Karin átvette, a jel lassan átalakult egy névvé és egy számmá. Az öreg rámosolygott.

– Peter az utolsó olyan ember volt, akit bizalmas barátomnak tekinthettem. Ezért örömömre szolgál, ha segíthetek az egyetlen unokájának. Kérem, nyugodtan hívjon fel, ha esetleg úgy adódik.

Karin hálásan nézett az öregemberre. Bólintott, a zsebébe csúsztatta a kártyát, majd felállt és mélyen meghajolt. Miután elbúcsúzott Mingtől, kifelé menet végigszaladt a hallott információkon. A nevek talán segítenek Joshnak továbblépni a netes kutatásban. De ahhoz, hogy közelebb kerüljön az Omar-hoz, először meg kell látogatnia egy régi ismerősét.

5

Josh némán száguldott az Eridanus gerinchálózatát jelképező virtuális tér mátrixában. A cégek adatbázisai színes, elegáns tornyokként emelkedtek a végtelennek tetsző térben. Felületükön végtelen adatfolyamok léptek ki és be, milliónyi csatornán kapcsolódva az ügyfeleikhez és üzlettársaikhoz. A céges rendszerek mellett mindig nagy volt a nyüzsgés, vásárlók, ügyfelek tömegei intézték ügyes-bajos dolgaikat a virtuális téren keresztül. A forgalmat zord hatású, textúrázatlan figyelőprogramok lesték, kiszúrva a szabálytalankodókat, és riasztva a cég állandóan készenlétben álló specialistáit.

A megacégek vibráló tornyainak árnyékában kisebb, de annál fantáziadúsabb megjelenésű magánoldalak bújtak meg. Némelyikük csak színleg volt független a nagyoktól, de akadtak valóban önállóak, amelyek a rajongók adományaiból vagy egyszerűen egy-egy ember lelkesedéséből léteztek. Joshnak már megvoltak a saját bejáratott helyei, ahol a legtöbb barátjával találkozhatott. Nem egy ezek közül a legalitás köpenyébe burkolózó nyilvános hely volt; fórumok, chatszobák, amelyeken a legkülönfélébb fickókkal lehetett összeakadni. Az igazán elit helyekre viszont csak speciális protokollokon keresztül volt belépés. Az ilyen pontok sokszor nem is voltak részei a hálónak, csak megfelelő ajánlásokkal lehetett eljutni hozzájuk. Josh most éppen az egyik kedvenc helyére tartott, amikor megnyílt egy pulzáló ablak, figyelmeztetve az érkező levélre. Rábökött, és a képernyőn sorjázó adatok mellett Karin képe jelent meg. Gyorsan átfutotta az információkat és elismerőleg csettintett.

Már harmadik napja küzdött a nyomok felderítésével, de eddig nem sokra jutott. Peter Schaeffer korábbi tartózkodási helyeit gyorsan kiderítette, és néhány szívességért cserébe az egyik földi haverjával lenyomoztatta ezeket. Mint kiderült az öreg 2067 és '74 között Osakában, az egyetemen dolgozott tanársegédként. Beletelt majd egy napba, míg sikerült egy tokiói hacker cimborájától megszereznie az egyetem beléptető kapujának naplóját és a bejelentett lakhelyének közüzemi számláit. Ezekből gyorsan kiderült, hogy bár '70 után egyszer sem lépett be az egyetem területére, valaki mindig akkurátusan kifizette az albérlet költségeit. Rövid nyomozás után, amelynek során betört az Osakai Áramszolgáltató egyik archívumába, kiderítette, hogy a befizetések egy céges bankszámláról érkeztek. A számla egy Shigunga nevű `céghez tartozott, amelyről gyorsan kiderült, hogy a Cryogen egyik kisebb leányvállalata.

Itt sajnos elakadt és két napja egyhelyben topogott. Akárhogy is forgatta a dolgokat, nem tudott közelebb kerülni a valódi tartózkodási helyhez. Úgy látszott, hogy Peter Schaeffer papíron továbbra is Osakában lakott, de nem használt áramot, és sehol máshol nem is bukkant fel, hiába futtatott le körmönfontabbnál körmönfontabb kereséseket. Még lehetséges-valószínű álnevekkel is megpróbálkozott, de ezek sem hoztak eredményt.

A privát nethely bejáratát két ágaskodó oroszlánnak álcázott beléptető program védte. A két fenyegető, és nem kevésbé destruktív kódhalmaz gyorsan azonosította Josh adatait és pár másodperc után – ami a fiúnak most is túl hosszú időnek tűnt – félreálltak az útjából és megnyitották a bejáratot. Az ugrókapu átvitte a háló egy másik pontjára, majd onnan újabb bejelentkezések után egy harmadik helyre került. Végül, a közel három percig tartó viszontagságos átjelentkezések után, kapcsolódott a hacker közösség Digital Apocalypse nevű oldalához. A megszokott virtuális valóságra épülő vizuális megjelenítés helyett itt egy ősrégi fórummotor működött. Az eredeti kódot még majdnem fél évszázaddal ezelőtt írták, és bár már jócskán elavult, senkinek sem akaródzott megváltoztatni a kinézetét. Josh néha jót mulatott a régiek hagyománytiszteletén és retro-hajlamain, de magában mindig elismerte a megoldás hatékonyságát. A látóterében új konzol ablak nyílt és megjelent a Digital Apocalypse nyitóoldala. Kiválasztotta a kedvenc csatornáját és betöltötte a mindig kéznél levő billentyűzet emulátort.

Keze szélsebesen kopogott az asztal lapján, lenyomva az elméjébe vetített gombokat. Rövid beköszönések után kikereste azt a privát chatszobát, ahol a találkozót megbeszélte Cestusszal. A másik hacker már ott várt rá.

– Na csakhogy – írta minden bevezető nélkül Cestus, akiről Josh csak annyit tudott, hogy valahol a Földön él. Minden egyéb adatát többszörösen védte, és egyébként is az itt szokásos etikettbe ütközött volna, ha a másik ellen kezd kémkedni. Már korábban is beszélt vele más ügyekben, de az, hogy beengedték ide, már önmagában is sokat elárult róla.

– Bocs, késtem – kopogta be gyorsan. – Sikerült megszerezni?

Cestus válasza pár másodpercet késett, valószínűleg a hipertéri kapcsolatnak köszönhetően. Ha virtuális rendszert használtak volna, nagyon zavaró lett volna, hogy a másik avatárja másodpercekre lebénul.

– Ja. Itt figyel az egész a gépemen. Neked mid van nekem?

– Küldöm – írta be Josh, és közben utasítást adott a közvetlen feltöltésre. Az anyag pár pillanat múlva át is ment. Az egyik aktuális médiasztárról szóló zaftos holovideót pár napja szerezte meg véletlenül egy gyanútlan felhasználó gépéről, és úgy látszott Cestus bukott az ilyenekre. Vállat vont. Legyen ez az ő dolga, ameddig tényleg használható dolgokat hozott.

– Megvan. Megy innen is. – A gépe fogadásra váltott és a másik által küldött adatbázis villámgyorsan letöltődött. Végül is egyszerű szöveges adatokról van szó, gondolta, és gyorsan belekukkantott a fájlba. A nevek, jelszavak és kódolt biometrikus azonosítók tömött oszlopokban sorakoztak benne.

– Rendben van – írta vissza, és már készült volna kilépni, amikor még egy üzenetet kapott Cestustól.

– OK. Nem tudom mire kell neked, de vigyázz vele. Azok a fickók nem viccelnek. Na hello. Megyek videózni. – Ezzel a másik elbontotta a vonalat. Josh is kilépett a D.A.-ből, és pár perc alatt átfutotta a kapott adatokat. Ha lehet hinni Cestusnak, akkor ez a Shigunga főportáljának teljes felhasználói listája. Már csak egy megfelelő embert kell kiválasztania. Rövid keresgélés után megjelölte az egyik műszaki igazgatót, és elindult, hogy felépítse a kapcsolatot a cég fő adatbázisával.

Amit tervezett elég egyszerű volt, de biztos volt benne, hogy még egyes társai is őrültnek néznék miatta. A kiválasztott igazgató jelszavával belép a Shigunga rendszerébe, és onnan – valahogyan – az anyacég adatbázisába. Ameddig nem bukik le – amire elég jó esélye volt, ha a belépési kód jó –, addig az igazgató jogosultságaival garázdálkodhat a cég adatai között. A Shigunga rendszere a Földön volt, és bár a pontos helyét nem lehetett innen megmondani, Josh szinte biztosra vette, hogy valahol a távol keleti régióban. Az órája szerint ott most éppen éjjel volt, tehát valószínűtlen, hogy az igazgató éppen dolgozik. Így legalább attól nem kell félnie, hogy ütközésre kerül sor.

A két hipertéri virtuális ugrókapun áthaladva jelentősen lelassult a reakcióideje, de a gépe még így is sokkal jobban teljesített, mint egy átlagos darab. Nem hiába költötte rá szinte minden pénzét; a jó hardver ilyenkor mindig megfizethetetlennek bizonyult. Rövid kutakodás után rálelt a Shigunga rendszerének sötét piramis alakú reprezentációjára. Besodródott a kívülről érkező adatfolyamba, és amikor sor került az ellenőrzésre megadta a kiválasztott nevet és jelszót. Közben megnyitott egy konzolablakot, és elindította azt a speciális programot, amely képes volt a biometrikus ellenőrzések kijátszására és elvileg tetszőleges célszemélynek feltűntetni a fiút. Pár másodpercig feszülten várt, keze a kapcsolat bontását szolgáló gomb felett lebegett. Végül az ellenőrzőprogramon zöld fény villant és Josh hangosan kifújva a levegőt belépett a cég rendszerébe. Úgy látszik, mégsem olyan jó a védelmetek, gondolta kárörvendően. Íme, Sato Yoshida műszaki igazgató belépett az otthonából, hogy éjjel is dolgozzon egy kicsit. Mindent a cégért, tisztelgett gúnyosan.

A rendszer elég átlátható volt; a fiúnak alig pár percbe tellett, míg kiismerte, hogyan navigálhat benne. Az igazgató jó választásnak bizonyult; szinte mindenhez volt hozzáférése. Alig tíz perccel a belépés után már a Cryogen rendszere felé haladt. A biztonságosnak vélt alhálózat, amelyik összekötötte a két központot, egyben leegyszerűsítette a belépési folyamatot is, így itt már nem számított komoly ellenőrzésre. Miután hagyta, hogy a másik szerver azonosítsa a Shigunga saját kulcsai alapján, feltárultak előtte a Cryogen hihetetlen méretű adatállományai. Félelmetes volt belegondolni, hogy még így is csak a töredékét látja a teljes céges adatvagyonnak.

Nem kellett sokáig kutatnia, szinte rögtön rálelt arra az adathalmazra, amelyet keresett. Lefuttatott egy keresést a személyi aktákon, és rövid időn belül egy harmincas éveinek elején járó férfi képe nézett vele farkasszemet. Mennyire hasonlít Karinra, gondolta Josh csodálkozva. A figyelme az adatok felé fordult. Sajnos Yoshida jogosultságai nem voltak elegendőek, hogy letöltse az adatlapot, de egy jegyzettömbbe mindent feljegyzett, ami számított. A Cryogen nyilvántartása szerint Peter Schaeffer '70 és '74 között a Ballistic Engineeringnél dolgozott egy Fuujin kódnevű projekten. Utána is szemmel tarthatták, mert egészen a halálának napjáig bezárólag pontosak voltak a dátumok. A fiú összeráncolta a homlokát és begépelte a Fuujin kulcsszót a keresőbe.

A keresés meglepően sokáig tartott. Már-már arra gondolt, hogy megszakítja a folyamatot, amikor egy újabb bejelentkezési ablak jelent meg előtte. Tanácstalanul nézett, aztán rövid gondolkodás után megadta Yoshida kódjait. Ekkor szabadult el a pokol.

Egy csapásra az összes kapcsolata megszakadt a rendszerrel. Valahol a rengeteg felbukkanó figyelmeztető üzenet alatt egy pillanatra még meglátta a letöltésre figyelmeztető feliratot, de beavatkozni már nem volt ideje. A pusztításra programozott vírus úgy vágta át magát a saját gépét védő többszörös tűzfalakon, mintha azok jelen se lettek volna. Josh hiába csapott le a vészmegszakítás gombra, a rendszer nem reagált. Kitépte a netes kapcsolat kábelét a gép hátuljából, de ez sem használt már. A vírus már jó mélyre berágta magát, amikor végre sikerült megszakítania a gép áramellátását és a fekete fémdobozon kialudtak a fények. Arcán kövér verejtékcseppek gördültek végig. Most úgy látszik túlzottan is mélyre tenyerelt a levesbe.

A vírus megpróbált minden úton kapcsolatot létesíteni a központjával, még a fiú komján is bepróbálkozott, bár ezzel nem járt túl sok sikerrel. Ha nem sikerült leadnia a drótot a központnak, akkor megússza a dolgot a gép teljes újratelepítésével. Ha viszont még kiadott valami jelet magából… De nem, elvileg sem követhette vissza az útját senki, gondolta magabiztosan. Mindegy, legalább a szükséges információkat megszerezte Karinnak. Egy utolsó szomorú pillantást vetve a döglötten fekvő gépre tárcsázni kezdte a lány számát.

6

Scarlett Masterson a homlokát ráncolva meredt az előtte álló férfira, és érezte, hogy a keze önkéntelenül is ökölbe szorul. A széles asztal túloldalán a cég megbízott informatikai vezetője feszengett a pillantásának kereszttüzében. A termetes fickó arcán izzadtságcseppek gördültek végig, dacára a tökéletes légkondicionálásnak. Az ujjával megigazította a gallérját, mintha szorította volna az ing és alig hallhatóan valami biztonsági protokollról habogott, de ez a nőt cseppet sem érdekelte. Scarlett úgy érezte, hogy puszta kézzel meg tudná fojtani.

– Szóval hagyta megszökni – szakította félbe a magyarázkodást vészjósló hangon. Az informatikus arcára kétségbeesett arckifejezés ült ki.

– Nem tudtam elkapni. De a rendszer rádobott egy rombolót, mielőtt le tudott volna kapcsolódni. – Egyik lábáról a másikra állt, miközben zavartan bámulta az asztal lapjának faerezetét. Scarlett egy pillanatra megsajnálta a férfit, de az érzést gyorsan elhessintette. Már percekkel korábban eldöntötte, hogy megbünteti a mulasztásért, és ráadásul a fickó azóta csak még mélyebbre sodorta magát a bajba. Megérdemli a sorsát, ha csak ennyi esze van, gondolta kárörvendően.

– Mennyit tudhatott meg a projektről? – A nő ültében kicsit előrehajolt és vörösre festett körmével idegesen kopogni kezdett az asztallapon. – Miért nem védték jobban ezt az információt? – A beosztott önkéntelenül is hátrahőkölt a hirtelen mozdulattól, kezét védekezően felemelte.

– A behatoló a Shigunga egyik vezetői kódjával jutott be. Érvényes hozzáféréssel rendelkezett szinte mindenhez. Becsapta a biometrikus azonosítást is. Ez ellen igazán nem tudunk védekezni.

– Nem érdekelnek a kifogásai. – Scarlett kimért hangja keményen koppant. A férfi elhallgatott. Arcán újabb verejtékpatak indult el, hogy aztán lecsorogjon a férfi gallérján az inge alá. – Egyáltalán miért adhatja ki a keresés a projekt nevét? Értelmesen elmondtuk, hogy senki nem is szerezhet tudomást a létéről sem. A maga feladata lett volna ennek a biztosítása. – Hátradőlt és felvette az asztalon heverő súlyos fénytollát. A drága virtuális írószerszámot az ujjai között forgatta pár másodpercig, kiélvezve a beosztottja kétségbeesését. Nem baj, hadd főjön csak a levében. Legalább máskor kétszer is végiggondol mindent. Oldalra billentette a fejét.

– Ellenőrizték, hogy mihez fért még hozzá? Remélem az egész hálózatot lementette magának, mielőtt végre elkapták. – Gúnyos megjegyzése célba talált, és a fickó kicsit kihúzta magát. Nohát, csak nem szorult bele egy csöppnyi szakmai büszkeség?

– Azt aligha tehette meg asszonyom. A romboló amint elszabadult a gépén rögtön elpusztított minden adatot. Ez egy olyan hátsó ajtót használ az operációs rendszerben, amelyet még a gyárban építenek a gépekbe. – Tovább is folytatta volna, de Scarlett felemelte a kezét.

– Kíméljen meg a részletektől, ha szabad kérnem. Elég, ha a kérdésemre válaszol. Akkor biztosan semmit nem tudott elvinni? – Vörösre rúzsozott ajka késpengeként feszült.

– Nem asszonyom. Ez biztos. Sajnos nem tudtuk visszakövetni rendesen a behatoló nyomát. Csak annyit tudunk, hogy a hacker valahol az Eridanus Samara negyedében élhet. – Megköszörülte a torkát. – A rendszerünk titokban naplózza, hogy ki mihez fér hozzá. A behatoló csak egy személyi adatlapot hívott le a központi nyilvántartásból és utána rögtön a kódnévre keresett rá.

– Kinek az adatlapját? – A tollat a szájához érintette. A férfi egy gyűrött papírlapot kotort elő a zsebéből és az asztalra tette a behatolásról készült technikai jelentést. Scarlett felvette az asztalról a lapot és szemöldökét ráncolva meredt a kihúzótollal megjelölt névre. Hiába kutatott az emlékezetében, nem ugrott be neki róla semmi.

– Peter Schaeffer – igyekezett segíteni a nagydarab férfi, de csak egy perzselő pillantás volt a jutalma. Gyorsan elhallgatott.

– Igen, azt én is látom. Ki a csoda ő? – Undorodva az asztalra lökte a lapot.

– Elég régen, 2070 és 74 között állt az alkalmazásunkban. Néhány napja elhunyt az Eridanuson. A Rejtett Remény projekten dolgozott.

Scarlett érezte, hogy megfeszülnek a tarkóján az izmok. Egy pillanatra úgy tűnt, mintha hangyák rohannának végig a kosztümkabát ujja alatt. Legyűrte az ingert, hogy megvakarja a haját, és felöltve legkimértebb, kifejezetten a beosztottaknak fenntartott arckifejezését, bólintott.

– Rendben. Zelinka, ugye – olvasta le a férfi kitűzőjét. Nos Zelinka, természetesen ki van rúgva. A cég nem tűri el a hibákat. Az ajtó előtt leadja a biztonságiaknak a kártyáját és még ma visszaindul a Földre. Azt ugye mondanom sem kell, hogy a jövőben ne is próbáljon elhelyezkedni a Cryogen-nél. Most elmehet. – Kezével elbocsátó mozdulatot tett. A férfi pár másodpercig még állt döbbenten, majd, mint akit leforráztak, hangtalanul kihátrált a helységből. Ahogy becsukódott az ajtó Scarlett behunyta a szemét és megdörzsölte az arcát. Miért vagyok körbevéve hülyékkel, gondolta magában, miközben az asztalon fekvő papírra hajította a fénytollat.

Scarlett Masterson harmincas évei közepén járó, dekoratív nő volt. Bár a fiatalsága a rendszeres testedzés és szépészeti kúrák ellenére is megkopott, de még mindig megvolt az a kisugárzása, amivel az ujja köré csavarhatott bármilyen férfit. Bár rendelkezett mindazokkal a vezetői és szakmai képességekkel, amelyek a pozíciójának betöltéséhez kellettek, nem voltak illúziói az ügyben, hogy a mostani beosztását jórészt mégis átható zöld szemének, tökéletes alakjának és sugárzóan vörös hajának köszönheti. No meg annak, hogy ezeket az adottságait hajlandó volt gátlástalanul kihasználni, átgázolva minden ellenlábasán és ugródeszkának használva minden korábbi főnökét. A karrierje még a Cryogenen belül is gyorsnak számított, és a legjobb úton haladt az egyik vezérigazgatói pozíció felé. Az ilyen ügyek viszont nem használtak a megítélésének. Tudta, hogy a jelenlegi pozíciója bár gyors előrelépést jelenthetett – innen került ki a Cryo vezéreinek nagy része – de egyben itt is nézték el a legkevésbé a hibákat.

Pár percig tanakodott a teendőkön, aztán beütött az asztal lapjába épített számítógépébe egy számot. A holoképernyő felderengett a levegőben, és rajta egy fiatal, ragadozó tekintetű férfi arca tűnt fel.

– Asszonyom. Mit tehetek Önért? – biccentett széles, megnyerő mosollyal. Scarlett idegesen rámosolygott. Ezúttal nem volt kedve a férfihoz, pedig alkalomadtán nagyon élvezetes társaságnak bizonyult.

– Matti, nézzen utána nekem egy bizonyos Peter Schaeffernek, aki '70 és '74 között dolgozott nálunk. Azt szeretném, ha felgöngyölítenék, hogy ki és miért érdeklődik utána. Hozzátartozók, barátok, miegymás. – A férfi bólintott a másik oldalon, a vigyor mintha odafagyott volna az arcára.

– Bízhat bennem asszonyom. És ha megvan…? – hagyta nyitva a kérdést.

– Nem szeretném, ha további incidensek előfordulnának. Szabad kezet kap az ügyben. Kapja el, akárki is kíváncsiskodik. – A biztonsági főnök hanyagul tisztelgett, és bontotta a vonalat.

Törékeny Horizont

Scarlett hátradőlt. Matti majd megkeresi és elkapja a behatolót. A férfi eddig még soha nem vallott kudarcot, és a nő remélte, hogy soha többé nem hall a Peter Schaeffer ügyről. Miután megnyugodott, hogy a dolgok ilyentén elindultak a maguk útján, elkezdte magában tervezni, hogy hogyan fogja tálalni Feltonnak, a közvetlen főnökének a behatolás tényét. Nem kételkedett benne, hogy az enyhén áttetsző ruha újra megteszi majd a hatását.

7

Az ESP klubban a szokásos esti tömeg nyüzsgött. A hangfalakból elődübörgő basszus ritmusára fiatalok százai vonaglottak az aréna közepén; a vibráló fényorgiában fürdő testek pillanatképeiből összeálló látvány már-már szürreális hatást keltett. A csarnok közepét uraló süllyesztett küzdőtér felett körben átlátszó padlójú galériák függtek a levegőben, a fizika törvényeit megcsúfolva. A gyűrűket függőfolyosók kötötték össze, vékony hálózatuk high-tech pókhálóként feszült a táncoló tömeg feje felett. A lenti zaj után döbbenetes kontrasztként hatott a hangkioltók által létrehozott csend, amelyet csak a játékasztaloktól felröppenő halk beszélgetésfoszlányok törtek meg néha. Itt a világítás is diszkrétebb volt, illeszkedve a társaság kialakult igényeihez. Bár az ESP-nek ez a része nyitott volt mindenki előtt, az ide járók nagy része törzsvendég volt, akik idegent csak ritkán engedtek maguk közé.

Pete minden idegszálával a játékra összpontosított. A játszma már a vége felé közelített, de még közel sem volt lefutva. Csak a megfelelő pillanatra várt, hogy titkos tartalékát bevetve a maga irányába billentse a mérleget. Három másik játékostársa eddig el volt foglalva egymás kivégzésével, kevés figyelmet szentelve a háttérben meghúzódó jelentéktelennek ható figurákra. Pete elmosolyodott, amint a bal oldali szomszédja megtette a lépését. Szinte sajnálta a fiatal fickót, aki vélhetőleg nem túl régóta játszott ezzel a játékkal. Ez után a lépés után még egy kört jósolt neki. A két másik játékos valamivel jobb volt, de már egy órával ezelőtt látta, hogy ők is beleesnek a leggyakoribb hibákba.

A játék, amit játszottak egy táblás csatajáték modern módosulata volt, amelyet gyakorta játszottak mindenfelé. Valamikor a huszonegyedik század közepén találtak utat a klasszikus táblás játékok a játéktermek irányába, amikor egyes kaszinók, hogy újabb játékosok hódítsanak meg, adaptálták a saját viszonyaikra a legkeresettebb társas— és csatajátékokat. A legtöbben nem sok jövőt jósoltak az ilyen próbálkozásoknak, de csakhamar kénytelenek voltak meghajolni az újonnan született trend előtt. A korábban csak baráti társaságban játszott játékokat szigorúbb keretek közé terelték, kidolgozták a nyerési esélyek bonyolult rendszerét, és a szabályok betartatását a játékot felügyelő számítógépre bízták. A klasszikus figurákat és terepet holografikus kijelzők és csúcskategóriás grafikai megjelenítők váltották fel, megteremtve a játékok egyedi hangulatát.

Ez a csatajáték egyike volt a legkedveltebbeknek, bár igazán mesteri szinten csak néhányan értettek hozzá. Minden játékos egy-egy kisebb mech-hadsereget irányított, amely a huszonegyedik század eleji animéket idéző óriásrobotokból, harckocsikból és gyalogosokból állhatott. A terepet a számítógép hozta létre minden csata előtt a kialakított tereprendezési elvek alapján, majd felosztotta hatszögletű cellákra, amelyek kirajzolták a tényleges játékteret. Az apró holografikus figurák alkotta szoftver-haderőt külön lehetett megvenni, némelyiket igen borsos áron. A legjobb játékosoknak néha több ezerre is rúgott a rendelkezésére álló gépek mennyisége, amelyekből mindig az adott helyzethez legjobban illő darabokat választottak ki a játék előtt. A játékosok ezután elindultak a képzeletbeli terepen egymás ellen, hogy aztán csak egy maradhasson a végére. A számítógép kalkulálta a pontos esélyeket, és akárcsak ha egy arénában ülnének, a játékosok bármikor fogadhattak a saját gépeikre, tovább növelve a tételeket. Nem egy tapasztalatlan kezdő lovallta bele magát nagyobb adóságokba azzal, hogy a társai elhitették vele a játék során, hogy még van esélye győzni.

Akárcsak ez a három, gondolta Pete kárörvendően. Miközben ő a megengedettnél lényegesen gyengébb gépeket választott, a többiek rögtön a legjobb egységeiket hívták be a játéktérre. Nem kellett negyedóra sem, és már a középen fekvő csatatéren gyilkolták egymást, pusztító mindent vagy semmit jellegű háborút vívva szinte teljesen figyelmen kívül hagyva a háttérben békésen meghúzódó jelentéktelen gépeket. Már számos digitalizált füstöt okádó mech feküdt a harcmezőn, és Pete tankjai a végső offenzívára készültek. A konzolján felvillantak a fények, jelezve, hogy ő lép. Sűrű szemöldöke alatt megvillant a szeme és egy gyors utasítást adott a két közepes harckocsinak, hogy támadjon a nekik éppen a hátát mutató mechre. A másik játékos rádöbbent, hogy hatalmas hibát követett el, de már nem tehetett semmit. Közben Pete újabb utasításokat adott a számítógépnek, szimulált rakéták felhőjével árasztva el a másik két ellenfelének gépeit is. A rendszer miután végigjátszotta a támadást, újraszámolta az egyes gépek állapotát. Ennek nyomán két gép felbukott, miközben egyikük kisebb villanás kíséretében megsemmisült. A szemben ülő játékos felhördült a szerencsés találat láttán, de Pete csak sejtelmesen mosolygott. Ha tapasztaltabbak lennének, akkor most összefognának ellenem, gondolta magában vigyorogva. De ha ez a veszély fennállt volna, akkor ő sem ilyen taktikát követett volna eddig. Elég volt egy futó pillantást vetnie a többiekre, hogy tudja: ezzel az utolsó támadással gyakorlatilag meg is nyerte a csatát. A jobb oldalán ülő játékos a kezébe temette az arcát. Talán most jött rá, hogy már neki is csak egy köre van hátra.

Pete hátradőlt, belekortyolt a konzolján álló átlátszó italba és körbenézett. Még elég sok hátra volt az éjszakából, talán egy újabb csata még beleférhet. Benyúlt a bőrzekéjének felső zsebébe és előhalászott egy gyűrött cigarettát. Bár a dohányzás be volt tiltva minden szórakozóhelyen, az ESP-nek ezen a részén senki nem kötött volna bele. A félhomályban apró láng lobbant, és már éppen meggyújtotta a fehér rudat, amikor mozgásra lett figyelmes az egyik összekötő folyosón.

A lány határozott léptekkel közelített, tekintete folyamatosan a játékasztalokat pásztázta. Olyan a mozgása, akár egy ragadozó macskáé, gondolta vidáman, és visszacsattintva az ósdi öngyújtó fedelét elrakta a cigarettát. Közben a testhezálló ruhát viselő lány kiszúrta és elindult felé. Pete kedvtelve végigpásztázta a tekintetével, majd halkan felnevetett és közben magában újra megállapította, hogy milyen kár, hogy nem húsz évvel fiatalabb.

– Kit látnak vénülő szemeim? Csak nem Ms. Karin Nagasawa látogatott el ebbe a bűnbarlangba személyesen? – évődött vidáman és kinyúlt, hogy közelebb húzzon egy széket a másik asztaltól. A lány elmosolyodott és kezet nyújtott. Pete elkapta a lány kezét, de ahelyett, hogy megrázta volna, futó csókot lehelt rá. Karin elrántott a karját a vigyorgó férfitól, mintha áramütés érte volna, miközben alig észrevehetően elpirult. Pete hangosan nevetett a lány zavarán és kezével az odahúzott székre mutatott. A lány átvetett a lábbal leült, kezével a támlára támaszkodva.

– Te már soha nem változol meg Pete. – mondta tettetett bosszússággal, de végül ő is elvigyorodott. Fejével az élénken figyelő játékostársak felé intett. – Már megint kifosztasz három szerencsétlen zöldfülűt?

Pete savanyú arcot vágott, de látszott rajta, hogy csak színlel.

– Ugyan már. Nem vagyok én annyira jó. Egyszerűen csak szerencsém van, ennyi az egész. – Ravaszkásan mosolygott és végigsimította ritkás ősz haját.

– Szerencséd ám, a lófaszt! – Végignézett a meglepett asztaltársaságon. – Több eszetek is lehetne, mintsem, hogy leültök ezzel a vén hamiskártyással játszani. Már akkor itt lopta a napot, amikor ti még meg sem születtetek. – A többiek zavarát látva elnevette magát, majd a férfihoz fordult. – Igazán kereshetnél azonos súlycsoportban levő ellenfeleket magadnak.

Pete megrántotta a vállát válaszul, és rávigyorgott a döbbent játékosokra. Karin felé fordulva a fejével a többi asztal felé intett.

– Miért, talán tudsz olyat mutatni itt? Amióta Lyman és Malthus elmentek egyre kevesebb veterán jár már le. – Vállat vont. – Talán keresnem kéne egy új helyet.

Karin végignézett a tömegen, majd a játszma állását tanulmányozta egy pár másodpercig, amíg a Pete kiitta az italát. Elvette a férfi poharát és felállt.

– Megyek, hozok magunknak valamit inni. Addig fejezzétek be a játszmát. Utána szeretnék veled üzleti ügyben beszélni Pete, ha nem bánod. – A férfi bólintott és a lány elviharzott.

Alig öt perc múlva a három immár roppant szomorú játékos felállt és elbúcsúztak legyőzőjüktől. Egyikük valamilyen visszavágót emlegetett, és Pete egy szórakozott bólintással elfogadta az újabb kihívást. Ha a srác újabb vagyonokat akar elveszteni, nem ő lesz az, aki megakadályozza ebben, gondolta vidáman. A lány lehuppant a mellette levő székre és egy újabb átlátszó italt nyomott a kezébe.

– Alaszka koktél, ugye jól emlékszem? – mosolygott rá. Pete belekortyolt és lelkesen bólogatott. Mindig ezt itta játék közben. Nincs is jobb, mint a tiszta jeges víz. Ha az ellenfél pedig azt hiszi, hogy alkohol, akkor annál jobb. Kíváncsian fürkészte a lány arcát, amelyen most az asztal vetítője által keltett fények tükröződtek vissza.

– Egy üzleti ajánlattal jöttem Pete – forgatta a kezében tartott karcsú poharat a lány a benne hullámzó folyadékot vizsgálgatva.

– Az üzlet az mindig jó – bólogatott a férfi, de szemét nem vette le Karin arcáról.

– Az Omarról van szó. Úgy tudom, hogy vannak ott kapcsolataid. – folytatta színtelen hangon. Pete felszisszent és felhajtotta a jeges vizet. Rosszul kezdődik.

– Beszélnem kellene egy bizonyos Abdul al Khareeffel. A nyilvántartás szerint az utolsó tartózkodási helye az *Endless Hope* állomás volt.

Pete összevonta a szemöldökét, és ültében kicsit előrehajolt. Helytelenítőleg megcsóválta a fejét.

– Ugye tudod, hogy ez nem lesz egyszerű? És most nem csak a bejutásról beszélek. Az sem lesz egyszerű. Sőt, eléggé veszélyes lesz. De semmi garancia nincs rá, hogy ez a te Abdul al Khareefed valóban ott is van. Az Omar rendszeresen meghamisítja a nyilvántartásokat. Legalább valami fénykép, vagy személyleírás van róla? – sóhajtott lemondóan, amint látta a lány eltökélt arckifejezését. Karin előszedett egy összehajtogatott papírlapot és átnyújtotta. Pete széthajtogatta, majd néhány másodperc alatt átfutotta az információkat.

– Ugye tudod, hogy ez elég esztelen dolog? – Megrázta a fejét. – E szerint a fickóról vagy ötven éve nem tudunk semmit. A legjobb esetben is van vagy nyolcvan éves. Az se biztos, hogy él még, az Omarok nagy része visszautasítja a modern orvosi ellátást. – Az asztalra dobta a papírt. – A *Hope*-on nekem két hét is elég lenne, hogy becsavarodjak, nemhogy fél évszázad. – Összeráncolta a homlokát és újra hitetlenkedően megrázta a fejét. – Egyébként is, mit akarsz te ettől a fickótól megtudni?

Karin felvette a papírt, és nagyot húzott a poharából. Pár másodpercig tanácstalanul nézte a fényképet.

– Ez elég hosszú történet. Gondolhatod, hogy ha lett volna másvalaki, akitől megtudhatom, amire kíváncsi vagyok, akkor nem próbálkoznék ezzel. De most nincs más választásom. – Begyűrte a papírlapot a ruhája zsebébe. – Segítesz akkor, vagy nem? Persze fizetem a szokásos díjadat.

Pete hátradőlt, felemelte a poharát, de aztán szomorúan állapította meg, hogy elfogyott a víz.

– Úgy látom, nem tudlak lebeszélni erről az őrültségről. Ugye azzal is tisztában vagy, hogy elvileg senki nem léphet be a bázisra meghívó nélkül? És azzal is, hogy még az sem életbiztosítás? És ha csak megölnek, akkor nagyon jószívűek voltak…– látva a lány késpengeszerűen megfeszülő ajkait, nagyot sóhajtott, és letette a poharat.

– Rendben, próbáljuk meg. De csak neked. És van két feltételem.

Karin kérdően nézett rá és Pete elmosolyodott.

– Az egyik az, hogy játszol velem egy partit – mutatott a játékasztal felé. Mielőtt még a lány tiltakozhatott volna, elnevette magát. – És ne gyere nekem kifogásokkal. Tudom, hogy legalább olyan jó játékos vagy, mint néhány itteni önjelölt ász. – Meg sem várva a lány válaszát, leütött a konzolon néhány utasítást. A játéktér lassan kezdett formát ölteni az asztal lapja felett.

– A másik az, hogy közben elmondasz mindent. És nincs titkolózás. Ha már vásárra viszem a bőröm, akkor tudni akarom, hogy miért teszem.

– A lankás, erdőkkel tarkított virtuális terep felett talányosan elmosolyodott.

– Kezdhetsz. Kapsz ezer pont előnyt. Jól oszd be.

8

A leszállópálya betonja felett remegett a levegő a nyár esti hőségben. Az irányítótorony fényei bizonytalanul hunyorogtak a távolban, mögötte a város színes fényorgiája festette meg a felhők alját, elűzve a sötétséget. A szomszédos platformon terpeszkedő hatalmas Atlas teherbárka elmosódott körvonala eltakarta a kikötő nagy részét, de még így is megdöbbentőek voltak az űrkikötő nyomasztó méretei. A távolból tompa dörgés hallatszott, ahogy egy űrhajó hajtóművei birokra keltek az Eridanus gravitációjával. A fémmonstrum lassan emelkedett izzó, fényes plazmacsóváin ülve, majd egyre jobban erőre kapva elhúzott a *Prometheus* felett, és eltűnt a ritkás felhők között.

Karin hosszan nézett a másik hajó után, majd visszafordult a munkájához. Már majdnem végzett a felszállás előtti ellenőrzéssel. A nagy teljesítményű szivattyúk rövidesen felszívják az utolsó csepp üzemanyagot is, ami még belefér a törzsbe épített páncélozott póttartályokba. A lány átfutotta a kézi műszer által szolgáltatott adatokat, és bólogatva kihúzta a diagnosztikai panelből a kábelt. A hajó előrehaladott kora ellenére kifogástalan állapotban volt. Lecsapta a bal hajtóműblokk alján a kis fedelet, és elindult, hogy a gép másik motorján is megismételje a mérést. Apa szerelői kitűnő munkát végeztek, gondolta elégedetten, miközben ellépett a sokkerekes főfutó mellett. A viharos leszállásnak a nyomait is eltűntették, és számos, az idők folyamán összeszedett kisebb hibát is kijavítottak. Kedélyesen megpaskolta az egyik kiálló vezérsík felületét, és magában újra megköszönte az apjának a szokatlan meglepetést. Felnézett a felette tornyosuló hajóra és élvezettel mérte végig a karcsú, ugrásra kész ragadózóként nyújtózó korvettet. A *Prometheus* szinte lüktetett az energiától. Éppen úgy, ahogy a lány is érezte magát.

A betont egyre inkább megülő éjszakai ködben mozgásra lett figyelmes. A kikötőt megvilágító reflektorok fényében először csak egy bizonytalan árnyékot lehetett látni. Karin érdeklődve fordult az alak felé. Vajon ki lehet ilyenkor, töprengett magában, de mikor az alak pár lépéssel közelebb jött, rögtön felismerte Pete jellegzetes járását. A férfi odaintett neki, és ahogy tömött táskájával átvágott a betonon, Karinban felidéződött a jó pár évvel ezelőtti első találkozás emléke.

Törékeny Horizont

Akkoriban Karin az *Alexandria* fregatt parancsnokaként szolgált. A hajó a peremvidéken teljesített járőrszolgálatot kalózokra vadászva. Az aktív állomány egyik legfiatalabb kapitányaként akkoriban még úgy vélte, hogy fényes karrier előtt áll a Szövetségi Hadiflottában, és hatalmas megtiszteltetésnek vette az első önálló feladatát. A kezdeti lelkesedés már-már lassan alábbhagyott, amikor másfél hónap eredménytelen kutatás után a rádió egy gyenge vészjelet fogott.

A jelet kibocsátó teherhajó valamikor egy szabad kereskedőé lehetett, de mire odaértek, már csak sodródó roncs maradt belőle. A törzset csúfító becsapódásnyomok alapján először nem is gondolták volna, hogy maradtak élők a fedélzeten. De a flotta szabályai szigorúan előírták, hogy minden gazdátlan roncsot át kell kutatni túlélők után. Három emberével tehát páncélszkafandert öltöttek, és átmásztak a teherszállító kiégett tetemére.

Odabent borzalmas látvány fogadta őket. Bár az akadémián sok képet mutattak az űrcsaták szörnyűségeiről, Karin mégis ekkor szembesült először ezekkel személyesen. A rosszulléttel küszködve haladtak folyosóról folyosóra a mészárszékké változott roncsban. A légüres térben rengeteg hulla lebegett, saját megfagyott vérükbe és kifordult maradványaikba dermedve. A keskeny átjárókon láthatóan kemény tűzharcot vívtak, talán azelőtt, mielőtt a támadó módszeresen szétlőtte volna a hajót. Először arra gondoltak, hogy a hajó legénysége vívott elkeseredett közelharcot a betörő kalózokkal, de idővel észrevették, hogy a hullák között legalább annyi fegyveres is akadt, akik egyértelműen nem a legénységhez tartoztak. Úgy nézett ki, mintha a kalózokat valaki hidegvérrel, módszeresen végezte volna ki.

Már-már feladták volna a keresést, amikor végül ráleltek az életfenntartó rendszer már alig-alig működő romjai között az egyetlen túlélőre. Az idős szakállas férfi csontsoványra lefogyott; arcát, ruháját rászáradt vérfoltok borították. A helységet a rendszerből kiszabaduló gőzök lepték el, és a sötétből vigyorogva elősétáló szakadt figura már-már szürreális látványa szinte megbénította őket.

Később kiderült róla, hogy a rakomány fegyveres kíséretének tagja volt, és a meséjét végül a megbízó cég is megerősítette. Pete ezen kívül nem volt hajlandó továbbiakat elárulni a hajón történtekről. Mindössze annyit közölt velük, hogy a közelben sodródik valahol egy másik roncs, amelyen valószínűleg megtalálják a rakomány nagy részét.

Nem is kellett sokáig keresniük, mire meglelték a kalózok belülről szétrobbant járművét, amely gazdátlanul, halottan sodródott a közeli nap felé. Mielőtt még további információkat szedhetett volna ki belőle, a parancsokságtól üzenet érkezett, hogy a túlélőt haladéktalanul szállítsa a Wolf 182-re. Pete csak talányosan mosolygott, és Karin végül feladta a kérdezősködést. A hosszú úton visszafelé aztán összebarátkoztak, és végül anélkül rakta ki a katonai támaszponton, hogy bármi konkrétat megtudott volna az ügyről. A teherhajón történtek a múlt homályába vesztek, bár a később kiderült információk fényében jól el tudta képzelni, hogy mi történhetett ott.

El is felejtette volna Peter Elmer Yakunovichot, ha évekkel később, amikor már önálló hajóskapitányként dolgozott, újra össze nem futnak. Egy konténert kellett elvinnie minél gyorsabban a Földre és a megbízó – az Eridanus egyik legnagyobb elektronikai kutatóközpontja – Pete-et és kis csapatát adta mellé védelmül. A tanítványok, ahogy ő nevezte, mindegyikének Karin legalább tíz év szigorítottat ajánlott volna meg látatlanban, és később ki is derült, hogy túl sokat nem is tévedett. Pete-ről – akit Eridanus árnyasabb oldalán akkoriban Pete „142"-nek hívtak – megtudta, hogy a tengerészgyalogság hírhedt W.A.S.P. egységénél szolgált, míg állítólag egy sérülés kapcsán le nem szerelték. Azóta annak dolgozik, aki többet fizet – a legnagyobb cégek alkalmazzák a kiemelt diszkréciót igénylő esetekben. A kalandos út során maga is megbizonyosodhatott arról, hogy a férfi veszett hírneve nem alaptalan. A saját magának adott furcsa becenév, amely egy időről-időre növekvő számból állt, eredetét soha nem árulta el, bár egyes rossznyelvek szerint a megölt ellenfelek számát jelentette. Ezt a teóriát Karin pár közös akció után elvetette, mert a szám túl alacsonynak tűnt. Mindenesetre később Pete jóvoltából számos jól jövedelmező, exkluzív munkát kapott, ami akkoriban – mint mindig – pont kapóra jött.

Pete kilépett a sötétből a *Prometheus* reflektorai által megvilágított területre és hanyagul, vidáman tisztelgett a lánynak.

– Kérek engedélyt a fedélzetre lépni Nagasawa kapitány! – A lány a kezét nyújtotta az öreg katonának és szívélyes mozdulattal a beszállórámpa felé tessékelte.

– Engedély megadva. Üdvözöllek a *Prometheuson.* Újra. – Fellépdeltek a feljárón és átvágva a keskeny raktéren a hajó orrában levő szűkös szálláshelyek felé vették az irányt. – A szokásos kabinod gondolom megfelel – intett előre a lány, és az öreg dörmögött valamit.

– Látom a szokásos rend uralkodik megint – rúgott bele egy széthagyott dobozba, amelyben a felirata szerint tartós élelmiszereknek kellett volna lennie.

– Hé, látom nem sikerült még mindig levetkőznöd ezt a rendmániádat, Pete. – veregette hátba a társát. – Az odaúton rengeteg időd lesz takarítani. Én mindenesetre mindent megteszek azért, hogy legyen mit. Ez úgyis a legénység dolga. Egy kapitány mégse takaríthat a saját hajóján.

Pete kínosan elmosolyodott, és felfelé mutatott hüvelykujjal jelezte, hogy a lány győzött. Majd mély hangon felnevetett, majd rácsapott a rakteret a lakórésztől elválasztó ajtó nyitópaneljára. A vastag páncélajtó hangos szisszenéssel siklott a falba, és beléptek a lényegesen jobban megvilágított parancsnoki szekcióba.

– Akkor megyek, lerakom a holmimat. Aztán keresek egy seprűt. Rendetlen nőszemély. – Karin elvigyorodott, és már éppen visszavágott volna, amikor halk hangon megszólalt a kommunikátora. A készülék apró képernyőjén Josh képe tűnt fel. A fiú aggodalmas arckifejezést vágott.

– Szia Karin! Figyelj, egy haverom most szólt, hogy valaki kérdezősködik utánad. Azt nem mondta, hogy ki, vagy hol, de én megbízom a srácban. Már máskor is szólt ilyenekről. – A fiú egy szuszra hadarta el az egészet, és meglehetősen izgatottnak tűnt. Karin a homlokát ráncolta.

– Nem hangzik túl jól. Szerencsére rövidesen lelépek a bolygóról. Azért köszi, aranyos vagy, hogy aggódsz miattam. – Elmosolyodott, de aztán eszébe jutott valami. – Figyelj Josh, szerintem lehet, hogy neked is el kéne tűnnöd egy időre. Nem tudom hova mehetnél, de mégis. Utazz el egy pár hétre a szigetekre nyaralni, vagy akármi. – Ha őt keresik, akkor Josh is könnyen képbe kerülhet. És nem akarta, hogy miatta a srácnak baja essen. Néha hajlamos volt elfelejteni, hogy mennyire kiszolgáltatott. A fiú viszont magabiztos arcot vágott.

– Ne félts, tudok én is vigyázni magamra. Nem lesz semmi bajom. – Vé betűt formált a két ujjával és kacsintott, majd bontotta vonalat. Karin a foga között elmormolt egy szitkot a férfiak makacsságáról és a felesleges hősködésről. Közben Pete is előkerült a kabinjából. Látva a lány gondterhelt arcát, kérdőn felvonta a szemöldökét. Karin összeszorította az száját.

– Valaki kérdezősködik utánam. Joshra meg most jött rá a hősködés. – Arckifejezése elárulta, hogy mi a véleménye az egészről. Az idősebb férfi vállat vont.

– A dolgok már csak nem változnak. Idővel majd benő a feje lágya. – Megvakarta a kopaszodó homlokát. – Viszont ha valaki kíváncsiskodik, akkor szerintem induljunk minél előbb. Nem lennék meglepve, ha ez a valaki már figyelné a hajódat. – A lány bólintott, és elindult a pilótafülke felé nyomában a zsoldossal.

A hajó külső fényei kikapcsoltak, csak a zöld-vörös helyzetjelzők és a főreflektorok maradtak égve. A rakodórámpa felemelkedett és az éledő motorok dübörgése közben alig hallható kattanással lezárult. A törzsön épphogy látható remegés futott végig, mintha egy ugrásra kész bestia lenne, aki az izmait nyújtóztatta volna egy ugrás előtt. A *Prometheus* alján felnyíltak a vertikális fúvókák nyílásait takaró lemezek. Kéken izzó lángcsóva csapott ki és a nyílszerű törzs látszólag nehézkesen megmoccant, és az egyre elviselhetetlenebbé váló robajban lassan emelkedni kezdett. A futóművek visszahúzódtak a törzsbe, és a hajó egy pillanatra mintha megállt volna a levegőben. A tétovázás nem tartott sokáig. A főhajtóműből harminc méteres plazmacsóva vágott ki, és a hajó megugrott. Kékes csóvát húzva maga után átsuhant az Eridanus éjszakai égboltján és kecses törzsét az ég felé fordította. Alig egy perccel később már csak a felhőkbe vágott kondenzcsík tanúskodott arról, hogy valaha itt járt.

A leszállópálya peremén egy alacsony, izmos férfi leengedte a távcsövet és egy csúf skandináv káromkodást elnyomva megállapította, hogy későn érkezett. Úgy látszik kénytelen lesz más utat keresni, állapította meg magában.

9

A Flower Garden az amerikai nyugati part legelegánsabb, de egyben talán legdrágább szállodája volt. A barokk kastélyt utánzó épületegyüttest még a múlt század végén építtette egy gazdag közel-keleti befektetőcsoport, amely az olajkincsek kimerülése után kezdett szállodaépítéssel foglalkozni. Az összes épületük régi paloták tervei alapján készült, amelyeket azután korabeli bútorokkal rendeztek be. Az utolsó függönyig minden az adott kor és vidék szokásait, divatját idézte, akárcsak a személyzet ruhája, hajviselete, sőt beszéde. Bár a vendégek kényelmét számos modern eszköz is szolgálta, ezek mindvégig rejtve maradtak. Az ide betérő – általában dúsgazdag – vendégek úgy érezhették, mintha időutazáson vennének részt: maguk is a kor hangulatát idéző ruhákat öltöttek, és inasok hada leste a kegyüket, mint a régi idők nemeseinek. Éppen ezért a kastély nevét adó hatalmas parkban nem volt szokatlan, ha az ember egy-egy híres holovid-sztárba vagy ismert politikusba botlott. De előszeretettel látogattak el ide olyanok is, akik titokban akarták tartani, hogy kivel érkeztek. Az arab tulajdonosok a diszkréciót mindennél előbbre való szabálynak tartották.

Scarlett Masterson a gyertyák felé tartotta a poharát, és élvezettel figyelte a bíborvörös folyadékon megtörő ezernyi apró fénypontot. Az étterem egyik különtermében voltak, rajtuk kívül csak a félhomályba húzódó, vörös libériás felszolgáló állt a jókora helyiségben. Az aranyszállal hímzett abrosszal lefedett asztalon a vacsora maradványai árválkodtak; a mesterszakács megmaradt remekműveiből még többen jóllakhattak volna. A legjobb pincék egyikéből származó kitűnő vörösbor tüzesen fénylett a kristálypohár alján. Szinte hihetetlen, gondolta, hogy egyes emberek képesek közel negyven éven keresztül érlelni az italt, hogy aztán olyan hozzá nem értő sznobok hajtsák fel őket, mint amilyen a vele szemben ülő fickó. Persze harminc-valahány évvel ezelőtt azt sem gondolta volna senki, hogy a város egyik legszegényebb negyedéből származó, jelentéktelen kis Scarlett Masterson egyszer a gigászi Cryogen konszern egyik igazgatója lesz.

Angus Felton sokat sejtetően a lány kezére csúsztatta húsos tenyerét. A férfi arcán széles ragadozóvigyor terült szét, és Scarlett egy pillanatra összerázkódott az érintéstől. Kicsit hátra hajtotta a fejét, hogy a mély dekoltázsú ruha még jobban érvényesítse izgató alakját, és lassú kortyokkal kiitta a finom óbort. Szeme sarkából látta Felton mohó tekintetét, és elégedetten vette tudomásul, hogy a főnöke már kellően be van gerjedve. Magába fojtotta a feltörni készülő gonosz mosolyt, és óvatos mozdulattal visszatette az asztalra a poharat.

– Hallottam, hogy volt egy kis biztonsági kalamajka a múlt héten. – Mosolyodott el ártatlanul a férfi. Scarlett elhúzta a kezét és bosszús arcot vágott. Valaki nagyon meg fog fizetni azért, hogy eljárt a szája.

– Semmi olyan, amit ne tudnánk kezelni. Csak egy újabb hacker próbálkozott bejutni a hálózatba. De már intézkedtem.

– Remélem nem jutott hozzá semmilyen fontos adathoz. Vagy mégis? – Felton függni hagyta a kérdést a levegőben. Láthatóan élvezte a lány zavarát. A szemétláda. Ezt még visszakapod, fogadkozott Scarlett magában.

– Nem. Csak néhány személyi akta, de még csak nem is az aktív állományból. De azért ráállítottam az egyik legjobb emberemet. – Határozottsága úgy látszik megnyugtatta a férfit, aki hátradőlt és a pohara után nyúlt.

– Helyes. Tudod, hogy mennyire fontos a Fuujin projekt mindkettőnknek. – Szinte egy szuszra felhajtotta a drága vörösbort. Egy kicsit közelebb hajolt a lányhoz, miközben újra megfogta a kezét.

– Jövőre Jessard vissza akar vonulni. Ezzel szabaddá válik egy hely az igazgatótanácsban. – Sokat sejtetetően a lányra mosolygott. – Már beszéltem pár emberrel az elnökségből. Hajlandóak lennének támogatni a jelölésedet. Persze nem vitás, hogy benyújtják majd a számlát, ha lehetőségük adódik rá.

Scarlett pontosan tudta, hogy mit jelent ez. És azt is, hogy ezt alkalomadtán a férfi is kamatostól behajtja majd rajta. Régóta űzte ezt a játékot, és tudta, hogy Felton is csak egy lépcső a felfelé vezető úton. Ha bekerült az igazgatótanácsba, a Cryogen legfőbb döntéshozó testületébe, már nem lesz szüksége rá. Amint megtalálta az új szövetségeseket, óvatosan el fogja távolítani. Már így is túlságosan sokat tudott róla. De egyelőre kénytelen volt úgy tenni, mint aki belemegy a férfi játékába.

Pár percig némán ültek, miközben a nő látszólag a falakon függő festményeket tanulmányozta. A gyertyák egy pillanatra megrebbentek, bizonytalan fátylat vonva a képek elé. Összerázkódott és szorosabbra húzta a ruha felöltőjét.

– Van viszont egy kis probléma, ami miatt jövő héten vissza kell mennem a bázisra. – Felton kérdőn felvonta a szemöldökét, de nem szólt semmit. Felemelte a borosüveget és töltött magának, majd a lánynak.

– Azrael egyre nyugtalanabb. A múlt héten több kutató is jelezte, hogy látomásaik voltak. Sőt, egyiküket a biztonságaiknak kellett leállítaniuk. – Scarlett visszaemlékezett a videóra, amelyen a fehér köpenyes férfi üvöltve vetette magát a páncélos rendfenntartókra. – Nem esett komoly baja, de azért kicsit idegesít az eset. – Megrázta a fejét és kisöpörte a szeméből az egyik rakoncátlan hajtincsét. – Inkább saját magam veszem kézbe az ügyet.

Felton arcán bosszús kifejezés futott végig.

– Nem tudom, miért nem engedi az öreg, hogy komolyabb eszközökhöz nyúljunk. – Legyintett, mintha csak egy legyet hessintett volna félre. – Már sokkal előrébb járhatnánk, ha nem finomkodtunk volna vele eddig.

Scarlett hideg tekintettel bólintott. Bár már saját maga is többször kérvényezte, hogy a kutatói erőszakosabb megoldásokkal próbálkozhassanak, a vezetőség ezt minduntalan elutasította. Állítólag maga Becksmann, a Cryo fő tulajdonosa állt a tiltás mögött.

– Ha bent leszek a tanácsban, ketten talán sikeresebbek leszünk. – Felvillantotta a legelragadóbb mosolyát, miközben az asztalon álló gyümölcsöskosárból kiemelt egy banánt. Lassú mozdulatokkal meghámozta, éles körmének egy-egy vágásával nyitva fel a kemény héjat. Eközben mélyen a férfi tekintetébe fúrta a sajátját, és élvezettel nézte, hogy a helyzet nyers szexuális töltése lassan kifejti a hatását. – Ha ketten összefogunk, senki nem állíthat meg minket.

Kilenc fényévvel távolabb, egy sokkal kevésbé előkelő helyen Matti Tommila felhajtotta a sörének maradékát. Hátradőlt a kényelmetlen, recsegve tiltakozó széken, és lassan végighordozta a tekintetét a termen. A Last Straw-ban nagyüzem volt. A vadnyugati mulatót idéző bár színpadán újabb félmeztelen lányok tűntek fel, hogy a körülöttük ácsingózókat szórakoztassák. A megérkezésük hatalmas ovációt váltott ki, és többen felálltak a bárpult mellől, hogy közelebbről is szemügyre vegyék a műsort. A sarokban néhány asztalnál abbahagyták a kártyázást, és a felszolgálók útra keltek az újabb tálcányi italokkal. Az egyikük véletlenül átesett egy félrészegen támolygó alakon, de végül bravúros ügyességgel megmentette a söröskorsókat. Matti elismerően bólintott a nem mindennapi mutatvány láttán. Páran megtapsolták a lányt a közelben ülők közül.

A figyelme újra az egyik szélső boksz felé fordult, ahol a félhomályban láthatóan megköttetett végre az üzlet. A szemébe épített bioware lehetővé tette volna, hogy infravörösben is megvizsgálja a terepet, de amennyire szüksége volt, az jól látszott így is. A magas, vékony srác átvette a csomagocskát, és felhajtva a hosszú pólója csuklyáját felállt. A fehér, beesett arc régóta tartó kábítószer függőségről árulkodott, akárcsak az enyhén remegő, csontsovány kéz, amelyet most a zsebébe dugott. Hosszú léptekkel elindult a kijárat felé, kígyóként manőverezve a meztelen lányok hatására megélénkülő tömegben. Matti a zsebéből pár kreditkorongot vett elő és az asztalra hajította. Ugyanezzel a mozdulattal kétszer megkocogtatta a fülébe ültetett, láthatatlanul apró adóvevőt. Kivárt pár másodpercet, majd felállt és elindult a srác után.

Közel két méteres magasságával és kigyúrt izmaival nem esett nehezére átjutnia az emberek sorfalán. Mire a kijárathoz ért, már ott járt mögötte. A fickó idegesen körbenézett, mielőtt még elindult volna kifelé, mintha attól tartana, hogy követi valaki. Matti barátságosan rámosolygott.

Az éjszaka hűvöse szinte kellemesen hatott a benti füst és tömeg után. A pár órával ezelőtti eső által hátrahagyott tócsákban neonreklámok fénye tükröződött. Az utcán ilyenkor már nem járt senki, mindössze pár háztömbnyire egy csapat csöves, akiket viszont teljesen lekötött a mellettük álló betört ablakú autó kifosztása.

A srác elindult a Last Straw-val szemben parkoló járművek felé. Alig tett meg pár lépést, amikor a sarkon egy lesötétített furgon kanyarodott be és kényelmes tempóban elindult a feléjük. A fickó egy pillanatra megállt, tétovázott, hogy átszaladjon-e előtte. Későn vette észre a mögé lépő Mattit, aki megragadta és belökte a tökéletes időzítéssel lefékező jármű nyitott ajtaján. Kiáltani sem volt ideje, amikor támadója beugrott mögötte és az ajtó becsapódott.

Matti megragadta a nyakánál fogva a kétségbeesetten nyüszítő fickót, és egyetlen erőteljes mozdulattal bepasszírozta a raktérbe épített egyik székbe. A srác megszédült az ütéstől, és kábultan tűrte, hogy az eddig a háttérben várakozó technikus hozzábilincselje a székhez. A kezeslábast viselő alacsony, szemüveges emberke egy tenyérnyi képernyővel felszerelt műszert vett elő és letekert róla egy elektródákban végződő kábelt. Valamit állított a készüléken és a tappancsokat a srác halántékára simította. Felfelé fordított hüvelykujjal jelezte a főnökének, hogy részéről mehetnek.

Matti elengedte a kölyköt, aki még mindig a villámgyors akció sokkjától kábán bámult rájuk. Megpróbálta felemelni a kezét, de a bilincsek szorosan tartották.

– No, kishaver. – Matti leült vele szembe és vett egy mély levegőt.

– Mit akarnak tőlem? – bukott ki a kérdés a srácból, aki közben abbahagyta a bilincsei rángatását. – Nem csináltam semmit, engedjenek el. – Matti elmosolyodott, és a gyerek felső zsebéből egy kékes színű zselével teli zacskót halászott elő. Ledobta a padlóra.

– Semmit, mit? Biztosan azt is meg tudod magyarázni akkor, hogy mit keres nálad a hypermeth. Csak mert tudtommal büntetik a birtoklását is. – Az erős ajzószer révén profi hackerek akár napokat képesek voltak becsatlakozva tölteni. Felgyorsította a reakcióidőt, kitágította az elmét – legalábbis ezt mesélték azok, akik a rabjaivá váltak. Ez pedig nagyon gyorsan bekövetkezett, ha valaki használni kezdte. Szinte megsajnálta a srácot, mert a hypermeth pár év alatt fel fogja őrölni a szervezetét és nyáladzó idiótát csinál majd belőle.

– Nem tudom, miről beszél… – kezdte volna bizonytalanul, de Matti közelebb hajolt és ettől elhallgatott.

– Ugyan már fiacskám. Megfigyelünk már egy ideje. Van itt minden. A kábítószerrel való visszaélés csak a jéghegy csúcsa. De az adatlopásért, a virtuális orgazdaságért, és a különféle egyéb számítógépes bűncselekményekért viszont önmagában is kaphatsz vagy tizenöt évet. De hát ezt úgyis tudod, ugye Goldenboy? – Gonoszul elmosolyodott, mikor a név említésére a srác elfehéredett. Benyúlt a zsebébe és az orra elé dugott egy jó előre elkészített fényképes igazolványt.

– Szövetségi nyomozóiroda, számítógépes terrorista-elhárító csoport. – Hagyta, hogy pár másodpercig tanulmányozza a lapot, majd visszarakta a zsebébe.

– Én..én nem csináltam semmi ilyet – hebegte most már láthatóan remegve a hackerpalánta. Matti megértően bólogatott és kivett egy adathordozó rudat a belső zsebéből.

– Dehogynem csináltál. Mindenre van egy csomó bizonyítékunk. – Felmutatta a memóriarudat, majd eltette. – Összejön belőle vagy tizenöt év kényszermunka az Alarionon. Csupa nehézfiú között. Bár a jó hír számodra az, hogy az első évet csak a fele éri meg. – Ez persze csak részben volt igaz, ilyen bűnökért ritkán ítéltek valakit kényszermunkára.

De látta, hogy a halálra rémült srác most mindent elhitt volna neki. Egy-két percig hagyta, hogy főjön a saját levében, miközben a háta mögött álló technikussal összevillant a tekintetük. A másik odamutatta neki a kézi műszer képernyőjét, amelyen pár vörös oszlopdiagram világított. Az egyik éppen most váltott sárgáról pirosra.

— Persze igazából nem téged kerestünk. — Goldenboy reménykedő arccal felnézett. — Egy másik hacker után nyomoztunk, aki végrehajtott egy elég csúnya akciót. — Figyelte a másik arcán a reakciókat, és elégedetten állapította meg, hogy jó nyomon járt.

— Azt várja, hogy találjam meg maguknak azt, aki tette — közölte meglepően nyugodt, de reszelős hangon. Éles eszű kölyök, gondolta magában Matti. Lassan bólintott.

— Fogalmazzunk úgy, hogy esetleg közbenjárhatok az érdekedben, ha sikerül elkapnunk. Például megsemmisülnek a bizonyítékok és mindenki megy tovább a maga útján. — Közelebb hajolt, míg szinte alig harminc centire volt az arcuk. — Ugyan kishaver. Mindketten tudjuk, hogy nincs más választásod. Hacsak nem akarsz megrohadni a sitten. — A srác gondterhelten elfordult és a falat bámulta. Pár másodpercig csendben ült, csak a motor zúgása hallatszott. Majd felemelte a fejét és Matti szemébe nézett. Mostanra a tekintetéből a korábbi tűz teljesen eltűnt.

— Mit kéne tennem? — kérdezte megtört hangon.

Matti gúnyosan elmosolyodott, és nekilátott felvázolni a tervet.

1●

A képernyőn a visszaszámlálás nullára ért és a kilátóablakon túl újra felszikráztak a csillagok. A *Prometheus* törzsén fájdalmas csikorgó hang futott végig, ahogy a normál tér újrarendeződött a hajótest körül, és a gravitációs erők lecsaptak a szerkezetre. Karin még elkapta a hátsó képernyőn a pillanatot, amikor a hiperhajtómű által hasított féregjárat sárgás-narancsos örvénye összeomlott mögöttük. Amit ő csak enyhe villanásként látott, egy pillanatra megvakította a gép összes érzékelőjét. Tudta, hogy eltart majd pár percig, amíg a rendszerek kiheverik az elektromágneses impulzus okozta sokkot. Az ablakon keresztül viszont már szabad szemmel is jól látszott az *Endless Hope* komor kősziklája.

Karin gyomrában a nyomás most végre egy kicsit alábbhagyott. Az utolsó ugrás, ide a semmi közepére, próbára tette a képességeit. Elég lett volna egy kis hiba, és könnyen az egyik aszteroida oldalában léptek volna ki az örvényből. Az ilyen nyílt végű ugrások komoly kockázatokat jelentettek minden hajóra. A flotta nem egy nagyobb hajója veszett oda ilyen módon az elmúlt évtizedek folyamán.

A csillagközi utazásnak ez a módja a múlt század negyvenes éveinek elején jelent meg, alapjaiban azóta sem változott. A Becksmann-Tanaka hiperhajtómű működési elve olyan bonyolult térfizikai számításokon alapult, amelyet Karin soha nem értett igazán. A lényeget azonban minden űrutazó ismerte. Pontosan emlékezett az első éves csillagközi navigációs tankönyv bevezetőjére, amelyet majdhogynem kívülről meg kellett tanulniuk. „Az ugrómotor egy olyan tértorzulást hoz létre a hajó előtt, amelyen keresztülhaladva az űrhajó a tér egy másik pontján bukkan elő. A mesterséges féregjárat nem tartható fent túl hosszan, mivel a gravitációs erők eltorzítják a szerkezetét. Ezért az ugrásokat vagy a gravitációs központoktól távol, például a naprendszerek peremén, vagy Lagrange pontokon kell végrehajtani. A Lagrange pontok olyan helyek a térben, ahol a gravitációs erők kiegyenlítik egymást." A hosszú utazások idején néha elgondolkozott azon, hogy mennyire másként alakult volna a történelem, ha az átjárók megnyithatók bárhol, akár a bolygók felszínén is. Valószínűleg nem is alakultak volna ki a jelenlegi szupererős plazmamotorok, és a gravitációs kiegyenlítőknek sem látná hasznát senki. Mindenesetre jelenleg ez a megoldás kínálta az egyetlen lehetőséget a csillagok közötti mérhetetlen távolság leküzdésére. A veszélyei megérték a várható hasznot. És ha el is veszett egy-két hajó minden évben, százszámra épültek helyettük újak.

A rendszerek végre magukhoz tértek és Karin figyelme a navigációs számítógépen megjelenő pályaelemek felé fordult. Az aszteroidamező, amely otthont adott az Omar szekta kolóniájának a Wolf 389 Oort felhőjében helyezkedett el. A csillag innen szabad szemmel teljesen láthatatlan volt, a fényének közel egy évbe tellett megtennie a távolságot. A rendszer születése során visszamaradt törmelékfelhő kitűnő rejtekhelyet kínált az Omarnak, megnehezítve azok dolgát, akik a pontos koordináták nélkül próbálták megközelíteni az *Endless Hope*-ot. A hadsereg is üzemeltetett számos hasonló, gyakorlatilag már mélyűrinek minősülő állomást.

Karin merengését a rádió recsegése szakította meg. A statikus zajon keresztül egy rossz angolsággal beszélő hang hallatszott át.

– Ismeretlen csillaghajó, itt az *Endless Hope* forgalomirányítás. Azonosítsa magát.

Tehát már kezdődik is, gondolta. Annyira azért mégsem fejletlenek ezek, ha ilyen távolságból kiszúrtak minket. Lenyomta a belső kom gombját.

– Pete, gyere fel a hídra. – Ezzel egyidejűleg levette a főhajtómű teljesítményét, nehogy támadásnak vegyék a közeledésüket.

Pete-nek nem tartott fél percet sem amíg ideért, és fujtatva esett be az ajtón. Rögtön bevágta magát a másodpilóta székébe, és a zsebéből egy memóriarudat halászott elő, amelyet rögtön benyomott a számítógép egyik szabad aljzatába. Átkapcsolta magához a hívást és a zaj betöltötte a fülkét. Közben az ismeretlen irányító megismételte a kérdést. Pete végigzongorázott a számítógép billentyűzetén, majd folyékony arab nyelven válaszolt az irányítónak.

Karin értetlenül bámulta a kialakuló pergő párbeszédet. A férfi és a *Hope*-on ülő forgalomirányító barátságosan eltársalogtak, és még nevetgéltek is egy sort valamilyen érthetetlen viccen. Végül Pete leütött pár gombot és ezzel átküldte az adattárolóján levő adatokat. Miközben laza mozdulattal elbontotta a kommunikációs vonalat, ádáz vigyorral fordult a megütközött lány felé.

– Mehetünk. Minden rendben, még emlékeztek rám.

Karin mélyet sóhajtott és rábökött a navicomp által kínált leggyorsabb megközelítő pályára. A robotpilóta átvette az irányítást, és a *Prometheus* kényelmes tempóban elindult a legnagyobb sziklatömb irányába.

– Nem is tudtam, hogy beszélsz arabul. Mit mondtál nekik? – kérdezte, miközben még egyszer ellenőrizte az útvonalat. Nem kerülte el a figyelmét, hogy a forgalomirányító anélkül adott engedélyt, hogy a hajó azonosítóját elküldte volna. Ez merőben szokatlan eljárás volt, még soha nem tapasztalt ilyet. Pete kihúzta a memóriarudat és elrakta a zubbonya belső zsebébe.

– Semmi lényegeset. Azt mondtam nekik, hogy vándor zarándokok vagyunk, akik a megvilágosodást keresik. Erre kérdeztek egyet a szokásos kérdéseik közül, amire tudtam a helyes választ. – Vállat vont. – Aztán átküldtem egy hamis hajóazonosítót.

– És mi volt a nevetés? – kérdezte a lány gyanakvó hangsúllyal. Biztosan érezte, hogy Pete elhallgat valamit.

– Á, csak egy apró poén. Nem lényeges. – A férfi kicsit zavartan vigyorgott, majd pár másodpercig ártatlan tekintettel bámult a lányra. Fene a férfiakba, gondolta Karin. Pete látva a lány bosszúságát gyorsan témát váltott.

– Amúgy ismered az *Endless Hope* történetét?

A lány nemet intett a fejével.

– Csak azt a pár sort, amit az enciklopédia ír róla.

Pete elfordult a székkel, és hátradőlve két tábla csokoládét húzott elő a zsebéből. Az egyiket laza mozdulattal odadobta a lány ölébe. Karin lehántotta a csomagolását és beleharapott. Az édes ízek szétolvadtak a nyelvén és máris vidámabban látta a dolgokat. A feszültség kezdett eltűnni.

– Nos, nem te vagy az egyetlen, akinek fogalma sincs róluk. Ez nem az a rész, ami benne van a tankönyvekben. És ami azt illeti, ők sem nagyon reklámozzák magukat. – Megdörzsölte a deresedő szemöldökét. Most pont úgy nézett ki, mint valami túlméretezett tanár bácsi.

– Lássuk csak. Az egész a kirajzással kezdődött. Amikor a Cryogen kihozta az első olcsó plazmahajtóműveket és elérhető áron kezdte kínálni a hiperhajtóművel felszerelt hajókat, mindenki elindult a csillagok felé. Miután felfedezték a környező tíz-húsz rendszert, megindultak a terraformálások. – Megrázta a fejét. – Máig nem tudom, hogy vajon nem a Cryo tervezte-e el ezt az egészet. Mindenesetre megvolt a kész gyors terraformálásra való rendszerük, amivel öt-tíz év alatt lakhatóvá lehetett tenni olyan bolygókat, mint az Eridanus IV vagy a Procyon II. Aztán mindenki el akart menni a Földről. Mondjuk ez utóbbit nem is csodálom. Amilyen állapotok annak idején uralkodtak arrafelé…

Karin bólintott. A múlt század közepén meginduló kirajzás valóban teljesen felforgatta a világot. A Föld lakosságának egy jelentős része hajóra szállt, hogy új otthont keressenek a csillagok között. De az egész valahogy túl gyorsan történt. A képzett munkaerő hiánya kirobbantotta a régóta érlelődő válságot, és a régi földi államok nagy része összeomlott a saját súlya alatt. Sok régi nagy cég is tönkrement, de azok, akik még időben befektettek az űrkutatásba, felfutottak. Az olyanok, mint a Cryo vagy az LMBC gigászi méretekre duzzadtak, ahogy felvásárolták kevésbé szerencsés társaikat. Kitört pár lokális háború is, amelyek csak tovább fokozták a menekülők számát. És egyre több hajó épült a menekülők pénzén, hogy elvigye őket a csillagokba.

A zavaros '60-as évek után aztán '79 végén megalakult az Államszövetség a korábbi ENSZ helyén, amely egyesítette a régi földi országokat. Megalapították a Szövetségi Flottát és nagy nehezen rendet teremtettek. Voltak ugyan zavargások, de idővel az új kolóniákat is csatlakoztatták a Szövetséghez. Egyes helyeken még mindig megvan a földalatti függetlenségi mozgalom, bár az elmúlt időkben lassan inkább anti-korporációs színezetet kezdtek ölteni.

Pete lehajtotta a fejét és megmasszírozta a tarkóját.

– Ez akkoriban történt, amikor már összeomlottak az olaj-nemzetek. Sok sejk próbálta meg máshol, más iparágakban átmenteni a gazdagságát. Páran elindultak az űr felé, sőt egyesek beruháztak egy-egy kolónia építésébe is. – Összetette a kezét és kibámult a kilátóablakot betöltő szikladarabra.

– Talán a káosz és a nyomor miatt rengeteg új kultusz is megjelent. Az Omar szekta is ekkoriban ütötte fel a fejét. Az iszlámból, a régi arab kultúrából, és egyes sivatagi törzsek hagyományaiból táplálkozott. Rövidesen hírhedtek lettek, amikor a számlájukra írták a los angelesi vérengzést. Pedig ők a mai napig tagadják a dolgot. Hajlamos vagyok hinni nekik. Akkoriban még elég békés társaság voltak. – Újra harapott egyet a csokoládéból.

– Na mindegy. Szóval üldözni kezdték őket, és voltak páran köztük, akik úgy gondolták, hogy a csillagok között jobb lesz. Az alapítójuk, Hasszán Al Rashid, valami látnok-féleség volt, akinek a ramadán idején állítólag megjelent Allah és az űrbe invitálta. A követői pedig mentek vele. Pénzzé tették mindenüket, vettek néhány űrhajót, felszerelést. Végül eljutottak ide és megépítették a bázist. Kivájták a szikla belsejét és ott egy új arab államot építettek. – Megrázta a fejét. – Pragmatikusabbak ezek, mint gondolnád. Elfogadják a technikát, hogy aztán azt hirdessék, hogy az a sátán műve. – Elhúzta a száját.

– A hívek jöttek szép számmal, mígnem a Szövetség megelégelte ezt a nagy önállóságot és küldött ide egy csapat katonát. Pár évig szenvedtek velük, de aztán feladták, és autonóm területté nyilvánították az *Endless Hope*-ot. Egyébként az arab neve valami más, bár alapvetően ugyanezt jelenti. Mindenesetre, nem érte meg az áldozatokat. Főleg, hogy akkoriban volt bőven bajuk az indykkel. – Megvakarta a fejét. – Aztán, amikor a függetlenségiek lenyugodtak, már senkinek nem volt kedve az omarokkal foglalkozni. Az arab terrorista akciók is jórészt eltűntek, szóval nem volt miért idejönni. Ők pedig továbbra is Független Omar Kalifátus néven hívják magukat és a saját törvényeik szerint élnek.

– De akkor miért zárkóznak el a világtól? – Ez volt az, amit mindenki tudott az Omarról. Aki úgy lépett az állomásra, hogy nem hívták meg, az többnyire nem is jött vissza.

– Ez már újabb keletű ügy. A katonák kivonulása után kezdődött. A vezetőik szerint az emberi civilizációt megfertőzte a sátán. Csak a teljes izoláció nyújthat védelmet. – Vállat vont újra. – Persze ez nem vonatkozik a kereskedésre, mert azt szabad.

– És a nők?

– Ez valami fundamentalista iszlám elgondolásból jön, de annak idején én sem értettem a magyarázatot. Mindenesetre csak valami zavaros szabályok alapján léphetne csak be idegen nő a bázisra. Talán ha arab lennél, könnyebb lenne. És egy kicsit teltebb itt – formálta vigyorogva a kezével a mellét. Karin tettetett haraggal hozzávágta a galacsinná gyűrt csokipapírt, amit Pete nevetve kivédett.

– De hoztam neked ruhát. És ha nem szólalsz meg, elmész egy fiatal fiúnak. – Karin megérintette a haját, de Pete megrázta a fejét a kimondatlan kérdésre. – Ne félj, nem kell levágni. Majd betűrjük a turbán alá.

A közelítő radar éles hangja szakította meg a beszélgetést. A két ütött-kopott vadászgép gyorsan felzárkózott a *Prometheus* mellé és közrefogták. Az oldalsó kamerák képére pillantva a lány lebiggyesztette az ajkát. Ezekkel könnyedén elbánna, még fele ennyi fegyverrel is, mint ami a hajóján van. De most nem lövöldözni jöttek, sajnos. A vadászok pár percig követték még őket, majd elhúztak. Karin morgolódott még utánuk pár keresetlen szót. Utálta, az ostoba erőfitogtatást.

Az aszteroida mostanra teljesen betöltötte a széles hajlított ablakot. A felszínén több űrhajók fogadására szolgáló dokkot is kiszúrt, amelyek egyike most felnyílt és az oldalán hiányos futófények villantak. Tehát oda tegyem le nektek, bosszankodott a lány a rendes számítógépes rávezetés hiányán. Megpöccintett egy kapcsolót és megragadta a ritkán használt botkormányt. Óvatos mozdulatokkal megfordította a *Prometheust*, hogy a főhajtóművel előre álljon be a dokkba. Eltartott pár izzasztó percig, amíg a gázsugár-kormányok egy-egy határozott lökésével bemanőverezte a hajót a nyílásba. Nem volt kifejezetten szabályos így, fúvókával a bázis felé leszállni, de hát ugye másrészt senki sem tiltotta meg, gondolta gonoszkodva. Az oldalképernyőkön feltűnő falak csigalassúsággal siklottak el mellettük. A futóművek előbújtak a törzsbeli rejtekükből és a lány a szokottnál lágyabban állította meg a hajót. A kapu vastag páncéllapjai némán összezáródtak. Karin szinte várta a két lemez találkozásánál a csattanást – még ha tudta is, hogy légüres térben ez nem fog bekövetkezni.

Miközben sorra állította le a rendszereket, elgondolkozott azon, hogy milyen kalandok várnak majd rájuk az állomáson. Pete közben hátrament, hogy összeszedje a fedélzetre lépéshez szükséges cuccait. A dokk halványvörös fényben úszó, rozsdafoltokkal tarkított falát nézve lélekben megpróbált a legrosszabbra felkészülni. Bármi legyen is az.

11

Matti feszülten figyelte a becsatlakozott Goldenboy-t. A srác majdnem három órája tette fel az elektródákat, és azóta mozdulatlanul ült a gép előtt. A vezetékek végén egy nagyteljesítményű Cyberforce számítógép függött, amely egy nagy sávszélességű vonalon kapcsolódott az eridanusi szuperhálózathoz. A gép holografikus kijelzője veszett sebességgel villózott, ahogy megpróbálta felvenni a neurális interfész által diktált tempót. Matti a maga részéről egyetlen részletet sem tudott kivenni rajta, de a mellette ülő technikus láthatólag eligazodott a végeláthatatlan adatfolyamon. Vagy legalábbis jól leplezte, ha mégsem.

A gép halk zümmögésén kívül csak a furgon rakterének másik sarkában ülő Luigi Menetti szuszogása hallatszott. A nehézsúlyú bokszolóra hasonlító férfi nyugodtan aludt, kezében a rövid csövű géppisztollyal, amelytől látszólag soha nem vált meg. Matti nem kedvelte különösebben az olaszt. Erőszakos, durva figura volt, aki általában először ütött, és csak azután kérdezett. Viszont vakon teljesítette a parancsokat, és a jelen pillanatban csak ez számított.

Goldenboy arca izzadtságban úszott. A homlokát ráncolva összpontosított valamire és némán mozgott a szája, mintha beszélgetne valakivel. A képernyőn egy fiatal férfi arcképe jelent meg, amely szinte azonnal el is tűnt, hogy helyet adjon a gép bejelentkező képernyőjének. A srác hirtelen mozdulattal felnyúlt és letépte a halántékáról az elektródákat, miközben hangosat szusszant. A hangra Menetti is felébredt, és egy pillanatra felemelte a kezében tartott fegyvert. Amikor meggyőződött róla, hogy semmi nem történt, újra visszadőlt, de ezúttal már nem hunyta le a szemét. Apró malacszemei sötéten csillogtak a monitorok kékes fényében.

A hacker maga elé húzta az eddig félredobott billentyűzetet és villámgyorsan gépelni kezdett. A kijelzőn újra megjelent az arc, és mellette egy új keresőablakot indított. Újabb panelek jelentek meg Eridanus City térképével. A keresőalgoritmus fokozatosan kinagyította a város egyik negyedét, majd végül már csak egy háztömb műholdas képe látszott. A kép elfordult és a húszemeletes lakótömb térhatású képén egy vörös pont jelent meg.

Matti felállt és közelebb lépett a holomonitorhoz. Egy pár pillanatig tanulmányozta a háztömböt és a környező terep digitális reprezentációját, majd a figyelme a levegőben lebegő arcképre irányult. Átfutotta az adatsorokat és árnyalatnyi csodálkozással az arcán fordult Goldenboyhoz.

– Ő lenne az?

A srác bólintott. A háromórás megfeszített szellemi munka láthatóan a végletekig elcsigázta. A keze remegett az idegességtől, és mintha több napja nem ivott volna, úgy kapott a technikus által nyújtott ásványvizes üveg felé. Mikor végre letette, letörölte a szája sarkából lefolyó patakokat és Mattira nézett.

– Ő az. Ellenőriztem többször is. Először úgy tűnt, hogy meg sem találom. Enélkül a cucc nélkül nem is ment volna – intett a fejével a Cyberforce fekete tömbjére. – Katonai, ugye? – Matti nem szólt semmit, de a kölyök nem is firtatta tovább. Talán jobb is neki, ha nem tudja, hogy honnan van ez a szoftver.

– Na mindegy. Miközben beszélgettem vele, visszafejtette a helyzetét. Szerintem, megérezhette, hogy valami történik, mert a végén nagyon gyorsan lekapcsolódott a hálóról. – Menetti a sarokból dallamos olasz káromkodást morzsolt a fogai között. Matti is megmerevedett, de Goldenboy láthatóan nem zavartatta magát.

– Á, nem kell félni attól, hogy lelép. – A kijelzőn vibráló adattömeg egyik bejegyzésére bökött. – Eszerint nyomorék a fickó. – Kárörvendően elvigyorodott, benyúlt a zsebébe, ahonnan egy kis zacskó kéken irizáló zselét húzott elő. Matti határozott mozdulattal elvette tőle a hypermeth-t, és visszalökte a székre a kézzel-lábbal ellenkező kölyköt.

– Indulunk azonnal. Luigi! – Menetti két ujjal hanyagul tisztelgett és szó nélkül előremászott a vezetőülésbe. – Tudod, hogy hol van ez? – fordult vissza a torony képéhez. Goldenboy durcás arckifejezéssel összefonta a karját a mellkasa előtt.

– Persze. Nincs is messze innen. Megmutathatom, ha visszaadja az adagomat.

Matti megfogta a srácot a könyökénél fogva és előrelódította a pilótafülke felé.

– Majd visszakapod, ha túl vagyunk az ügyön. És most gyerünk. És nem ajánlom, hogy meglépjen.

Josh újra átfutotta a naplóállomány utolsó bejegyzéseit, és hangosan káromkodva bezárta. Megrázta a fejét, mint aki nem akarja elhinni az egészet. Az idegen algoritmus úgy kerülte meg a tűzfalát, mintha az ott se lett volna. Pedig eddig már tucatszor bizonyított a szoftver, és hála a saját kezű módosításoknak, akár nagy rendszerek ellen is bevált. Eddig, gondolta keserűen, és tétován megnyitotta a forráskódot, hogy átnézze, hol is tévedhetett ekkorát. Két hét alatt már másodszor mondott csődöt.

Az elmúlt órában egy potenciális vásárlóval beszélgetett, aki az egyik korábbi akciójából származó lopott adatbázist szerette volna megvenni. A fickót – bár ezzel az erővel akár nő is lehetett, gondolta – barátok ajánlották. Olyanok, akikben eddig tökéletesen megbízott. Miközben az árakról tárgyaltak a virtuális kávézóban, egy keresőprogramot akasztottak rá. Ráadásul először nem is vette észre. És ha a tárgyalópartnere nem szólja el magát, fel sem figyel a dologra. Dühösen az asztalra csapott. Az ütéstől az ottfelejtett kávéscsésze felborult, és a barnás folyadék szétömlött a lapon.

A kudarc okozta sokkot egy sokkal sürgetőbb gondolat söpörte félre, és Josh úgy érezte, hogy hideg marok szorul a gyomrára. Ha visszakövették, akkor ezzel az erővel akár meg is határozhatják a helyzetét. És akkor komoly veszélyben van. A pánik forró hullámként öntötte el az arcát. Ellökte magát az asztaltól és a szekrényhez gurult. Előrehajolva kiráncigált a ruhakupacok alól egy viseletes sporttáskát és villámgyorsan pakolni kezdett. Először pár tisztábbnak tűnő ruhadarabot tuszkolt be, majd odagurult az asztalon fekvő géphez. Gyakorlott mozdulatokkal szétrántotta a kábeleket és behajította őket a táskába. A gépet már nehezebb volt odavonszolnia, de pár percnyi szerencsétlenkedés után sikerült ezt is elraknia. Az adrenalin roham kezdett alábbhagyni, de a keze még mindig remegett, ahogy a nehéz táskával a térdén kigurult az előtérbe.

Felrángatta a kabátját, majd egy pillanatnyi gondolkodás után visszagurult a konyhaszekrényhez. Az alsó fiókban rövid kotorászás után megtalálta azt, amit keresett. Az apró bénítópisztolyt még a szülei halála után vette egy utcai árustól, de szerencsére, azóta egyszer sem kellett használnia. Kivette az altatótűket tartalmazó tárakat és egyet rögtön a helyére csattintott. A fegyvert a szék egyik zsebébe csúsztatta és felragadta a komját az asztalról. Ahogy az átlátszó vékony elektronikus lap a bőréhez ért, bekapcsolódott, és mintha csak meglágyult volna, a kézfejére simult.

A sötét utcán, a néhány órával ezelőtti eső hagyta tócsák között rátört a kétségbeesés. Hova menjen most, így éjszaka? Felhozta a kom tenyérnyi holoképernyőjét és idegesen végigfutotta a neveket. Az egyiknél megállt egy pillanatra, majd rövid habozás után kiválasztotta. Magában imádkozott, hogy a lány be legyen kapcsolva ilyenkor is. A kilencedik csengés után egy meglehetősen álomittas hang szólalt meg.

– Igen? Te vagy az Josh? Tudod, hogy mennyi az idő? – A kom képernyője nem világosodott ki.

– Jess! Ne haragudj, de vészhelyzet van. Elmehetnék most hozzád? Meg kéne húznom magam pár napig. – A szeme sarkából látta, hogy a sarkon egy autó fordult be és komótos tempóban közelít. Másik kezével ügyetlenül próbálta arrébb hajtani a kerekesszéket. Mutatványa kevés sikerrel járt és a pánik kezdte újra a hatalmába keríteni. – Gyerünk Jes, nincs sok időm! – az utolsó szavakat már szinte üvöltötte.

– Jó'van már, most mit idegeskedsz! – morogta a lány. – Az a helyzet, hogy a szüleim most itthon vannak. Nem tudom, hogy mit mondhatnék nekik. Izé, félre ne érts Josh, de most nem nagyon megy. Figyelj, nem tudod megoldani másképp? Esetleg holnap? Addigra… – Valami zaj hallatszott a háttérből és a vonal hirtelen megszakadt. Kösz a semmit Jessica, dühöngött az üres képernyőt bámulva.

Az autó árnyalatnyit lassított, de aztán elhaladt az árnyékban rejtőző fiú előtt. Josh fülében a vér egyenletes, de szapora ütemet vert. Oké, Templar, próbálj megnyugodni, gondolta magában, és próbált pár mély lélegzetet venni. Csak egy autó. Milliószámra vannak ilyenek Eridanus Cityben. Visszakormányozta a széket a járdára és elindult az egysínű állomása felé.

A feje felett elsüvített a megemelt pályán közlekedő vasút, majd hangos sikoltással fékezett az állomáson. A lövedékvonat ablakai bíztatóan fénylettek, és még az állomás neonszínű reklámfényei is csábítóak voltak innen, a sötét és kihalt utcáról. Már csak kétszáz méter, gondolta. Százötven. Száz. A háta mögött léptek zajára lett figyelmes és még tovább gyorsított, nem törődve a nyilvánvaló veszélyekkel, amelyet a soksávos úton való átkelés jelentett. A vörös fény ellenére kivágott az útra, éppen csak elkerülve egy nagy teherautót a belső sávban. A dudáló monstrum menetszele érezhetően megbillentette a kocsit, de nem lassított. Akciója a bejárat előtt ácsorgó, szakadt ruhákba öltözött punkok körében zajos sikert aratott, de nem állt le mellettük. Ugyanezzel a lendülettel begurult az állomásra és megállt a lift előtt. Az érzékelők nehézkezesen engedelmeskedtek és a lift csigalassúsággal ereszkedni kezdett. Többször is megnyomta a hívógombot, de ez nem gyorsította fel a szerkezetet.

– Joshua McCormick? – hallotta a háta mögül a mély dörmögő hangot. Óvatosan hátranézett a válla felett. Tekintette egy föléje tornyosuló szőke óriásra esett. A fickó hosszú ballonkabátot viselt, mint a régi idők nyomozói. Jobb keze eltűnt a kabát alatt, mintha tartott volna benne valamit. A háttérben látszott, hogy egy másik, alacsonyabb, de nem kevésbé félelmetes fickó éppen akkor száll ki egy fekete furgonból. Josh keze elzsibbadt; szinte öntudatlanul bólintott. Az óriás lassan előhúzta a kezét. Itt a vég, futott át a gondolat az agyán és lehunyta a szemét.

– Szövetségi nyomozóiroda, hálózati csoport. – Kinyitotta a szemét és tekintete egy arcképes műanyag lapra esett. Mielőtt még bármit mondhatott volna, az alacsonyabb fickó is odalépett és kérdően a szőkére nézett. A kabátja félrecsúszott és Josh szeme egy gonosz külsejű fekete pisztolyra esett. Nagyot nyelt.

– Velünk jön. Lenne néhány kérdésünk. – Ezzel megragadta a kerekesszék fogantyúját és elkezdte a furgon felé tolni. A korábbi punkok valamiért hirtelen felszívódtak és Josh most újra olyan elesettnek érezte magát, mint már nagyon régóta nem. Az alacsonyabb figura beemelte a furgonba és belökte az ajtón.

Josh pillantása először egy másik fiatal fiúra esett, aki az egyik sarokban ült kiüresedett szemekkel. Mellette egy lehajtható asztalon egy fekete számítógép feküdt, amelyből elektródák lógtak a földre. Egy idősebb, kezeslábast viselő szerelő éppen a gép szétszedésén ügyködött. Most abbahagyta ezt a tevékenységét, és nekiállt rögzíteni Josh székét. A falfehér arcú srác elfordult, hogy ne kelljen a szemébe néznie, kezeit a háta mögé dugta, hogy elejét vegye a remegésnek. A furgon ajtaja nagyot csattant mögötte, ahogy a szőke bemászott és lassan elindultak.

– Most már megkaphatom az adagomat? – vinnyogott fel a sarokból a megviselt kölyök. Josh csak most vette észre, hogy mennyire fiatal. A szemei véreresek voltak és halántékán kivörösödött foltok mutatták, hogy hol voltak felcsatlakoztatva az elektródák. Tehát ő volt az. Pedig nem nézett volna ki belőle ennyit. A kigyúrt fickó megkerülte Josh székét és egy kis zacskót vágott hozzá. A srác úgy vetette rá magát, mintha legalábbis az élete múlt volna rajta. Remegő kezekkel feltépte a zacskót, és a kékes színű gélt egyetlen mozdulattal benyalta. Pár másodpercig tarthatott, míg a szer hatni kezdett, mert utána élvező nyögéssel dőlt hátra a padlóra.

Josh felpillantott a szőke óriásra. A félhomályban látta, hogy az undorodó grimasszal nézi a földön fekvő alakot. Lehajolt és a pólójánál fogva felhúzta.

– Végeztünk, öcsi. Szépen elfelejted azt, amit itt láttál. Ha mégis eljárna a szád, kívánni fogod, hogy inkább helyben lőttelek volna le. – Még mindig a markában tartva a srácot, felegyenesedett és kinyitotta a hátsó ajtót. A fiú felsikított, de hangja gyorsan elhalt, ahogy a szőke kihajította az útra. Josh szörnyülködve látta, hogy a test többször átfordul a betonon és eltűnik az éjszakában. A fickó becsapta az ajtót és Josh felé fordult. A félhomályban most még félelmetesebbnek tűnt az arca.

– Nos, Templar. Vagy szólítsalak inkább Joshuának? – kérdezte szinte barátságosan, miközben letelepedett az egyik ülésre úgy, hogy pont szemmagasságba kerültek. – Hmm?

Josh nyelt egyet.

– A Templar jó lesz. – Próbálta összeszedni a bátorságát, bár a hangja hamisan csengett és a remegése is elárulta a félelmét. A szőke láthatóan jól szórakozott.

– Nos, akkor Templar. Nekem mindegy. Halljuk, mit tudsz a Fuujin projekt elleni betörésről. – A zsebéből egy doboz cigarettát vett elő és megkínálta. Josh megrázta a fejét, mire a szőke fickó megvonta a vállát és rágyújtott. A füst csak még jobban szorongatta a fiú torkát.

– Maguk nem a rendőrségtől vannak – csúszott ki a száján, de rögtön meg is bánta a kijelentést, amikor a fickó egy pillanatra megmerevedett és közelebb hajolt.

– No lám, milyen okos itt valaki. – Hátradőlt, és elvigyorodott. Ettől valahogy még inkább ragadozószerű külsőt kapott. Mint egy óriási farkas, villant át az agyán.

– De hát ne legyünk udvariatlanok. Matti vagyok. És azok küldtek, akikre a szívbajt hoztad a múltkori kis akcióddal. – Josh bólintott, de közben gondolatban újra elátkozta magát a meggondolatlan betörés miatt. Fogalma sem volt, hogyan fog ebből kimászni.

– Nos, most beszélgetni fogunk. Ha jó fiú leszel, nem lesz komoly bajod. – Hüvelykujjával a válla fölött hátramutatott. – A narkósokat nem szeretem. De veled semmi bajom. Szépen elmondod, hogy ki fogadott fel és hogyan találom meg. Aztán mehetsz isten hírével. Talán még valami munkát is tudok neked majd.

A fiú agyában egymást kergették a gondolatok. Nem voltak kétségei, hogy ha nem beszél, ezek könnyedén kicsinálják. Ha viszont elárulja a barátait, akkor mindent a sárba tipor, amit eddig fontosnak tartott. Pár percig csak nézték egymást; a férfi kék szemei kifürkészhetetlenül csillogtak. Josh megköszörülte a torkát.

– Nem bízott meg senki. Csak kíváncsiságból mentem oda. Hogy lássam, meg tudom-e csinálni.

Matti elnézően mosolygott rá és megveregette az arcát.

– Gyakorolni kellene még ezt a hazudozást. – Megrázta a fejét és benyúlt a kabátjába. A markában szinte eltűnt az apró gombfecskendő. A kerek lapocska jellegtelen szürke színe nem sok jót ígért.

– De megkönnyítem neked a dolgot. Úgyis beadtam volna. Már csak a saját magam megerősítésére is. – Elkapta Josh kezét és boszorkányos sebességgel rásimította a korongot. Apró szúrást érzett, miközben a férfi vaskézzel tartotta a karját. – Ebben egy Valexan-K nevű anyag van. A katonák arra használják, hogy megoldják a foglyok nyelvét. – Josh szeme előtt kezdett elhomályosulni a mosolygó arc, és furcsa visszhangokat vert a hangja a fejében. A keze lassan lehanyatlott, és egyre kevésbé érdekelte, hogy mi történik körülötte. A korong közben a földre esett.

– Nos, akkor kedves Templar, ki és mikor bízott meg a betöréssel? – A kérdések mintha hihetetlen távolságból érkeztek volna. Dörgő basszusuk az apja ellentmondást nem tűrő hangjára hasonlítottak, és Josh újra csínyen ért gyereknek érezte magát. Az apja kérdezett valamit és neki válaszolnia kell. A lelke mélyén egy másik, öregebb Josh hiába üvöltött, a szavak akadálytalanul gördültek a szájából.

12

– Állj! Ellenőrzés! – röffentette a bő köpenybe és burnuszba öltözött őrség vezetője. A kezében egy kopott AK104-es rohampuskát lóbált, és a mennyezeti reflektorok gyenge fényében úgy nézett ki, mint egy sivatagi rabló. A társai, akik közben körbevették őket, kinézetre szintén nem ígértek semmi jót. Pete felemelte a nyitott tenyerét, jelezve, hogy nincs benne semmi.

– Békesség testvéreim. Jámbor zarándokok vagyunk, akik Allah fényét keresik. – Tekintete körbevillant, és egy pillanatra a lányra esett. Karint az elmúlt órában teljesen átváltoztatta a magával hozott álcakészlet segítségével. Az arcára kent festék, a bő köpeny, és az ügyesen elrendezett burnusz megtették a hatásukat, és most nem sokban különbözött egy fiatal arab fiútól. Mindössze a mandulavágású szemeket nem tudta teljesen eltűntetni, de ez errefelé nem is volt igazán szokatlan. Tekintete újra a gépfegyveres őrre vándorolt, aki gyanakvó tekintettel méregette őket. A puskájának csövével a felettük magasodó hajóra mutatott.

– Át kell kutassuk a hajótokat. Hogy nem szentségtelenítettétek-e meg az állomást. – A szemei ravaszul villantak, és Pete rögtön megértette, hogy mire gondol. Na persze, vigyorodott el magában kajánul.

– Biztosíthatlak szahib, hogy semmi ilyet nem tettünk. De természetesen nem fogunk útjába állni a vizsgálatodnak. Sőt, magam vezetlek körbe. – Karin tekintete megvillant, de Pete faarccal tessékelte az őrt a felszállórámpa felé. Amaz a társaira mordult.

– Vigyázzatok erre a másikra, amíg átnézem a hajót. – Ezzel elindult felfelé a nyomában Pete-tel. Amint a raktérbe értek, a sötétben megköszörülte a torkát. Az őrparancsok szembefordult vele, és várakozóan nézett rá. Pete benyúlt a köpenyének ráncaiba és egy holografikus adattárolót húzott elő. Átnyújtotta a férfinak.

– Ezek a dokumentumok igazolják, hogy nincs semmi baj a hajónkkal. – A parancsok előhúzott egy meglepően új típusú olvasót, és becsúsztatta a lemezt. A tenyérnyi képernyőn vonagló testek látványára elvigyorodott, majd pár másodperc után kihúzta az adattárat. A lemez pillanatok alatt eltűnt a ruhája alatt.

– Azt hiszem, megbizonyosodtam arról, hogy a hajótok tiszta. Beléphetnek az állomásra. – Megfordult, és döngő léptekkel lemasírozott a rámpán. Intett a társainak, és elvonultak a dokk szélén levő őrposztjuk felé. Karin felvonta a szemöldökét a vastag smink alatt, de végül nem kérdezett semmit. Kiléptek a dokk ajtaján és elindultak a sziklába vájt folyosón, az *Endless Hope* mélyebb régiói felé. Mikor már hallótávolságon kívülre kerültek, Karin megtörte a csendet.

– Mivel vetted rá, hogy elengedjen minket?

Bármilyen magabiztosnak is tűnik a lány, néha iszonyú naiv tud lenni, gondolta magában Pete. De talán ez így is van jól. Elvigyorodott.

– A pornó, főleg ez a fajtája, eléggé tilalmas dolog errefelé. És pont ezért jó piaci értéke van. Pont úgy, mint nálunk a kábítószernek. – A lány undorodó arckifejezését látva majdnem felnevetett, de aztán visszafojtotta a jókedvét.

– És most? Hová megyünk? – kérdezte Karin a folyosó felé intve a fejével.

– Először meglátogatjuk egy barátomat. Nagyon meg lennék lepve, ha nem az egyik kávézóban találnánk rá. És most csend, nehogy meghallják a hangodat. – A lány sértődötten elfordult, de nem vágott vissza. A lejtős járat kitágult és feltűnt az állomás központi csarnoka.

Ha nem itt építik fel, akkor ez akár turista látványosságnak is elmenne, jutott Pete eszébe. A *Hope* belsejét az első telepesek kivájták, és idebent egy teljes arab városkát építettek fel. A fehérre meszelt falú épületek szorosan egymás mellett sorakoztak, apró sikátorokat és zegzugos utcákat alkotva. A csarnok közepén vékony, fényesre csiszolt tetejű minaret magasodott a házak felé. A müezzin most is éppen énekelt, hangja visszhangot vert a barlang szikláin. A csarnok magasban húzódó mennyezetét erős fényt ontó világítótestek borították, mesterséges égboltot varázsolva a kis falu felé. A lusta tempóban áramló levegő egzotikus gyümölcsök és sülő hús illatát hozta.

Karin leesett állal nézte a városkát. Hiába léteztek már vagy száz éve gravitációs generátorok, és fejlett környezetszabályozás, a legtöbb űrállomás szigorúan funkcionális maradt. Ilyen megoldások csak egy-két luxus-lakóbázison fordultak elő, de ott sem ennyire a végletekig kifordítva. Pete meg tudta érteni a lány elképedését. Az első alkalommal ő maga is hasonlóan érzett.

Határozott léptekkel elindult a házak között. Lefátyolozott arcú nők és burnuszos férfiak tértek ki előlük, ahogy egyre mélyebbre hatoltak a tömegben. Mindenfelé arab szavakat lehetett hallani. A hangos zsivaj betöltötte az utcákat, és csak egyre erősödött, ahogy a csarnok közepén, a mecset előtt elterülő főtér felé közeledtek.

Mint mindig, a tér most is tele volt imádságra igyekvő emberekkel. Néhány fiatal férfi a főtér szökőkútjának vizében mosakodott, amíg egy elöljáró hangos szidalmak közepette el nem zavarta őket. A tér másik oldalán a kávézók elé kirakott asztaloknál férfiak üldögéltek, vízipipát szívva, vagy éppen belefeledkezve az arab kávé élvezetébe.

Pete Karinnal a nyomában átvágott a terecskén, egyenesen az egyik aranyozott feliratokkal díszített kávéházig. Már messziről felismerte a népes asztaltársaságban ülő Ibrahimot, aki most is hevesen gesztikulálva próbálta meggyőzni a társait az igazáról. Ahogy közelebb értek, Pete fülét néhány szótöredék ütötte meg, amely kétségtelenné tette, hogy megint valamilyen hittételről vitáznak. A hangzavar egy csapásra elült, és a társaság egy emberként fordult feléjük. Az idősebb férfi arcán a gyanakvást lassan széles mosoly váltotta fel. Hátralökte a székét, és felpattant. Mögötte az egyszerű faszék hangos csattanással esett a földre. Széttárta a karját, és hangos kiáltással elindult feléjük. Bár elfogadhatóan beszélte az arab nyelvet, Petenek ezúttal fogalma sem volt, mit hadar a másik. A barátságos ölelés és hátba veregetés viszont egyértelművé tette, hogy valami üdvözlésféle lehet, ezért gyorsan viszonozta a szívélyes gesztust.

Ibrahim magas, erőteljes, aranyszegélyes kék köpenybe öltözött idősödő ember volt. A kor nem bánt vele kesztyűs kézzel, de a szeme ugyanolyan erőteljesen csillogott, mint évtizedekkel ezelőtt, amikor Pete először találkozott vele. A szakálla ugyan megőszült az óta, de a hangja továbbra is ércesen zengett.

Pete számára mindig kisebbfajta rejtélyt jelentett a fickó. Bár valamiféle vallási elöljáró volt az állomáson, mégis szabadon kereskedett az idegenekkel. Többször is rajtakapta, hogy a vallásuk által tiltott dolgokkal foglalkozik. Ráadásul nem egyszer olyan műveltségről tett tanúbizonyságot, amely azt sejtette, hogy sokkal jobban ismeri a bázison kívüli társadalmat, mint azt bárki gondolná. Azon kevesek közé tartozott, akik több nyelven is beszéltek. Pete a vele folytatott baráti vitáknak, és persze az átmulatott éjszakáknak köszönhette arab nyelvtudásának legjavát.

– Öreg barátom, mi szél hozott téged a világegyetem eme eldugott szegletébe? – kérdezte a heves ölelkezés után Ibrahim.

– Allah útjai kifürkészhetetlenek, barátom. – mosolyodott el Pete is, mire az arab felnevetett, és az asztalhoz invitálta őket. Kezével intett a társaságának, akik azonnal két újabb széket kerítettek elő.

– Átutazóban vagytok? Vagy kereskedni jöttetek? – kérdezte az öreg, miközben valahonnan a társaság egyik tagja két csésze kávét varázsolt elő. Pete megrázta a fejét és belekortyolt a kávéba. Ez semmivel sem lett jobb, tette vissza szinte azonnal az asztalra viszolyogva.

– Valójában egy embert keresünk. – rápillantott az asztalnál ülő többi férfira. Vajon megbízhat bennük? Ibrahim elértette a mozdulatot, és intett az embereknek. Miután egyedül maradtak, Pete folytatta.

– Abdul al Khareefnek hívják. Mi úgy tudjuk, hogy itt van az állomáson. – Kíváncsian tanulmányozta az öreg arcát, de arról semmit nem tudott leolvasni. A név említésére mégis mintha valamiféle felismerés futott volna át rajta. Ibrahim pár másodpercig szótlanul várta a folytatást, majd nyúlt a saját kávéja felé. Látható élvezettel ivott, majd visszatette az asztalra a csészét.

– Meglehet, hogy tudom, kit kerestek. De ő csak nagyon ritkán fogad idegeneket. – Arca mélyéről a sötét szemek ravaszul mosolyogtak. Pete alig hallhatóan sóhajtott majd benyúlt a köpenye alá. Egy alig húszcentis fadobozkát húzott elő, kirakta az asztalra, és Ibrahim felé fordítva odatolta elé. Az öreg lenyitotta a fedelet, és kiemelte belőle az apró számokkal jelölt tompa színű fémhengert. Karinra nézett, aki döbbent arccal figyelte a tárgyat. Ibrahim pár másodpercnél tovább nem is nézte, majd visszarakta, és eltette a dobozt. Barátságos mosoly terült szét az arcán.

– De természetesen mindent el lehet intézni. Közbenjárok az érdeketekben. Holnap reggel elviszlek hozzá titeket. – Karinra nézett. – Addig is legjobb lenne, ha visszamennétek a hajótokra. – Lehalkította a hangját. – Nem biztos, hogy csak én látok át a lány álcáján.

Pete izmai megfeszültek, de aztán el is ernyedtek. Ha Ibrahim be akarta volna mártani őket, már megtehette volna. A fenébe, gondolta bosszúsan. Pedig milyen büszke voltam a munkámra, csikorgatta a fogát. Mereven bólintott a mosolygó arabra. A lányra nézett, aki értetlenül nézte a dolgokat. – Megyünk – súgta alig hallhatóan a lánynak, és felálltak. Ibrahim is felemelkedett, majd barátságosan átölelte Pete-et.

– Holnap, a reggeli ima után, ott leszek az embereimmel a dokknál.

A srác feje lehanyatlott, és az egész teste elernyedt. Az ajkáról induló nyálpatak teljesen eláztatta már az ingének gallérját. A technikus odalépett hozzá, felhúzta a szemhéját, felfedve a vörös erekkel sűrűn teleszőtt szemgolyót. A kezében tartott tollal belevilágított, majd pár másodpercnyi vizsgálódás után leengedte. Ügyes mozdulatokkal elrendezte a székben, és kioldotta a bilincseket. A tekintete Mattira villant, enyhe rosszallást tükrözve.

Menetti a háttérben gúnyosan felhorkant.

– Szabaduljak meg tőle főnök? – bökött a kezében tartott pisztollyal Templarra. Az automata fegyvert a ravasznál megpörgette, mint aki alig várja már, hogy használhassa. Matti elkomorodott.

– Nem, még szükségünk lehet rá. És tedd azt le, mielőtt még elsül. – Az olasz vállat vont, és a kabátja alá dugta a pisztolyt. Gúnyosan bámult a főnökére.

Matti felébresztette a komot, és kiválasztotta az első bejegyzést a kapcsolatlistában. A rendszernek eltartott majdnem fél percig, míg felállt a csillagközi kapcsolat, és a férfi közben újra elcsodálkozott azon, hogy mennyire hétköznapivá vált ez a fajta kommunikáció az elmúlt évtizedekben. Száz évvel ezelőtt még éveket utazott volna a jel az egyik irányba. Most meg elég egy pár gombnyomás, és ugyanúgy elérheti a főnökét, mintha az valahol a szomszéd szobában lenne.

A képernyő kivilágosodott, és Scarlett Masterson meglehetősen gyűrött fejjel nézett a kamerába. Matti magában elvigyorodott, amikor a háttérből dörmögő férfihang hallatszott be. Úgy látszik valami fontos közben zavarta meg a nőt.

– Matti! Mi a fenét akar ilyenkor éjjel? – Érezte a fenyegető élt a hangjában, ezért tanácsosnak látta nem túl sokáig húzni a dolgokat.

– Úgy látszik nyomra akadtunk. A célszemély viszont elhagyta az Eridanust. Jelenleg az *Endless Hope*-on van. – Várt, amíg Scarlett megemészti a hallottakat. Eltartott pár másodpercig, míg a felismerés árnyéka futott végig az arcán. Idegesen beletúrt a hajába.

– Aha. Szóval az araboknál. – Újabb pár másodperc telt el csendben. – Veszélyes lehet?

– Elképzelhető. Azt javaslom, hogy még ott kapjuk el.

A nő sóhajtott.

– És mivel az ott semleges terület, szüksége van az engedélyemre. – Matti bólintott. A nő pár másodpercig oldalt nézett valamit. Majd visszafordult a kamera felé.

– Rendben. Ugye tudja, hogy elég komoly kockázatot vállalok ezzel? – A férfi bólintását meg sem várva folytatta. – Úgyhogy ne hibázzon. – Ezzel kinyúlt, és bontotta vonalat.

Matti sóhajtott, és magában a következő lépést kezdte tervezgetni.

13

Karin bizalmatlanul méregette az őket kísérő férfiakat. A négy elszánt arcú alak láthatóan tartott valamitől, de Ibrahim nem volt hajlandó elárulni, hogy miért van rájuk szükség. Reggel, amikor feljöttek a hajóra, hosszasan beszélt valamit Pete-tel, amelyből a lány viszont egy szót sem értett. A pergő arab nyelvű vita után az idős zsoldos gondterhelten csak annyit mondott, hogy legjobb lesz, ha azonnal indulnak. Ibrahim ezután mutatta be a négy testőrét, akik nem kétséges, hogy a hosszú köpeny alatt fegyvereket rejtegettek. Sötét szemük csillogott és idegesen ide-oda rebbent, mintha csak arra számítanának, hogy az egyik kanyar mögül eléjük ugrik valaki. A feszültség lassan átragadt a lányra is.

A bázis legöregebb részén jártak. A korábbi lenyűgöző kisváros utcácskái helyett itt a bányakolóniákra jellemző puritán folyosókon haladtak. A padlót vastagon borította a por, a ki-kihagyó fénycsövek és a rozsdásodó, csikorogva nyíló ajtók is mind arról árulkodtak, hogy ezt a helyet ritkán látogatják már. Ibrahim azonban láthatóan tudta, hogy hová tartanak, és csak néha álltak meg, hogy az apró tenyérszámítógépén egyeztesse a folyosó falára festett kódokat.

– Messze vagyunk még? – szólalt meg suttogva Karin, de rögtön meg is bánta, amikor az összes férfi villámló tekintettel meredt rá. Ibrahim idegesen körbenézett és megnyalta az ajkát. A folyosó ugyanolyan kihalt volt, mint eddig.

– Nem. E mögött ajtó mögött egy kisebb terem van. Onnan nyílik az Őrült Látnok lakrésze. Mi most egy oldalbejáratot használunk. – Fejével az előttük magasodó ajtóra intett. – Itt mindig vannak páran. Hívek, követők, meg akik jósoltatni jöttek. Úgyhogy a legjobb lesz, ha mostantól nem beszéltek. – A fali panelen beütött egy rövid kódot, és az öreg szervók panaszosan felvisítottak.

Az előtérben legalább egy tucat ember üldögélt, kaftános férfiak és lefátyolozott arcú nők vegyesen. A termet betöltő halk mormogás egy csapásra elült, és minden tekintet az újonnan belépőkre szegeződött. Ibrahim röviden biccentett feléjük, majd határozottan a szemben levő ajtó felé indult. Az ajtó előtt ülő serdülőkorú fiú, amikor megpillantotta Ibrahimot, felpattant és mélyen meghajolt. Az egyszerű összecsukható szék, amelyen eddig ücsörgött nagyot csattanva a földre esett. Pár szót váltottak, majd a fiú elhúzta a bejáratot takaró nehéz függönyt és félreállt az útból. Bentről gyertyák halványsárga fénye szűrődött ki. Ibrahim vakkantott valamit a testőröknek, mire azok lemaradtak, és végül hármasban léptek be a félhomályos szobába.

A nehéz drapériákkal borított falú szobában a szétszórt ülőpárnákon és néhány nehezen körülhatárolható rendeltetésű bútordarabon kívül nem volt semmi, csak egy újabb ajtó, amely azonban lényegesen újabbnak tűnt az eddigieknél. Pete megállt és kérdőn Ibrahimra nézett. Az öreg elértette a néma kérdést és széles mosollyal oldalra lépett, majd befelé intett a karjával. Jöttükre az ajtó majdnem hangtalanul feltárult. Odabentről halk zene és sűrű tömjénfüst áradt az előtérbe. Karin mély levegőt vett és belépett a szobába.

A félhomályban alig lehetett látni valamit, és a külső hangokat is halkan zümmögő zajkioltó rendszer zárta ki. A gyertyafényben remegő bizonytalan körvonalak között egy alak üldögélt. Felsőtestét lágyan ringatta a zene ütemére, láthatóan elmerülve a saját gondolataiban. Nem fordult feléjük akkor sem, amikor Pete óvatosan elhelyezkedett az előtte szétszórt szatén párnák egyikén. Karin is odahúzott egyet és térdelő ülésbe ereszkedett.

Abdul, vagy most már inkább az Őrült Látnok, kifejezéstelen szemmel bámult maga elé. Az egyik szemét kötés fedte, míg a másikat vastag hályog borította. Díszes, drága kelméből szőtt köpenyt viselt, amelyet a zene ütemére örvénylő, aranyló arab szimbólumok sokasága borított. A férfi maga alá húzott lábait vastag pokrócba burkolták. Pete diszkréten köhintett, hogy magukra vonja a figyelmét. Az öreg abbahagyta a ringatózást, és ráncos szája mosolyra húzódott, felfedve azt, ami a fogaiból megmaradt.

Karint kiverte a víz, ahogy az öreg végignézett először rajta, majd Pete-en. A szemeit borító réteg nem hagyott kétséget a felől, hogy a Látnok teljesen vak. De mégis olyan átható tekintettel méregette őket, mintha minden mozdulatot pontosan ki tudna venni. Valami megmagyarázhatatlan, nyugtalanító aura lengte körbe, amitől a lány agyán egy pillanatra átfutott a gondolat, hogy felugrik és elfut.

– A Fény Zarándoka – recsegte a Látnok az öregségtől reszelős hangon Karinra nézve, majd lassan Pete felé fordult. – Az Angyal Kardja. – Lehajtotta fejét, kitapogatta a mellette fekvő csészét, majd lassan ivott belőle. – Már vártalak benneteket. Régóta várok már rátok. A prófécia beteljesül. – A szavakat tört angolsággal ejtette ki, mint aki nagyon régen nem beszélt ezen a nyelven.

Karin döbbenten bámulta az öreget, és próbálta kapcsolni valamihez a szavait. Fény Zarándoka? Angyal Kardja? És miféle prófécia? Megrázta a fejét. Nem értette az egészet. Pete-re nézett, de a férfi arcán ugyanaz a tanácstalanság tükröződött. A Látnok azonban nem adott további magyarázatot.

– Tudtam, hogy eljöttök majd egy nap. Allah küldötte évekkel ezelőtt elmondta nekem. Ezt is, mint annyi mást. Eljöttök majd, hogy a fény börtönéről kérdezzetek. Igen, pontosan ezt mondta. – Szavai nem kérdések voltak, hanem kijelentések. Lassan ingatta a fejét. – Pedig az igazság a szemetek előtt van. Eljön értetek, de ti vakok lesztek a sorsotokra.

– Mi ez a prófécia? – szólt közbe halkan Karin. A Látnok olyan átható tekintettel nézett rá, hogy rögtön meg is bánta a közbeszólást.

– A fény eljövetelének próféciája. Az álmodó ébredése. A sötétség bilincse a porba hullik majd, és a fény börtöne megnyílik előtte. – A Látnok egyre jobban belelovalta magát. Vak szeme ide-oda cikázott és kezeivel hevesen gesztikulált. A következő mondatokat már arabul folytatta, egyre gyorsabban és gyorsabban darálva a szavakat. Hangja egyre erősebben csengett, a végén már kiabált. A lány zavartan nézett Pete-re, aki viszont lélegzetvisszafojtva próbálta megérteni a jövendölés részleteit.

Az előadásnak hirtelen vége szakadt, amikor az ajtón Ibrahim esett be. A férfi köpenye és arca csurom vér volt. Fél térdre zuhant, és állatias üvöltéssel megszórta a kezében tartott rövid csövű géppisztolyból az előteret. A hangkioltó miatt nem lehetett hallani, hogy talált-e, de a válaszul érkező lövedékek nedves cuppanással csapódtak a testébe. Ibrahim felsikoltott és összecsuklott.

A dobhártyarepesztő sorozat láthatóan nem zavarta a transzba esett Látnokot, aki tovább szavalta a prófécia sorait. Pete azonban szinte azonnal reagált. Olajozott mozdulattal oldalra gurult, és szinte a semmiből előhúzott egy jókora fekete pisztolyt, amelyet azonnal a bejárat felé emelt. Karin még alig ocsúdott fel a döbbenetből, mikor a férfi megragadta a köpenyénél fogva és hátralódította a szoba hátsó részébe.

– Futás! – üvöltötte, és mit sem törődve a válasszal egy vörös csíkos fémhengert rántott elő a köpenye alól. Gránát, lüktetett Karin fejében és reflexszerűen hátravetette magát. Benyúlt, hogy előrángassa a vastag szövet alatt rejtegetett lézerpisztolyt. A keze remegve tapintotta ki a fegyver hűvös fémét.

Az ajtón egy fekete maszkot viselő férfi ugrott be. Kezében egy AK rohamkarabélyt lóbált, és vaktában belelőtt vele a homályba. A fegyver éles staccattója fülsiketítő visszhangot vert a betonfalak között, de a golyók messze a lány feje felett csapódtak a falba. A válasz mindössze egy mély dörrenés volt, és a fickó lendülete megakadt a levegőben. A nagy kaliberű golyó leszakította a fél fejét és a torzóból vér spriccelt a drága kelmékre. A hulla ujja megfeszült a ravaszon, és zuhanás közben szétszórta az AK megmaradt lövedékeit a szobában. Pete kihajította a gránátot az ajtón és felpattant. Karin közben kiszúrta a hátsó kijáratot takaró felakasztott szőnyeget, és egyetlen rántással letépte. A bejáratból a zajkioltó által lefojtott tompa dörrenés hallatszott, és sűrű por tódult a szobába. Magas repeszhatású HGG gránát, jutott eszébe Karinnak a fegyveres oktatás anyaga. A kinti szobában csak pépes állapotú testek maradhattak, hacsak nem viseltek legalább 4-es fokozatú teljes testpáncélt.

A férfi közben odaugrott a látnokhoz és felnyalábolta. A pokróc lehullott az aggastyán lábának csonkjáról, felfedve a rosszul amputált végtag maradványait. De Abdul már nem mozdult. Az egyik kósza golyó pont a fején ment keresztül, gyors halállal ajándékozva meg a látnokot.

– Hogy az a… – Pete hátralökte az élettelen testet, és a hátsó kijárat felé vetette magát, miközben Karin a lézerrel belelőtt az egyszerű zárszerkezetbe, és kilökte az ajtót. Pete-tel a nyomában kiugrott a hátsó folyosóra, a fegyverét maga előtt tartva, ahogy régen tanították rá. De a szíve a fülében dobogott. Érezte, hogy az adrenalintól – és a félelemtől – remeg a lába. Pete viszont láthatóan nem lepődött meg, és újabb gránátot halászott elő. Az olajzöld hengeren álló három betű láttán Karinban megrekedt egy pillanatra a levegő. A termobarikus gyújtógránát ha elszabadul egy ilyen zárt térben, akkor nem sok minden marad utána. Mielőtt még megszólalhatott volna, a zsoldos szép ívben bedobta a hengert, át a látnok szobáján, ki az előtérbe. Karin felnyögött, ahogy az ott üldögélő civilekre gondolt. Remélem elfutottak már, futott át az agyán, de érezte, hogy ehhez minden túl gyorsan történt. Pete közben megragadta a karjánál fogva és maga után cibálva futni kezdett a folyosón. A hátulról felcsapó hőhullám még így is sivatagi szélként vert végig rajtuk.

Az elkövetkező óra menekülése csak hézagosan maradt meg a lány emlékezetében. Ha valaki megkérdezte volna, hogy merre futottak, valószínűleg nem tudott volna válaszolni. A kihalt folyosók egyforma szürkesége egymásba olvadt; végtelen szalagjuk látszólag soha nem ért véget. Már-már kezdte feladni a reményt, hogy valaha is kijut majd erről az átkozott helyről, amikor végre feltűnt a dokk ismerős ajtaja, amely mögött a *Prometheus* várta őket, hogy elrepüljenek erről az átkozott helyről. Karin a maga részéről már alig várta a pillanatot.

Pete megnyomta a nyitás feliratú gombot, és az ajtó felpattant. Az utat azonban az őrség korábbról már ismert vezetője állta el. A kezében tartott rohampuskát Pete-re fogta.

– Állj. Az… – kezdte volna, de soha nem fogta már fel, hogy mekkora hibát követett el, amikor útjukba állt. A zsoldos hirtelen mozdulattal felütötte a fegyver csövét, és másik kezének ujjai belevájtak az arab szemgödrébe. Az őrparancsok felsikoltott, de hangja rövidesen gurgulázásba fulladt, amikor Pete megpördült, és a tenyere élével szilánkokra zúzta a légcsövét. Karin elfutott az összecsukló férfi mellett, és a hajója hívogató bejárata felé vetette magát. Pete pisztolya közben gyors ütemben többször is eldördült, fájdalmas kiáltásokat hagyva maga után.

Az utolsó őrszem az űrhajó vastag lába mögött rejtőzött, és amint a lány elég közel ért, elérkezettnek látta az időt, hogy learassa a személyes dicsőséget. Kipördült elé az AK-jával, és arabul valamit ráüvöltött. Karin azonban kellően rémült és kétségbeesett volt ahhoz, hogy ne törődjön a nyilvánvaló fenyegetéssel és kapásból rálőtt a lézerrel. A bíborvörös sugár égett csíkot húzott köpenyén, beleégetve magát a férfi mellkasába lángra lobbantva a szövetet. Az őr arcán hitetlenkedő csodálkozással terült el a mocskos betonon. Közben Pete lelőtte az utolsó megmaradt őrt is, és mire a lány kinyitotta a hajó ajtaját, egyszerre ugrottak be.

Mikor a vastag páncélajtó bezáródott, Karinra egyszerre tört rá az elmúlt órák feszültsége. A fegyver hangosan koppant a fémpadlón, és ő háttal az ajtónak vetette magát. Szemében könnyek buggyantak elő. Mielőtt még azonban végleg átadhatta volna magát a sírásnak, Pete lépett elé. A pofon olyan hirtelen jött, hogy felkészülni sem volt ideje rá. Égő arccal zuhant a padlóra. A férfi azonban felrántotta és a két vállánál fogva megrázta, majd az arcába üvöltött.

– Gyerünk katona! Kapja össze magát! Előbb ki kell jutnunk innen! – Aztán lendületből a pilótafülke felé taszította. A lány feje hirtelen kitisztult. Mit csinált az előbb? Hát ennyire rabszolgája a saját érzelmeinek? A fogait összeszorítva kihúzta magát és amennyire lehetett méltóságteljesen elindult a vezérlő felé. Eltökélt arccal vetette magát a jól ismert székbe.

A hajó ismerős illattal és barátságos fényeivel köszöntötte. A számítógép képernyőjén már futott az öndiagnosztika, és a motorok biztató remegéssel keltek életre. Karin végigfutott a kijelzőkön, és aktiválta a fegyverzetet. A dokkot lezáró vastag fémkapu még mindig zárva volt. Miközben Pete beszíjazta magát a mellette levő tüzéri székbe, bekapcsolta a rádiót. Arab nyelvű halandzsa tört elő belőle, de most nem törődött vele. Jeges nyugalom áradt szét benne, ahogy adásra állította a rendszert, és beleszólt a mikrofonba.

– Nyissák ki a 9-es számú dokk ajtaját. Most. Különben én nyitom ki. – Hangja idegenül csengett, de rögtön véget vetett a hangzavarnak. Egyetlen arrogáns férfihang szólalt meg.

– Maguk megsértették a bázis rendszabályait. Azonnal álljanak le és adják meg magukat. Különben darabokra szedjük a hajójukat. – Karin arcán gonosz vigyor terült szét.

– Ó, tényleg? Akkor nincs is miről beszélnünk. – Megpöccintett egy kapcsolót, aminek hatására a hajó oldalán félresiklott egy lemez, felfedve a mögötte ásítozó ágyúcsövet. A lány karján felállt a szőr, ahogy a roppant tekercsek feltöltötték a gauss löveget. Valahol a Prometheus hasában egy töltőmechanizmus egy csillogó fémlövedéket emelt a gyorsítóba. A képernyőn a négy villogó vörös jel folyamatos zöldre váltott, és a lány kéjes mozdulattal lenyomta a botkormányra épített tűzgombot. A kisülés végigfutott a tekercssoron, kitolva a közben félelmetes sebességre gyorsított lövedéket. A becsapódás iszonyú robbanást okozott. A vastag fémkapu meghajolt és kifelé felpúposodott. A következő lövést azonban már nem bírta el, és a belső nyomástól az űrbe robbant.

Karin még mindig vigyorogva tövig előretolta a gázkarokat. A hajó túlméretezett plazmahajtóműve felüvöltött és millió fokos plazmát köpött hátra. A nyomában minden szétolvadt, a belső válaszfalak eldeformálódtak, és az űr könyörtelenül magába szívta a kiszökő levegőt. A *Prometheus* megugrott és kilőtt előre a mélyűr felé. Mögötte másodlagos robbanások gyúltak az aszteroidán; fém és kő záporozott az űrbe.

Pár perc rohanás után a lány végül kényszerítette magát, hogy elengedje a görcsösen markolt vezérlőkarokat. Hangosan kifújta a levegőt, és Pete-re nézett. A férfi gondterhelt arckifejezéssel meredt maga elé. Nem nézett rá.

– Mi volt ez az egész? Kik voltak ezek? – törte meg végül a csendet a lány. A zsoldos pár másodpercig csak zavartan bámult maga elé.

– Fogalmam sincs. De azt hiszem valakinek nagyon beletenyereltünk a lelkébe. – Odafordult. – Azt hiszem a legjobb lesz, ha minél előbb a végére járunk ennek.

A lány bólintott, majd a navigációs számítógép felé fordulva belekezdett a hazafelé vezető út koordinátáinak kiszámításába.

14

Josh nagy nehezen kinyitotta a szemét a szemhéjait húzó ólomsúlyok ellenére. A fejében zsongó hangyaboly nem csillapodott, sőt, mintha még csak tovább folytatták volna a fiú agyának rágcsálását. Az arcára fagyott vigyort is képtelen volt letörölni, ugyanúgy, ahogy a teste többi részének sem tudott parancsolni. A nyelve valamikor már napokkal ezelőtt elzsibbadt, és amikor megpróbált pár értelmes szót kinyögni, csak azt érte el, hogy újabb nyálpatak ömlött elő a szájából. Maradtak hát az artikulátlan nyögések és az idétlen vihorászás. Az egyik nagydarab fickó az előbb kedvesen betörte az orrát, de a fiú igazából nem érzett semmit. Megpróbálta leköpni, de nem járt sikerrel, csak a pólóját sikerült a véres nyállal összemocskolnia.

Az agyát elborító ködpárna alatt azonban ott volt még az a hang, amely nyugtalanította. Valahogy érezte, hogy az is hozzá tartozik. De az állandó kiabálása kezdte fárasztani. Most például elérte, hogy kinyissa a szemét, pedig a színes fények sokkal szebbek voltak, mint ez a rozzant raktárépület.

A saját székében ült a terem közepén. Körülötte rozsdásodásnak indult fémkonténerek feküdtek, félig eltakarva előle a fehér furgont, amely távolról ismerősnek tűnt. Az egyik konténeren egy szürke, tompán csillogó számítógép feküdt, amelyet most mindhárom fogvatartója körbeállt. Az egyikük éppen egy komlinkbe beszélt, amelyet kígyózó kábel kötött össze a géppel. A hangyák sustorgásától alig hallotta, hogy mit mond, de kicsit furcsa volt, hogy mindent, amit mondott, a gép elismételte újra. A hang távolról ismerős volt, de eltartott pár percig, míg rájött, hogy a gép pont úgy beszél, mint ő. Már amikor még tudott beszélni.

A nagydarab végül letette a komlinket. Elégedetten összenevettek a társaival. Az, amelyik az előbb is megütötte, most odajött, és kedélyesen megpaskolta Josh arcát. Letérdelt, hogy egy szinten legyenek. Egészen közel hajolt.

— Remélem, jól szórakozol kishaver. Ennyi anyagtól biztos a fellegekben jársz. Vagy ott, ahol a magadfajták jól szokták érezni magukat. — Jót nevetett a saját poénján. — Nem baj, a kis barátnőd éppen most szállt le az űrkikötőben. És megkértük a nevedben, hogy látogasson meg. Akkor majd mi is jól érezzük magunkat. – Rátámaszkodott a fiú térdére és felállt. Megborzolta a haját.

– Jó kis picsa ez a Karin, nem igaz? Na persze, neked nem lehet… – röhögött, és Josh idétlenül vele nevetett. A hang a mélyben sakálként üvöltött. – Majd… – kezdte volt újra a nagydarab, mikor a társa odalépett, és a vállára tette a kezét.

– Hagyd már a srácot Menetti. Inkább segíts Karlnak a cuccokkal. – A nagydarab morgott valamit, és még egyszer megveregette Josh arcát, mielőtt elfordult volna. A szőke hajú közelebb lépett. Óvatosan felhúzta a fiú szemhéját.

– Ez a barom jól túladagolta az Ebramaxot. – mormolta maga elé, miközben a kabátja belső zsebébe túrt. Egy vékony lapot vett elő, lehántotta róla a vékony celofánt, és a fiú nyakára simította. A dermát pár másodpercig odaszorította a nyaki ütőérre, majd letépte és elrakta a zsebébe. A hangyahadsereg egy pillanatra megdermedt, majd sokkal nyugodtabb tempóban folytatták a zsongást.

Miközben Josh az elkövetkező órákban váltakozó sikerű harcot vívott a saját érzékszerveivel, körülötte Menetti és Karl összepakolták a kisebb dobozokat, amelyeken eddig ültek, és berakták őket a furgonba. Mikor végeztek, a Karl-nak nevezett harmadik fickó elhajtott a kocsival, és őt betolták az egyik nagy fémkonténer takarásába. A szőke dermája lassan hatni kezdett, és Joshnak sikerült valamelyest visszaszereznie a kontrollt az érzékszervei felett. Sőt, kínos lassúsággal, de sikerült megmozdítania az egyik ujját is. A tudata mélyéről a hang lassan, de biztosan irányította minden mozdulatát.

A percek csigalassúsággal teltek a fiú számára. Minden pillanat egy örökkévalóságnak tűnt, amelyben a droggal vívta a kilátástalannak tűnő harcát. Lassan visszanyerte az érzékei felett az uralmat, és a fejét betöltő zúgás is jelentősen csitult. A szája kiszáradt, és mikor megnyalta az ajkát, fémes ízt érzett. Órák óta először hasított belé az összetört orrából áradó fájdalom. Minden lélegzetvétel fájdalmas volt, a saját vérének szagát érezte mindenhol.

A fülét egyre erősödő süvítéssel kevert morgás ütötte meg, amely végül, mikor már visszhangot vetett a csarnok falain, egy csapásra elhalt. Megpróbálta kinyújtani a nyakát, hogy lássa, ki lehet az, de a konténerek eltakarták előle a bejáratot. A falakról halk csosszanó léptek hallatszottak, és a szeme sarkából mozgásra lett figyelmes. A lány óvatosan tekintgetett körbe, míg végül meglátta és sietősen elindult felé.

– Josh! Mi történt veled? – hangjába félelemmel vegyes aggódás vegyült. A fiú megpróbálta kinyitni a száját, de a nyelve újra aljasul elárulta. Fuss, Karin, próbálta üvölteni, de csak egy szánalmas nyögésre futotta tőle.

– Ne mozdulj! Kezeket szét, és lassan, nagyon lassan fordulj meg! – A lány háta mögött a konténerek rejtekéből a két férfi lépett elő. A kezükben tartott rövid csövű gépfegyvereket Karinra szegezték. A lány Joshra nézett, és arcán csalódottság futott át. A fiú tehetetlenül nézte, hogy lassan, megvető tekintettel elfordul tőle. Üvölteni lett volna kedve. A lelkében egy pillanatra érezte, hogy megroppant valami.

Karin lassan, széttárt kezekkel megfordult, hogy szembenézzen a fegyveresekkel. Azok közelebb léptek, és a fegyverükkel intettek a lánynak, hogy lépjen előrébb. A szőke egy vékony karperecet vett elő, és míg a másik vigyorogva közelebb lépett, megkerülte a lányt. Leeresztette a fegyverét, hogy összebilincselje a kezét a háta mögött.

Joshban ekkor valami végérvényesen összetört. A mélyben rejtőző hang robbanásszerűen előretört és átvette az irányítást. Forróság ömlött végig a testén és új erő költözött a tagjaiba. A tudatát megülő köd egyszerre elillant, hogy maga után csak egy gyémántkemény elszántságot hagyjon. Soha életében nem látta még ennyire tisztán, hogy mit kell tennie. A ki tudja honnan jött energiával benyúlt a szék rejtett zsebébe, és előrántotta a még mindig ott levő aprócska bénítópisztolyt. A fegyvert ugyanezzel a lendülettel előrántotta és Menettire lőtt vele.

Az idő egy pillanatra szinte megállt a fiú számára. Miközben emelte a pisztolyt, látta, hogy a nagydarab olasz észrevette a mozgást a szeme sarkából, és a gépfegyver csöve felé fordult. Az első dörrenéssekkel egy időben húzta meg a ravaszt, és a hitvány kis fegyver egy mérgezett nyilat köpött ki kis magából. Josh azonban már nem látta, amikor Menetti a nyakához szorított kézzel megtántorodott. Az első golyók a mellkasába csapódtak, de a sorozat többi része a fejét érte. Utoljára még az eszébe villant a szülei képe, mielőtt a sötét végleg magába fogadta.

Matti érezte, hogy kicsúszik a kezéből az irányítás. Amikor Menetti kitárazott a tolószékes fiún és utána elvágódott, a lány azonnal elvetődött és rohanni kezdett. Elhajította a bilincset és a fegyveréért kapott. A lövések azonban csak a lány hűlt helyét érték. Utána rohant a konténerek között, ki a csarnok bejáratához.

Talán csak a jószerencse, vagy a sok éves tapasztalat mentette meg az életét. Mikor kiért a ládák fedezékből és megpillantotta a motorjára felpattanó lányt, egy villanásra lett figyelmes a szeme sarkából. Az évtizedek harcai által érlelt, és a legmodernebb implantokkal felturbózott reflexek azonnal működésbe léptek, és gondolkodás nélkül oldalra vetődött. A dobhártyarepesztő dörrenést a mögötte álló konténerről záporozó fémszilánkok követték, és Matti a lendülettől hajtva vetette magát újra fedezékbe.

Mielőtt még felmérhette volna a helyzetet a lány motorja éles hangon felsivított és kilőtt az utca felé. Egy másik gumicsikorgás is hallatszott az utcáról, és mire Matti óvatosan kilesett a fedezékből, már újra üres volt a bejárat. Hangosan szitkozódva nézett körbe, majd visszament a társához.

Menetti még mindig bódult arccal feküdt a földön. Odalépett hozzá, kitépte a nyakából a tűt, és messzire hajította. Pillantása a felismerhetetlenségig szétlőtt srácra esett és elborult az arca. Visszafordult, és teljes erőből a földön fekvő Menettibe rúgott, aki halk nyögést hallatott. A legkülönfélébb nyelvű szitkok szűnni nem akaró áradata ömlött az ajkairól.

Az adrenalin pár perces tombolása után pár mély lélegzettel végül sikerült lecsillapítania magát. Aktiválta a komját és kikereste a technikus számát.

– Karl. Kicsúszott a kezünkből a ribanc. Menetti pedig lelőtte a srácot, hogy baszná meg. – Erővel kellett kényszerítenie magát, hogy ne folytassa a káromkodást.

– A fegyvereink nincsenek regisztrálva ha jól tudom. Meg tudod oldani, hogy Menettiét átírod a csaj nevére a nyilvántartásokban?

Karl a másik oldalon pár másodpercig kivárt, talán gondolkodott, majd végül igennel felelt. Matti bontotta a kapcsolatot. Ha beadják a zsaruknak, hogy a fiút Karin lőtte le, és kicsit elrendezik a környéket, akkor legalább azt megakadályozhatja, hogy újra elrepüljön innen. A rendőröktől pedig már könnyen meg fogja szerezni. Gondolatban felmérte a teendőket. Már sokszor csináltak ilyet, és szívből utálta az egészet. De most nem volt más választása. Még egyszer belerúgott Menettibe.

– Na gyerünk, kapd össze magad. Van egy kis elintéznivalónk.

Gondolatban már fogalmazni is kezdte, hogy hogyan fogja az egészet beadagolni Scarlettnek. Nem lesz könnyű.

Második könyv

Az árnyékok geometriája

15

Pete felhúzta a kabátujját és felvillantotta a komján az időt. Gondterhelt arckifejezéssel közelebb húzta magához az előtte gőzölgő kávéscsészét és beleivott a méregerős eszpresszóba. Jürgen késett. Ez önmagában nem lett volna szokatlan, de a férfi eddig soha nem késett el. Persze bármi közbejöhetett, próbálta meggyőzni magát. De a gyomrából felfelé kúszó rossz érzés lassan kezdett elhatalmasodni rajta. Lefejtette a kézfejéről az elektronikus lapot és becsúsztatta a zsebébe.

Az *Arachnid Cave*-ben vágni lehetett a füstöt. A falakat borító, amorf biomasszát idéző feketén csillogó díszlet ugyan már kicsit megkopott az évek alatt, de mit sem vesztett baljósságából. A beugrókat összekötő girbegurba folyosókon robothangyák masíroztak, hátukon különféle italokat egyensúlyozva. Pete alkóvjában alig néhány asztal kapott helyet, de most rajta kívül csak egynél ültek. A sötétvörös megvilágításban arcvonásokat alig lehetett kivenni és a monoton neotechno ritmusokon csak halvány beszédfoszlányok szűrődtek át. És ez a látogatók zömének ez így tökéletes is volt.

A folyosón újra mozgás támadt és az egyik robothangya mellett egy tagbaszakadt alak préselte át magát. Jürgen hosszú, kopott bőrkabátot viselt, amely most denevérszárnyként csapkodott körülötte. A férfi átkozódott valamit, és belerúgott a robotba, amely rezignáltan tűrte az újabb bántalmazást. Fémlábain a horpadások arról árulkodtak, hogy nem Jürgen az első, aki a nemtetszését így fejezi ki. A robot elvonult, bravúros ügyességgel megtartva a hátán az üres poharakat, a férfi pedig morogva odafurakodott Pete asztalához, és levetette magát az egyik üresen álló székre.

– Átkozott robotok! – köpött még egyszer utána, majd Pete felé fordult. Arcán három napos borosta ütközött ki, ritkás ősz haja most izzadtan tapadt a fejére.

– Mi van, Jürgen, ráléptek a lábadra? – mulatott magában Pete, de rögtön el is komorodott, amikor tekintete találkozott a nagydarab német sötét pillantásával.

– Sikerült valamit megtudnod? Mi ez az egész?

Jürgen információkereskedő volt. Pete még a seregből ismerte, ahol a férfi hírszerzőként dolgozott. Aztán ahogy változtak a dolgok, és ő maga zsoldosnak állt, a német virágzó információ-közvetítésbe kezdett. Korábban már többször vásárolt tőle híreket, főleg amikor nagyon megszorult. A szolgáltatás ugyanis nagyon drága volt, de eddig mindig megérte az árát.

— Valakinek nagyon belegyalogoltatok a lelkivilágába. Te és a kis barátnőd. — Jürgen idegesen körbenézett, hogy biztosan nem hallja-e őket senki. Bizalmasan közelebb hajolt.

— Egy új csapat mozgolódik a felszín alatt. Cégesek, csupa első osztályú felszerelés, kormánykapcsolatok, minden. Elég jók.

— Ennyit én is tudok… — szólt közbe Pete, de Jürgen nem hagyta magát zavartatni.

— Néhány héttel ezelőtt volt egy adatlopás egy Shigunga nevű cégnél. Ez a Cryo egyik kevésbé ismert leányvállalata. Állítólag a hacker túl közel került valamihez, mert alig egy nap múlva a Shigunga teljes vezérkarát kirúgták. — Megvakarta a fejét. — Na nem, mintha sajnálnám őket.

— Szóval?

— Szóval utána alig egy hétre megjelent itt pár nagyfiú és kérdezősködni kezdtek. Nem nagyon tartották be a játékszabályokat. Úgy mellékesen lelőtték Guillandro két emberét is. Aztán a zsaruk hirtelen minden előzetes nélkül bevitték őt magát is. — Megcsóválta a fejét. Nem volt éppen megszokott dolog, hogy az egyik hírhedt maffiavezért berángassák kihallgatásra. — Nem tudni, mit mondtak neki, de azóta nem jött ki a barlangjából.

— Aztán megindult a hajtóvadászat a hálózaton is. Ezt egy hacker cimborától hallottam. Állítólag valaki nagyon keresett valamit. Nyakam rá, hogy a srácot, akit később kicsináltak.

— Josht?

— Ja. Menő volt a srác, tudod? Nem kispályás. Templarnak hívták, de senki nem találkozott vele soha valójában. Na jó, majdnem senki — tette fel a kezét mentegetőzve. — Szóval a cégesek megtalálták és onnan már te is tudod. Gondolom legalábbis — tette hozzá óvatosan.

Pete bólintott. Az információk eddig semmi újat nem mondtak.

— Mit tudtál meg a fickókról?

— Cryo ügynökök, a legrosszabb fajtából. Vérprofik. Legalábbis a vezetőjük biztosan. Annyit sikerült róla kiderítenem, hogy valaha a belbiztonságiakhoz tartozott. Egy csomó kiképzés, kitüntetések, minden. De utána mintha elvágták volna; néhány éve eltűnt. — Közelebb hajolt. – Pete, az a fickó veszélyes. Zsebében van a rendőrség és gond nélkül félreállított egy alvilági bárót, amikor az keresztezte az útját.

– Én sem vagyok elsőáldozó kislány, mint tudod – dörmögte Pete.

– Azért csak vigyázz vele. Az embereiről még kevesebbet sikerült kideríteni, csak egy nagy melák fickóval szokott mutatkozni. Luigi Menetti, rendőr volt a Vegán. De többszörös hivatali hatalommal való visszaélés miatt kicsapták. Aztán gondolom beállt ezekhez. Sikerült megszerezni a pszichológiai profilját. Hááát… – Nem fejezte be a mondatot, de az arckifejezése elárulta, hogy mit gondol róla.

– Szóval ennyi? Pár fickóval csak el tudunk bánni, ha esetleg úgy hozza a sors – dőlt hátra magabiztosan Pete. Tudta, hogy ez így is van. Jürgen megrázta a fejét.

– Nem ez a gond. A srác halála után betettek titeket a fakabátok adatbázisába, de ez a kisebb gond. Viszont ezzel egy időben felment a netre is egy, sőt több hirdetés, amelyben vérdíjat ajánlanak értetek. – Pete kinyitotta a száját, de mielőtt megszólalhatott volna, a német rögtön meg is válaszolta a kérdést. – Kurva sokat. Kétmilliót érted, hármat a lányért. Azóta rengetegen elkezdtek keresni.

Pete halkan cifrát káromkodott és idegesen körbenézett. Egy pillanatra roppant baljós érzés fogta el. Jürgen feltartotta a kezét.

– Nem cimbora, én nem adtalak fel. Már megengedhetem magamnak azt a luxust, hogy barátaim legyenek. Meg aztán, te mindig rendesen fizettél. – halkan elnevette magát – Az ilyen csábító ajánlatoknak ráadásul mindig szokott lenni valami kis hátulütője. Például olyan, amely egy kilencmilliméteres csőben folytatódik. – Elkomorodott. – De másoknak nincsenek ilyen fenntartásaik.

A bár hirtelen igen szűkösnek tűnt Pete számára. A rendőrségi körözés önmagában nem volt vészes, bár nem örült már annak sem. De az alvilág fejvadászainak felajánlott tetemes összeg már más lapra tartozott. Tisztában volt a képességeivel, és tudta, hogy egy-egy bérgyilkossal még könnyedén elbánik. Ez már megtörtént a múltban is. De nem voltak kétségei afelől, hogy egy ekkora vérdíjtól hirtelen megszűnnek a barátságok. És kapcsolatok nélkül Eridanus Cityben már meg is halt.

Egész életében óvatosan vigyázott rá, hogy ne keresztezze nagy hatalmú emberek vagy cégek útját. Illetve ha igen, akkor biztosan a nyerő oldalon játsszon. De most úgy látszik elkövette azt a hibát, amitől mindvégig rettegett. Elátkozta magát, amiért elővigyázatlanul engedett a lány kérésének, és megadta magát a két melegen csillogó szempárnak.

Egy pillanatig a hazafelé vezető úton elhitte, hogy végül kimaradhat az egészből, de úgy látszik a sors más utat jelölt ki.

Jürgen idegesen körbenézett.

– Azt hiszem, megyek is. Idefelé jövet olyan érzésem volt, mintha követtek volna.

Pete megmerevedett és önkéntelenül is a fegyvere felé nyúlt. Ez kezdett egy rossz holodrámához hasonlítani. Benyúlt a kabátjába és egy jelöletlen kártyát vett elő. Átcsúsztatta az asztalon. Jürgen lecsapott rá, és boszorkányos gyorsasággal tüntette el a zsebében. Nagy testéhez képest meglepően fürgén felpattant.

– Hát… vigyázz magadra öregfiú. Remélem sikerül kimásznod ebből. – Pete bólintott, mire a német sarkon fordult és elviharzott.

Idegesen körbenézett és egy csomó aprót hajított az asztalra. Felállt, ügyelve arra, hogy ne tűnjön túl gyorsnak, majd kezét a kabátjába csúsztatva elindult a kijárat felé.

Már a felfelé futó lépcső közepén járt, amikor meghallotta a lövéseket. Előrántotta a kabátja alatt rejtegetett pisztolyt, és lépcső oldalán felrohant. A kijáratnál megtorpant, és kilesett az utcára.

Az utca közepén Jürgen feküdt szétvetett tagokkal egy jókora vértócsa közepén. A fegyvere még a kezében volt. Pete úgy becsülte, hogy a lövéseket oldalról kapta, a hangok alapján egy automata fegyverből. Ellenőrizte a saját pisztolyát. Tizennyolc páncéltörő robbanógolyó, mutatta az MP33 oldalán a halványzöld kijelző. Ha többen vannak, pontosan kell céloznia.

Az utcáról lépések zaját hallotta és még valamit, amit egy elektroautó halkan sziszegő motorjának gondolt. Az minimum három. Automatára állította a fegyvert, és kilépett az ajtóból. A tőle alig öt méterre álló két alak kezében felemelkedett a géppisztoly, de már későn. Az éjszakába az MP33 mélyen döngő basszusa vágott.

Bár két kézzel tartotta a fegyvert, Pete mégis úgy érezte, hogy majd eltörik a csuklója a tizenkét milliméteres automata ütemes rúgásaitól. A két fickó mellbe kapta a lövéseket, és vérszökőkutat hányva repültek hátra. A robbanólövedékek összetörték a mellkasukat, és rögtön végeztek a két fejvadásszal.

Harmadik társuk, – aki pár méterrel arrébb várakozott egy autóban – reflexszerűen beletaposott a gázba. Pete gondolkodás nélkül utána lőtt. A lövések betörték a hátsó szélvédőt, és belülről vörösre festették a járművet. A tár üresen kattant, mire Pete kilökte az MP33-ból, és nyúlt volna a tartalék után. A mozdulat közepén megállt, és még mindig süketen a lövésektől körbenézett. A távolban elfutó alakokat látott, akik még az első lövéseknél elkezdhettek menekülni. Lenyúlt Jürgen pisztolyáért, de látta, hogy azt már beborította a férfi vére. Szomorúan lenézett a holttestre, és arra gondolt, hogy újabb barát lépett ki az életéből.

A távolból szirénák hangzottak fel. Elrakta a pisztolyt, és a kabátját szorosra húzva, sietős léptekkel elindult a legközelebbi metró felé. Útközben előkotorta a komlapot a zsebéből és rásimította a kezére. Ahogy a képernyő bekapcsolt kikereste a címjegyzékből a tanítványok számát. Ideje behívni az erősítést, gondolta sötéten.

16

Az éjszakai sztráda nedvesen csillogó kígyóként nyújtózott Karin előtt. Jobbról Tsumeda felhőkarcolói töltötték be a teret, míg balról már az óceán sötéten csillogó tükre látszott. Az alig egy órával ezelőtti leszakadt eső még nem száradt fel teljesen, és a lámpák fényét ezernyi apró csepp verte vissza. Mintha csak megannyi apró gyöngyszem lenne szétszórva az úton, futott át a lány agyán a gondolat és önkéntelenül elmosolyodott.

Az út kelet felé tartott, végig a tengerparti villanegyedek mellett, egészen a kontinens legdélebbi csücskéig. Ilyenkor estefelé rengetegen voltak a pályán. Mindenki hazafelé tartott a munkából, a négy sávban egybefüggő sorok alakultak ki.

A Highwaystar kényelmes tempóban falta a kilométereket. A lány az irányítást a fedélzeti számítógépre hagyta. Nem sietett. Az elmúlt napok izgalmai után jólesett egy kis lazítás. Josh halálát követően egy-két napig használhatatlan volt. A képek, amint a fiút hidegvérrel lelövik, minduntalan kísértették. Az éjszakák a pihenés helyett lidérces álmokat hoztak, újra és újra végigpörgetve az eseményeket. Volt olyan is, amikor a történet másképp ért véget. Amikor nem Josh, hanem az ő fejéhez szegezték a pisztolyt. A képzelete számos változatot terített elé, mintha csak perverz örömét lelné abban, hogy tovább kínozza a lányt. De a nappalok sem hoztak megnyugvást. Egy ideje minden sarok mögött bérgyilkosokat, besúgókat, árulókat látott. Az utcán szembe jövő emberek egyszerű járókelőkből lehetséges ellenfelekké váltak. Néha azon vette észre magát, hogy a leggyorsabb menekülési útvonalakat keresi. Vagy, hogy melyikkel végezzen először, ha amaz fegyvert rántana. Tudta, hogy a paranoiás téveszmék lassan hatalmukba kerítik, ha nem tesz ellenük semmit. Reménykedett, hogy amíg tisztában van a gondolatai torzságával, addig nincs baj. Legalábbis semmi olyan, amelyet egy alapos pihenés ne hozna helyre.

Először Pete lakásán húzták meg magukat, de rövidesen átköltöztek egy kevésbé feltűnő helyre, egy üresen álló jacksonville-i nyaralóba, amelyet találomra választottak ki az üdülőzóna ezernyi egyéb helye közül. Amíg a férfi sorra vette a kapcsolatait, Karin is megpróbálta helyrerakni magában a dolgokat. A fiú halálával az egész ügy nagyon személyessé vált. Szó sem volt már kíváncsiságról; a saját érdekében ki kellett derítenie az igazságot. Amint tegnap este a látóhatáron a tengerbe fúló narancsszín napot bámulta, magában csendben elhatározta, hogy bosszút áll mindenért. A pokolba az összes olyan emberrel, akik a pénz és a hatalom árnyai mögé bújva azt hiszik, hogy mindent megtehetnek! Rájön, hogy mit titkolnak ennyire, akármibe kerüljön is. Aztán a média elé hajítja, hadd csámcsogjanak rajta. Nem voltak illúzió az esélyeiket tekintve. De a pokolba is! Ennyivel tartozott Joshnak. És mindenkinek, akinek ezért kellett eddig meghalnia.

Délután, miután Pete elment valamilyen Jürgenről motyogva, a lány sem bírta már tovább a tétlenséget. Bár a férfi határozottan megtiltotta neki, hogy elmenjen, Karin úgy érezte, hogy megfullad, ha továbbra is a falakat kell bámulnia. Tenni akart valamit, és az ötlet, hogy megkeresse pár régi ismerősét szinte magától adódott. Ezért tartott most a kontinens-város déli csücskében fekvő Konizba, hogy ott megkeresse pár csempész barátját. A megbeszélt találkozópont, Jassaka bárja, a negyed peremén feküdt a sztráda mellett. Még ezzel a tempóval is alig fél órán belül odaér.

A szeme sarkából vette észre a villanást és a reflexek azonnal működésbe léptek. Ösztönösen balra lendült, de a lézersugár így is hangtalanul belevágott a bőrruhájába, megégetve a felsőbb rétegeket. A hirtelen mozdulattól a robotpilóta figyelmeztető hang kíséretében lekapcsolt, átengedve az irányítást a lánynak, aki tövig rántotta a gázkart. A motor engedelmesen felhördült.

A második lövés sem váratott magára. A Highwaystar hátsó kereke megcsúszott, a sisakba épített kijelzőn vörös figyelmeztető fények villantak fel, jelezve a hátsó kerék defektjét. A biztonsági rendszer azonnal reagált, a széles gumit azonnal szilárduló habbal töltve fel, hogy megakadályozza az abroncs szétszakadását. A lány minden erejével jobbra rántotta a motort, hogy megfogja a csúszást, amely a hirtelen mozdulattól élesen kitört. Valószínűleg így kerülhette el a harmadik lövést, amely vörös csíkot égetett az előtte haladó autó csomagtartójába.

Karin szeme előtt vörösbe borult az táj. Érzékei kiélesedtek, testét hőhullám borította el. Remegő izmokkal hozzásimult a géphez, szinte ösztönösen felkészülve a harcra. A motor turbinája panaszos hangon felvonyított, és brutális ereje szinte katapultálta a Highwaystart. A lány elsüvített a két kamion között, igyekezve féken tartani a merevvé vált hátsó keréken imbolygó motort. A fedélzeti számítógép erőtlenül tiltakozott a túlterhelés ellen, de Karin figyelmét most az előtte araszoló kocsisor közötti rés kötötte le. A sisakba vetített képernyőn egy pillanatra felvillant a két üldöző motoros, amint követik egyre nyaktörőbb száguldását.

Le kell mennem a pályáról minél előbb, lüktetett a fejében miközben elsuhant egy újabb teherautó mellett. A sebességmérő kétszáz fölé kúszott, de nem merte tovább húzni a vörösen villogó kerékállapot-jelző miatt. Átvágott a szélsőbb sávba, és magában sorra vette a lehetőségeket. Tsumeda-észak, mutatta a sztráda feletti táblákon a figyelmeztető üzenet. Most vagy soha, döntötte el. Habozás nélkül kivágódott még egy sávot, a padkához vészesen közel megelőzve pár autót. A lejárat hívogatóan nyújtózott az alatta elterülő város felé. Nyaktörő iramban, szinte a földet súrolva vette a kanyart, majd kirobbant a negyed forgalmas főútjára. Kissé csalódottan vette tudomásul a hátsó képernyőre pillantva, hogy a manőverével nem sikerült leráznia az üldözőit.

Az út mintha csővé szűkült volna a lány látóterében. A kora esti szinte állandó csúcsforgalom kocsisorai összefüggő fénycsíkokként suhantak el mellette. A turbina éles süvítése távoli zajjá szelídült. A világ leegyszerűsödött egy fényekből való labirintusra, amelyben a legkisebb hiba is a játék végét jelenti. A sisakkijelzőn futó számsorok és ikonok elmosódott foltokká váltak, és Karin szinte hipnotikus állapotban koncentrált az útra. A kivilágított, merész vonalú üvegpaloták most néma óriásokként borultak az ég alá, villogó hologramjaik összemosódtak a forgalmi jelzésekkel, szürreális hátteret kölcsönözve az útvesztőnek.

A rohanás alig tartott két percig, amikor a Becksmann-Tanaka tér nagy kereszteződéséhez ért. A közepén álló emlékmű, amely az első csillagközi űrutazóknak állított emléket, világító ujjként meredt a levegőbe. Körülötte a Tsumeda gerincét alkotó két főút kereszteződése: a negyed szíve, amelyet a rossznyelvek szerint nem lehet elkerülni, függetlenül attól, hogy a városrész melyik részére igyekszünk. A jelzések vörös sorompóként állták útját.

Már túl késő volt fékeznie, és a lány egy pillanatra kizökkent a rohanás hipnózisából. A rémület hulláma elöntötte, és önkéntelenül is megrántotta a gázkart. A motor hátsó kereke kipörgött a hirtelen elszabaduló lóerőktől, és Karin szorosra zárt szemmel vágódott a kereszteződés forgatagába. Valami sötét suhant el előtte. Még a ruhán keresztül is érezte, hogy az a valami nagyon közel volt.

Remegve nyitotta ki a szemét, és nagyon mélyről jövő sóhaj szakadt fel belőle. A szemét könnyek öntötték el, amint realizálta, hogy még mindig él. A hátsó monitoron látta a most már elmaradó óriási buszt, amely előtt alig fél méterrel vághatott át. A busz kerékjárataiból gomolygó fekete füst szerint aligha rajta múlott, hogy nem ütköztek. Magában hálát adott a védőangyalainak és a buszt vezető robotot programozó mérnökök tudásának.

Az adrenalinsokk múló hatásai, a hideg veríték és a remegés lassan alábbhagytak. Nyoma sem volt mögötte a két üldözőnek. Letért az útról és szűkebb utcákon suhant át, reménykedve abban, hogy ha mégis követik őt, akkor ezzel teljesen lerázhatja őket.

Ha még nem köröztek, akkor most már biztosan, futott át az agyán. A közlekedést figyelő rendszerek szigorúan büntették az ilyesféle szabálytalanságokat és azonnal riasztották a környező rendőröket. Karin lelassított, és pár utcával arrébb legurult a Sony torony melletti nyilvános mélygarázsba. A hatodikon végre talált egy üres helyet, és leállította gépet. Szinte letépte a fejéről a bukósisakot, majd kinyújtózott. Mély levegőt vett, mintha csak víz alól bukkant volna fel. A parkoló enyhén fémízű, sokszor cserélt levegője most éltető elixírnek tűnt. Jó egy percig csak nézett maga elé, majd lassan, szinte szeretetteljesen végigsimított a motoron. Leszállt, karjára vette a sisakot, és elindult a hátsó kijárat felé. Innen az lesz a legjobb, ha gyalog megyek tovább, suttogta magában. Micsoda idióta ötlet volt egyedül nekivágni a városnak! Legszívesebben a falba verte volna a fejét. Hogy lehetett ennyire ostoba!

Miután kilépett az utcára, lassan lecsillapodott. Magában elkezdte összerakni az eseményeket, és amikor végre megértette, jeges hidegség kúszott fel a gyomrába. Megérintette a komja felületét és idegesen előhívta Pete számát. Talán még nem késő, hogy figyelmeztesse.

17

– Igen, köszönöm. Jövök neked eggyel Ulrich. – fejezte be Pete a beszélgetést egy söprő mozdulattal. Karin kérdően nézett a férfira, aki gondterhelt arckifejezéssel egy újabb szál cigarettát vett elő a felső zsebéből. A félhomályban apró láng lobbant, és fojtó füst kezdett terjengeni.

– Na mi van? – kérdezte halkan.

– Valószínűleg éppen ide tart. Jó lesz felkészülni a fogadására.

Már majdnem egy hét telt el Josh halála óta, és azóta folyamatos menekülésben voltak. A körözésük alig két-három órán belül fent volt a neten, és a kínált vérdíj mértéke nem hagyott kétséget afelől, hogy kik állnak mögötte. A várakozás már lassan kezdte felőrölni Karin idegeit, és valahol mélyen a hír hallatán megkönnyebbülés töltötte el. Már három napja várakoztak a Red Lion „teaházban".

A hely Pete egy régi barátjáé volt. A Kloisterburg negyed mélyén megbúvó létesítmény nem volt nagy, de közönsége annál illusztrisabb emberekből tevődött össze. Karin biztos volt benne, hogy az itt felbukkanó emberek nagy része a nappali életében sietve letagadta volna, hogy valaha is járt errefelé. A tulajdonos éppen ezért nagy hangsúlyt fektetett a diszkrécióra; a helyet elkerülték a rendőrjárőrök éppúgy, mint az alvilág képviselői. A Red Lionban nem voltak botrányok, sőt még szóváltások sem. Ha akadt is esetleg olyan ostoba, aki megzavarta volna ezt a különleges helyzetet, valószínűleg másnap a tenger mélyén ébredt volna.

Pete odaintett a sötétbe burkolózó galérián készültségben várakozó tanítványoknak. A négy férfi azon a napon tűnt fel, amikor az első támadások érték őket, és azóta vigyázták minden léptüket. Karinnak máig nem sikerült teljesen megértenie, hogy milyen kapcsolatban állnak Pete-tel és egymással. Bár teljesen összeszokott csapatot alkottak, de a Tanítványok – ahogy a férfi hívta őket – nagyon különbözőek voltak.

A négyes legkomolyabb, és egyben talán leghidegebb tagja Leon volt, aki most valahol a galéria diszkrét sötétjében üldögélt. Bár a stílusa kitűnő iskolákról árulkodott, Karin néha komolyan beleborzongott, amikor a szürke szemek mélyére nézett. Amióta az első nap látta, hogy minden különösebb ok nélkül eltörte egy hetvenkedő fickó karját, azóta egy kicsit tartott is tőle.

Talán pont az ellentéte volt a megtermett, de állandóan mosolygó Barry. Leonnal ellentétben, aki általában a legújabb divat szerinti öltönyökben mutatkozott, Barryt eddig csak motoros bőrruhában látta. A szóhasználata alapján Karin úgy saccolta, hogy a férfi valamikor egy banda tagja lehetett – és ezt a képet erősítette a ruhája hátáról gondosan eltűntetett címer helye is. A srác nagyon jól motorozott, sőt a barátai ugratásából rájött, hogy Barry motorversenyeken indulhat.

A másik nem túl szelíd motoros Eddy volt, aki most éppen aludt a Red Lion hátsó szobáinak egyikében. Eddy tekintélyes méretű arzenált cipelt magával és az elmúlt héten Karin gyakran volt tanúja, amint boszorkányos gyorsasággal szét- és összeszerelte a legkülönfélébb, tiltottabbnál tiltottabb fegyvereket. Bár látszólag mindig vidám és laza volt, látott valamit a szemében, ami óvatosságra intette vele kapcsolatban is.

A négyes utolsó tagja, Scott ütött el leginkább a társaság többi tagjától. Míg a többiek inkább tűntek valamiféle zsoldosnak, addig a férfi leginkább azokra a gazdag ficsúrokra emlékeztette, akik az eridanusi éjszaka jellemző figurái voltak. Menő ruhák, vagyont érő óra, nyaklánc, és laza, de ugyanakkor műveltnek tűnő stílus: a lány ki nem állhatta őket. Először elkövette azt a hibát, hogy Scott esetében is a külső alapján ítélt. De amikor a fiú három órán belül egy kisebb vagyont nyert el a Red Lion vendégeitől, gyorsan át kellett értékelnie magában. A madam villámgyorsan el is tiltotta a játéktól, a többiek nagy derültségére. Scott egyébként félelmetesen tájékozottnak bizonyult a helyi üzleti életben is, Karin legnagyobb meglepetésére.

Az első néhány nap után kapták a híreket, hogy valaki komolyan kutat utánuk. Persze ez nem volt különösebben meglepő annak fényében, hogy a médiában többször is leadták a képüket. De a sok tehetségtelen fejvadász-wannabe között feltűnt egyvalaki, akit máig sem tudtak azonosítani. Az illető sorra vette a hozzájuk kapcsolódó szálakat, és fokozatosan szűkítette körülöttük a gyűrűt. És most úgy látszik, valahogyan sikerült a nyomukra akadnia. Jessicának sikerült pár dolgot kinyomoznia róla, de pár lényegtelen adatnál többet nem tudtak meg.

No igen, Jessica. Karin még most sem tudta, hogy mit gondoljon a lányról. Az egész dolgot roppant zavarba ejtőnek találta. Jess négy nappal a hajtóvadászat kezdete után akadt rájuk. Kezdetben valamiféle fejvadásznak gondolták, de a félreértések tisztázását követően kiderült róla, hogy Josh barátnője. Mit barátnője, tanítványa! Egész tehetséges hackernek bizonyult, bár a fiú képességeit messze nem közelítette meg.

A lány magas volt, szőke, göndör hajú, és nagyon-nagyon fiatal. Legalábbis Karin számára úgy tűnt, mintha évtizedekkel lenne öregebb nála. Azért kutatta fel őket, mert bosszút akart állni Josh miatt. A találkozás végződhetett volna rosszabbul is, ha Pete nem üti félre Leon kezéből a fegyvert. Miután a lány lecsillapodott, leültették és elmagyarázták neki a helyzetet. Jess ha lassan is, de felfogta az összefüggéseket, és megkérte Pete-et, hogy csatlakozhasson hozzájuk. Bár a fiúk látszólag megbíztak benne, Karinnak továbbra sem voltak teljesen tiszták a lány indítékai. És talán mert néha határtalanul naivnak tűnt, nehezére is esett egyenrangú félként kezelnie. Igaz, mostanában szinte senkiben sem bízott meg, talán Pete-et kivéve. Mindenesetre Jessnek nem volt hová mennie, ezért cipelték magukkal, mondván, hogy egy jó hackerre mindig szükség lehet. Na ja. Persze nem a lány ártatlannak tűnő mosolya győzte meg a fiúkat, de nem ám, gondolta újra kicsit durcásan.

— Akkor most mi lesz? — kérdezte Karin. Pete vállat vont és körbenézett a helyiségben. Leon alakja eltűnt a fenti homályban; talán elment felébreszteni a többieket.

— Várunk. Ulrich — mutatta a komját — azt mondta, hogy egy középkorú nő, talán kínai. Akárhogy is, hatan csak elbánunk vele.

— Nem kéne inkább lelépnünk? — A lány még jobban lehalkította a hangját. — Nem hiszem, hogy a madam túlzottan örülne, ha balhét csinálnánk.

Pete halkan, örömtelenül felnevetett, és megrázta a fejét.

— Akárki is a titokzatos fejvadászunk, annyit neki is tudnia kell, hogy aki a Red Lionban balhézni kezd, az holnap átússza az öblöt. Az persze egy másik kérdés, hogy hogyan megyünk el majd innen, ha nem sikerül vele dűlőre jutnunk.

Újra itt vagyunk — gondolta a lány, de visszanyelte a szavait. Annyit biztosan tudtak, hogy a *Prometheus*-t zár alá vették és a kopók figyelik az űrkikötőt is. Arról sem voltak illúziói, hogy azok a céges fickók, akik megölték Josh-t, elsősorban a hajót figyelik. A végtelenségig pedig nem rejtőzködhetnek itt. Ő eleve azt javasolta, hogy hatoljanak valahogy be a hajóba, és utána húzzanak el innen minél előbb. Pete mindezidáig ellenállt az ötletnek és kivárásra játszott. A dolgaik azonban egyelőre nem alakultak úgy, ahogy várták.

Karin körbenézett a helyiségben, és újfent megcsodálta a dekadens eleganciával díszített szalont. A halvány fényben, a vörös kanapékon nyújtózó, lengén öltözött lányok igazán érzékien festettek. Halk zene szólt, de a beszéd helyett csak ingerküszöb alatti sustorgás hallatszott az asztalokba épített hangkioltóknak köszönhetően. A falakat borító kárpitok, a puha szőnyegek csak tovább erősítették a bensőséges hangulatot. A lányok gyűrűjében ülő gazdag, néha ismerős arcú férfiak kívánságait kihívóan öltöztetett felszolgálók lesték, akiket a pultnál üldögélő madam egy-egy szempillantással irányított. Karin kezdetben elcsodálkozott a fegyveres testőrök hiányán, de később Pete megmutatta neki azokat az apró jeleket, amelyek arra utaltak, hogy láthatatlan szemek folyamatosan kontroll alatt tartják a szalont és a vendégeket.

A szalon felett sötétbe burkolózó galéria húzódott. Mivel ezeket az asztalokat ritkán használták, Pete itt helyezte el a tanítványokat. Infraszemüveg híján a lány csak sejtette, hogy most már mind a négyen elfoglalták a helyüket.

A férfi odaintette a felszolgálót és a fülébe súgott valamit. A lány kacéran elmosolyodott, és rövidesen két koktéllal tért vissza. Ásványvíz, állapította meg ajkát biggyesztve Karin. Jégkockákkal, színezékkel, napernyővel, és mindenféle trükkös optikai tuninggal. De attól még ásványvíz. Alaszka koktél, ahogy itt nevezték. Pete már sosem változik. A maga részéről jobban örült volna most valami erősebbnek.

– Most már csak a vendégünk hiányzik – ivott bele a sajátjába a férfi és hátradőlt.

A percek csigalassúsággal teltek. Karin idegesen ült egyik oldalról a másikra, és közben többször kitapogatta a kabátja alá csúsztatott fegyverét. Josh halála óta nem vált meg tőle. Remélte, hogy a mozdulat nem túl feltűnő és a lézerpisztoly nem dudorodik ki túlzottan.

Az ajtó diszkrét csengőszó kíséretében kinyílt, és egy középmagas nyúlánk figura lépett be rajta az előtérbe. Sötét kabátja vállába esőtaszítót építettek, így a csillogó fekete egyenes szálú haja a kinti eső ellenére is száraz maradhatott. Ahogy határozott mozdulattal ledobta az elegáns vonalú kabátot, Karin érezte, hogy minden izma megfeszül, és ujjai kifehérednek a poháron. Pete felemelt mutatóujjal intette nyugalomra. A kabát alatt szűk szabású, méregdrága kínai selyemből varrt ruhát viselt. Néhány szót váltott az előtérben ülő ajtónállóval, majd bólintott és kecses mozgással elindult befelé. A lány kicsit irigykedve figyelte a járását. Na, ez is olyan dolog, amire valószínűleg születni kell, gondolta bosszúsan.

A nő körbenézett a szalonban, majd elindult az asztaluk felé. Közelebb lépett, és apró meghajlással köszöntötte őket. Pete felemelkedve viszonozta a meghajlást, mire elmosolyodott és leült. Karin érdeklődve tanulmányozta az arcát. Távolról ismerősnek tűnt, de akárhogy is kutatott az emlékei között, nem ugrott be. A ruha, a stílus előkelő származásról árulkodott, de ez nem jelentett sokat.

– Ming úr az üdvözletét küldi.

A nő kellemes orgánumú, de kínai akcentussal beszélt angolja, a jellegzetes ruha, és Ming neve végre helyére billentette a dolgokat. Igen, ezt a nőt a kereskedő rezidenciáján látta. Pete felvonta szemöldökét és furcsán nézett a lányra. Karin látta az arcán, hogy hosszú magyarázkodásra számíthat a beszélgetés után. Idegesen megköszörülte a torkát.

– És minek köszönhetjük az úr megtisztelő figyelmét? – Igyekezett óvatosan fogalmazni. Magában újra elátkozta magát, amiért nem tanulmányozta jobban a kínai etikettet. A nő diszkréten elmosolyodott. Fegyelmezett arcvonásairól hosszú évek diplomáciai tapasztalata sütött.

– Mondjuk úgy, hogy Ming úr figyelemmel kíséri az Önök ügyét. – Oldalra billentette kicsit a fejét. – A helyzetük nem túl fényes.

Karin összeszorította a fogát.

– Azért van még nekünk is… – kezdte kimérten, de Pete a karjára tette a kezét. A fejével alig észrevehetően nemet intett.

– Van esetleg valami javaslata az urának a helyzet… hmmm… megoldására? – Pete felemelte a poharát és elgondolkodva forgatta a benne úszkáló jégkockákat.

A kínai nő arcán a kiismerhetetlen mosoly felett alig észrevehetően megvillant a szeme. Talán vidámság szikrája volt, csodálkozott a lány.

– Ming úr nem szeretne nyílt konfrontációt sem a hatóságokkal, sem az Önökre vadászó céggel. – Közelebb húzta a lány koktélját, és mintha a világ legtermészetesebb dolga lett volna a szájához emelte. Pár korty után visszatette az asztalra. A jégkockák megcsörrentek a pohárban.

– De mindenképpen örülne, ha nem esne bántódásuk. – körbenézett a teremben és a galérián. – Igazán szép helyet találtak maguknak. Szép… és biztonságos. – húzta el alig észrevehetően a száját a galériára pillantva. – De nem eléggé.

Karin biztosra vette, hogy a nő lát a sötétben. Vajon tenyésztett szemei vannak? Ha kibernetikus beültetés, akkor ez a legtökéletesebb, amit eddig látott.

– De azt hiszem ideje indulnom. – Kecsesen felállt és lesimította a ruháját. – Öröm volt önökkel beszélgetni. Köszönöm az italt.

Pete felemelkedett és meghajolt, amit a nő viszonzott. Biccentett az értetlen arccal bámuló Karin felé, és amilyen gyorsan jött, távozott. A lány megrázta a fejét.

– Ez mi a fene volt? – kérdezte megütközve a férfit, aki elmosolyodott. Közelebb húzta magához a lány italát. Belenézett, és megkeverte a jégkockákat a szívószállal. Elvigyorodott.

– Nem tudom, hol tettél szert erre a Ming uraságra. De azt hiszem, jövünk majd neki eggyel. – Visszatette a lány elé a poharat. Belenézve rögtön kiszúrta az opálos jégkockák közé ékelődött átlátszó adatkristályt. Pete közben felállt, és mintha csak egy jégkockát venne még ki, kikapta a kristályt a pohárból.

– Menjünk. Úgy érzem sok munka vár még ránk az éjszaka.

18

Az űrrepülőtér még éjszaka sem pihent. A szinte nappali fényben úszó, végtelennek tetsző betonsíkságon több száz fémszörnyeteg feküdt, mint afféle alvó leviatánok, akik csak arra várnak, hogy gazdáik felébresszék őket álmukból. Közöttük szinte eltörpültek a hatalmas kamionok, amelyek rakományával manipulátorokkal felvértezett rakodógépek etették a tátott szájú monstrumokat. A betonsíkság alatt húzódó sínpályákon újabb és újabb adag áru érkezett és távozott innen; szűnni nem akaró folyamuktól függött a város léte. Bár a tenger alatti farmokról el lehetett látni a lakosságot alapvető élelmiszerrel, a gazdaságot, amelytől az emberek boldogulása függött, a többi világgal folytatott szüntelen kereskedelem éltette. Egy-egy szállítmány kiesése akár anyagi romlást is hozhatott egy kisebb vállalatnak. Ezért is a hajókat és a szállítmányokat többnyire mindenütt fegyveres őrség vigyázta. Az űrkikötő joggal pályázhatott a bolygó talán legjobban őrzött létesítményének címére. És Karin most éppen azon volt, hogy behatoljon ide.

– Hol van a hajód? – bökte oldalba Scott, aki most éppen egy katonai távcsővel szemlélte a repülőteret. Karin elvette tőle a távcsövet, és végigpásztázta az űrhajók sorát. A *Prometheus* a legkisebb még önálló hiperűri repülésre képes hajók közé tartozott, apró játékszer csupán a több millió tonnás teherhajókhoz képest. Bár az igazán nagy darabok le sem képesek ide szállni, emlékeztette magát. A geoszinkron pályán várakozó kilométeres konténerszállítóknak csak a parancsnoki egységei szoktak leereszkedni ide. Rövid keresgélés után egy földre kuporodó lapos bogárra emlékeztető Xazer teherhajó árnyékában kiszúrta a korvettet. Pontosan ott áll, ahol hagyta, állapította meg. Reméljük nem babráltak vele, aggodalmaskodott. Bár a kikötő biztonsági személyzete elvileg őrzi a gépeket, de a Cryo keze messzire elérhet. Visszaadta a távcsövet a férfinak, és megmutatta neki a helyet.

Innen a hegytetőről jól látszott az űrkikötő. A furgon tetején feküdtek, amely Fat Daddy fogadójának terjedelmes parkolójában állt. Így éjjel kettő felé alig pár autó állt itt; a közeli puritán betonépület felől érkező zenefoszlányok kivételével minden csendes volt. A Fat Daddy meglehetősen rossz hírű helynek számított, még eridanusi mércével mérve is. Itt mindent meg lehetett kapni a kétes eredetű drogoktól, a legkülönfélébb lányokon át az egészen egzotikus dolgokig. Nem volt olyan hét, hogy ne történt volna itt valami rendbontás, de a rend őrei mégis, ha tehették elkerülték a helyet. A tulaj, akiről a nevét kapta, a rossznyelvek szerint maga is csempész volt fénykorában, aki a visszavonulása után nyitotta a fogadót. A nyitás után rövidesen az űrhajósok kedvelt találkozóhelyévé vált. Rajtuk kívül csak a repülés megszállottai látogatták a Fat Daddyt, akik órákat tudtak eltölteni a fel és leszálló űrhajók bámulásával. A kikötő fölé magasodó Devils Peak egyik csúcsának oldalába épített fogadóból ugyanis kitűnő kilátás nyílt az egész több négyzetkilométeres betonsíkságra. Pontosan ez volt az oka Karinék itt tartózkodásának is.

– Szép kis gép – hallotta maga mellől Scott álmodozó hangját. A férfi leeresztette a távcsövet. – Valamikor nekem is volt egy hasonló hajóm. Egy Excalibur 9-es. – A távolba révedt.

– Pilóta voltál? – kérdezte a lány. Scott nem látszott annak. A hosszú, fekete Gucci kabát, a drága óra és a valódi bőr cipő mind nem illettek a képbe.

– Ha kellett. – Kényszeredetten elmosolyodott, majd vállat vont. – De mindig jobban érdekelt, hogyan tudok többet kihozni a gépből.

– Tényleg? – Karin meglepődött. – És mi lett vele?

– Odalett az egész, amikor feldobtak a fináncoknak és megtalálták az árut. A hajót lefoglalták, én pedig leléptem, amíg még lehetett. – Sóhajtott. – De a *Susanne*-t sajnálom akkor is.

– Ki adott fel? – Karin felkönyökölt és a férfi arcát kutatta. Scott a hátára fordult és a csillagos eget fürkészte.

– Valaki, akinek egyszerűbb volt így hozzájutnia az árujához. Én voltam a barom, hogy elvállaltam azt a fuvart. Amikor pedig az egekbe bűzlött az egész. – Felé fordította a fejét és a szemében szomorúság csillant. – Soha ne kezdj politikussal. Súlyos lecke volt. Főleg ha nő az illető. – tette hozzá pár másodperc tűnődés után.

Karin kérdéseit motorzúgás szakította félbe. Lepillantva látta, hogy két nagy Honda versenymotor gördül be a parkolóba és megkerülve a terepet megálltak mellettük. A motorok még egy utolsót hördültek, majd utasaik elkezdtek lekászálódni a nyeregből. Scott áthajolt a lány felett és Karin orrát megcsapta a férfiből áradó intenzív szagú arcszesz. Nem volt kellemetlen érzés, sőt...

– Na mi a helyzet? – szólt le az egyik alaknak, akinek a sisakja alól most Eddy szőkés fürtjei bukkantak elő. – Láttatok valamit?

Eddy lerakta a bukósisakot és beletúrt a hajába.

– Nem. Semmit. Minden csendes.

– Szerintem kicsit túlzottan is – szólt közbe Barry, aki közben szintén megszabadult a sisakjától és most a kabátja alá rejtett túlméretezett pisztolyt igazgatta. Eddy bólogatott.

– Jaja. Mindig minden túlzottan is csendes. – Körbenézett. – Pete hol van?

Scott lemászott a furgon tetejéről és lesegítette a lányt is. Megtörölte a kezét egy ki tudja honnan előcibált kendőben.

– Nem sokkal utánatok ment el Leonnal és Jessicával. Kaptak egy hívást, aztán leléptek.

– Na fasza. – Eddy elfordult, és felnyitotta a motor egy tárolórekeszét. Belekotort és rövid keresgélés után egy hosszú vörös csíkkal jelzett tárat rángatott elő, amit a kabátja alól kihúzott, csúf kinézetű HK géppisztolyba lökött. A rekeszből két kézigránát is előkerült egy újabb pisztoly kíséretében. Karin döbbenten nézte, ahogy a férfi egy kisebb arzenált aggat magára. Bámulását látva Eddy felnézett és elvigyorodott.

– Kell egy? – nyújtott felé egy újabb gránátot. A lány elborzadó arckifejezését látva szárazon elnevette magát és folytatta a felkészülést.

A furgon mögül fojtott hangú beszélgetésfoszlányok hallatszottak. Karin szeme felszaladt és odamutatott, de Eddy vállat vont, és nemtörődöm arckifejezését látva a lány keze is lehanyatlott.

– Barry telefonál. Minden akció előtt beszél a csajával. Valami Linda. – Vállat vont. – Mondtam már neki, hogy le kéne építenie, de úgyse hallgat senkire.

– Ne irigykedj, Ed. – jegyezte meg gúnyosan Scott. Eddy fel sem nézett, éppen a csizmája szárában kialakított tokba tolta be a rohamkését.

– Nem érdekel. De egyszer még lekövetik a nőn keresztül. – Scott bólintott, de közben vigyorgott. Barry közben befejezte a beszélgetést, és a furgon hátsó ajtajához lépett. Egy nagy fekete táskát vett elő, amit felnyitva valamit ügyködött benne. Karin innen pont nem látta, mi van benne. Kitapogatta a kabátja alá rejtett lézert. A nehéz pisztoly még mindig a szokott helyén lapult.

A parkoló bejárata felől gumicsikorgás hallatszott, és ezzel egy időben Eddy keze a HK markolatára siklott. A beguruló terepjáró láttán azonban leengedte a fegyvert, amikor Leon Nissanja lefékezett mellettük. A felpattanó ajtóból Pete ugrott ki belőle.

– Na fiúk, indulás van. – mondta bevezetés nélkül, és lenézett az órájára. – Tíz perc múlva ott kell legyünk a keleti falnál.

– Miért, mi lesz tíz perc múlva? – kérdezte Barry. Pete arcán széles mosoly terült szét.

– Nem tudom. De a kínai azt mondta, hogy lesz öt percünk, hogy beszálljunk a hajóba. Legalábbis addig nem lesznek ott a biztonságiak.

– Kínai? – kérdezett közbe Scott is. Pete felsóhajtott.

– Hagyjuk. Majd elmesélem.

– És ha mégis lesznek? – vágott közbe Eddy. Pete arcáról lehervadt a mosoly. Kimérten bólintott.

– Akkor jöhet a B terv. Átvágjuk magunkat rajtuk. – A fülére mutatott, amelybe apró komlink volt bedugva. – Maradjunk kapcsolatban. – Az ujjával pár kézjelet mutatott, amit a többiek bólintással nyugtáztak és valamit állítottak a saját cuccaikon. Karin értetlenül bámult, de Scott átadott neki is egy beállított fülhallgató-mikrofont.

– Indulás. – hallotta Pete-et. – Akció indul. – Ezzel visszamászott a terepjáróba.

Eddy kiköpött, majd elkezdte felhúzni a sisakját.

– A B terv az jó – dörmögte csak úgy magában. – Csak azt nem értem miért ezt hívják B-nek. Amikor úgyis ez a vége mindennek. Rögtön kezdhetnénk is ezzel. – Rácsapott a bukósisak tetejére és beröffentette a motort. A két nehéz Honda élesen felsivított, és a kis konvoj élére állva elindultak az űrkikötő felé vezető szerpentinen.

A leszállópálya felett tompa morajlás gördült végig és a nyomában riadószirénák sírtak fel. Karin a távcsövön látta, hogy a távolban egy nehéz Aston-Miller szállítóhajó lábánál lángok csapnak fel, és sűrű füst takarta el a reflektorok fényét. A helyi biztonságiak és a tűzoltók gyorsan reagáltak, és alig egy percen belül több helyről is villogó fényekbe burkolózó kocsik indultak a helyszínre nyaktörő iramban. A lángok fényénél a lány mintha a Ming dinasztia logóját látta volna a hajó oldalán.

– Indulás. Minden a megbeszéltek szerint. – hallotta Pete hangját a komlinken. Ezzel egy időben az egyik motoros, talán Barry, leugrott a gépéről és egy kézi lézervágót vett elő a kabátja alól. A kékeslila fénysugár felizzott, és a nyomában méteres szikraeső fakadt a kerítés dróthálójából. A művelet alig húsz másodpercig tartott. Miközben Barry visszarohant és felpattant a motorjára, a Nissan nekilódult, betörte a szétvágott kerítést. Scott is gázt adott, és igyekezett szorosan a terepjáró nyomában maradni. Jobbról és balról a két motor húzott el mellettük. A keskeny füves részen átvágva gyorsan kiértek a kikötő vasbetonjára, ahol a motorok meglódultak. A *Prometheus* alig ötszáz méterre állt tőlük. A lekapcsolt hajó körül nem látszott mozgás.

Mögöttük jókora késéssel bekapcsolódott az egyik automata keresőreflektor, és hosszú fénykévéi feléjük nyújtóztak. A megvilágítás pont akkor érte el őket, amikor a furgon csikorgó gumikkal lefékezett a hajó előtt. Karin kiugrott, odarohant az orrfutóhoz, felpattintotta a manuális nyitórendszer paneljét. A biztonsági kódot úgy látszik nem tudták megváltoztatni, adott hálát magában az összes istennek, amikor a zöld fények felvillantak a kapcsolótáblán. A külső irányfények felgyulladtak és a fő felszállórámpa sziszegve ereszkedni kezdett. Mellette hangos dörrenések vertek visszhangot és a keresőfények eltűntek. Kinézett a láb takarásából, és látta, hogy Scott visszadobja az ülésre a mesterlövészpuskát.

Mielőtt még a rámpa hangos csattanással leért volna a betonra, Karin már ugrott is fel és rohant a hajó biztonságos belseje felé. Most minden azon múlott, hogy mennyi idő alatt tud életet lehelni a *Prometheusba.* A biztonságiaknak megvolt a felszerelésük ahhoz, hogy megakadályozzák a felszállást, és a lány tudta, hogy a hangárokban néhány komolyabb harci jármű is várakozik a rendbontók megfékezésére. Nem akarták megvárni, míg ezek is előkerülnek. A raktérbe érve futni kezdett a lassan éledő hajóban. A csuklószámítógépére nézett, amely közben felvette már a kapcsolatot a korvett központi rendszerével és éppen a státusz ellenőrzések futottak rajta. Csak most ne hagyj cserben, fohászkodott halkan. A háta mögött a két motoros felgurult a rámpán.

– Siess kislány, vendégeink jönnek. – hallotta Leon hangját a fülében. Rácsapott a pilótafülke nyitópaneljére és bevetette magát a szűk nyíláson. A kapitányi székbe csúszva felpattintott egy ritkán használt kapcsolótáblát. A kódot fejből tudta, bár jó régen nem használta már.

– Kód érvényes. Biztonsági protokoll felülírva. Vészindítási procedúra megkezdve. – A számítógép máskor kellemes női hangja most idegesítőnek tűnt. A páncélüveg ablakon jól látta, hogy villogó fényekkel egy csapat biztonsági jármű indult el feléjük. Az alsó képet mutató monitoron a furgon éppen begördül a raktérbe. Szemre megpróbálta felbecsülni az érkezők sebességét, és a gyomrába markolt a görcs, amikor felmérte, hogy azok előbb fognak ideérni, mint ahogy a rendszer végez az indítással. Az első páncélozott autó bekanyarodott a hajó elé, és a platójára épített lézer megfordult a tengelye körül. A csöve a pilótafülke alá mutatott. Pontosan a főfutóra, gondolta ijedten.

Mielőtt még lőhetett volna az oldalából lángoszlop csapott fel és a jármű izzó darabokra szakadt. A robbanás lökéshullámát még itt is érezni lehetett; a lángok sárgás fénye megvilágította a betonsíkságot a hajó előtt. Uramjézus, futott át a lányon a döbbenet, amikor meglátta az alsó kamerán a rámpa alján álló alakot, aki egy önhordó keretre erősített közel két méteres kéziágyút tartott a kezében. Barry hátán egy méretes, hátizsákra emlékeztető tápegységből több vastag kábel húzódott a kályhacső méretű ütegbe, amelyben a lány egy Hellbore rohamlézerre ismert. Eddig még soha nem látott ilyet, bár az akadémián a gyalogsági nehézfegyverek között említették ezt a szörnyeteget. A közel hatvan kilós lézer könnyedén átvágta volna még egy kisebb tank oldallemezeit is. A gyengén páncélozott terepjárónak esélye sem volt ellene. Ebből a fegyverből alig néhány darab létezik. Nem is akarta végiggondolni, hogy milyen úton juthattak hozzá a zsoldosok.

A főképernyőn minden jelzés zöldre váltott, amikor Pete vetette be magát a pilótafülkébe. Alul a főrámpa lassan bezáródott. Karin előretolta a gázkart és a *Prometheus* megrázkódott a terheléstől. Ilyen hirtelen indításnál elég sok minden tönkremehet ott hátul, és csak remélni tudta, hogy semmi létfontosságú nem fog elszállni. Megragadta a kormányt, kiengedte a fékeket, és a hajó lassan, majd egyre gyorsabban gurulni kezdett a távoli kifutópálya felé.

– El fogunk érni a kifutóig? – kérdezte Pete, aki közben bekötötte magát a másodpilóta székébe.

– Milyen kifutóig? – kérdezett vissza Karin idegesen. A feszültség még benne volt, de a legveszélyesebb részen már túl voltak. Ötezer tonna fémet már csak nagy véráldozatok árán tudnának a földön megállítani. De ennyi lehetőséget sem akart nekik adni.

– Hogyhogy milyen? Óóó… – kezdett bele a férfi, de a torkára forrt a szó, amikor a lány vigyorogva maximális tolóerőre kapcsolt. A gyorsulás belevágta az ülésbe és a *Prometheus* lendületet vett. Elsüvítettek egy mellettük parkoló teherhajó mellett, alig harminc méterrel hibázva el a szárnyakkal a robosztus törzset. Pete keresztet vetett. Karin megmarkolta a botkormányt és a kijelzőn futó számsorra szegezte a tekintetét. A sötétben egy közel száz méter magas, tojásra emlékeztető bolygóközi bárka tűnt fel, pontosan előttük. Rohamos tempóban közeledtek.

– ÁáááÁÁÁÁ… – hallotta a lány maga mellől. Pontosan a megfelelő pillanatban megrántotta a kormányt és a korvett könnyedén az égre szegezte az orrát, majd elszakadt a betontól. Lehúzott két kart, ezzel átirányítva a plazmasugár egy részét a hasi fúvókákba. A hirtelen megváltozott irányú gyorsulással küzdve reflexszerűen teljes erővel húzta a botkormányt. A számítógép önvédelmi rendszere behúzta a főfutókat és a hajó hirtelen megugrott. A teherhajót így is csak pár méterrel hibázták el.

Ez meleg volt, fújta ki a levegőt a lány. Pete letörölt egy izzadtságcseppet a homlokáról.

– Azért… azért ilyet inkább legközelebb ne csinálj. Vagy legalább szólj előtte, hogy leihassam magam. – dörmögte remegő hangon.

Karin rávigyorgott.

– Oké. – Eszébe jutott valami és bekapcsolta a belső komot. – Remélem mindenki túlélte a felszállást. Örömmel jelentem, hogy elhagytuk az űrrepülőteret és rövidesen felemelkedünk. – El tudta képzelni a fiúk arcát, amint felkenődtek a falra az indulásnál. Vállat vont. Nem volt idő a finomkodásra.

– És most? – kérdezte Pete kicsit összeszedve magát. – Mint gondolsz, utánunk küldenek valakit? – Az Eridanus értékes világ volt, ezért az orbitális pályán és a repülőtéren is folyamatosan készenlétben állt pár elfogó vadász. Karin átfutotta a pásztázó által időközben összeszedett adatokat.

– Két romboló van az utunkban, de azokat elkerüljük egy kis manőverezéssel. A többinek még annyi esélye sincs minket elkapni. – Megrázta a fejét. – A felszíniekkel nem nagyon kell számolnunk. De az egyik romboló Triumph osztályú. Azon lehetnek Hornet elfogó vadászok. – Beszívta az alsó ajkát, miközben gondolatban átfutotta a lehetőségeiket. – A kérdés csak az, hogy milyen gyorsan tudják azokat elindítani. De ezt rövidesen úgyis megtudjuk.

A *Prometheus* nyugat felé repült alig egy kilométer magasban. Karin még egy utolsó pillantást vetett a város mögöttük elmaradó fényeire. Az egyre kisebbé váló fénycsomók rengeteg emléket idéztek fel, és a lányra hirtelen rátört az érzés, hogy utoljára látja így az Eridanust. Pár másodperc merengés után, hangosan sóhajtott és megrázta a fejét. Az utóbbi években már úgyis egyre kevésbé érezte az otthonának a várost. És most, hogy már minden barátja halott, nem kötötte ide semmi. A nyílt űr csillagai már hívogatóan csillogtak az égbolton.

19

Matti fázósan húzta össze esőkabátja gallérját. A szakadó eső géppuskasorozatként dobolt az előtte magasodó ház cserepein. Bentről barátságos fények szűrődtek ki a gyengén megvilágított kertre. De idekint hideg volt. Az eridanusi nyárvégi záporokat gyakran kísérte ilyen metszően hideg szél. A frontok a sarkvidékről indultak, és miután átvágtattak a nyílt óceán felett, erejük teljében élhették ki bosszújukat a kontinens északi partvidékén.

Most legalább nincs jég – morogta magában a férfi és megnyomta az ajtócsengőt. Bentről vidám csilingelő hang hallatszott, amely szinte teljesen elhalt a szél zúgásában. Matti elképzelte magában a lakókat, amint kíváncsian néznek egymásra, vajon ki zavarhatja őket ilyen késő este. Remélte, hogy nem gondolkodnak majd sokat. Cudar idő volt. Ha arra gondolt, hogy a többiek a furgon viszonylagos védettségében várnak, elfogta az irigység.

Az ajtózár kattant és a kinyíló ajtóban egy hatvan körüli öltönyös figura állt. A nyakkendője kicsit félre volt csúszva és karikásak voltak a szemei, de ettől függetlenül elég összeszedettnek tűnt.

– Nagasawa úr? Elnézést a késői zavarásért, de halaszhatatlanul fontos ügyben kell beszélnünk. A lányáról van szó. – Az idős japán szemöldöke felszaladt, de pár másodperc töprengés után végül félreállt és beljebb invitálta. Ahogy az ajtó becsukódott mögötte a szél tombolása is elhalt. Az ízlésesen berendezett előszoba végében egy középkorú asszony állt. A nő szemei vörösek voltak, és a kezében egy gyűrött zsebkendőt szorongatott.

– Ki maga? – kérdezte a férfi reszelős hangon, mielőtt még Matti megszólalhatott volna. Matti alig láthatóan meghajolt, pont, ahogy azt az illem megkívánta, majd a kezét nyújtotta.

– Matti Tommila vagyok. A Cryogen Corporation egyik részlegének dolgozom. – Az idősebb férfi úgy nézett rá, mint a véres kardra, ezért visszahúzta a kezét.

– Okunk van feltételezni, hogy a lányuk belekeveredett egy olyan akcióba, amely a cégünk egyik adatbankja ellen irányult.

– Hazudik! Maga és mindenki más! – A nő hangja szinte hisztérikus volt. – Karin nem olyan. Soha nem tudna ártani senkinek! Érti?

Senkinek! – A férje odalépett hozzá és átkarolva sikerült valamelyest lecsillapítania, de Marthe Nagasawa szemében továbbra is gyűlölet égett.

Azért arra ne fogadjon, jutott eszébe a lány menekülése, de elharapta a mondatot.

– Kérem, asszonyom. Cégünknek egyértelmű bizonyítékai vannak erre vonatkozóan. De most nem is ezért jöttem. Segíteni szeretnénk.

– Segíteni? És mire fel ez a hirtelen nagylelkűség? – Az idősebb férfi szavai nem annyira gúnyosak, mint inkább hitetlenek voltak.

– Karin valami sokkal jelentősebbe keveredett, mint azt hiszi. Ezért lenne életbevágó, hogy mielőbb megtaláljuk. Ha segít nekünk és feladja a társait, el tudjuk intézni, hogy ejtsék az ellene felhozott vádakat. – Matti próbált együttérzőnek mutatkozni. – Higgyék el, szeretnénk minél csendesebben elintézni a dolgokat. Senki sem örülne a nagy felhajtásnak odafent. – Kezével felfelé mutatott, de mindenki értette, hogy a Földön ülésező nagyfőnökök tanácsára gondol.

– És mit vár tőlünk? – kérdezte Nagasawa halkan.

– Biztosan tudják, hogy hol tudjuk megtalálni vagy elérni Karint. Csak beszélni szeretnénk vele. – És minél előbb elhallgattatni, gondolta magában. Na persze csak az után, hogy megtudták, kik lettek még beavatva a titokba.

Hiroshi Nagasawa szárazon felnevetett. Nem volt a hangjában szemernyi öröm sem.

– Most elvárja, hogy ezt a mesét bevegyük? Ideállít eljátszani az irgalmas szamaritánust, miközben mindenki tudja, hogy a maguk ügynökei milyen módszerekkel dolgoznak. – Elutasítóan maga elé csapott a kezével. – Elég régen vagyok már a pályán ahhoz, hogy ismerjem a Cryogent. Akkor se adnám a kezükre a lányomat, ha semmilyen más lehetősége nem lenne. – A szeme egy pillanatra felvillan. – De Karin tud magára vigyázni. Ránk pedig úgyse hallgat. És most menjen a pokolba.

Matti érezte, hogy elvörösödik. Persze sejtette, hogy a színjátéka nem lesz igazán sikeres, de ennyire nyílt elutasításra nem számított. Még akkor sem, ha a Davis és a Cryo nem álltak éppen szívélyes viszonyban a '12-es jasperville-i incidens óta.

– Ugye tudják, hogy megszerezhetem ezt az információt másképp is… – kezdte, de elharapta a mondat végét. Nagasawa arcára most már nyíltan kiült a düh.

– Csak nem fenyegetőzik? Fel kell hívjam a figyelmét, hogy mindketten a Davis magas rangú alkalmazottai vagyunk. Ha csak a hajunk szála meggörbül, azt a cégünk nem fogja lenyelni. És nem lennék a maga helyében, amikor elkezdenek bűnbakot keresni.

Matti tudta, hogy az öregnek igaza van. Nagyon vékony jégen járt, amikor idejött. Ha a Davis magára veszi a dolgot, és emiatt újabb incidensek törnek ki, neki a saját főnökei fogják kitörni a nyakát. Másrészt nem volt sok vesztenivalója most, hogy a lány meglépett.

Gúnyosan elmosolyodott és lenyomta a bejárati ajtó kilincsét.

– Viszontlátásra! Asszonyom. Uram. – Betette maga mögött az ajtót és a kabátját szorosra húzva elrohant a kertkapuban várakozó furgonig.

– Na, hogy ment? – kérdezte Menetti, és berántotta a jármű belsejébe.

– Szarul. De nyakam rá, hogy azért küldeni fognak egy kódolt üzenetet a lánynak. És abból talán megtudjuk, hogy merre tart. – Megropogtatta az öklét. – Akkor végre pontot tehetünk az ügy végére.

Karin belépett a *Prometheus* szűkös társalgójába. A Deathwingeket ugyan mélyűri járőrözésre tervezték, de a túlméretezett hajtómű és a fegyverzet miatt a legénységi szállásoknak nem túl sok hely maradt. Hat embernek éppen megfelelő, hogy senki se legyen klausztrofóbiás a hosszú utak alatt, de kényelmesnek még a legnagyobb jóakarattal sem lehetett nevezni. Az elmúlt évek során többnyire egyedül vagy másodmagával utazott, így fel sem tűnt neki, hogy mennyire kevés is a hely. Az átépítés során az eredeti felszereléshez tartozó két vadász dokkját eltávolították, hogy abból minél nagyobb rakteret hozzanak létre, de a lakóteret érintetlenül hagyták.

A flottában minden hajón kevés volt a hely. Legendák szóltak a katonai tervezőrészlegekről, ahol idősödő szemüveges tudósok folyamatosan azon gondolkodtak, hogy még honnan faraghatnának le egy-egy négyzetmétert a költséghatékonyság jegyében. Persze ez erős túlzás volt, de valahogy mégis minden haditengerész úgy érezte, hogy idővel a legtágasabb cirkáló szobái is túl kicsik. És ez a korvett-típus különösen hírhedt volt, nem utolsósorban az eredetileg is alulméretezett életfenntartó rendszerei miatt, amelyek néha igen furcsa szagokat voltak képesek produkálni. Most, ahogy végignézett a zsúfolt társalgón, amely egyben ebédlőül is szolgált, újra eszébe jutott a *Barracuda*, amelyen kadétéveit töltötte. Az ember által lakott űr peremén való hosszú és unalmas járőrrepülések alatt megtanulta becsülni a hely és a személyes élettér luxusát.

– Üdv, kapitány! – intett oda neki Leon egy üveggel. – Szép munka volt a rombolókkal! – A férfi a tegnapi felszállás utáni fogócskára célzott. Az egyik hadihajó egy vadászpárt indított utánuk, de közel három órás hajszában végül alulmaradtak. Helyesebben elfogyott az üzemanyaguk, korrigálta magát a lány. Ha még fél óráig bírják, akkor nagy nehezen, de beérték volna őket. Átmanőverezett a székek között és leült az asztalhoz. Pete egy tele poharat tolt elé, amit Leon azonnal teletöltött az aranyló folyadékkal. Whisky, fintorodott el a lány az ital erős szagától.

Az egész csapat bent nyomorgott a társalgóban. Pete a lány mellett ült és egy hordozható táblaszámítógépen nézegette a környező szektorok térképét. Láthatóan a lehetséges alternatívákat böngészte, de baljós arckifejezése nem sok jóról árulkodott. A másik oldalán Leon ült, aki most visszacsavarta az üveg tetejét és hátradőlt. A homlokán egy forradás futott végig, amelyet még a felszállás alatt gyűjtött be. Most valószínűleg belülről fertőtleníti magát, állapította meg a lány. Nem kedvelte az italozást a hajóján, még ha utasokról is volt szó, de ezúttal letudta az egészet egy grimasszal.

A fal mellett, az ételautomatánál Eddy és Barry támasztotta a falat. Láthatóan lekötötte őket, hogy milyen süteményt válasszanak a gépből és gesztikulálva, egymás kezét félrelökve próbálták meggyőzni egymást. Válogassatok csak fiúk, vigyorgott a lány. Úgyis csak a színében és az aromákban fog különbözni az egész. Bár ha azon kevés perverzek közé tartoznak, akik szeretik a gép által gyártott szart...ki tudja, talán még örülni is fognak.

Scott és Jessica a szoba másik végén ültek és halkan beszélgettek. Nem lehetett innen hallani, hogy miről, de a lány pillantásai és kacarászása nem tette kétségessé, hogy miről lehet szó. Sebaj, srácok, úgyis kevés a szobánk, gondolta kedélyesen. Legalább nem kell a vezérlőben aludnom. Csak ne legyetek hangosak, mert kissé vékonyak itt a falak. Elmosolyodott, amikor a saját hasonló tapasztalataira gondolt. Meglehetősen jól viszi a fém a hangot, talán túlságosan is.

Pete felsóhajtott és az asztalra lökte az adattáblát. Eddy egy kisebb tálca süteményt tett az asztalra, és háttal fordítva a széket leült. A többiek is befejezték a beszélgetést és minden szempár Pete-re meredt.

– Szarul állunk – vágott bele minden felvezető nélkül. Néhányan bólintottak. – A kitörésünk kicsit több figyelmet kapott, mint szerettük volna. Már bolygóközi elfogatóparancsot adtak ki ellenünk. Mi ketten személyesen is meg vagyunk nevezve – intett a lány felé.

– Mondtam én, hogy meg kellett volna húznunk inkább magunkat. – dörmögte Eddy maga elé, de Pete megrázta a fejét.

– Már platnin lennénk mindannyian. Ismerem az ilyen boszorkányüldözéseket. Egy idő után már sehol sem vagy biztonságban. Ennyi pénz még a legjobb haverok agyát is meg tudja zavarni. És ha szorul a gyűrű, akkor a barátság az első, ami megszűnik. – Újra megrázta a fejét. – Nem, már készen lennénk. Szerintem így is az utolsó pillanatban léptünk le.

– Oké, ez van. – szólt közbe Leon reszelős hangon, de érthetően. Talán mégsem ártott meg neki a pia, gondolta a lány. – Köröznek, na és. Volt ilyen már korábban is. Elugrunk innen, keresünk egy szimpatikus rendszert és elbújunk egy időre. Találtál valamit főnök? – mutatott a tábla felé. Karin érdeklődve nézett fel az öregre.

– Persze, több célvilág is van, ahova eljuthatunk. – Szünetet tartott és Karinra nézett, aki megértette, mire gondol.

– Csak éppen sehol sem leszünk biztonságban. Az a baj, hogy magát a hajót is körözik. Ha bárhol leszállunk, előbb-utóbb utolérnek a fejvadászok. És akkor kezdhetjük az egészet elölről. – csalódottan nézett a poharába, és felhajtotta az italt.

– Persze ez jó eséllyel csak ránk vonatkozik. Karinra és rám – nézett végig Pete a többieken. – Végül is, én kevertelek bele benneteket, és már így is sokkal többet tettetek, mint amit kértem volna. Elviszünk titeket bárhova, ahova gondoljátok, és onnan egyedül folytatjuk.

Egy rövid időre csend telepedett a szobára. Mindenki a lehetőségeket emésztette. A lány meglepetésére Barry törte meg a csendet.

– Nem tudom, a többiek mit mondanak, de én megyek veled tovább, főnök. Meg persze veled – bólintott a lány felé is. – Már késő kilépni ebből szerintem. – Eddy lelkesen bólogatott mellette. – Jaja – szúrta közbe a maga szűkszavú módján. – Én is benne vagyok.

– Nem hiszem, hogy sok választásunk van. – Scott lassan végigsimított a haján. – Ha én fejvadász lennék, és elveszteném a nyomotokat, megkeresném az egykori társakat, és kicsit kivallatnám őket. – Elvigyorodott, mikor látta, hogy a többiek is kicsit megütközve néznek rá. – Ugyan fiúk, mindannyian voltunk már a másik oldalon is. –

Leon közben lecsavarta az üveg kupakját és újra meghúzta az italt. A többiek hallgattak, csak Jess kapkodta a fejét feszülten hol ide, hol oda.

– Hát, nem lenne egy életbiztosítás. – Leon egyik kezében forgatta az üveget, elgondolkodva nézve a benne lötyögő italt. – Legyen. Együtt több esélyünk van. – Scottra nézett, aki szintén bólintott. – Az négy. Veled vagyunk, Mester. – Pete elvigyorodott, és rövidesen a többiekre is átragadt ez az ál-optimizmus. Karin most először érezte, hogy a többiek is csapattagként tekintenek rá. Egyedül Jess nem mosolygott; idegesen csavargatta a haját. Karin odafordult a lányhoz.

– És te, Jess? Velünk jössz? Vagy tegyelek ki valahol útközben? – intett a fejével a hajó fala felé. Jessica elgondolkozva bekapta egyik szőke fürtjét, és sorra végignézett újra a csapat tagjain. Scott biztatóan intett neki. Feszült csend telepedett közéjük.

– Nem sok választásom maradt, ugye? – mondta halkan. – Egyedül nem sok esélyem lenne. – Pete komoly arckifejezéssel bólintott. – De mik a terveitek? Hová megyünk most?

Karin nagyot sóhajtott és minden szem rá szegeződött.

– Van egy hely, ahova nem fognak elérni utánunk. És azt hiszem, ott elég sokáig maradhatunk. Amíg kicsit elül az egész ügy. – Aztán jöhet a bosszú, gondolta magában sötéten. De nem akarta megosztani ezt a többiekkel. Nem tudta, hogy ki hogyan reagálna erre.

– Van olyan hely az univerzumban, ahova a mindenható Cryogen Corporation keze nem ér el? – kérdezte gunyorosan Leon. – Ha egy másik céghez akarsz menni, akkor azt azonnal felejtsük is el. Köztörvényesekkel ők sem fognak leállni alkudozni. – rázta meg a fejét.

Ó, szent naivitás, gondolta magában a lány. Pár napja még én is ezt hittem volna. Mostanra már mindent el tudott képzelni róluk.

– Nem. Ez eszembe sem jutott. Van viszont egy pár olyan hely, ahol nem tesznek fel kérdéseket. És talán szívesen is látják a magunkfajtát.

Végignézett a többieken és vett egy mély levegőt. – Az indyk. – mondta végül csendesen.

– Jaj, ne. – nyögte Scott. és a többieken is látszott, hogy valami jobbra számítottak. Barry füttyentett, és még Pete is hitetlenkedve húzta össze a szemét.

– Honnan ismered te az indyket? – kérdezte komolyan. – Ugye nem vagy benne, vagy valami hasonló? – Karin megrázta a fejét és elvigyorodott.

– Na nem, azért azt talán mégsem. Viszont tettem nekik régen egy szívességet, amelyet most végre behajthatok rajtuk. – Végignézett a csapaton. – Annyira nem rosszak, mint ahogy a média hajlamos őket lefesteni. Csak egy csomó ember, aki szabadságra vágyik. És mind a kormányt, mind a cégeket szívből utálják.

– Az indyk terroristák. Két éve felrobbantották az űrkikötőben az egyik hajót. Vagy százan meghaltak – szólt közbe kipirult arccal Jessica. Látszott rajta az ijedtség. Pedig az előbb még mennyire próbált hűvösnek látszani, mulatott magában Karin.

– Legalábbis a média ezt mondta róluk. Persze szó sincs róla, hogy csupa viráglelkű forradalmárról van szó. Megvannak nekik is a sötét dolgaik. – Vállat vont. – Viszont garantáltan nem fognak feladni minket, kapunk üzemanyagot, ellátást, és még akár fegyvereket is. Ráadásul kiterjedt informátori hálózatuk van.

Pete bólintott.

– A felszín alatt évek óta szabályos háború folyik köztük, a katonai titkosszolgálat és néhány cég között. – Töprengve megsimogatta az állát. – Melyik bolygóra gondoltál? Elvileg mindenhol vannak sejtjeik.

Karin talányosan elvigyorodott.

– Egyikre sem. Ez a legjobb az egészben. Van egy mélyűri bázisuk, amely egyfajta biztonságos kikötőként szolgál a hajóik számára. És mit ad isten, én ismerem az utat odafelé.

Elhallgatott, és végignézett az embereken. Látszott, hogy senkinek nincs igazán ínyére a megoldás.

– És mi a biztosíték, hogy nem… ááá, hagyjuk. – legyintett rövid szünet után Leon. – Ez is van annyira eszement terv, mint az eddigiek. Nincs jobb ötletem. Legyenek az indyk. – Felhajtotta az üveg tartalmának maradékát. Pete is bólintott. – Csak aztán ne bánjuk meg ezt a lépést.

Karin szívből remélte, hogy nem fogják. Sok más lehetőséget sajnos ő sem tudott.

Visszatérve a vezérlőbe látta, hogy a számítógép főképernyőjén a „bejövő üzenet" felirat villog. Leült és behívta a levelet, amelynek a törzse titkosítva volt. A kódolás ismerősnek tűnt, és pár próbálkozás után végül sikerült is kibontania. Ezt az algoritmust utoljára gyerekkorában használta. Nem kellett túl nagy képzelőerő, hogy kitalálja, kitől jött.

Kilesett a folyosóra, hogy megbizonyosodjon róla, nincs-e ott valaki, de úgy tűnt, hogy a többiek a társalgóban maradtak. Amire most készült azt nem akarta az orrukra kötni; úgysem értették volna meg. Lenyomott pár gombot, és a képernyőn megjelent a szülei levele.

Gyorsan átfutotta a sorokat, és egy pillanatra elöntötte a szomorúság. Bár fiatalkora óta folyamatosan vitatkozott a szüleivel, és valószínűleg soha nem fogják tudni elfogadni egymás világszemléletét, de ettől még nagyon szerette őket. És most ki tudja, hogy mikor találkozhatnak újra. Még egy utolsó üzenet – ennyi jár. Kitörölte az üzenetet és rövid választ írt. Ráküldte az előbbi kódolót, majd rövid gondolkodás után útjára engedte. Kelleni fog jó egy óra, míg visszaér az Eridanusra és aligha valószínű, hogy bárki észleli. És még ha meg is találja, az egyedi kódolást úgyse fogja tudni visszafejteni.

Hátradőlt a pilótaülésben és elkezdte előkeresni azokat a régi fájlokat, amelyek a titkos bázis helyét rejtették.

20

— Még mindig semmi? — fordult a radaroperátorhoz Henry Oxborn kapitány. A fiatal radarkezelő tiszt felnézett a műszereiből, és némán nemet intett. Henry felsóhajtott, és intett neki, hogy folytathatja. Tehát a várakozás tovább húzódik. Reflexszerűen átfutotta a hajó alapvető adatait mutató, zölden vibráló holokijelzőket, majd hátradőlt. A *Sargasso* körüli űr nyugodtnak tűnt. Az Eridanus VII L2-pontjának környezetében a műszerek csak őket jelezték. Alattuk a gázóriás halványkék gömbje kavargott, tompa fényébe burkolva a hajó alatt keringő Shodan holdat. A gázóriást rengeteg kisebb-nagyobb hold kísérte, kaotikussá téve az itteni viszonyokat. A Shodan magas fémtartalma ráadásul megnehezítette a felderítést, jelentősen csökkentve a *Sargasso* megnövelt erejű SPH-003H lokátorának a munkáját.

Végignézett a hídon tartózkodó ötfős személyzeten és megállapította, hogy a legénységet is kezdi megviselni a több napos várakozás és készenlét. Három napja indultak el egy mélyűri támaszpontról, hogy elfogják azt a Deathwing osztályú hajót, amelynek elvileg itt kellett áthaladnia. A napok előre haladtával a kapitány egyre idegesebb lett, és egyre gyakrabban kémlelte a távolsági pásztázók adatait. Gyűlölte a várakozást, és ráadásul most a legrosszabb helyzetben kellett lesben állnia. Életének hetven éve alatt rengetegszer kényszerült ilyen helyzetbe, de soha nem tudta megszeretni a lesből való támadásokat. Harcosok családjából származott; apja és nagyapja is az egykori Egyesült Államok hadiflottájának tisztje volt. Egész neveltetése tiltakozott az ilyen hadműveletek ellen. Csak azzal nyugtatta magát, hogy remélhetőleg gyorsan túl lesznek rajta. De a Deathwing késett, és minden órával egyre idegesebb lett mindenki. A vezetőség nem szerette a hibákat, és általában szigorúan megtorolták őket. Függetlenül attól, hogy ki volt a hibás.

Henry közel húsz éve dolgozott a Cryogennek, és ennyi idő alatt sok mindent kiismert a cég működéséről. Végül is, annyira nem is különböznek a flottától, gondolta. Mindig, mindenhol a szolgálat lényege ugyanaz.

Amióta az eszét tudta katona volt. Az Eisenhower katonai kollégiumba járt, amikor kitört a múlt század végén az Utolsó Nagy Háború. Persze akkoriban még nem így nevezték. A hatvanas évek válságaiból végül három nagy államszövetség alakult ki, amelyek némi színfalak mögötti harcok után 2079-ben egyesültek. Maga az egyesülés nem okozott gondot; a gazdasági összefonódások addigra gyakorlatilag függővé tették őket egymástól. Volt azonban a világnak egy kisebb fele, amely görcsösen ragaszkodott a nemzeti hagyományaihoz és ellenállt a beolvasztásnak. A '80-as választásokon aztán az erőszakosabb reformok hívei győztek, és elég erőt maguk mellé állítottak ahhoz, hogy valóra váltsák az emberiség nagy álmát. Legalábbis ők így nevezték. És az emberek akkoriban hittek nekik, mert végre hinni akartak valamiben. Az egész bolygóra kiterjedő nemzet, az egységes emberiség pedig jó célnak tűnt

A roppant hadigépezet megindult, hogy elsöpörje a világ szegényebbik felén élők fölött zsarnokoskodók hatalmát. Az egész nagyon szépen mutatott a médiában. Hiszen minden csak a nézőpontoktól függ. Az Oxborn család mindenesetre egy emberként állt ki az egyesítés mellett. Henry önkénteskén jelentkezett a seregbe, és rövidesen az észak afrikai fronton találta magát.

Az egész persze nem ment annyira könnyen, mint ahogy a tábornokok először elképzelték. Az íróasztalok mögött megtervezett fényes és gyors győzelmeket hosszú és kínos gerillaharcok követték, amelyek az elkövetkező tíz évre elegendő csámcsognivalót adtak a hírügynökségeknek. Ő a legrosszabb részéből kimaradt, majd kétévnyi szolgálat után leszerelt a gyalogságtól és jelentkezett az akkoriban formálódó Űrflotta akadémiájára. Vadászpilótaként, majd később fedélzeti tisztként szolgált a legkülönfélébb hadihajókon, míg végül '98-ban kinevezték a *General MacMillan* romboló parancsnokává. Amikor a hajót végül '12-ben leszerelték és lebontották ő is megvált a Flottától.

Alig telt el egy év, és már meg is jelentek nála. Mindenki tudott az egyre növekvő céges flottákról, és azt is, hogy előszeretettel keresnek meg leszerelt haditengerészeket. Eredetileg a kalózok és a függetlenségiek elleni önvédelem volt az ok, amiért kicsikarták az Államszövetségi kongresszusból az engedélyt a hajóik fegyverekkel való ellátására. A peremen elhelyezkedő céges telepek és bányák védtelenségével érveltek, de a cél legalább annyira a konkurencia letörése és az elrettentés volt. A keretszámokat és megszorításokat már a törvény kiadásakor túllépték, és az évek alatt masszív rejtett haderőt építettek ki maguknak.

Hasonló hajók alkották ennek a flottának a gerincét, mint Henry *Sargassoja.* Az F9-KZ, Spacehand osztályú hajót a Cryogen Spaceworks eredetileg rövid távú kereskedelmi utakra tervezte, de rengeteget adtak el egyszemélyes vagy kisebb vállalkozásoknak, akik előszeretettel alakították át őket saját igényeiknek megfelelően. Olcsó, strapabíró és nem utolsósorban gyors – a Cryogen egyik fő terméke. A procyoni automata gyár robotjain kívül azonban csak a beavatottak tudták, hogy létezik egy erre megszólalásig hasonló típus, amely az FB9-KZ kódnevet viseli és kereskedelmi forgalomba nem kerül. Ezeket a Cryo saját űrszállítmányozási szolgálata vette meg, és legénységüket szinte kivétel nélkül a céghez feltétlenül lojális emberek adták. Többnyire olyan kipróbált és bizonyított veteránok, mint Henry Oxborn. A saját legénységének nem egy tagját ő maga választotta az egykori *MacMillan* állományából.

Az FB9-esek, vagy ahogy a legénységük becézi őket, a zsebcirkálók, megerősített hajtóművekkel, kiterjesztett elektronikai felszereléssel, több vadászgéppel és a méretükhöz képest roppant fegyverzettel lettek felszerelve. Rejtett panelek, elektronikai zavarók és nem utolsósorban megfelelő helyen letett pénzösszegek biztosítják, hogy soha, senkinek ne tűnjön fel a különbség. Ha nagyritkán leszálltak valahol, egyszerű teherhajónak tűntek, amelyből tucatszámra lehet látni egy-egy zsúfoltabb kikötőben. De a különleges küldetések során a báránybőr lehullott és előtört alóla a farkas. Csak egy telivér cirkáló lett volna képes elbánni velük szemtől szembeni harcban. Vagy a többi cég hasonló hajói, tette hozzá gondolatban. Mert a többiek is szép számmal alkalmazták ezeket a trójai falovakat. A *Sargasso* adatbázisában százszámra voltak feljegyzett és hadihajóként azonosított egységek, amelyek az egyszerű bárkától a legnagyobb utasszállítókig bármilyen formában előfordultak.

Mert a rejtett háború már jó ideje folyt. Nem is igazán háború. Inkább csak kisebb-nagyobb bevetések, villongások. A nyílt háború nem lett volna összeegyeztethető az üzlettel. De néha egy-egy felfedezés, egy-egy lelőhely birtoklása olyan jelentőségűnek bizonyult a fejesek számára, hogy hajlandóak voltak érte akár ölni is. Persze erről az emberek a legritkább esetben szereztek tudomást: a média pontosan azt és annyit mondott el, amennyit az érintettek szerettek volna. Egyes kereskedők, akik belekerültek a kereszttűzbe, vagy a Flotta egységei, amelyeket néha békítő missziókra küldtek persze megláttak ezt-azt. De a fenyegetések, a csúszópénzek mindig elkenték a nyomokat és egy-egy túlzott nyilvánosságot kapott támadásról mindig kiderült, hogy azonosítatlan kalózok vagy szeparatista indyk akciója volt. Oxborn magában néha csodálkozott, hogy vajon miért nem számolt soha senki utána az egésznek.

Na persze, nem voltak illúziói. A Flottánál és utána a cég szolgálatában eltöltött idő alatt túl sok mindent látott. Ha visszagondolt fiatalkori lelkesedésére és idealizmusára csak gúnyosan tudott mosolyogni. A korrupció mélyen áthatotta az egész hatalmi gépezetet. Csak itt a Cryogennél értette meg igazán, hogy mennyire. De a világ ilyen, vont vállat. Úgyse lehet megváltoztatni. A pénz náluk van. És akinél a pénz, az diktál. A többi csak színjáték.

Újra végignézett a vezérlő közepét betöltő holografikus kijelzőn, amely a környező űr sematikus képét mutatta. A *Sargassot* jelölő sárga pötty magányosan árválkodott a képen. Tehát a várakozás tovább folytatódik. Felállt, hogy töltsön magának egy újabb adag kávét. Érezte, hogy hosszú lesz még az éjszaka.

Karin végignézett az ugrópálya számításain és újra ellenőrizte az útvonalat. Az elmúlt nap már folyamatosan lassítottak és egyelőre pontosan tartották az Eridanus VII L1 pontjára vezető pályát. A jelenlegi tempóval három-négy óra alatt odaérnek. A gázóriás képe már uralta a széles kilátóüveget; kékes fénye kísérteties színekbe burkolta a vezérlőben ülőket. Pete helyét most Scott foglalta el a mellette levő székben, aki az elmúlt napokban egészen használható navigátornak bizonyult. A lány persze nem bízta volna rá a hajót, de a segítség most mindenképpen jól jött. Azért, hogy elkerüljék a forgalmas zenit és nadír ugrópontokat, vagy a rendszer belsejében fekvő kereskedelmi csomópontokat, egy ritkán használatos pontot választott a hipertérbe való belépéshez. Az Eridanus VII a rendszer külső bolygóinak egyike volt, messze a kereskedelmi útvonalaktól. Bár az egyik holdon folyt némi bányászati tevékenység, de ettől eltekintve kihalt vidék volt. A kiterjedt holdrendszer jócskán megnehezítette a hipertéri ugrást, és mivel jelenleg éppen az Eridanus IV-gyel átellenben állt, jó két nappal hosszabb idő alatt lehetett elérni, mint a kereskedelmi L-pontokat. Éppen ezért kevesen használták és Karin remélte, hogy ezúttal sem akadnak össze senkivel. Eredetileg a biztosabb L2 felé haladt, de aztán nem sokkal az üzenet után irányt változtatott a bolygó másik oldalán fekvő L1 felé. Legszívesebben teljesen más ugrópontot választott volna, de a pálya ezen szakaszán már csak rengeteg üzemanyag feláldozásával tudott volna újabb cél felé indulni.

Scott mögött Eddy szíjazta be magát a tüzér székébe. A férfi saját bevallása szerint használt már ilyen fegyvereket, de a lány remélte, hogy nem kerül sor a képességeinek éles tesztelésére. Csak szép csendesen el akart tűnni innen.

– Mikor fogjuk tudni, hogy mi vár ránk ott? – intett a fejével Eddy az űr irányába. A lány elértette a kérdést, és gyors pillantást vetett a pályaelemekre.

– Van egy Bloodhound távolsági pásztázónk, de nem szeretném használni, hogy ne áruljuk el magunkat. Ha most bekapcsolom, akkor mindenki tudni fogja, hogy itt vagyunk.

– Viszont így vakon repülünk – mutatott rá Eddy a nyilvánvalóra. – Ha tudnánk, hogy mi vár ránk, akkor talán fel tudnánk készülni rá.

Karin elgondolkodott. Valójában mindkét lehetőség pontosan ugyanannyi problémát és előnyt jelentett. A *Prometheus* törzse elég kis radarjelet produkált ahhoz, hogy csak viszonylag közelről vegyék észre. De a kikapcsolt radar mellett csak a passzív érzékelőkre hagyatkozhattak, amelyek hatótávolsága túlzottan is rövid volt. Amikor azok bármit észrevesznek már régen késő.

– Ha van is ott valaki – amit én erősen kétlek – akkor mi érzékelhetjük az ő radarját – szúrta közbe Scott. – Meglepődnék, ha nem lenne befogás-érzékelőd – kacsintott a lányra. Karin kissé bosszúsan bólintott. Honnan tud ez a fickó ennyit a hajójáról? Jó lesz vigyáznia, mit árul el nekik. Zavarát látva Scott elvigyorodott.

– Miért, alapfelszereltség ezen a típuson, nem?

Igen, az. A harci egységeken. De a férfi ötlete mindenesetre jónak tűnt. Összeszorított ajkaihoz érintette az ujját, majd bólintott.

– Ez jónak tűnik. Ha érzékelünk valamit, akkor mi is aktív radarra váltunk. De reméljük, erre nem kerül sor.

A válasz láthatóan megnyugtatta Eddyt, aki visszafordult a műszereihez és újra lefuttatta a fegyverzet öndiagnosztikáját. A lány kinézett az ablakon és az Eridanus VII kéken gomolygó gömbjére bámult, mintha csak az választ adhatna a kérdésére.

– Befogás! – kiáltotta a radartiszt és Oxborn kilöttyinttette a kávéját a csöndet megtörő hangtól. Felnézett a holotérképre, amelyen a megfigyelt terület szélén egy vörös pont jelent meg. A számítógép pár másodperccel később egyéb információkat is felírt mellé.

– A radarszignatúrája alapján egy Deathwing osztályú korvett. Folyamatosan fékez. Előzetes pályakalkulációk alapján az L1 pont felé tart. – A vörös pontból egy halványabb vonal indult az Eridanus VII másik oldalán fekvő L1 irányába.

A kapitány csúnyát káromkodott a bajsza alatt, de lenyelte a szitkokat. Ennyit az ügynökök jelentéséről, amelyek szerint az L2-re tartanak. Sok idióta földi patkány, még erre sem képesek.

– Navigátor, számoljon elfogópályát az L1-re. Radar, amint megvannak a pályaelemek főpásztázót kikapcsolni. Nem kell világítótornyot játszanunk. – A radaroperátor bólintott és a térképen megmerevedtek a pontok. Kék vonalak villantak fel, amelyek lehetséges pályavektorok voltak az L2-ről az L1-re. Oxborn rábökött az egyikre, amitől az fényesebben kivillant.

– Indulás – vakkantotta. – Teljes meghajtás.

A vektoron világító számok két óra tizenöt percet mutattak. A vörös pályán a kettő óra tíz szerepelt. Ez nagyon szoros lesz. Bár a pontos adatok némileg változhatnak, függően attól, hogy a cél vagy ők mikor hagyják abba a fékezést, de ettől még túl közel vannak egymáshoz. A hipertéri belépéshez a Deathwingnek le kell lassítania szinte nulla sebességre és ez nekik dolgozik. De egy ügyes pilóta kitaktikázhatja őket, hogy előbb érjen oda. Azért is kapcsolta ki a radart, hogy ezzel is csökkentse az esélyét, hogy felfedezik őket. Minél később jönnek rá, annál kisebb marad a mozgásterük.

A *Sargasso* tatján felizzott a négy plazmamotor fúvókája, és a közel négyszáz méteres törzs nehézkesen megmozdult. A gázóriás kékes fényben fürdette a hajótestet, amely most baljóslatú, zegzugos fémhegyként irányt változtatott, hogy megkerülje a bolygót. A motorokból vastag, izzó plazmacsóva csapott ki, és a hajó erőre kapva egyre gyorsuló ütemben maga mögött hagyta az L2 pontot és a Shodan holdat. Néhány perc múlva már nem lehetett megkülönböztetni az ezernyi halványan ragyogó csillagtól.

– Ott van! – mutatta Scott a többieknek az egyértelműen elfogópályán közelítő hajó radarjelét. Eddy grimaszt vágott és „én megmondtam" arckifejezéssel visszafordult a saját képernyői felé. Karin beszívta az alsó ajkát, és idegesen megvakarta a fejét. Pár órával ezelőtt láttak egy villanást a radarjel-érzékelőn, de mivel gyorsan eltűnt, végül téves riasztásnak gondolták. Most úgy néz ki tévedtek. A passzív érzékelők egy perce jeleztek egy jelentős energia kibocsátással mozgó testet, és a bekapcsolt radar azonnal megerősítette, hogy egy nagyobb méretű hajóról van szó. A műszerfalon egy vörös lámpa villant fel, és a halk csipogó hang tudatta Karinnal, hogy a másik hajó támadó radarja is bekapcsolt. Azt hiszem, a békés megoldást kihúzhatjuk az alternatívák listájáról, gondolta idegesen.

– Egy F9-es teherhajó, azonosító jeleket nem sugároz. – Scott monitorán a pásztázó összesített adatai gördültek. – Gyorsabban mozog a szokásosnál és... valószínűleg kicsit nehezebb is. – Az utolsó adatoknál összeráncolta a homlokát és csodálkozva nézett.

– Ne félj, nem a rakománytól – szúrta közbe Eddy gúnyosan. – Hanem attól a rengeteg fegyvertől, amit belezsúfoltak.

Karin kérdően nézett a férfira. Persze előfordult, hogy kereskedők vagy kalózok felfegyverezték a hajóikat, de azért nem volt elterjedt gyakorlat. Eddy vállat vont.

– Ne nézz így rám. Egy rövid ideig szolgáltam már ilyenen. – Megtörte az ujjait és felpattintotta a fegyverzet főkapcsolóját. – Készüljünk a legrosszabbra, mert ezek nem fognak kérdezősködni.

Karin mély levegőt vett és visszanyelte a feltörő kérdéseket. Tökéletes. Itt ül egy volt csempésszel és egy céges kalózzal, miközben éppen szét akarják lőni. Micsoda társaság. Taktikai módba kapcsolta a főképernyőket. A kijelzőkön feltűntek az ellenséges gép pályaelemei a projektált lőtávolsággal.

– Hiperhajtómű? – kérdezte Scottot. A férfi rápillantott a műszerekre és felfelé mutató hüvelykujjal mutatta, hogy minden rendben. Tehát a motorok fel vannak töltve, már csak el kéne érni az L pontot. A hipertérbe nem lehetett túl nagy sebességgel belépni a számítási hibák és a módszer saját pontatlanságai miatt. A végén le kell majd lassítania szinte állóra, de addig száguldhatnak. A képernyő bal felső sarkában számsor futott nulla felé a hátra levő időt jelezve. A pályák metszéspontja az L pont előtt volt. Persze azért még van egy lehetőség. Megmarkolta a vezérlőkarokat és kikapcsolta a robotpilótát. A hajón enyhe remegés futott végig.

– Akkor kapaszkodjatok. Rázós lesz. Eddy tüzelj mindenkire, aki felénk jön. Scott, ha megadom a jelet, akkor ugrás. – Mindketten bólintottak és feszülten figyeltek. A számsorok kínos lassúsággal közelítettek a nulla felé. Az ellenséges hajót övező vörös gyűrű vészesen közelített. A kijelzőn újabb pontok jelentek meg.

– Rakétaindítás. Legalább négy torpedó. Becsapódás hetvenöt másodperc múlva. A lövedékek éhes cápaként vetették magukat a *Prometheus* felé. Elkezdődött, lüktetett fel a lányban az ismerős érzés, és teljes tolóerőre állította a hajtóművet. A hajó meglódult alatta.

– Megerősítve. Negyedik torpedó megsemmisítve. – Oxborn kapitány megmarkolta a kapitányi szék karfáját. A Deathwing elkerülte az első két torpedót a másik kettőt pedig szétlőtte. Tehát beigazolódott, amit a jelentésben írtak és fel vannak fegyverezve. Ez nem volt különösebben jó hír. Egy teljes fegyverzetű korvett már keményebb ellenfél lehetett, bár ennyivel még elbánhatnak. Amint közelebb érnek, bevetheti a nehezebb plazmavetőket és gauss ágyúkat. De az a manőversor, amit a hajó az előbb levágott harcedzett pilótára vallott.

– Indítsák a vadászokat – intett az elsőtisztnek. – Ütegeket aktiválni, tüzelésre felkészülni. – A távolság egyre fogyott.

A *Sargasso* oldalán rejtett lemezek nyíltak fel, láthatóvá téve az alattuk megbújó lövegtornyokat. A hajó hasán négy hangárajtó húzódott vissza a törzsbe és gyors egymásutánban négy vadászgép lökődött ki az űrbe. Az apró, szárnyatlan darázsra hasonlító gépek begyújtották a hajtóműveiket és a korvett felé indultak.

– A vadászok tíz másodpercen belül lőtávolságba érnek. – Az elsőtiszt a saját műszereit böngészte. – Támadnak.

A *Sargasso* előtt az űr megtelt lézertűzzel. Az apró Hornet vadászok lézerei láthatatlan sugárként nyújtóztak a korvett pörgő törzse felé. Az egyik vadász lebukott és széles fordulóval megpróbált a hajó mögé kerülni, de pont belerepült a Deathwing tatjáról zárótüzet köpő plazmaüteg sorozatába. A fullánkszerű vadász fényes tűzgolyóvá robbant, ahogy a reaktorából kicsapott a lángoló plazma és elemésztette a gépet. A többiek kitérő manőverekkel elzúgtak a korvett felett, megszaggatva a törzs hátsó oldalát. A burkolat izzó darabjai repültek az űrbe, alattuk érzékeny belső részeket tárva fel. A megsebzett gép a méretét meghazudtoló fürgeséggel szembefordult az egyik vadásszal, amely szinte ugyanebben a pillanatban kettészakadt. Gauss ágyú, futott át Oxborn agyán reflexszerűen. Sokszor látott már hasonlót, de soha nem örült neki.

– Itt Darázs-3 a *Sargassonak*. Engedélyt kérünk a visszavonulásra. – A hangszórókból tisztán és érthetően hangzott fel a vadászpilóta hívása, mintha csak itt lett volna a teremben. Na persze, most nincs zavarás, mint egy katonai offenzívánál, futott végig a kapitány agyán. Bólintott és intett az elsőtisztnek. – Hívja vissza őket.

– Amint lőtávolságba érünk, tüzeljenek – fordult a két tüzér felé. – Vigyen el olyan közel hozzájuk, amennyire csak lehet. – A pilóta „igen, uram"-ja szinte alig hallatszott a hangzavarban.

– Elértük a lőtávot. Gauss ütegek, tűz. – A tüzér hűvös professzionalizmussal lőelemeket sorolt, miközben a *Sargasso* összerándult a két masszív gyorsítóágyú visszarúgásaitól. A cirkálók ellen használatos fegyverek gyerekfejnyi fémlövedékei borzalmas károkat okozhattak, de nehéz volt velük pontosan célozni. A Deathwing vad manőverbe kezdett, hogy elkerülje a nagy lőtávolságból leadott lövéseket.

– Egyestől tízesig minden plazmaütegnek tűz. Lőjék már le! – Kezdett ideges lenni. Ez a gyors mozgású hajó nem léphet meg előle. A távolság az ugrópont és a hajó között vészesen fogyott. Nem fognak időben odaérni, ez már tisztán látszott. A másik hajó pilótája kellően őrült volt ahhoz, hogy megkockáztasson egy nagyobb sebességű átlépést a hipertérbe. Nem igazán volt vigasztaló a tudat, hogy esetleg a hiperűr örvényei szétszaggatják majd őket.

A *Sargasso* plazmaütegei is életre keltek, kékes fénycsóvákkal bombázva a teret ott, ahol a célzószámítógépek a Deathwinget sejtették. Az azonban túlzottan kiszámíthatatlan pályán mozgott. A pilótája lehetetlen manőverekbe kezdett, amelyeket a gépek csak jelentős lemaradással követtek, a tüzérek és Oxborn kapitány tehetetlen dühvel szemlélte, hogy a lövéseik rendre mellémennek.

– Növekszik az energia a Deathwing magjában – jelentette az elsőtiszt. – Darázs raj, támadjon mindennel, amilyük csak van! – utasította a megmaradt két vadászgépet. Az apró fullánkok újra lecsaptak a hajóra, de lövéseik csak kisebb károkat okoztak a törzs mentén. Manőverük azonban megzavarhatta a pilótát, és az egyik plazmalövedék kékes csóvája átszakította a bal oldali hajtóműgondolát. Izzó plazma ömlött az űrbe, és egy másodlagos robbanás keretében a hajtómű darabjai kirobbantak az űrbe. A hajó megbillent, éppen csak elkerülve egy újabb gauss lövedéket. A taton keletkezett résekből lángolva távozott a levegő, izzó alkatrészeket sodorva magával. A Hornetek tovább csipkedték a bukdácsoló korvettet. Még egy lövés és vége, állapította meg elégedetten Oxborn. A gép még egy kétségbeesett manőverbe rántotta magát, ereje maradékával az ugrópont felé fordulva. A motorja csúcsteljesítményen járhatott, mert a fúziós reaktor kupoláján ívkisülés vágott végig. A találat után a Deathwing ütegei elhallgattak, bizonyságául annak, hogy az előbbi lövés létfontosságú rendszereket tett tönkre.

– Uram, Tanaka-kitörés! Ugranak! – Oxborn félig felemelkedett ültéből, mintha csak ettől jobban látná a történteket. A megrongált, több sebből vérző hajó testén remegés futott végig, ahogy a hiperhajtómű örvénye eltorzította körülötte a teret. Két plazmalövedék húzott el mellette, de célt tévesztve vesztek az űrbe. A korvett elhalványult, majd egy villanással eltűnt, csak néhány sodródó roncsdarabot hagyva maga után.

– Megerősítve. Hiperűrugrást hajtottak végre. – A navigátor a kapitány felé fordult, aki már felállt és előrébb lépett a híd teljes első részét takaró kilátóablakhoz. – Éppen belül voltak a biztonságos sugáron, de a sebességük és a mező struktúrája sem volt megfelelő az átlépéshez. – Elfordult. – Nem hiszem, hogy túlélték.

Oxborn odalépett a navigátorhoz.

– Meg tudja állapítani, hogy hova igyekeztek? – A maga részéről sem igazán hitte, hogy bárki túlélhette ezt az ugrást, de látott már ennél sokkal sérültebben menekülő hajót is, amelyik kijutott a másik oldalon. És bizonyítékok híján elég kevés lesz a személyes véleménye a vizsgálóbizottság előtt. A navigátor azonban megcsóválta a fejét.

– Nem rendelkezünk a megfelelő felszereléssel ehhez. A mező mintázata pedig túl szabálytalan volt, semmint, hogy ebből bármilyen következtetést levonhassak. – Felnézett Oxbornra. – Sajnálom uram. Azt hiszem elvesztettük őket. Így vagy úgy.

A kapitány mélyet sóhajtott. Persze, valószínű, hogy elpusztultak. Magában tisztelgett a másik hajó kapitányának bátorsága előtt. A lehetőségeihez mérten nagyon jól harcolt, de eleve nem volt esélye. Meghalni harcban az egy dolog, harcoshoz méltó. De elveszni egy ugrásnál… Annak idején, ha a flotta egy hajója eltűnt, azt mindenki személyes gyászként élte meg. Hiszen senki sem tudhatta, hogy nem ő lesz-e a következő.

Ráadásul akár ismerhette is a hajó pilótáját, amelynek most a vesztét okozta. Az is lehet, hogy együtt harcoltak valamikor.

Ide süllyedtünk hát, gondolta Oxborn keserűen. Elfordult a kilátóablaktól. Volt flottatisztek egymást öldösik ködös céges érdekekért. Ahelyett, hogy a Szövetséget védenénk. Gusztustalan egy világ ez, hajtotta le a fejét.

– Küldjön ki egy kompot és vizsgálják át a maradványokat. Mindent tudni akarok a hajóról és arról, hogy hova indult. Aztán ha végeztek, kezdjék meg az ugrómag feltöltését. Visszamegyünk a bázisra.

Ahol remélem sikerül meggyőznöm az illetékeseket arról, hogy senki sem élte túl ezt az esetet, tette hozzá gondolatban. Agya már a következő, gyakorlatiasabb problémákkal foglalkozott. Mert ha nem, akkor fogalma sincs, hogy hol keresse őket.

Kilépett a hídról és elindult a kabinja felé, hogy megírja a jelentését.

Harmadik könyv

Fény és árnyék labirintusa

21

A délutáni nap simogató sárgásvörös fénye beragyogta a folyópartot. Enyhe szellő fújdogált, az ég mélykékjét csak néhány ártatlan külsejű bárányfelhő takarta. A parton álló hatalmas fák ágai a víz fölé lógtak, levelei szinte érintették a fodrozódó felszínt. Egybefüggő sorfaluk eltakarta a hegyeket a kíváncsi szemek elől, idilli környezetet varázsolva ide.

Karin imádta a folyót. A kontinens közepén emelkedő Lincoln-hegységben eredő Carson vad iramú hegyi patakként kezdte a pályafutását, de itt, a síkságon, lustán hömpölygő folyóvá terebélyesült. Áthaladt a Brian-hágón, ahol megint bevadult, hogy aztán vizével feltöltse a hatalmas Petterson-tavat, amelynek végén összeszűkülve száz méteres vízeséssel zubogott a tengerbe. Az egész persze a múlt századi terraformálás eredményeként állt elő, de attól még szép volt. Főleg itt, az alsó szakaszon, ahol hallani lehetett a vízesés állandó moraját.

Hátradőlt az apró felfújható gumicsónakban, és élvezte amint a nap jóleső melege átjárja a testét. Nyár volt, ráadásul iskolaszünet, és ma az egész család kijött ide a folyóhoz kirándulni. A szülei a parton feküdtek, csak ő egyedül úszott be ide. A csónakot elővigyázatosan kikötötte egy fatörzshöz, de ennyi széltől egyébként sem fog elsodródni. Ebben az évszakban ritkák voltak a viharok, ráadásul mára nem is jeleztek egyet sem egész Eridanus Cityben.

Teltek a percek, órák és a nap egyre lejjebb bukott a horizonton. Lassan ideje lesz visszaeveznem, gondolta, amikor megemelkedett alatta a csónak. A szél belekapott a hajába és megcibálta a fekete tincseket. Feltápászkodott, és döbbenten vette észre, hogy a hegyek felől szökőár közelít. Lecsukta a szemét, majd megdörzsölte, de az áradat csak közeledett. Moraja egyre hangosabbá vált. A hullámok tetején fehér tajték jelent meg, és felette a felcsapódó vízcseppekből álló sűrű vízpára takarta el a hegyeket.

Ennek a fele sem tréfa, döbbent meg, és érezte, hogy a félelem lassan kúszik felfelé a gyomra felől, megbénítva az agyát. Bár továbbra sem értette, hogyan eshetett ez meg – hiszen a folyón lehetetlen, hogy szökőár képződjön – de ez foglalkoztatta most a legkevésbé. Ki kell jutnia a partra azonnal. És minél távolabbra kerülnie a víztől, mielőtt az elborítja. Belecsobbant a vízbe, és tempózni kezdett a part felé. A vízfal másodpercről-másodpercre egyre közelebb került, és Karin képtelen volt elszakítania róla a szemét. Hiába úszott, úgy érezte, hogy egy méterrel sem került közelebb a parthoz. Felkiáltott, a szüleit hívta, de hangját elnyomta a hullámok moraja. Az utolsó pillanatban még egy halk sikkantásra futotta tőle, amikor a víz maga alá temette. A szemét öntudatlanul is szorosan becsukta, mintha csak ez segítene.

Amikor újra felnézett, a víz felett lógott. Egy fekete alak tartotta, amely hangtalanul siklott a víz felett. Fekete szárnyai eltakarták a napot a lány elől; keze éjsötét, fényes és hideg, mint a kő. Megpróbálta kivenni az arcát, de csak kifejezéstelen, szoborszerű álarcot látott. A jelenés lassan kilebegett vele a partra és lefektette a gyepre. Érdekes, hogy ide nem öntött ki az ár, villant át a lány agyán, de aztán újra a sötét angyalra pillantott.

– Meghaltam? – suttogta magában, miközben feltápászkodott remegő lábaira. A jelenés nem válaszolt.

A lény széttárta a kezét, és Karin megpillantotta a testét borító sebeket. Fekete, csillogó folyadék szivárgott belőlük, végigfolyt a lábán és tócsává gyűlt alatta. Szája helyén repedés futott végig, és a lányban most tudatosul, hogy amaz nem álarcot visel: ez a valódi arca. A formálódó szájból mélyen dörgő hang szakadt fel, amely visszhangot vert a hegyeken.

– Segíts! – Furcsa mód a fejében is hallotta a hívást. Megrettenve nézett a fekete angyalra, amelynek most újabb tollcsomó hullott ki a szárnyából. A fekete tollak lassan levitorláztak a földre, hogy végül a szél magával ragadja őket. Karin megborzongott.

Az angyal előrenyújtotta a kezét és benne kavargó sötétség jelent meg, amelyet rövidesen apró fénypontok törtek át. A pontok közepén kékes gömb világított, elűzve a sötétséget.

Nem értem, akarta kiáltani, de nem jött ki hang a torkán. A lény kifejezéstelen arcán eltűnt a száj és összezárta a kezét, eltüntetve a gömböt. A levegőben egy madár jelent meg és leült a vállára. Hatalmas szárnyait összezárta és karmaival az angyal vállába kapaszkodott. Fehér tollai élesen rajzolódtak ki megmentője fekete teste előtt.

Egy albatrosz. A lány megismerte a tanulmányaiból. Már alig maradt belőlük a Földön is. Itt, az Eridanuson még az állatkertben sincs. Akkor hogyan lehetséges…

A föld hirtelen megmozdult és a világ szétesett a lány körül. Még próbált kiáltani, de elesett és minden elhomályosult előtte. A világ megrázkódott.

– Jól vagy? Nincs semmi bajod? – rázta meg a lányt Pete újra. A pilótafülke szinte összes kijelzője vörösen világított és a számítógép halk bip-bip-je idegesítő aláfestésként jelezte a helyzet súlyosságát. A kilátóablak előtt a csillagok őrült körtáncot jártak, szédítő sebességgel suhanva körbe-körbe.

Pete utolsó emléke az ugrás előttről az volt, hogy valami nekicsapódik a hajótestnek és a padló kiszaladt alóla. Mintha a teste lángra kapott volna, éles fájdalom izzott fel egyszerre minden tagjában. A zuhanásra már nem emlékezett, ahogy arra sem, hogy hol és mitől szerezte az arcán keresztben átfutó véres sebet.

Karin lassan kinyitotta a szemét és felnyögött. Látszólag nem volt semmi baja, de akárcsak a legénység többi tagja, ő is ájult volt. Pete-et is csak a neurális implant vészfunkciója rántotta vissza, amely, mint annyiszor eddig, most is életmentőnek bizonyult. A lány a fejéhez emelte a kezét és felnézett.

– Hol vagyok? Hogy van az angyal? – nyögte zavartan. Talán poszttraumatikus sokkot szenvedett az ugrástól, jutott a férfi eszébe. Előfordult már vele is, amikor majdnem otthagyta a fogát a Delsalus akció utáni menekülésben.

– A *Prometheuson* vagy. Angyalról nem tudok. Bár – tette hozzá mosolyogva – valószínűleg nem járhat még messze. Tekintettel arra, hogy még élünk.

Karin feltornázta magát és kinyitotta az öv csatjait. A mesterséges gravitáció nem működött, és a lendülettől megindult volna a plafon felé, ha Pete el nem kapja. A lány gyorsan felfogta a helyzetet és megkapaszkodott a szék támlájában.

– Túléltük. – Körbenézett. – Túléltük, Pete! – kiáltotta túláradó örömmel a hangjában és megölelte a férfit. – Azt hittem, hogy végünk, amikor az utolsó találatot kaptuk! És inkább bekapcsoltam az ugróhajtóművet, semmint, hogy megadjam magunkat. Vagy, hogy szétlőjenek. De megúsztuk! Tudod milyen kevés esélyünk volt rá?!

A lány láthatóan túl volt a sokkon és boldogan nevetett. Boldogsága aztán lassan alábbhagyott, amint felfogta, hogy milyen állapotban van a hajó. Vissza küzdötte magát a helyére és behívta a diagnosztikai képernyőt.

– El sem hiszem. – mordult fel Pete mellett Eddy morózusan. Az orrából csörgedező vérpatakot elmázolta, majd amikor észrevette, zsebkendőt kotort elő, és azt tartotta oda.

– Úgy látszik, szerencsés csillag alatt születtünk, vagy mi – dörmögte orrhangon. – Ezt minden számítás szerint csak darabokban szabadott volna túlélnünk. Hé, Scotty! – lökte meg az előtte ülő férfi fejét. – Túléltük pajtás! Mehetünk megint hajót javítani! Remélem, örülsz az újabb szkafanderes melónak.

Scott megdörzsölte a fejét és beintett Eddynek, aki erre felröhögött. Nyilván valami régi poén lehetett ez kettőjük között, mert rövidesen mindketten nevettek és egymás vállát csapdosták. Legalább nem esett komolyabb bajuk.

– Nos, mi a helyzet? – tette rá a kezét Karin vállára. A lány megrázta a fejét.

– Jó és rossz. Az utolsó lövésük elvitte a bal oldali segédhajtóművet. Bár szerintem azt meg tudjuk javítani annyira, hogy beinduljon. A főhajtómű és a B-T hipermag rendben van, csak kisebb károkat szenvedtek. A burkolat egy része oda, azt csak dokkban lehet majd javítani. A szenzorok közül néhány kiégett, de a számítógép – attól eltekintve, hogy ráférne egy nagyjavítás – működik. A fegyverek megvannak, de nincs hozzájuk elég energia. A mesterséges gravitációtól elbúcsúzhatunk egy időre, az is a bal gondolában volt. A lakótér egy részében és a teljes hátsó részben nincs létfenntartás. – Fáradtan félresöpört egy csapzott hajtincset a szeméből. – Összefoglalva, kicsit jobbak vagyunk egy sodródó roncsnál, de nem sokkal. Egy-két hét alatt talán elvergődhetünk valameddig. Mert – mutatott ki az űrre – biztosan nem ott vagyunk, ahova akartunk jutni. És őszintén? Fogalmam sincs egyelőre, hogy hova a fenébe kerültük.

A pilótafülkére újra csend telepedett és újra csak a vészjelző ütemes csipogását lehetett hallani. Scott nagyot sóhajtott.

– Akkor azt hiszem, tényleg nekikezdhetünk a javításnak. Szép hosszú munkás napok várnak ránk.

– Azok. – bólintott Pete.

– És a többiek? – kérdezte hirtelen Eddy. – Remélem ők nem… ? – függőben hagyta a kérdést, de mindenki értette mire gondolt.

– Megvannak – sietett a válasszal Pete. – Kisebb sérülések és Barry eltörte a karját még a csatában. De ezektől eltekintve jól vannak.

– A mázlista – morogta Scott. A többiek csodálkozva néztek rá. – Kimarad a kinti munkából.

– Aha. Na, indulás – mutatott a hüvelykujjával az ajtóra. – Keressetek valami szkafandert és mérjétek fel, hogy mi fog kelleni a javításhoz. Scott két ujját a homlokához érintve tisztelgett, majd Eddyvel kimentek a fülkéből.

– Értenek hozzá – válaszolt a lány fel nem tett kérdésére. – Nem először vannak űrben, és megesett már, hogy nekik kellett megjavítani a hajójukat. – Azt inkább nem akarta a lány orrára kötni, hogy milyen körülmények vezettek oda. De szerencsére Karin elég megviselt volt, semhogy kérdéseket tegyen fel. Visszafordult a monitorához és homlokráncolva böngészte tovább a terjedelmes hibalistát.

– És mi volt ez az angyal dolog? – kérdezte egy perc csend után.

A lány még befejezte az éppen begépelt parancsot és lassan felnézett rá. Tanácstalanság tükröződött a szemében.

– Angyal? Ja, igen – ingatta a fejét. – Nem tudom. Egy visszatérő álom, amely mindenféle formában évek óta megjelenik. Egy fekete szárnyú angyal, aki a legkülönfélébb helyzetekben jelenik meg, kiforgatva az emlékeimet. Elég idegesítő tud lenni. A legtöbbször valami rémálomban jön elő.

– És most is ezt álmodtad?

– Olyasmi – bólintott lassan. – Bár most volt benne egy madár is. Az eddig nem volt. – Elgondolkodott, kinézve a kavargó csillagokra. – Bár igaz, eddig egyszer sem szólalt meg és nem mutatta a sebeit sem.

– Sebeit?

A lány bosszúsan toppantott a lábával.

– Csak egy ostoba álom! Mi vagy te, valami istenverte pszichiáter, hogy az álmaim érdekelnek? Van most fontosabb dolgunk is, nem? – Visszafordult a billentyűzetéhez, jelezve, hogy a beszélgetésnek vége. Pete nem akarta tovább feszíteni a húrt és elindult kifelé, hogy megkeresse a csapat többi tagját.

– Egy visszatérő álom… Érdekes… Mintha már hallottam volna ilyesmiről…

22

— Asszonyom, megjött Tommila úr — jelentkezett be a telefonon a titkárnő. Scarlett eltüntetette a holoképernyőről a térbeli kirakós játék félig kész ábráját.

— Rendben, küldje be. Már éppen ideje volt. — Lesimította a kosztümkabátot és megigazította a blúzának a gallérját. Így most már tökéletes.

Az ajtó hangtalanul csusszant a tokjába és Matti Tommila belépett az irodába. A férfi a legújabb divat szerint szabott Pierre Cardin öltönyt viselt, kék inggel és céges tűvel díszített nyakkendővel. A megjelenése semmi kivetnivalót nem hagyott maga után, és Scarlett magában megítélte az egy pontot a férfinak a megjelenéséért. Ő maga is mindig nagy figyelmet fordított az öltözködésére; főként akkor, amikor berendelték a főnökéhez felelősségre vonásra. A férfi közelebb lépett az íróasztalhoz, hatalmas termete Scarlett fölé tornyosult. A nő szótlanul az asztal túloldalán elhelyezett székek egyikére mutatott, arcára semleges arckifejezést erőltetve. Matti leült, arcán megnyerő mosoly játszott.

— Üdvözlöm igazgató asszony. Miben lehetek a szolgálatára?

Scarlett levette a szemüvegét és lassan, szinte szertartásosan az asztalra helyezte. Megdörzsölte a halántékát.

— Matti. — Közelebb húzta az asztalon fekvő lapok egyikét és felemelte. — Beszéljen nekem erről az egészről, mert zavaros nekem az ügy. Tudni akarom töviről-hegyire, hogy mi történt. Onnan kezdve, amikor kicsúszott a kezükből a lány.

A férfi izmai láthatóan megfeszültek az egyébként tökéletesen illeszkedő zakó alatt. A szeme összeszűkült és egy pillanatra ökölbe szorult a keze.

— Az utasításoknak megfelelően mozgósítottam az embereimet, és megkezdtük a város átfésülését a nyomok mentén. Eleinte rengeteg hamis információval kellett megküzdenünk. A vérdíj és a kiadott körözés ellenére sem akadtunk nyomra elég sokáig. De mivel sejthető volt, hogy megpróbálják majd elhagyni a bolygót, figyeltetni kezdtem az űrkikötőt, ahol a lány hajója állt. Ezzel együtt minden jellemző felbukkanási helyét megpróbáltuk szemmel tartani. Ebben a rendőrség hathatós segítségnek bizonyult – bólintott a nő felé. Scarlett maga intézte el, hogy Eridanus City rendőrfőnöke kiemelten kezelje az ügyet.

– Folytassa. – Érezhető volt, hogy a férfi jó előre kitalálta, hogy mit fog mondani ebben a helyzetben. Még azt is el tudta képzelni, hogy a férfi előtte felmondta néhányszor, hogy ilyen gördülékenyen menjen a beszámoló.

– Igen. Két alkalommal majdnem ráakadtunk a lányra illetve a segítőire. Közben azonosítottuk az egész csapatot. Peter Yakunovich volt tengerészgyalogos őrnagyot és négy zsoldost, akiket a Tanítványok néven ismernek a helyiek. Korábban mindannyian Yakunovich-csal együtt dolgoztak, aztán néhány éve ismeretlen okból különváltak. Maga Yakunovich is ismert ember, a hadsereg különleges WASP alakulatában szolgált. Számos alkalommal kitűntették. Az nem derült ki, hogy miért csatlakozott a lányhoz, de feltehető, hogy felbérelték a feladatra. – A férfi oldalra döntötte a fejét, mintha csak azt latolgatná, hogy milyen részleteket hagyott ki.

– Mire azonban nyomra akadtunk, egy meglepetésszerű támadással bejutottak az űrrepülőtérre. Kihasználták, hogy éppen egy katasztrófahelyzethez riasztották a biztonságiakat, és a kavarodásban felszálltak a hajójukra. Azt nem sikerült kiderítenünk, hogy a tüzet ők maguk okozták-e, de a kikötőben majdnem szabályos csata alakult ki köztük és a rendfenntartók között.

– Aztán megléptek. – Scarlett hangjából sütött a rosszallás.

– Igen – ismerte el kényszeredetten Matti. – A szakértőink azt mondták nekem, hogy semmilyen módon nem fogják tudni elhagyni az űrkikötőt, mert vagy a biztonságiak, vagy a védelmi háló fegyverei lekapcsolják majd őket. De a jelzett időpontban a lézerágyúk nem működtek egy előre be nem jelentett karbantartás miatt. A lány pedig egy olyan módot talált a felszállásra, amelyet a szakértőink a jelek szerint nem vettek számításba.

– A jelek szerint. – Scarlett hangja csöpögött a gúnytól. A férfi arcán enyhe kétségbeesés árnyéka suhant át, de gyorsan helyreállt a magabiztossága.

– Megvannak a szakértői jelentések, amelyekben… – kezdte volna, de Scarlett intésére abbahagyta.

– Folytassa. Tehát megléptek.

– Igen. Elkerülték a Flotta mozgósított rombolóját és a vadászait. Az indulási vektorukból nem lehetett következtetni az úticéljukra, de nyilvánvaló volt, hogy el akarják hagyni a rendszert, és az egyik L-pontra mennek.

– A szökés után adták ki a bolygóközi elfogatóparancsot?

– Igen. Igazából a kikötői szabályok durva felrúgása, és még egy sereg másik bűncselekmény miatt a helyiek egyébként is kiadták volna.

– És aztán? Hogy jött ez az elvadult ötlet, hogy megfenyegessen két Davis alkalmazottat? – Scarlett előrehajolt és felvett egy lapot az asztalról a többi közül. Odalökte a férfi felé, aki megpróbálta elkapni a földre vitorlázó papírt. Zavartan forgatta a Davis Corporation fejlécével érkezett iratot.

– Tudtam, hogy mindenképpen el kell kapnunk még a rendszerben. Úgy gondoltam, hogy a szülei esetleg tudhatják, hogy merre megy. Kockáztattam. Megfenyegettem a szüleit, hátha azok küldenek egy üzenetet neki, amiből talán kiderül valami. Addigra már szoros megfigyelés alatt tartottuk a házat. Végül tényleg kiderült, hogy merre mennek. – Az utolsó mondatnál a férfi kihúzta magát ültében.

– Most aztán büszke lehet magára. A Davistől kaptunk egy burkolt fenyegetést, amiért maga odament hőzöngeni az egyik nagykutyájukhoz. Csak azért nem lett belőle feljelentés, mert befogtuk a szájukat. Sokba került ez a maga kis információja. – Scarlett emlékezetében élénken élt Felton arca, aki elboronálta az ügyet a központban. Összeszorította fogát.

– Nem volt más választásom. A flotta és a saját embereim is hiába keresték. És tudtam, ha eltűnik, akkor soha többé nem látjuk viszont.

– Erre azért nem fogadtam volna a helyében. Na mindegy. Innen már ismerem a további történetet Oxborn kapitány jelentéséből. – És remélem most már tényleg beadta a kulcsot az a kis ribanc, tette hozzá gondolatban. Túl sokba került neki eddig ez az egész. Jó ha egyáltalán nem váltják le, vagy nem küldenek a nyakába egy vizsgálóbizottságot. És a költségekről már ne is beszéljünk.

– Remélem nem várja, hogy megdicsérjem az egészért Matti. Szép kis port kavart az akciója. Azt reméltem az elején, hogy szépen csendben elintézik nekem ezt az ügyet. De nem. Maguk odamentek, először felbolydítják a helyi alvilágot. Majd incidens provokálnak az arabokkal, aztán elkezdik lelövöldözni az embereket. És végül egy űrcsatát is sikerül kirobbantaniuk. Nem fejeztem be! – csattant fel, látva, hogy a férfi szólásra emelkedik. Mutatóujja vádlón meredt rá.

– Ezek után a felső vezetésben mindenki meg van arról győződve róla, hogy a rendszerünkben hatalmas biztonsági rések vannak, hála magának és a díszes csapatának. Vagy tucatnyi szívességet kellett kérnem vagy behajtanom, hogy úgy-ahogy le tudjam csendesíteni az ügyet. És a Davis panaszairól, a két elvesztett űrvadászról és a tengernyi kenőpénzről most inkább ne is beszéljünk.

– Csak azt tettem, amire utasított. Túl jók voltak. – A férfi hangjából szinte sértődöttséget lehetett kivenni. Scarlett agyát elöntötte a vér.

– Vagy maguk túl gyengék! Itt van a beosztottjainak a jelentése. Itt. – Felragadta az iratokat és lecsapta őket az asztalra, hogy csak úgy csattant. – Például ezé a Luigi Menettié. Őszerinte maga képtelen volt információkat kicsikarni abból a hackerből. Aztán pedig a menekülés során nem lépett fel kellő eréllyel a lánnyal szemben. – Matti elvörösödött a dühtől. – De sorolhatnám. A többieké se jobb. – Lesöpörte a lapokat az asztalról és fenyegetően félig felemelkedett ültéből.

– Lehet,hogy maguk mindent megtettek, de ez kevés! Még egyszer nem akarok ilyen ügyeket, világos?! Nem akarok többet sem magyarázkodni a maguk alkalmatlansága miatt, sem tartani a hátamat a felelőtlen akciók után! Ez volt itt az utolsó ilyen eset! Remélem érthetően fejeztem ki magam! – A férfi még mindig vörös arccal bólintott. – És most kifelé. Arról ne is álmodjon, se maga, se a díszes kompániája, hogy az elkövetkező években szabadságra mehetnek. És örüljenek, hogy nem vonom le a fizetésükből a vadászok árát! – Dühtől vörösen leült, és mély levegőt vett. Matti gyorsan felállt, és szinte menekülve elhagyta a szobát. Jobb is. Még egy perc és megfojtja.

Eltartott pár percig míg újra lehiggadt és elmúlt a remegés. Az elmúlt hetekben kétszer idézték be konferencia-beszélgetésekre az igazgatótanács tagjai. Az idegeskedéstől úgy érezte, hogy éveket öregedett. A második alkalommal ráadásul a saját személyi felelősségét is vizsgálták. Utána napokig nyugtatókon élt. Nem kételkedett, hogy egyesek örülnének, ha eltűnne a színről és a helyét valamelyik támogatottjukkal tölthetnék be.

Jól jönne most valami átütő felfedezés. Vagy legalább valami jó hír, amit megfelelően feltupírozva a vezetőség elé tárhat. De hiába nézte minden nap a kutatócsoportok jelentéseit, Azrael mintha megmakacsolta volna mostanában magát. Semmivel sem léptek előrébb, sőt néhány projekt jelentősen a megadott határidők mögött kullogott. Lassan ideje lesz az emberek nyakába csördíteni a korbáccsal, jutott eszébe idegesen.

Bekapcsolta a számítógépet és újra behívta a mai jelentéseket. Lássuk csak, hol lehetne egy kicsit optimalizálni a folyamatokat. Gyerünk Scarlett, itt az ideje, hogy kicsit kezedbe vedd a gyeplőt, bíztatta magát gondolatban és elmosolyodott. Túléli ezt is, és megerősödve nézhet majd a következő negyedéves beszámoló elé. És akkor mindenki elfelejti majd ezt a kis incidens. Őt pedig várja majd egy szék az igazgatótanácsban.

23

A füsttel terhes levegőben szentjánosbogarakként vibráltak a holovetítő rajzolta betűk és számok. Unalmas egymásutánban hajónevek, legénységi adatok, koordináták villantak fel, ahogy a gép megrágta majd kiköpte őket. A lézer vetítőkúpja körüli zöldes derengés sápadt fénybe vonta a meredten bámuló lány arcát.

A program, amely már napok óta futott, furcsaságok után kutatott a hajózási naplóadatok között. Miközben megpróbálta kikövetkeztetni a sokszor hiányos információkból az útvonalakat, elemezte az eltelt időket, célállomásokat, majd összevetette ezeket az elméleti értékekkel. Jessica hallott már erről a módszerről, amelyet egyesek szerint a Flotta ügynökei használtak a csempészek kiszűrésére, de csak az elmúlt napokban látta először a valóságban. A program egy hatalmas adatbázisból dolgozott, amelyet szorgos szolgaprogramok töltöttek a nap 24 órájában. Nagyobb volt, mint amit a lány eddig valaha is látott, és ehhez méretezett gépek végezték a feldolgozást. De még a körülötte zümmögő Thales szuperszámító láncnak is nagyjából két percig tartott, míg végzett egy hajóval. Sőt, egy-egy kirívó esetnél akár tíz-húsz percet is elszöszmötölt. És ráadásul a futás közben az adathalmaz folyamatosan bővült, ami azt jelentette, hogy mire a program a végére ért, rögtön újrakezdte az elemzést. Ez a ciklus már három napja futott, de eddig mindössze két riasztással szolgált. Mindkét feltételezés az alapos kézi elemzést követően tévesnek bizonyult.

A gépek álmosító zúgását mindössze Sani csendes kántálása törte meg. Jessica elfordult a monitoron hipnotikus ütemben vibráló jelektől és a sötét sarokban kuporgó férfira nézett. Sani egy párnán üldögélt vagy féltucat füstölővel körbevéve és valamilyen a lány számára ismeretlen nyelven énekelt valamit. A monoton szöveget ritmikus előre-hátra dülöngéléssel kísérte, miközben szemét egy pillanatra sem nyitotta ki.

Jess majdnem két hete ismerte meg Sanit. Az aggastyán korát nem tudta volna megbecsülni, de kétségkívül a legöregebb ember volt, akivel Jessica eddig találkozott. A fején lehetetlen, hófehér lófarokba fogott haj sarjadt az összeaszott koponyából. Beesett szemei, fogatlan szája határozottan halálfej-szerű összképet eredményezett, amelyet csak a méretes sasorr rontott el. A mélyvörös, bő posztóköpeny ujjaiból mindössze ceruzavékonyságú göcsörtös ujjai látszottak ki, amelyekkel időnként óvó jeleket rajzolt maga elé a füstbe. Az édeskés illat először bódítólag hatott a lányra is, de az elmúlt napokban szép lassan hozzászokott.

Sani valamiféle technosámánnak hitte magát. Legalábbis a többiek mindig megkülönböztetett tisztelettel beszéltek hozzá, és a megnyilvánulásai is erre utaltak. Rendszeresen megáldotta a gépeket, elűzte az ártó szellemeket, ahogy ő mondta, és valamiféle transz-szerű állapotban dolgozott. Nem tudta eldönteni, hogy ez vajon a füstölők vagy valamilyen más drog hatása, de a férfi órákon keresztül képes volt énekelni az öregekre jellemző reszelős kappanhangján. Aztán egyszer-egyszer hirtelen megállt, felnyitotta a vizenyős szemeit, és valamit suttogott maga elé azon a nyelven, amit a lány hosszas keresgélés után sem tudott beazonosítani. Úgy tippelte a vörösesbarna bőre alapján, hogy Sani indián származású lehet, de a nevének jelentésén kívül nem sokat tudott meg róla.

Sani azt állította, hogy álmaiban látja az adatokat és az azokat mozgató szellemeket. És a szellemek néha megsúgják neki, mi az, amire figyelnie kell. Amikor ezt először közölte vele, a lány komplett bolondnak vélte. De amikor vethetett pár pillantást a „szellemek sugallta" programkódokra, nyilvánvalóvá vált számára, hogy az öreg valamikor hihetetlen képességű számítógépzseni lehetett. És valószínűleg most is az. Bár eddig még nem jött rá a turpisságra, de le merte volna fogadni, hogy az egész hókuszpókusz csak szemfényvesztés, amivel a többieket eteti.

Két hete, amióta az indyk bázisán tartózkodtak, nem győzött ámulni ezeken az embereken. Az Eridanuson egészen másképp képzelte el az ellenállókat. A híradók alapján tűzben égő szemű fanatikusokra, gyújtó hangvételű szónoklatokkal érvelő, terepszínű ruhába öltözött, állig felfegyverzett férfiakra és nőkre számított. De helyettük csak egy csapat számkivetettet talált, akik nem akarták meggyőzni semmiről, és csak elnézően mosolyogtak egy-egy kijelentésén. Nem egy közülük a régi vallások híve volt, istentiszteleteket tartottak az állomás erre kijelölt helyiségeiben és buzgón imádkoztak. Még fegyvereket is csak elvétve látott, és senki sem próbálta rávenni, hogy rohanjon be egy bombával a legközelebbi kormányhivatalba. Az egész zavaróan nyugodtnak tűnt.

A *Last Resort* állomás a mélyűr egy jelöletlen pontján bújt meg, egy kóbor kisbolygó árnyékában. A lassan vándorló égitest évmilliókkal korábban szakadhatott ki egy naprendszerből és kezdett végtelen csillagközi bolyongásba. Az űrhajózás hajnala óta százszámra találtak ilyen helyeket, de a navigációs nehézségek miatt többnyire messze elkerülték őket. Valakinek évtizedekkel ezelőtt azonban sikerült egy ősöreg kolonizáló hajót stabil pályára állítani körülötte. A hajó törzsét ezután átépítették, az egykori raktérből hangárokat, a hibernációs részlegből lakótereket, a hajtóműből stabil létfenntartó rendszert kreálva. Az így született bázis közel öt kilométer hosszan terpeszkedett – rozsdás, örök sötétségbe burkolózó törzsét csak a ritkán felkapcsolt irányfények világították meg néha. Amikor a *Prometheus* kilátóablakán először meglátta az állomás komor törzsét, fel sem fogta, hogy valójában mekkora.

Karin valamikor régen állítólag futni engedett egy indy hajót, és innen eredt az ismeretség. Először nem is nézte ki a nőből, hogy valaha a Flottánál szolgált. Amikor megismerte, még nehezen tudta volna elképzelni egyenruhában egy cirkáló parancsnoki hídján. De a többiek kitartottak a történet mellett, és az idő folyamán szép fokozatosan átértékelte magában a róla alkotott képet.

Annak idején Josh mindig az elragadtatás hangján beszélt róla. A fiú rajongása pedig akaratlanul is ellenszenvet keltett benne Karin iránt. Gyerekkora óta ismerte a fiút. Szinte együtt nőttek fel, és az idők folyamán egyre közelebb kerültek egymáshoz. Amikor a srác elvesztette a szüleit egy kicsit többek is lettek, mint barátok. Josh egyszerre volt a testvére és a szeretője, bár az utolsó hetekben kicsit feszült volt köztük a kapcsolat, soha nem felejtette el szeretni őt – minden hibája ellenére sem. Az utolsó hívás még mindig a fülében csengett, és minden alkalommal, amikor arra gondolt, hogy a fiú esetleg miatta került abba a helyzetbe, az önvád súlyos teherként nehezedett rá. Talán ezért is próbálta öntudatlanul is átháritani a felelősséget Karinra. A kettejük közti feszült viszonyt végül az ideúton a nő törte meg, amikor egyik este egy üveg társaságában beállított a kabinjába. Az éjszaka csendjében, miközben elsiratták Josht, olyan titkok kerültek elő, amelyek végérvényesen összefűzték őket. Jessica gyűlölete elpárolgott, helyét átadva egyfajta csendes szimpátiának.

Sani szeme felpattant és vizenyős tekintettel meredt a kijelzőre. Közelebb húzta a mellette fekvő billentyűzetet, és vakon a semmibe révedve gépelni kezdett. Ujjai a korát meghazudtoló sebességgel szántották a gombokat. A gép oldalába dugott kábelek piócaként tapadtak a halántékára, vad táncot járva a félhomályban.

Jessica lélegzetvisszafojtva figyelte a mutatványt. Az öreg tekintete arról árulkodott, hogy mély transzban van. Már rájött, hogy ilyenkor hiába próbál hozzá szólni, úgysem hall semmit. Otthon sok hacker dolgozott belőve, de Sani pörgése nem hasonlított egyetlen kiberdrog hatásához sem. A képernyőn vad egymásutánban kóddarabok és gépi kódú utasítások követték egymást. Konzolablakok nyíltak a semmiben, hogy aztán eltűnjenek, mielőtt a lány akárcsak a fejlécüket elolvasta volna.

A jelenség most is nagyjából egy percet tartott. Az öreg hirtelen megmerevedett és mély sóhaj szakadt fel a torkából. Elengedte a billentyűzetet, ami halk koppanással esett vissza a padlóra. A sötét szempárba élet költözött és Jessica felé fordultak. A lány hátán hideg futkározott. Sani egy hosszú pillanatig csak bámult rá átható tekintettel, majd felemelte csontvázkarját, és a kijelzőn kimerevített egyik adatsorra mutatott.

– Ezt a hajót keresitek. – Fogatlan szája mosolyra húzódott, egyáltalán nem javítva az összképen. – Mondd meg Isaacnek, hogy megtaláltam. De gyorsan kell cselekednetek. Az adatfolyamokból nem sok jót olvasok ki.

– Miért pont ez? – kottyantotta el Jessica, de rögtön meg is bánta. Sani összevonta a szemöldökét és egy hosszú percig csak bámulta a lányt. Jessica kényelmetlenül fészkelődött a kínos csöndben. A francba, hogy nem tanulok, átkozta magát – nem először az elmúlt napokban. Az öreg tekintete végül megenyhült és a szeme mélyén vidám szikra gyúlt. Kaffogó hangon felnevetett.

– Nem érted, ugye? Pedig idővel… idővel rájössz majd magad is. Érzem benned a potenciált. – Oldalra billentette a fejét, mint aki gondolkodik. – Nagy hatalmú szellemek vesznek körbe. Téged és a barátaidat is. Főleg azt a lányt. – Sani az ölébe ejtette a kezeit és hátradőlt ültében. A szoba mennyezetére révedt. – Érzem, hogy ő nagy dolgokra hivatott. A jövője véglegesen összefonódik a tiétekével, de mégis külön utakon jár majd. Magányos lesz, de mégsem lesz soha egyedül. – Hangja tompán kongott. – Ő egy csomópont a jövők fonalain. Egy olyan ritka ember, akinek megadatott a választás lehetősége.

– Hát ez remek – rázta meg a fejét Jessica. Miért is hitte, hogy most az egyszer valami kézzelfogható magyarázatot kap a misztikus blabla helyett. De ez sem volt jobb, mint az eddigiek, amelyekből ugyanígy nem értett egy kukkot sem. Feltápászkodott a székről, és karjait hátrafeszítve kinyújtóztatta elgémberedett tagjait. Odabiccentve Sani felé. – Akkor megyek és megkeresem Isaacet. – Beütött egy rövid parancsot, amellyel a tenyérgépére küldte az adatokat, majd bevágta a zsebébe az adattáblát és kilépett az ajtón.

A folyosón sejtelmes félhomály uralkodott, amelyet csak néha űzött el egy-egy lámpa fénye. Elindult a kihalt folyosón az irányítóközpont irányába. Az elmúlt két hét alatt nagyjából megismerte az állomás lakott részeit, és már elég magabiztosan neki mert vágni a közel hat-hétszáz méternyi távnak. A *Last Resort* jó részét nem lakták. Voltak részei, amelyek az űrre nyíltak. Elrettentő történeteket hallott a helybeliektől ezekről az „elfeledett" szekciókról, ezért jó messzire elkerülte a lakatlan részeket. Sani technobarlangja a hajó viszonylag ritkán lakott közepe táján helyezkedett el – ahogy ő hívta a hely köldökében. Innen egyenes út vezetett az orrba, amelyben a többség lakott. Elhaladt a dokkok mellett, majd néhány perc futás után kilépett a központi henger peremén végigfutó folyosók egyikére.

A közel tizenkét szint magas, ötven méter átmérőjű hengeres terem nagy részét a hajó immár szunnyadó biobombere töltötte ki. A gigászi szerkezetet régen alighanem terraformálásra használták. Egyike volt azoknak a rejtélyes berendezéseknek, amelyek lehetővé tették az emberiség kirajzását a Földről. A pontos működését nem ismerte, de arra emlékezett a xenobiológia órákról, hogy valahol a mélyén speciális nanobotok születnek. A kolonizáló hajók ezekkel bombázták a kietlen bolygók légkörét. Egyes nanobotok a légkörért, mások a vízért, vagy a talajért feleltek. Fokozatosan, de mégis természetellenesen gyorsan alakították a viszonyokat, amelynek végén – évek, évtizedek múltán – egy lakható és barátságos világ született. A folyamat odafigyelést igényelt, ezért az ilyen hajók évekig a kiválasztott világ felett veszteltek. A betelepítés után többnyire újabb helyre vezényelték őket, bár volt, amelyiket állandó űrállomássá alakítottak. A biobomber viszont nagyon drága berendezés volt. A megléte arra utalt, hogy ezt a hajót még kivonás előtt ellophatták.

A *Last Resort* biobomberének hengere körül az állomás építői egy körkörös galériákból és függőfolyosókból álló csarnokot hoztak létre. A terem alján fák és bokrok zöldelltek a mesterséges fényben. Megnyugtató színük éles kontrasztot alkotott a magasabb szintek szórakozóhelyeiről kiszűrődő neotechno zenével és a körfolyosókról, teraszokról nyíló üzletek színes kavalkádjával. A hengert függőhidak szelték át, amelyek keskeny, szinte törékeny fonalként lógtak a mélységben burjánzó növények felett. Jessica egy pillanatra megint belefeledkezett a látványba, mint eddig mindig, amikor belépett ide.

Az irányítóközpont ajtószárnyai a közeledtére engedelmesen a falba húzódtak. Meg sem várva, míg teljesen kinyílnak, átfurakodott köztük, és belépett a tágas terembe. A félhomályos vezérlőben csend honolt, amelyet csak halk beszélgetés és a gépek alig hallható zümmögése zavart meg. A szolgálatos tiszt felnézett a monitorából, majd szó nélkül az egyik oldalajtóra mutatott. A lány hanyagul tisztelgett két ujjával, majd néhány operátor tekintetétől kísérve lendületesen átvágott a termen. Feléjük mosolygott, de most nem állt meg beszélgetni. Csengetés nélkül beviharzott a kapitányi irodába.

Isaac Menehem, az indy sejt vezetője egy széles íróasztal mögött terpeszkedett, amely valaha a hajó kapitányáé lehetett. A jöttére felnézett, és hüvelykujjával feljebb tolta az orrán a kis kerek szemüveget. Isaac nagydarab, negyven körüli férfi volt, hajókötélnyi izmokkal és hosszú hajjal, amelyet lófarokba kötve hordott. És az arcáról most sem hiányzott a megnyerő mosoly.

A legtöbb indyvel ellentétben, akiket mindig körbelengett valamiféle különcség, Isaac meglepően normálisnak tűnt. A lány már az első találkozás után szimpatikusnak találta. Mély zengésű hangja pedig pont olyan volt, mint amelyet az ember egy született vezetőhöz társítana.

Isaac felállt és lesimította a laza szabású, a régi hajóskapitányokéra emlékeztető zubbonyát.

– Szervusz Jessica. Foglalj helyet. – mutatott a szobában elszórt fotelek egyikére. Nem is lepődött meg azon, hogy a férfi emlékszik a nevére. Isaac mindenkinek a nevére emlékezetett itt a bázison. Meg kéne kérdeznem, hogy vajon hogy csinálja, morfondírozott magában, miközben levetette magát.

– Sani küldött – vágott bele bevezető nélkül. – Azt mondta, hogy megtalálta azt a hajót, amit keresünk.

A megérkezésüket követő napokban Isaac maga rendelte el a kutatást, miután meghallgatta Karin történetét. Sőt, maga az ötlet, hogy keressenek a Cryonak dolgozó független kereskedőhajókat is az indy vezértől származott. Nem értette mire ez a nagylelkűség, bár igaz, hogy ő nem volt ott, amikor Karin és Pete beszéltek vele. Így azt sem tudhatta, hogy mennyit mondtak el neki a titkokról. Mindenesetre valamilyen ismeretlen oknál fogva hajlandónak mutatkoztak segíteni, sőt komoly erőforrásokat is a rendelkezésükre bocsátottak, köztük a hírhedt, és eddig csak hacker legendákból ismert figyelőhálójukat.

Viszont Jessica nem értette az indítékaikat. Az élettől eddig azt tanulta, hogy minden szívességnek súlyos ára van. Kíváncsi volt, hogy az indyk mikor nyújtják majd be a számlát.

– Valóban? – vonta fel a szemöldökét. A lány zavartan bólintott.

– Nem egészen értettem, hogy miért pont ez. De Sani nagyon határozottan kitart mellette. Valamiféle szellemeket is emlegetett – tette hozzá kicsit zavartan. Isaac szárazon felnevetett, majd felállt és töltött a háta mögötti szekrényen álló termoszból egy bögrébe. A gőzölgő, kellemes illatú italt átnyújtotta a lánynak. Jessica hálás tekintettel nyúlt érte.

– Akkor biztosan jó nyomon járunk. Mit tudunk róla? – kérdezte, miközben magának is kitöltött egy pohár teát. A lány belekortyolt a kellemes illatú italba, majd előhalászta az adattáblát.

– Az *Ahoudori.* – A tenyérnyi képernyőn feltűnt a teherszállító sematikus ábrája. – Egy F4-es besorolású teherhajó. Elég rendszertelen útvonalat követ, de periodikus lyukak vannak a repülési naplójában. – A kép alatt az öreg által hozzáfűzött megjegyzések álltak. – A gép szerint a lyukak idején mindig más cégnek dolgozott a tulajdonosa. Aki elvileg egy vegai vállalkozó. Sani szerint – kocogtatta meg a képernyő plexilapját – az egész repülési naplóban elég sok a sötét folt, és a regisztrációs adatokat is meghamisították. Valószínűleg céges kakukktojás – olvasta az utolsó mondatot homlokráncolva. – Akármit is jelentsen ez.

Isaac megsimogatta az állát.

– Egy olyan hajó, amely valójában céges feladatot végez, céges személyzettel, de hogy kevésbé legyen feltűnő, szabad kereskedőnek álcázza magát.

– De hogyan? – kezdett volna a kérdésbe a lány, de Isaac félbeszakította.

– Hogyan tudhatta Sani, hogy ezt keressük? Nem tudom – ingatta a fejét. – Igazából szerintem senki sem tudja. De a tippjei eddig mindig bejöttek. – Kinyújtotta a kezét a gépért. – Megnézhetem? – Elvette a táblát és olvasgatni kezdte a bejegyzéseket. Az összpontosítás ráncokat vésett a homlokára. – Közben megtennéd, hogy felhívod ide a barátaidat? Úgy látom, ideje komolyan beszélnünk a dologról.

24

A *Green Hell* a napnak ebben a szakában kongott az ürességtől. Ugyan dél környékén megfordult itt néha egy-két helybeli, akik szerették Gillian erősen fűszeres kosztját, de utána estig pangás volt. Az öreg Gillian, aki korábban űrkalózként tevékenykedett, bagóért vette a helyet jó tíz évvel ezelőtt egy sima szövegű helybelitől, aki gyors meggazdagodást és virágzó üzletet ígért. És pontosan azóta átkozta is a szerencséjét, amelyik erre az állomásra vetette. Az étterem, amely esténként inkább kocsmává alakult, viszonylag kieső helyen, a park feletti egyik teraszon helyezkedett el. Elég kevesen jöttek ide le, és azok is ritkán akartak enni. Az üzlet ettől függetlenül megyegetett, de csak annyira, hogy ne haljon éhen – óriási haszonról szó sem volt. De legalább senki sem tett fel hülye kérdéseket Gillian múltjáról, és nem hozakodott elő a hajója törlesztő részleteivel sem. Az évek során ráadásul kialakult egy törzsvendégekből álló kör, akik esténként itt ültek össze beszélgetni, kártyázni, sőt, néha még vacsorát is rendeltek abból a méregerős chiliből, amely a hely specialitása volt.

Ma viszont egy csoport idegen telepedett be ebédelni, akik tovább is maradtak. Hallott valamit a piacon erről a bandáról, akik úgy két hete vánszorogtak el *Resortig* egy borzalmas állapotban levő hajóval. Most valamit nagyban tanácskoztak, és sorra itták a söröket és egyéb italokat. Bárcsak kicsivel többször járna errefelé a fajtátok, fohászkodott az öreg magában minden istenhez, amikor letette közéjük az újabb kört. Ha itt maradnak egész estig, ma jól megszedi magát. A vékony lány, aki testhez álló pilótaruhát viselt rámosolygott és egy szelet süteményt is rendelt a kávéjához. Már a harmadikat issza, gondolta, de aztán vállat vont. Fiatal korában ő is jobban bírta, mint mostanság.

Karin belekortyolt a méregerős feketébe és élvezte, amint a forró ital lefolyik a torkán, és felmelegíti. A megbeszélés már órák óta tartott, de nem jutottak dűlőre egymással. Rajta kívül Pete, Jessica és a tanítványok ültek az asztalnál. Jess elég fáradtnak tűnt, és egész idő alatt szinte semmit nem szólt. Karin szintén csendben maradt, és figyelte a vitázó feleket. A maga részéről ő már döntött, de Pete kitartott mellette, hogy meg kell nyerniük maguknak a tanítványokat.

– Foglaljuk akkor össze megint, hogy mit tudunk – szólalt meg letéve a félig kiürített söröskorsót Leon. Láthatóan elemében volt, imádta a saját hangját. Karin el tudta képzelni, amint egy cég igazgatótanácsában éppen felszólal, és a részvényeseket győzködi arról, hogy mibe kéne fektetniük a pénzüket.

– A Cryogen valamikor régen létrehozott egy kutatóállomást valahol a semmi közepén, hogy mindenféle szigorúan titkos cuccot fejlesszenek ott ki. Állítólag földön kívüli eredetű minták felhasználásával. Amire persze semmi bizonyíték nincs, csak egy haldokló és egy őrült szavai. – Elkapta Karin szúrós tekintetét, de láthatóan nem zavartatta magát. – Amikor megpróbáltunk utánanézni, hirtelen megjelentek a nagyfiúk és befűtöttek nekünk. Valószínűleg nagyon ráléphettünk a lábujjukra, mert hirtelen nagyon keresettek lettünk, egy csomó vérdíjjal a fejünkön és a fél galaxissal a sarkunkban. – Néhányan bólintottak, de senki sem szólt közbe. – Én egyszerűen nem látom be, hogy miért kéne ezután tovább keresni a bajt. Elég nyilvánvaló, hogy nem egy ligában játszunk. Szépen meghúzzuk magunkat egy ideig, aztán veszünk új személyazonosságot és keresünk egy szimpatikus bolygót. – Körbenézett támogatást várva a társaitól. Csak Eddy bólogatott, a többiek láthatóan gondolkodtak. Szinte hallani a fogaskerekek csikorgását, gondolta rosszmájúan a többieket figyelve. Mellette Jessica játszott a kezében egy adattáblával, amit most az asztalra tett.

– Könnyen beszélsz. Neked semmit sem kellett feláldoznod. – A hangja ezen a ponton elhalkult, mintha az érzelmeit próbálná kordában tartani. Leon szeme körül megfeszültek az izmok, és Karin érdeklődve fordította oldalra a fejét. Ebben a lány valószínűleg téved, gondolta. Ez a fickó régen nagyon sokat veszíthetett. – Én azt szeretném, ha megfizetnének azért, amit Josh-sal tettek. – tette hozzá alig hallhatóan. A mellette ülő Scott rátette a kezét a karjára.

– Én megértem azt, ha bosszút akarsz állni. De hidd el, ennek nem most van itt az ideje. Majd később lesz rá lehetőségünk. Valamikor. – Folytatta volna, de Pete megrázta a fejét.

– Szerintem pedig pontosan most kell cselekednünk. Jó eséllyel azt hihetik, hogy meghaltunk az ugrásnál. De ha ezt nem is, akkor sem tudják, hogy hol vagyunk. És ez nekünk kedvez. Addig kell lépnünk, ameddig nálunk az előny.

– Jó. – Barry hangja kicsit rekedtes volt a számtalan elszívott cigaretta után. A férfi elég idegesnek tűnt. – De mit kéne tennünk? Támadjuk meg ezt a hajót? Odamegyünk, pisztolyt nyomunk a kapitány fejéhez azzal, hogy vezessen el minket a Cryo szupertitkos bázisára?

Aztán majd néz hülyén, mert semmi köze nem lesz az egészhez. – Köhögni kezdett, amit belefojtott a sörébe.

– Mindenesetre elég gyengék ezek a bizonyítékok. Egy vén, a jelek szerint bedilizett hacker látomásai, és egy pár adat hiánya. Körülbelül a teherhajók felénél találnánk ilyen hiányosságokat. – Scott is nyugtalannak tűnt.

– Nem kellene rögtön megrohanni. Csak ha nincs más választásunk – javította ki Pete. – Megkeressük azt a hajót. Azután meglátjuk.

– És hol fogja ez megérni nekünk? – Eddy megjegyzése pontosan olyan hideg volt, mint mindig. – Nekem semmi gondom egy kis kalózkodással, de azért ingyen sem vinném vásárra a bőrömet. – Leon is helyeselt. – A bosszú ritkán kifizetődő. Tengelyt akasztani egy corpoval pedig egyenesen deficites.

– Talán igen, talán nem. – Karin magában már készült erre a kérdésre. – Ha megtaláljuk az állomást, akkor később ebből csinálhatunk pénzt. Média, más cégek – szerintem mind szívesen rátenné a kezét az információra. Csak jól kell játszanunk.

– Szerintem valószínűbb, hogy egy golyóval fizetnek majd ki minket. – Leon arckifejezéséről csak úgy sütött a szkepticizmus. – Csak zavarjuk a képet mindenkinek. Senki sem szereti, ha a kívülállók túl sokat tudnak.

– Akkor fordítsuk meg a dolgot. – Pete hangja nyugodt volt. Tehát már ő is eldöntötte magában, állapította meg a lány. – Nem sok választásotok van. Illetve maradhattok itt az indyknél. Esetleg lemehettek egy másik bolygóra, reménykedve, hogy odáig nem jut el a vérdíj híre. Talán ha beálltok egy másik céghez, akkor azok megvédenek titeket. – Az öreg arcára volt írva, hogy mit gondol erről a megoldásról. – Négy-öt éven belül akár rendes, törvénytisztelő állampolgárokká is válhattok.

– Hörpfh… – Barry torkán akadt a sör a feltörő röhögéstől és most fuldokolva próbálta kiköhögni a folyadékot. Nagy nehezen lecsillapodott, letette a korsót, és megtörölte a szemét. – Na persze, főnök. – Körbenézett a többieken. – Nem tudom, hogy itt hogy döntenek majd a többiek, de én nem akarok itt elrohadni ezen az állomáson. És nem sok kedvem van céges bérenccé válni. Bár a fizetés biztos jó – kacsintott a többiekre. – Az a helyzet, hogy én vissza akarok menni az Eridanusra. Vár a barátnőm – legalábbis remélem, hogy megvár ezek után is. De amíg nem oldják fel a körözésünket, addig ez kész öngyilkosság. – Karinra, majd Jessicára nézett, és végigsimította haját. – Nézd kislány, ha tudom, hogy ez lesz a vége, soha nem ugrom ebbe bele. Bármennyire is sajnálom a srácot. De most már benne vagyunk. És a legjobb ezek után, ha be is fejezzük a dolgot. És én most az egyetlen lehetőséget abban látom, hogy valahogy kitálaljuk a titkot a médiának. És akkor tisztára moshatjuk magunkat. Már amennyire ez lehetséges.

— Vagyis? — kérdezte a lány, direkt a levegőben hagyva a kérdést.

— Vagyis megyek veletek, amíg van értelme. Kis esély is jobb, mint a semmi. — nézett a barátaira. Scott vonakodva vállat vont.

— Van abban valami, amit mondasz. Már tényleg nincs visszaút. De ezúttal próbáljuk meg kicsit diszkrétebben és professzionálisabban, mint az Eridanuson.

Pete megfontoltan bólintott, és széles mosoly terült szét az arcán.

— Úgy lesz. Ráadásul Isaac felajánlotta, hogy támogat minket, ha arra kerül a sor. Úgy látszik, nekik valami régi elszámolnivalójuk van a Cryoval. Biztosított minket, hogy ha tényleg létezik ez a bázis, akkor mozgósítja a harcosait ő is. Úgy már lehet esélyünk. — Karin inkább nem fűzött ehhez megjegyzést. Személy szerint kicsit aggasztotta Isaac túlzott lelkesedése és tudta, hogy Pete is hasonlóan gondolkodik. De valóban nem voltak abban a helyzetben, hogy válogathattak az eszközökben.

— Jó. Végül is erről még ráérünk majd akkor beszélni, ha megtaláltuk ezt a hajót. És tényleg tudnak valamit, nem csak vaklárma az egész. — Rövid gondolkodás után Eddy és Leon is bólintottak.

— Rendben. — Karin felsóhajtott. Maga is meglepődött azon, hogy mennyire fél attól, hogy a többiek nélkül kell nekivágnia a továbbiaknak. Bár elszánta magát erre is, ha kell, de mégis rossz érzés lett volna itt hagynia őket. Az utóbbi hetekben nagyon megkedvelte ezt a bandát a sok hülyeségükkel egyetemben. Felállt, és hátratolta a székét.

— Akkor megyek és előkészítem a hajót. Helyi idő szerint holnap reggel indulunk.

A társaság végül tovább maradt, mint Gillian a legmerészebb álmaiban gondolta volna. Bár a két nő viszonylag korán elment, de a többiek jó sokáig ittak még. Végül velük zárt. Fél füllel hallotta, hogy másnap elmennek. Magában sok sikert kívánt nekik. Járjanak sikerrel és jöjjenek vissza ünnepelni az ő éttermébe.

25

A kutatási zóna biztonsági ajtajának szárnyai túlméretezett virágszirmokként nyíltak fel előttük. Az íriszajtó két oldalán a fegyveres őrök kihúzták magukat, hogy minél katonásabb képet mutassanak a vezetőség előtt. Csak lopva mertek rápillantani a közöttük királynői méltósággal ellépő igazgatónőre. Matti könnyedén tisztelgett nekik, majd követte Scarlettet az átjáróba.

A folyosót megvilágító xenonlámpák élesen kirajzolták a nő alakját. A mozgása egy nagymacskát jutatott a férfi eszébe. Kecses, fenségesen könnyed, de mégis halálos nagyvadat, aki bármikor lecsaphat az áldozatára. Az egész testtartása, mozgása olyan nyers, szinte állatias szexualitást sugárzott, hogy Mattinak szinte kényszerítenie kellett magát, hogy el tudjon szakadni a látványtól. Hiába osztotta meg néhanapján a nő az ágyát vele, tudatában volt, hogy ez nem több számára egyszerű szórakozásnál. Ha a szükség úgy kívánná, habozás nélkül kitörné a férfi nyakát. És még csak nem is rázná meg a dolog különösebben.

Az üvegezett folyosó végén a kutatórészleg vezetője, az alacsony, szemüveges Derec Whitman várta őket. Matti elfintorodott, amikor meglátta a gnómszerű figurát. Nem kedvelte különösebben Whitmant. A férfi soha nem hagyott ki egyetlen alkalmat sem, hogy saját zsenijét hangsúlyozza. Kellemetlen orrhangon beszélt, ráadásul néha pöszén, és szinte állandóan izzadt. Ha nem lett volna valóban zseniális tudós, már rég elsuvasztották volna valami távolabbi helyre. De tény, hogy Whitman értett a legjobban a Cryo tudósai közül a szubtérhez, és közel féltucat doktorija volt különféle elvontabbnál elvontabb tudományágakban. Csak egymaga messzebb jutott a kutatással, mint az elődei az elmúlt fél évszázad alatt, ami nem kis fegyvertény, figyelembe véve, hogy a cég ide irányította a legjobb koponyákat a földi egyetemekről. De zseni vagy sem, Whitman egy kibírhatatlan alak volt. És ráadásul most is úgy nézett rá, mintha egy élveboncolásra váró csótányt mustrálna. Állandóan törölgetett kis szemüvegével a rossz, B kategóriás holomozik őrült tudósait juttatta a férfi eszébe.

– Mr. Whitman. – Scarlettnek láthatóan nem voltak ilyen gátlásai és kezet nyújtott a tudósnak. Pár másodperc után az vonakodva elfogadta.

– Igazgató asszony. Már vártuk. – Furcsa pillantást vetett a nő válla felett Mattira. – És önt is biztonsági főnök. Kérem, fáradjanak utánam.

Választ nem várva megfordult, és elindult az egyik labor felé Scarlettel a nyomában. A laborba érve Whitman átvágott egy munkapadra szerelt kísérleti berendezés mellett, amelyen három fehér köpenyes alak dolgozott. Teljesen lekötötte őket a kézi számítógépük által szolgáltatott adatok, és a közeledtükre mindössze az egyikük nézett fel. Csodálkozva biccentett az igazgatónő felé, mint aki kísértetet lát. Whitman közben a saját asztalához ért és levetette magát a székre. Villámgyorsan gépelni kezdett a terminálján, adatok tömkelegét csalva a holomonitorra. A nő közben odaért, és szó nélkül hagyva az udvariatlanságot, odahúzott egy széket a szomszéd asztaltól, majd leült a tudós mellé. Matti Scarlett mögé állt, ahonnan a képernyőt és a termet is szemmel tarthatta. Nem mintha itt bármi veszély fenyegette volna őket, inkább csak megszokásból.

— Nos, hogy haladnak a kutatásokkal Derec? — kérdezte Scarlett, megelégelve a csendet.

— Pont azt próbálom bemutatni. Nem túlzok, ha azt mondom, hogy újabb tudományos áttörés előtt állunk, amely meg fogja rengetni a világot. Ehhez képest még a hiperhajtómű felfedezése is eltörpül majd. — Tovább gépelt veszett tempóban.

— Nagyszerű. — Scarlett hangja némi feszültséget árult el, mint mindig, amikor Whitmannal beszélt. De ezúttal is mesterien kontrollálta az érzelmeit. Ez egy olyan tulajdonság volt, amit Matti nagyon irigyelt tőle. Ő maga képtelen lett volna ilyen nyugodt hangon beszélni a fickóval. — Nagy szükségünk lenne most egy újabb felfedezésre.

— Itt van. — A képernyőn egy idegen formájú tárgy képe jelent meg. Az ábra széthullott és feltárta az eszköz belsejét. Nyilvánvalóan valamilyen berendezésről volt szó, de Matti így ránézésre nem tudta megmondani, hogy mi az. Mindenesetre ilyet még soha nem látott azelőtt.

— Íme a világ első gravitációs hajtóműjének vázlatrajza. Ez az eszköz forradalmasítani fogja az űrhajózást, egy csapásra elavulttá téve a fúziós motorokat. Nem lesz többé szükség légköri hajtóművekre, sem fúvókákra. Az üzemanyag felhasználása is töredéke a korábbinak. Ráadásul lehetővé teszi, hogy minden hajó csak egy hajtóművet használjon, az űrben és a légkörben egyaránt. És ráadásul olyan mozgásszabadságot kölcsönöz majd a gépeknek, amiről eddig senki nem is álmodott. — Arca kipirult az elragadtatástól.

— Gravitációs hajtómű? — kérdezett közbe Matti. — Úgy érti, hogy saját magát vonzza, vagy valami hasonló?

Whitman úgy nézett rá, mintha valami ősember lenne, aki hirtelen beszabadult ide a laborba.

– Nem, dehogy. Valójában a gravitáció nem vonzás, hanem a tér torzulása. Maga nem tanulta az egyesített Einstein-Tanaka térelméletet? – Matti zavarát látva bosszúsan megrázta a fejét. – Persze, hogy nem. Na mindegy – legyintett és folytatta.

– Arról van szó, hogy ez a gép képes lesz olyan téridőt hajlítani maga köré, amelyben saját maga külön meghajtás nélkül is elmozdulhat. Ez ráadásul nem csak hihetetlen gyorsulást jelent majd, hanem az ellenhatások teljes kiküszöbölését is. Azaz nem lesz szükség a grav-kiegyenlítőkre sem.

– Hogyan jöttek rá? – kérdezett közbe Scarlett, megszakítva a férfi belendülő előadását.

– Átvilágítás – mutatott hanyagul a próbapadon álló szerkezetre. – A többi az én fejlesztésem. Ami azt illeti az átvilágítást is én javasoltam.

– Ez eddig nem vezetett eredményre – ráncolta a homlokát a nő. Whitman arcán széles, önelégült mosoly terült szét. Ilyenkor aztán tényleg olyan, mint egy gnóm, gondolta Matti.

– Mert eddig nem voltak elég határozottak. Én egy kemény neutron-gamma tomográfot használtam. Olyat, amilyeneket a felderítőhajókon is használnak. Ez eredményre vezetett.

– Nem veszélyes ez? – Scarlett hangjába némi aggodalom vegyült. – Ha károsodást szenved…

– Ugyan – legyintett Whitman. – Mért ne bírná ki? Jó, egy kicsit nagy volt a sugárzás erőssége. Volt is miatta egy kis sikoltozás. De végül is megérte. Vagy nem? – mutatott a képernyőre. – Azt hittem, hogy most az eredmények a legfontosabbak.

Scarlett összeszorított szájjal bólintott. Whitman arcára odafagyott az önelégült mosoly.

– Igen. Mennyi idő alatt képes összerakni az első prototípust?

– Nagyjából két hónap, ha nem futunk bele valami problémába.

Scarlett most először a nap folyamán elmosolyodott. Nem volt benne semmi öröm, inkább csak afféle elégedettség.

– Kap rá egy hónapot. Nem érdekel, ha dupla műszakban kell dolgozniuk, csak legyen eredmény. Haladéktalanul meg akarom kezdeni a teszteket, amint kész az első példány.

Whitman végigsimított az arcán, mintha gondolkodna, de a szemében csillanó ravasz fény elárulta, hogy belekalkulálhatta ezt a korábbi becslésébe.

– Rendben. De szükségem lesz a fejlesztéshez Crouchard csoportjára is. Csak úgy garantálhatom a sikert, ha én irányítom az egész fejlesztési csapatot. És szükségünk lesz néhány olyan speciális felszerelésre is, amelyek jelenleg nincsenek a bázison. Itt a lista. – Átnyújtott egy nyomtatott papírt.

Matti csak fél szemmel pillantott a listára, de néhány tételt látva felvonta a szemöldökét. Jó sokba fog kerülni, latolgatta magában a költségeket. Whitman idegesen dobolt az asztalon az ujjával. Scarlett némán ráncolta a homlokát, majd végül letette a listát és felállt.

– Rendben. De ha nem lesznek kész és ezért megcsúszik a másik projekt is, akkor elevenen megnyúzom.

Megfordult és otthagyta a magabiztosan vigyorgó tudóst.

– És még valami. – köszörülte meg a torkát mögöttük Whitman. Scarlett visszafordult.

– Igen?

– Szeretném, ha Whitman hajtóműnek hívnák majd.

26

Karin elgondolkodva bámulta az űrkikötő másik oldalán álló hajó orrán terpeszkedő madarat. Az F4-es besorolású Basilisk ·teherhajó roppant tömbje mellett minden hajó törpének tűnt. Hosszú árnyéka eltakarta a Vega rendszer központi csillagát és a mögötte magasodó Taradoc's Hope üvegkupoláját. A kikötőben rajtuk kívül csak egy kisebb teherhajó és két terjedelmes bolygóközi szállító tartózkodott. A *Prometheushoz* közelebb álló bárka rakodórámpája nyitva volt és jelenleg is folyt a rakodása. A formázott nehézfém-tömbök már két órája vándoroltak szüntelenül a kikötő peremén levő alagút-végállomástól a hajó rakteréig. Az egész egy óriás táplálkozására emlékeztette a lányt. A rakodórobotok pedig mint afféle manók segítették a nehézkes szörnyeteg evését, a tányértól a szájáig cipelve a falatokat.

A Samson aszteroida a Vega peremén rótta magányos köreit a központi csillag körül. Technikailag ez már a rendszer Kuiper öve volt, megannyi maradék bolygóanyag, amely azonban igen gazdagnak bizonyult nehézfémekben. A bányák az alig nyolc és fél kilométeres égitest másik oldalán helyezkedtek el, jókora sebet hasítva a felszínbe. Ott azonban nem lehetett leszállni, ezért a kitermelt érceket megformázták, és az aszteroidát átfúró alagúton ide szállították. Az idők folyamán egy apró városka is épült, amelyet pár évvel ezelőtt kupolával zártak le. Mivel közel volt a Vega egyik nagyobb forgalmú L-pontjához, ezért egyre keresettebb kereskedelmi gócponttá kezdett válni. Azok a hajók, amelyek nem akarták megjárni a hosszú utat a központi bolygóig, itt rakodtak át, megspórolva ezzel legalább kétheti utazást. Most még viszonylag gyér is volt a forgalom a szokásoshoz képest, állapította meg.

A figyelme újra a kikötő túlfelét elfoglaló *Ahoudori* felé fordult. Amikor meglátta az orrt díszítő festményt, rádöbbent, hogy honnan volt neki ismerős a hajó neve. Egy gyors pillantás a fedélzeti adattárban levő szótárba elárulta, hogy a név albatroszt jelent. A madár pedig ott feszített az *Ahoudori* orrán, kiterjesztett szárnyai közé fogva az előreugró parancsnoki szekciót. A madár tollai szinte élővé tették a roppant fémtömeget. Karint kirázta a hideg, amikor ráismert: pontosan úgy nézett ki, mint az álmában. Nem is mert belegondolni az összefüggésekbe. De most szívesen elbeszélgetett volna erről az egészről valami spirituális emberrel. Vagy legalább egy pszichiáterrel.

Az órájára pillantott, amely a leszállás után automatikusan átállt a helyi időre. Éjjel egy óra volt. Alig négy órája szálltak le, követve az indyk által megadott információkat. A feszültség rögtön engedni látszott, amikor megpillantották az eddig csak képekről ismert célpontot. Az a furcsa fickó a *Last Resorton* újra jó munkát végzett. A többiek a leszállást követően kimentek a városba, hogy körbenézzenek és lehetőség szerint minél többet megtudjanak a másik hajóról. Most már kicsit csúsztak a megbeszélt visszatérési időköz képest, és a lány egyre nyugtalanabbul járkált fel-alá a pilótafülkében.

Közben a bárka elnyelte az utolsó adag fémtömböt is, és a rámpa csigalassúsággal elkezdett bezáródni. A legénység már biztosan a felszálláshoz készülődik azon a hajón. Vajon milyen lehet állandóan két úti cél között ingázni? Mindig csak ugyanazok a kikötők, ugyanazok a repülési pályák. Biztosan kívülről tudják már az egészet. Egy biztonságos csak éppen rém unalmas élet.

Újra az órájára nézett, és rosszkedvűen elindult, hogy töltsön magának egy újabb kávét. Ha egy órán belül nem tud meg valamit róluk, akkor kénytelen lesz utánuk menni. Remélte, hogy nem a helyi rendőrségről kell majd kihoznia őket.

Jessica megbabonázva nézte az asztal közepén gyűlő tételeket. Alig egy órája akadtak rá az *Ahoudori* legénységének kimenőn levő tagjaira itt, a város egyetlen játéktermében. Kézenfekvőnek mutatkozott a terv, hogy próbáljanak meg velük szóba elegyedni. Ő Scottal tartott, aki becsatlakozott egy pókerpartiba a hajó fedélzetmesterével. Az elmúlt órában mindketten elég sokat nyertek, és lassan az ő kettejük párbajára kezdett hasonlítani az egész, amelyhez a két másik játékos csak segédkezett.

Scott újra emelte a tétet. A velük szemben ülő, enyhén ittas fedélzetmester jelezte, hogy tartja, majd kaján vigyorral maga is ráemelt. Scott jókedvűen nyúlt a saját pénze felé. A lány viszont egyre idegesebben szemlélte a kettejük között zajló párharcot, főleg, hogy ő látta a férfi lapjait. És az a két nyolcas elég siralmasnak látszott erre az őrült licitálgatásra.

– Hát, úgy látszik már nem sok mindenem maradt – dörmögte a jó negyvenes fedélzetmester, beletúrva rövidre nyírt szakállába. A feje búbján már jócskán kopaszodott, és az egész most vörös volt a szörnyű ízű helyi pálinkától. Sötétkék zubbonyt viselt, rajta egy kisebb albatroszos kitűzővel és hozzá fekete nadrággal. A kabát most ki volt nyitva, alatta a makulátlan fehér ing már jócskán átizzadt a kártyacsata izgalmaitól.

– De azért emelek – vigyorogta el magát, és benyúlt az ingzsebébe. Egy vékony plasztik lapot halászott elő és visszahúzva a pénz egy részét ledobta középre. Scott a két ujja közé csippentette és közelebb emelte. A Carsons egészségügyi kártya láttán kicsit felvonta a szemöldökét.

– Ez mi?

– Egy teljes ellátásra szolgáló kártya. Csak a hajózó tisztek kapják. Megér vagy nyolc lepedőt. – Scott visszalökte a többi közé és nem szólt semmit. Carsons kártyát főleg céges alkalmazottak kaptak, más nemigen engedhette meg magának. A férfi körbenézett és megtapogatta a zsebeit.

– Nemigen maradt már pénzem. De – fordította oldalra a fejét – mit szólnál valami természetbeni juttatáshoz? – Ezzel a kővé dermedt Jessica felé fordult. A fedélzetmester arcán kéjsóvár vigyorral mérte végig a lányt.

– Megteszi. Szép darab. – Scott közben visszavette az eddigi tétek nagy részét.

– Akkor jó. Nem emelek tovább. Lássuk mid van!

A fedélzetmester szép egyesével kirakta az asztalra a lapokat. Három király és két ász. Jessica nagyot nyelt és megszédült. Éppen most játszották el. Scott kiismerhetetlen mosollyal bedobta a lapjait.

– Hát akkor nyertél. Vidd, a tiéd ma éjszakára. – Jess érezte, hogy minden vér kiszökik a lábából, pedig szíve szerint menekülni kezdett volna. A tengerész felhajtotta az italának maradékát, és elkezdte összeszedni az asztal közepén heverő tételeket. Scott könnyedén a lányba karolt és félrevonta pár lépést. A mellettük lévő asztalnál éppen nagy hangon ment a vita valamin, de így is jól értette a férfit.

– Csak ügyesen. Itasd le, de ne túlzottan, hogy még azért beszélni tudjon. Másra már aligha lesz képes. Ha túlzottan erőszakos lesz, akkor csapd fejbe valami nehézzel és lépj le. De előtte próbáld megtudni, hogy innen merre mennek tovább. – Jessica beharapta az alsó ajkát és mereven bólintott. Sírni lett volna kedve a dühtől. Szinte biztosra vette, hogy Scott ezt jó előre kitervelte a haverjaival.

– Ezt nem felejtem el neked.

– Behajthatod rajtam, ha sikerrel jársz. De most ügyes legyél. – Ezzel arcon csókolta, majd rácsapott a fenekére és elindult egy másik asztal felé. Jessica legszívesebben itt helyben nekiesett volna, ha az újdonsült alkoholgőzbe burkolózó lovagja bele nem karol.

– Na bébi, gyere, Gregory bácsi mutat neked valamit. – Bizonytalanul elindult a kijárat felé, részben a lányra támaszkodva.

A játékterem zajai szinte alig hatoltak el a lány tudatáig, annyira lefoglalta, hogy kitalálja, mihez kezdjen most. Szeme vadul cikázott jobbra-balra, kiutat keresve, de nem látott semmi bíztatót. Eddy az egyik rulettasztal mellett állt, és a szemével követte őket. Bíztatóan rámosolygott és intett neki, talán sok sikert kívánt. Barry a bárpultot támasztotta két hasonló ruhájú űrtengerész társaságában. A szeme sarkából rápillantott, de tovább folytatta a tereferét. A bejárathoz érve az egyik asztalnál Leon-t és Pete-et pillantotta meg. Esdeklően nézett az idős férfira, de az csak mosolygott és rákacsintott. Jessica hitetlenkedve nézett az árulóira, miközben Gregory szinte kivonszolta az ajtón. A friss levegő valószínűleg kijózaníthatta valamelyest, mert a keze rögtön lejjebb vándorolt a lány derekáról.

– Ahm. Tudok itt egy kis motelt a sarkon. – Ezzel indult is volna arrafelé, de Jessica visszahúzta. Magára erőltette a legmegnyerőbb mosolyát, miközben magában véres bosszút fogadott Scott ellen.

– És miért nem veszünk előtte valamit inniii? Úgy sokkal jobb lenneee. Naa. – Megpróbálta hangjába azt az egyszerre nyafogó és incselkedő hangszínt csempészni, amelyet már rengetegszer hallott a kitartott szajháktól. Karjával a közelben álló, éjjel is nyitva tartó bolt hívogató bejárata felé cibálta a férfit. Gregory elvigyorodott.

– Miért is ne? Egy kis pia soha nem árt. – Eltántorogtak a boltig, ahonnan rövidesen két üveg helyi égetésű White Hitmannel léptek ki. A whisky-szerűség borzalmas volt, de Jessica az elmúlt órákban látta, hogy mire képes. A név nem volt túlzó.

A motelban nem tettek fel kérdéseket. Az idősödő recepciós unottan levett egy kulcskártyát és besöpörte a pofátlanul magas éjszakai díjat. Dörmögött valamit arról, hogy ne legyenek túl hangosak, de aztán visszatért a sportközvetítéshez, amit korábban nézett. Jessica hathatós segítségével végül feljutottak az emeletre. A szoba nem volt nagy, de legalább tisztának tűnt. Gregory elterült az ágyon, majd rövid pihenés után megpaskolta maga mellett az ágyat.

– Na gyere ide. – Jessica leült és elővarázsolta az üveget. Letekerte a kupakot és meghúzta. A méregerős ital égette a torkát, de most minden bátorságára szüksége volt. A fedélzetmester megdöntötte a palackot és jóval hosszabban ivott.

– Huhh. Ez… Ez jó volt. Jaj. – A kilöttyintett ital végigfolyt az ingén. Vidáman nézte a patakot, amint beleszívódik az anyagba.

– Szóval te egy teherhajón szolgálsz? – vetette fel Jessica a témát. Gregory felült és kidüllesztette a mellkasát. Kezét a halántékához érintve tisztelgett, miközben halk böffentés hagyta el a száját.

– Gregory Pettersen fedélzetmester és első osztályú űrhajós tiszteletére! – Visszazuhant az ágyra.

– És sokfelé jártatok már? Izgalmas lehet egy ilyen hajón szolgálni. – Megsimogatta a férfi mellkasát, remélve, hogy ettől kicsit még jobban felenged.

– Ja. Mind… mindenfelé megfordultam már ebben a galaxisban. Úgy ismerem az egészet, mint a tenyerem. – A szeme vérben forgott a sok alkoholtól. Jessica remélte, hogy még kitart egy ideig.

– És innen hova repültök? – A fedélzetmester furcsán nézett, mint akinek valami az eszébe jutott. Jessica érezte, hogy hibát követett el, ezért lassan lejjebb csúsztatta a kezét a férfi ágaskodó ágyékára. – Csak kíváncsi vagyok, hogy találkozunk-e még. – Gregory ellazult kissé.

– Egy hónapon belül újra itt leszünk. Csak teszünk egy… kitérőt. Ahm… Ez jó.

– A Siriusra mentek? – kérdezte találomra a lány. Hátha bejön..

– Nem. De most már inkább térjünk a lényegre. – Ezzel meglepő fürgeséggel megfordult és ledöntötte a lányt az ágyra. Jessica megszédült az alkoholszagtól, ahogy a férfi rátapadt a nyakára. Tapogatózva nyújtózkodni kezdett az üvegért, majd amikor az ujjai elérték a nyakát, megmarkolta és teljes erőből fejbe csapta a férfit. Gregory elernyedt. A lány erőteljes mozdulattal lelökte magáról a földre.

Még időben, gondolta és pár másodperc lazítás után felült. A fedélzetmester a földön feküdt. A fejéből vér szivárgott, de ettől függetlenül nem tűnt túl vészesnek a sérülés. Meghallgatta, hogy még lélegzik-e, majd megigazította a ruháját. Lehajolt és átkutatta a férfi zsebeit, de néhány személyes tárgyon kívül nem talált semmit.

– A francba. Megbánod még ezt Scott. – dühöngött, majd kiviharzott a szobából, hátrahagyva a mély hangon horkoló fedélzetmestert.

Másfél órával később, mikor mindenki visszatért a *Prometheusra*, kiderült, hogy nem csak ő, de senki sem járt sikerrel a csapatból. Az

Ahoudori legénysége vagy nem tudta, vagy elég fegyelmezett volt hozzá, hogy ne árulja el, merre tartanak. A csapat még egy utolsó rövid tanácskozást tartott, majd alig hat órával az érkezésük után felszálltak és eltűntek az űrben.

27

– Felkészülni. Ötezer és csökken. – Karin meredten nézte a műszerfal előtt a levegőben úszó ábrát. A *Prometheus* orrába épített CRS3 érzékelő lánc a környező űrt szimatolta és a beérkező jeleket továbbította a harci számítógépnek. A feldolgozott adatokból állt össze a központi háromdimenziós holomonitoron látható sematikus kép. Az ellenséges hajót jelző vörös színű fénypont nagyjából öt perce jelent meg a taktikai kijelzőn, és azóta egyre közelebb kúszott a hajóhoz. Mögöttük a Vega rendszer GTS-002 jelű L-pontját jelképező csatorna vibrált. Jelképes nyilak mutatták a két legközelebbi bolygó és Vega napjának irányát. Nem volt rajtuk kívül senki a környéken. Karin utálta volna, ha tanúkkal is bajlódnia kellett volna. A másodlagos monitor az F4-es teherhajó vázábráját mutatta, külön megjelölve a sérülékeny pontokat a hajótesten. Az információk egy roppant drága katonai szoftverből származtak, amelyet a lány még évekkel ezelőtt vett egy orgazdától. Most úgy látszik kezdte megszolgálni az árát.

Az *Ahoudori* az elmúlt órában intenzíven lassított, és a mérések alapján ugráshoz készülődött. A hiperhajtómű energiaszintjét jelző vonal a vörös tartományban izzott, jelezve, hogy a töltése már teljes. Ha lenne egy szubtér-anomália detektorunk, most meg tudnánk mondani, hogy merre mennek tovább, futott át a lány agyán. Na persze feltéve, hogy nem a mélyűrbe ugranak majd. De egy szubtér-detektor még a legnagyobb rombolókon sem volt gyakori felszerelés. Sőt, egyelőre még csak a netes fórumokon találkozott a leírásukkal.

Amikor kiderült, hogy az *Ahoudori* indulásáig sehogy nem tudják kideríteni, hogy merre indulnak majd tovább, nem maradt más választásuk, mint a rendszerben elkapni a hajót. A Samsonról többnyire az alig határányira fekvő GTS-002-re repült mindenki, ezért úgy okoskodtak, hogy az *Ahoudorinak* is ez lehet a célja. Kilenc órája álltak lesben az L-pont felett, és azóta figyelték lélegzet visszafojtva a pásztázót. Bár a neheze még hátravolt, mindenki megkönnyebbült, amikor a teherhajó feltűnt a képernyőn. A végére a lány már maga is kezdte azt hinni, hogy mégis kibabráltak velük.

Amikor elhagyták a *Last Resortot*, Karin még reménykedett benne, hogy hátha sikerül békésebb megoldást találniuk, és más úton is megtudhatják, hogy merre tart a hajó. Titkon még az is felötlött benne, hogy kiderülhet, hogy az *Ahoudorinak* semmi köze a Cryohoz. Éppen ezért javasolta, hogy próbáljanak először a legénység közelébe férkőzni Taradoc's Hope-on és ott megtudni minél többet. De az a kevés, ami a bányászvárosban kiderült a kereskedőkről, egyértelművé tette, hogy valami tényleg nincs rendjén körülöttük. Bár maradt valamennyi esélye annak is, hogy egyszerű csempészekről van szó, végül úgy határoztak, hogy tartják magukat az eredeti tervhez.

A terv roppant egyszerű volt, de Karint mégis aggodalommal töltötte el. Ez az akció –akárhogy is forgatta – nem volt több közönséges kalóztámadásnál. És mint ilyen, mély, szinte zsigeri elutasítást váltott ki belőle. Talán még a flottánál eltöltött idők maradványa volt ez, vagy valamilyen mélyen gyökerező erkölcsi gátlás. Mindenesetre, amikor feltűnt a radaron a teherhajó, szinte rosszul érezte magát attól, amire készültek. Nem arról volt szó, hogy félt volna a csatától. Hisz nem egyben vett részt korábban, és tudta, hogy készen állnak, amennyire csak lehetséges. Sőt az esélyek is mellettük szóltak. De mégis; potenciálisan ártatlan tengerészek legyilkolása valahogy nem fért bele az eddigi világképébe. Bár Pete megígérte, hogy a lehető legkevesebb áldozattal fog járni az akció, valahogy mocskosnak érezte magát, amint a megfelelő lőelemeket latolgatta.

– Négyezer. Csökken. – A hangja idegenül kongott. Nyelt egyet, hogy enyhítse a szárazságot a torkában. Nem sok sikerrel.

– Gauss lövegek feltöltve, támadásra kész. – A fiúk mind hátul várakoztak, a behatolásra készen. Az elmúlt órákban gyorstalpaló tanfolyamot tartott Jessicának a fedélzeti fegyverzet használatáról, aki meglepően fogékony tanítványnak bizonyult. Most mögötte ült, bekötve a tüzér székébe. Kezét a tűzgombon nyugtatta, készen arra, hogy a jelére elszabadítsa a poklot.

– Ahogy megbeszéltük. Célozd a hajtóműveiket ott, ahol mutattam. Remélem, az első sorozat átviszi majd a páncélt. Ott elég gyenge. – Jess összeszorította a száját. Máskor mindig jól fésült haja most csapzottan tapadt a fejére. Elég ideges, nézett végig rajta Karin, majd visszafordult a saját műszerei felé.

Aktiválta az inerciális célzórendszert és az ITTS kurzor azonnal feltűnt a képernyőn. A rendszer az ellenséges hajó mozgásvektorai alapján kiszámolta a várható pozícióját a becsapódás pillanatában, és ennek alapján korrigálta a *Prometheus* fő ütegeinek állásszögét. A lány magában némán számolt visszafelé, ahogy a távolságot mutató számok vészes tempóban közelítettek a lőtávolság felső határáig. Kezét a főhajtómű gázkarjára helyezte és szinte gyengéden megfogta a botkormányt. Nullához érve a távolságmérőn a szám zöldre váltott, mutatva, hogy a gauss ágyúk lőtávolságába értek.

– Öt, négy, három, kettő, egy. Most! Tűz! – Ezzel maga is teljes erőre kapcsolta a motorokat. A korvett végén a roppant hajtóműblokk ötven méteres plazmacsóvát vetett. Ugyanebben a pillanatban a törzsön remegés futott végig, és a lány érezte, hogy a karján feláll a szőr a levegőben szinte tapintható feszültségtől. Az ágyúkból éles kisüléssel négy ezüstös villanás hasított az űrbe és a golyók elszáguldottak az *Ahoudori* felé. Közben a főhajtómű nyers erejét átvette a hajótest is, egyre hevesebb vibrációt keltve. A remegést tompa robajlás kísérte a motorok felől. Az erőforrás könnyedén elérte a csúcsteljesítményét, és Karin ezúttal könyörtelenül tovább nyomta a kart. A gravitációkiegyenlítők szirénázva tiltakoztak a túlterhelés ellen, de egy gombnyomással elhallgattatta őket.

– Plazma-lőtáv tizenöt másodperc – kiáltotta hátra Jessicának, miközben a Gauss ütegek újra elérték a teljes töltést. A kilátóablakon túl lassan kezdett kibontakozni a sötét háttér előtt a Basilisk roppant törzse. A nehéz teherhajó szelvényezett törzsével valóban valamiféle űrbeli őshüllőre hasonlított. A törzs nagy részét a széles, teknőspáncél-szerű raktér uralta, amelyet akár le is lehetett oldani a rakodási műveletek meggyorsítására. Az alján gigászi gerinc futott végig, amely a négy motorból álló hajtóműblokkban folytatódott. A parancsnoki szekció előreálló szabálytalan tömbje szinte torz kinövésnek hatott az egyébként arányos hajótesten. Az elülső rész oldalra néző dokkológyűrűje, amelyről a típus a nevét kapta, óriási, vak szemként meredt a felé rohanó könnyű korvettre.

Jessica újra tüzelt, nikkelacél lövedékeket köpve a nehézkesen kitérő teherhajó felé. Az elülső kamerák nagyított képén jól látszott, amint a négyből kettő belevág a korábbi sorozattól megsérült *Ahoudoriba*. A burkolat elemei záporoztak az űrbe, amint a lövedékek átszakították a páncélzatot másodlagos robbanásokat keltve. Kékesen izzó lángcsóva csapott ki az egyik hajtóművön ütött résen. Sérült üzemanyag vezeték, azonosította a taktikai számítógép, éppen mielőtt egy újabb robbanástól az űrbe robbant volna a tat egy része. De a Basilisk még lángolva, sérülten is tovább fordult, stabil bizonyítékaként a tervezők képességeinek. Két fémlemez húzódott félre a hajó orrán, felfedve az *Ahoudori* védelmi fegyvereit. A fémkupolák csövei fényes lövedékek sorát köhögték az űrbe.

– Az anyád – morogta a lány és könnyű orsóba rántotta a korvettet, hogy elkerülje a gauss lövedékeket. Ezzel egy időben tüzet nyitott az orrba épített plazmavetőkkel. A lövései felszántották a teherhajó burkolatát a legérzékenyebb középső részen, ott, ahol a számítógép a fő energiavezetéket jelezte a burkolat alatt. A páncélzat megolvadt a lövésektől és izzó, olvadt fémcseppek záporoztak az űrbe. Karin nem vette le a kezét a tűzgombról, újabb sorozatot pumpálva a hajóba, miközben a diagnosztikai képernyőn egy sor vörösen villogó üzenet jelent meg, a közelgő túlhevülésre figyelmeztetve. A teherhajót robbanások rázták meg, de az orrütegek tovább tüzeltek. Egyikük lövése eltalálta a *Prometheus* szárnyát, de az ablatív páncélzat még kitartott. A számítógép szirénázva hívta fel a figyelmét, hogy még egy találatot nem fog kibírni.

– Gyerünk már, gyerünk. – Teljes sebességre kapcsolva zúgott végig a nagyobb hajó felett, újra a tatot célozva. A képernyőn megjelent az ütközésveszély felirat, de a lány most nem törődött ezzel. Lenyomta a tűzgombot és két gauss golyót eresztett a lángoktól övezett tatba. A közvetlen közelről leadott lövés beszakította a meggyengített páncélzatot és a főreaktor hőcserélőibe csapódott. Felrántott a korvettet, éppen hogy elkerülve a feltörő gőzkitörést és olvadt fémrepeszeket.

A lány gyorsan felmérte az ellenséges hajó állapotát mutató monitoron sorjázó adathalmazt. Az előbbi sorozat végleg kiiktatta a hajtóműveket, és jó eséllyel rövidesen lekapcsol a főreaktor is, hogy megakadályozza a szekunder kör sérülése miatti robbanást. Ez utóbbi katasztrofális lett volna, és semmivé változtatná az eddigi erőfeszítéseiket. Átfordult és elzúgott a teherhajó törzse felett.

– Jes, lődd ki azokat a tornyokat – kiáltott hátra a lánynak, majd lenyomta a belső kom gombját. – Pete, készüljetek! Még egy kör és dokkolunk. Utána tiétek a pálya.

– Vettem. Készen állunk és csak a jeledre várunk.

A *Prometheus* alsó lövegtornyai újra végigvertek az *Ahoudori* orrán. Az ágyútornyok már a reaktor sérülése után lekapcsolhattak, de most végleg darabokra szakadtak.

– Dokkolásra felkészülni. – Erőszakosan lassított és a fékezőmotorok feldübörögtek, megakasztva az eddigi rohanást. Könnyedén elfordította a közel száz méteres hajótestet, hogy az hajó alján levő dokkológyűrűvel közelítsen a másik felé. Eközben a manőverező fúvókákkal szinkronizálta a korvett mozgását a sodródó teherhajóéhoz. Kezét a dokkolókapcsok mágneses rögzítői fölé emelte miközben szemét a távolságmérőre szegezte. A kritikus pillanatban lecsapott a gombra. A mágnesek feltöltődtek és odarántották a

Prometheus törzsét a nagyobb hajóhoz. A lökés megbillentette a korvettet, de a kapcsok stabilan kitartottak.

– Itt vagyunk. Megkezdem a vágást. Harminc másodperc. – Beütött egy ritkán használatos parancsot a számítógépnek, amivel aktiválta a behatolási programot. A törzs aljából előbújt egy vaskos fémhenger, amely piócaként tapadt a Basilisk fémbőrére. Fényes szikrák csaptak ki a perem alól, amint a lézervágó körbevágta a burkolatot.

– Megvan! Kezdhetitek! – kiáltott a mikrofonba. A műszerfalon felvillant az alsó zsilip állapotjelzője. Pete és a tanítványok megkezdték a behatolást.

– Itt vagyunk. Megkezdem a vágást. Harminc másodperc. – A belső kom hangja visszaverődött a zsilipkamra szűk csövében.

Pete végignézett a csapaton. Nem először csináltak ilyet, igaz, de eddig mindig mögöttük állt egy másik cég vagy szervezet, hogy szükség esetén rendet rakjon utánuk. Most azonban magukra voltak utalva. Nem hibázhattak.

Így öten összeszokott csapatot alkottak, amelyben mindenki tudta a feladatát. Leon és Eddy alkották a támadó éket. Ők voltak a legmozgékonyabbak, akik ha kellett fedezték a többiek visszavonulását. Scott felelt a technikai ügyekért, robbantásokért, és ha kellett ő volt a pilóta is. Máskor Barry adta a tűzerőt, de most kénytelen volt a hordozható rohamágyút kisebb fegyverre cserélni. És Pete volt az agy, aki irányított. Bár, mosolyodott el zordan, a csapat kellően jól elboldogult nélküle is. Végül is a saját a nevelése. Egy olajozottan működő harci gépezet.

Eddy átdobott egy tárat Leonnak, aki a vörös csíkos lőszert bedugta a harci szkafander övébe. Oldalt fordítva a fegyverét, ellenőrizte az M81B rohampuska kijelzőjét és állított valamit az irányzékon. Ezúttal mindannyian a tengerészgyalogság standard fegyverének számító automata puskát választották, amelybe speciális repesz lőszert táraztak. Egy űrhajón nem lett volna szerencsés a szokásos páncéltörő muníciót használni, mert azzal könnyedén kilyuggathatták volna a falakat. Az űrtől védő vastag páncélzat természetesen simán megfogta volna a golyókat, de a válaszfalak, és főleg a bennük futó vezetékek, berendezések már kevésbé. A repeszekkel ilyen gond nem volt. Csak ne viseljen az ellenség testpáncélt.

– Akkor emlékeztek. Most nem az ellenség kiiktatása a cél. Amennyit csak lehet próbáljatok elkábítani. – Leon és Scott bólintottak.

Eddy elfintorodott, de nem szólt semmit. Barry megveregette az övébe dugott paralizátor pisztolyt.

– Oké, főnök. Akit csak lehet. Csak ne érezném magam ennyire meztelennek – dünnyögte. Leon meghallhatta, mert elvigyorodott.

– Gyerünk baby, mutass nekünk valamit. – Barry hanyagul beintett neki, majd maga is lehúzta a válláról a rohampuskát. – Bekaphatod. A paralizátorom. – A másik elröhögte magát.

A paralizátor hírhedten megbízhatatlan eszköz volt. Még a múlt század végén fejlesztették ki az űrbeli hadviselés végső eszközeként, de a tapasztalatok fényében rövidesen letettek az alkalmazásáról. A fegyver fókuszált elektromágneses hullámot bocsátott ki, amely megzavarta a célpont agyának működését. Ha minden jól alakult, akkor az áldozat ájultan esett össze a lövéstől, de létezett egy kevésbé humánus beállítása is, amely komoly agyi károsodásokat okozhatott. A szép elmélet azonban kevésbé volt sikeres a gyakorlatban; a roppant rövid lőtávolságú fegyver az esetek felében nem váltotta be a várakozásokat, ezzel súlyos másodperceket rabolva el alkalmazójától. Bár a kifejlesztő tudósok szerint a vezető fegyvergyárak meghamisították a teszt jegyzőkönyveket, Pete saját tapasztalatból tudta, hogy a paralizátor többnyire legalább annyira veszélyes arra, aki használja, mint az áldozatára. Remélte, hogy nem fogja megbánni a választását.

– Megvan! Kezdhetitek! – Karin hangját elnyomta az a csattanás, amely a zsilip másik oldaláról jött. Pete lecsapta a páncélszkafander sisaklemezét és az ajtóra mutatott. Scott odalépett a kezelőpanelhez és beütötte a megfelelő kódot. A kör alakú ajtó virágsziromként felnyílt, utat nyitva a teherhajó belsejébe.

– HUD be. Rádió be. – A sisak hangra reagáló számítógépe az arclemezre vetítette a legfontosabb információkat és megjelenítette a hozzákapcsolt rohampuska célkeresztjét. Háromszázhatvan fokos körpanoráma jelent meg a látóterének felső részén, amely a sisak elektronikus érzékelői alapján állt elő. Pete nem szerette igazán ezt a cuccot, de ilyen behatolásoknál, ahol soha nem lehetetett tudni, hogy mikor toppan olyan szobába, amelyben nincs levegő, főnyeremény volt. De a körpanoráma ellenére is nagyon rossz volt a kilátás, ráadásul a páncéllemezek nagyban akadályozták a szabad mozgást.

– Indulás – szólt a rádióba. A csapat tagjai sorban beugráltak az ellenséges hajó vöröses fényben fürdő folyosójára.

Mike DeVillar kapitány az utolsó pillanatban vetette magát oldalra a mennyezetről leszakadó berendezés elől. A becsapódást heves szikraeső kísérte, amint a vaskos kábelköteget magával rántó panel a székére zuhant. Az automatikus tűzoltó rendszer azonnal reagált és fehér oltóhabbal árasztotta el a kitörni készülő lángokat.

A hídon sűrű, fojtó szagú füst terjengett. A kapitánynak a szája elé kellett húznia a kabátját, hogy ne kezdjen köhögni. Az utolsó találattól túlterhelődött a fő energiarendszer és kialudtak a fények. A tartalék generátor pár másodperc múlva beindult, a vészvilágítás kísérteties vörös fényével világítva be a híd romos berendezését.

– Jelentést! – krákogta, miközben feltápászkodott a földről. A kijelzők egy része sötét maradt, de néhány közülük újra kivilágosodott. Az elsőtiszt odalépett az egyik konzolhoz és végigfutotta a kárjelentést. A lista nagyon hosszú volt.

– Súlyos károkat szenvedtünk a hajtóműveknél és az energiaellátásnál. – A férfi hangja enyhén remegett. – Burokrepedés a kilences és a tízes szinten. A szakaszoló falak lezárták a területet. Nincs kapcsolat a hajó hátsó részeivel és valószínűleg oda a bal oldali két ágyútorony. – Az ujjával kísérte a listát. – A számítógép átirányította a tartalék energiát az életfenntartásra. A motorok leálltak, szivárog az üzemanyag, és átszakadt a kettes üzemanyagtartály. – A fiatalabb férfi odafordult DeVillar felé. Sápadt, vörös fényben fürdő arcán csalódottsággal vegyes kétségbeesés tükröződött. – Azt hiszem, egyhamar nem megyünk innen sehova.

– Uram! – A rádiós a fejére szorította a fülhallgatóját. – Klontz zászlós jelenti, hogy látta a támadó hajót, amint rátapadt az oldalunkra. – Hirtelen elhallgatott, miközben elborult a tekintete. – A kalózok behatoltak a törzs középső részén. Fel vannak fegyverezve.

– Belső kamerák? – kérdezte a kapitány, bár sejtette a választ. Az elsőtiszt szomorúan csóválta a fejét.

– Rendben. – Visszanyelte a feltörő félelmet. Igyekezett, hogy ne remegjen a hangja. – Nyissák ki a fegyverszekrényeket és hívják a legénység elérhető tagjait a hídra. Itt fogjuk elbarikádozni magunkat. – A rádióshoz fordult. – Dirk, maga próbálja meg elérni a Samsont, vagy akit csak tud. Küldjön széles sávú üzenetet. És... – Egy pillanatig habozott, de aztán döntött. – Lője ki a bóját. – Végignézett az emberein. Mindenki félt, de eltökéltnek látszott. – És Isten segítsen meg minket.

A terem rőtvörösben fürdő fémfalai között visszhangot vert a rohampuska éles hangja. A három tengerész közül, akik bevették magukat az étkezőbe, az egyik fájdalmasan felüvöltött és vérző lábbal zuhant a székek közé. A fegyvere messzire repült a kezéből. Pete megrovóan nézett Leonra, aki vállat vont, és súlyba tette a fegyvert. A két másik ugyan még lapított, de a HUD mozgásérzékelője pontosan mutatta a legutolsó helyzetüket. Eddy a falhoz lapulva lassan elkezdte megkerülni a terem közepét kitöltő hosszú tömör asztalt. Leon a másik oldalról fedezte, miközben maga is lassan araszolt feléjük. A földön fekvő alak vinnyogva fogta a lábát, míg Pete paralizátora el nem hallgattatta.

A mozgásdetektor felvisított és a két alak kirobbant a fedezékből. Automata pisztolyaikkal össze-vissza lövöldöztek, talán arra számítva, hogy ezzel megzavarhatják őket. A tévedésük ténye azonnal nyilvánvalóvá vált, amikor a rohampuskák torkolattüze két oldalról vibráló fénybe borította a termet. A két rémült alak rohanása pillanatképek sokaságává vált. Mögöttük az asztal oldalát felszaggatták a repeszek, műanyagszilánkokkal terítve be a levegőt. Az egyik tengerész felbukott és szétszaggatott felsőtesttel zuhant a padlóra. A másik, testalkata alapján egy fiatal nő, ügyesebbnek bizonyult és elkerülte a tűzfüggönyt. Átugrott az első társuk által felborított székek felett és az ajtó felé vetette magát. Már majdnem elérte, amikor Barry rálőtt a paralizátorral. A fegyver halk hümm-szerű hangot adott ki magából és áldozata éles sikollyal a padlóra zuhant. Vergődni kezdett, arca eltorzult a kínoktól. Eddy csúnyán káromkodva odaugrott hozzá, és egyetlen ütéssel elcsendesítette.

– Basszameg, hagyjuk a fenébe ezt a szart! Komolyan a hideg futkározik a hátamon ettől a cucctól! Inkább lőnénk őket le szimplán. Az legalább tiszta munka. – Belesett a folyosóba, amerre a tengerész igyekezett. A vörös fényben nem látszott senki. A csuklójára erősített mozgásdetektor képernyőjén csak a csapatot jelző pontok látszottak. – Szerintem ezek bevették magukat a hídra. – Felsóhajtott. – Hülye ötlet!

Pete elkérte Scott-tól az adattáblát, amelyen a hajó alaprajza látszott. Eddig már hat szinten haladtak át, és a legénységből csak öt fővel futottak össze. Négyet ártalmatlanná tettek, egynek pedig sikerült kereket oldania. Nem rossz arány, de ez sajnos azt jelenti, hogy aki még él, azzal a hídon fognak találkozni. A standard protokoll azt írja elő, hogy ilyenkor a legjobban védhető helyen barikádozzák el magukat. A legtöbb hajón pedig ez egyet jelent a központi vezérlővel.

– Két szinttel feljebb van az odavezető folyosó – intett az adattáblával a feljáró irányába, majd visszaadta a számítógépet Scottnak. – Nézzünk körül ott. Aztán meglátjuk.

A csapat a megszokott formában haladt előre a kihalt folyosókon. Az *Ahoudori* belső része a kapott találatok ellenére is viszonylag épnek látszott. A szükségvilágításban néha ugyan feltűnt egy-egy kiégett berendezés, a falakban futó eltört vezetékekből néhol gőz szivárgott, de ezeken kívül kevés dolog utalt sérülésekre. Bár a károk nem tűntek komolynak, a kiégett konzolok a fő energiarendszer túlterhelésére utaltak. És ha az leállt, és nem tudják helyreállítani legalább valamennyire, akkor a hajó nem megy innen sehova. Az pedig kudarcra ítéli az egész akciót.

Két szinttel feljebb és öt perccel később, beleütköztek a hidat lezáró ajtóba. Scott közelebb lépett, óvatosan kihúzta a falból a nyitópanelt, és vizsgálgatni kezdte. Eddy a fogai között ronda szitkokat szűrve rácsapott az öklével a vastag fémre. Akcióját mély döngő hang kísérte.

– Ahogy sejtettem. Lezárták a szakaszoló ajtókat. – Scott bólogatott és visszatette a helyére a panelt.

– Jól mondod. Belülről van lezárva és utána áramtalanították. – Elővette az alaprajzot, de végül megrázta a fejét. – Ráadásul itt a falak is vastagok. Ennek a hajónak a hídját úgy építették meg, hogy sérülés esetén mentőkapszulaként is funkcionálhasson. Önálló életfenntartás, rádió, tartalék energiaforrás, minden ami kell. Akárki is tervezte, értette a dolgát. – A hangjában árnyalatnyi elismerés csendült.

– Vagyis, azt akarod ezzel mondani, hogy nem fogjuk tudni áttörni? – Leon szemöldöke felszaladt a homlokára. A fegyverével az ajtóra mutatott. – És ha kivágnánk? Előbb-utóbb egy plazmavágó csak átviszi.

Scott kényszeredetten elmosolyodott.

– Ja persze. Ha van egy napod rá egész szép lyukat lehet rá vágni. Minimum ipari szintű berendezés kell hozzá, hogy szétvágd ezt a fémet.

Pete megköszörülte a torkát. Minden szem felé fordult.

– És utána ráadásul megint vérfürdőbe torkollna az egész. Megígértük, hogy ezúttal jók leszünk, ugye emlékeztek? – Ellentmondásos érzelmek tükröződtek az arcokon. – De erre talán nem is lesz szükség. Van egy ötletem. Ha beválik, maguk fogják kinyitni és talán egy lövés sem fog eldördülni. – Végignézett a csodálkozó tekinteteken. – De ehhez először konzultálnom kell a lányokkal.

DeVillar kapitány az elmúlt másodpercekben másodszor érezte a hajótestet érő lökést, és kezdett egyre idegesebb lenni. A kalózok ugyan nem próbálkoztak meg a hidat lezáró szakaszoló ajtó felrobbantásával, de a külső kamerákat mind kikapcsolták, így fogalma sem volt, hogy miben mesterkednek. A hídon el lehetett lenni egy ideig, de a végtelenségig azért nem tartottak ki a készletek. A fő rádióadójukat, akárcsak az összes többi ide bekötött műszert egy-két órája kikapcsolták. Így maradt a vésztartalék széles sávú segélykérő jel, amely viszont nem volt elegendő hatótávolságú, hogy elérje a Samsont. Ezen kívül viszont a behatolás után három órája nem történt semmi említésre méltó. Most viszont ezek a lökések aggasztották.

– Érzi, uram? – suttogta mellette az elsőtisztje. Némán bólintott.

A legénység majdnem húsz túlélő tagja mind csendben üldögélt. A legtöbben láthatóan halálra voltak rémülve, kifehéredő kézzel szorongatták a kiosztott fegyvereket. Néhányan a régiek közül jól tűrték a helyzetet, de nem tudhatta, hogy ez nem a viszonylagos nyugalom megtévesztő csendje-e. Még a máskor oly professzionális elsőtiszt is közel állt az összeroppanáshoz.

Újabb lökés futott végig a hajótesten de ezúttal a remegés sem szűnt meg. Pont olyan, mint amit egy teljes tolóerőre állított hajtómű okoz, futott át a fején. A gravitáció kiegyenlítők miatt ugyan nem érződött semmi, de szinte biztosra vette, hogy megindultak.

Az egyik fedélzeti mérnök lehúzta a kesztyűjét és a falra tapasztotta a tenyerét. Elfelhősödött az arca. A többiek felé fordult, de még mielőtt megszólalhatott volna sisteregve megszólalt a belső kom. A hang először belefúlt a zörejekbe, de rövidesen kitisztult. A férfi hangja máskülönben kellemes lehet, jutott eszébe, amikor felhangzott a hidat betöltő bariton.

– Nos, hölgyeim, uraim, azt hiszem itt az ideje, hogy elkezdjünk tárgyalni a megadásukról. – Néhányan felhördültek, de a kapitány feltartott kézzel csendre intette őket. A férfi nem zavartatta magát. Szinte vidáman folytatta.

– Amint érezhetik, sikerült elindítani a hajtóműveket. Jelenleg jó ütemben haladunk az L-pont felé. Éppen az új ugrási koordinátákat állítjuk be.

A mellette álló elsőtiszt szája enyhén remegni kezdett. DeVillar szánakozva nézett végig rajta. A fiatal férfinak alig néhány hónapja születtek az ikrei. Elfordult, és végighordozta a tekintetét az emberein. Az arcokon a félelemtől a vakrémületig mindenféle érzelem megtalálható volt. Én sem festhetek jobban, gondolta magában. A rá meredő tekintetekről kétségek tükröződtek. Arra várnak, hogy mit döntök. Vajon követnének, ha elutasítanám a fickót? Lehajtotta a fejét.

– Na szóval – hangzott fel újra az érces hang. – Azt hiszem mindannyian tudjuk, hogy semmi esélyük. Nem menekülhetnek el. És előbb-utóbb úgyis kiszedjük magukat onnan. – DeVillar ajka megfeszült. Tudta mi következik. – De mi nem magukért jöttünk. Hanem csak és kizárólag a hajóért és a rakományért. – Pár másodperc hatásszünet. – Nyissák ki szépen az ajtót és akkor elmehetnek. Megkapják az egyik mentőhajót. – Az emberek elkezdtek sustorogni egymás között.

– És természetesen először tegyék le a fegyvert. Az ugrópontot tizenöt percen belül elérjük. Addig döntsenek. De ne húzzák sokáig, mert ha elfogy az idejük, az nem az én bajom lesz. – A kapcsolat egy kattanással megszűnt, helyet adva a legénység egyre hangosodó vitájának. A kapitány kivárt pár percet, magában átfutva a lehetőségeiket. Nem volt túl hosszú a lista, gondolta lemondóan. Odalépett a navigátorhoz.

– Irina, meg tudjuk határozni, hogy tényleg igaz-e, amit mondanak? – A nő csalódottan lebiggyesztette az ajkát, de nem válaszolt, csak némán intett a fejével. DeVillar a sötét képernyőkre meredt. Elvágták az összes szenzort és itt még egy vacak kilátóablak sincs. Na persze, a biztonság mindenek előtt. Pedig milyen jó lenne, ha legalább most a szabad szemüket használhatnák – sóhajtott.

– Tehát nem. Na mindegy. – Hármat tapsolt, mire a vitatkozás azonnal elült. – Uraim! – A hangja betöltötte a termet. – Úgy látszik innen nem tudjuk eldönteni, hogy a kalózok igazat mondtak-e. És ha igazat is mondtak, nem tudhatjuk, hogy betartják-e a szavukat. Ha az ő szabályaik szerint játszunk, akkor valószínűleg csak túl későn fogjuk megtudni, ha mégsem. – Végignézett a körben állókon.

– Én azt hiszem, hogy semmi okuk nincs megtartani a szavukat. Sőt, aligha valószínű, hogy igazat mondtak a hajtóműről. Olyan súlyosak voltak a sérülések, hogy aligha lehet őket elindítani. – Maga elé csapott a kezével. – Szerintem csak blöffölnek.

– És ha nem? – hallatszott valahonnan a kérdés. Úgy tett, mintha nem is hallotta volna.

– A cég szabályzata elég nyilvánvalóan rendelkezik az ilyen helyzetekről. De a saját eszem is azt diktálja, hogy ne alkudozzak velük. Nem megyünk bele az ultimátumukba. – Várt egy ideig, amíg megemésztik az információt, mielőtt folytatta volna. – Viszont a helyzet ismeretében nincs más választásunk, mint kitörni innen.

Több emberének az arcára kiült a döbbenet.

– Nem gondolhatja komolyan! – szakadt ki a mellette ülő navigátorból. – Semmi esélyünk ezek ellen!

– Nem, valóban nincs, ha nyílt harcban szembeszállunk velük. – vágta rá a kapitány. – Viszont ha eljutunk a mentőhajóig, akkor már nem sokat tehetnek. A hármas csónak csak két folyosónyira van innen. – Megfeszültek az arcizmai. – Tudom, hogy nem lesz könnyű, de sikerülhet.

– De a mentőhajóban csak tizenkét fő számára van hely! Ki fogja eldönteni, hogy ki marad?! – DeVillar nem látta ki volt a kérdező, de úgy vélte, hogy a három gépész közül lehetett az egyik. Valószínűleg Ulsen, vagy hogy hívják. Amelyik mindig fizetésemelést kért.

– Nem kell eldönteni semmit. Majd kicsit összehúzzuk magunkat. Csak pár órát kell kibírnunk, amíg a Samsonról ideér a mentőhajó. – Nem tette hozzá, hogy egyáltalán nem biztos, hogy eljutott oda a segélykérő üzenet. Nem akarta tovább fokozni az amúgy is kitörni készülő pánikot.

– Ez őrültség! – kiáltotta valaki, de hangja belefulladt a többiek kiabálásába. – Megölnek mindenkit!

– Csendet! – üvöltött rájuk. Érezte, hogy arcát elönti a forróság. – Elfelejtik, hogy parancsot adtam! Aki nem teljesíti, az zendülést követ el! Ugye mindenki tudja, hogy mi erre a büntetés?! – A parancsmegtagadó még a polgári hajókon is komoly ítéletre számíthatott. És ebből az, hogy egy életre búcsút mondhatott a hajózó engedélyének csak a legenyhébb volt.

Előre lépett.

– Készüljenek! Kinyitjuk az ajtót, mintha megadnánk magunkat. Aztán a jelemre mindenki tüzeljen belátása szerint. – A rádióshoz fordult. – Dirk! Kapcsolja nekem azt a kalózt. – Megnyalta az ajkát. – Megadjuk magunkat. – Odalépett a rádiós mellé és rátámaszkodott a székének a támlájára.

Nem vette észre a hátulról érkező lövést. A világ elsötétedett a szeme előtt, és érezte, hogy kicsúszik a lába alól a padló. Az utolsó emléke a föléje hajoló elsőtiszt képe volt.

Pete hátraintett Leonnak és Eddynek, akik egy-egy beugró fedezékéből biztosították a hídra nyíló ajtót. Az eddig sötét panelen most fények gyulladtak ki, és a kapu lassan behúzódott a falba. Bentről elfojtott nyögések hallatszottak ki. A sötétben néhány alak mozgott.

– Most kijövünk. Ne lőjenek! – Egy alak lépett az ajtóba feltett kézzel. Pete intett neki a puskájával.

– Oké. Szórják ki a fegyvereket az ajtón! Utána egyesével lépjenek ki feltartott kézzel!

Az első alak kilépett a fényre. Gyűrött egyenruháján tiszti rangjelzést viselt; kezét a tarkóján összekulcsolta. Pete csodálkozva látta, hogy a szája sarkából friss vér szivárog.

– Maguké a hajó, csak hagyjanak minket elmenni. – Fáradt, színtelen arcáról beletörődést lehetett leolvasni. Pete vállat vont.

– Maga a kapitány?

A férfi zavartan nézett rá.

– Nem. A kapitány megsérült... ööö... az egyik találattól. Én az elsőtiszt vagyok. – Mögötte megjelentek a legénység tagjai és feltett kézzel kiléptek a fényre. Úgy tizenöten lehettek.

– Hmmm. – Pete gondolkodott. Nem volt nehéz összeraknia, mi történhetett odabent. – Az a helyzet, hogy sajnos nem hagyhatom magukat most rögtön elmenni. Még a végén elvesznének itt az űrben. De idővel arra is sor kerül. Majd egyszer.

Az elsőtiszt döbbent arcába bámult. Lassan, csúfondáros mosollyal megcsóválta a fejét.

– Hallgatnia kellett volna a kapitányra. Soha ne higgyen egy űrkalóznak.

A fiatal férfi mondani próbált valamit, de a hangja motyogásba fúlt. Hirtelen az övébe dugott fegyvere után kapott, de Pete készen várta. A csatakesztyűbe bújtatott ökle keményen csattant a férfi fején. Szinte alig hallható nyikkanással csuklott össze. A dolog olyan gyorsan játszódott le, hogy a többiek még magukhoz sem tértek az esemény okozta sokkból, amikor Pete rájuk fogta a fegyverét.

– Nyugalom – szűrte a fogai között halk nyugodt hangon. – Remélem, senki nem akar meghalni a nagy semmiért. Szép lassan, egyesével előrelépnek és ledobálják a vasárut. Két ujjal megfogva, ahogy a holovideken látták. És ha még valaki ebből az áruló bandából hősködni próbál, magam vágom ki az űrbe.

– Megvan a vezérlő. Úgy látszik a kapitányt végül elárulta a saját legénysége. Most beállítjuk az ugrási paramétereket és mehetünk, amint készen állsz. – Pete diadalmas hangja megtörte a *Prometheus* pilótafülkéjének csendjét. Karin ellazította az idegességtől megmerevedett izmait. Rádión hallgatták az előadást és végigizgulták az utolsó perceket.

– Már azt hittem, hogy nem sikerül – súgta Jessica hátulról. Karin is bólintott.

– Én sem nagyon hittem benne. De úgy látszik bevették.

A *Prometheus* saját hajtóműveivel tolta előre a hozzá kapcsolt teherhajót. A megoldás nem volt veszélytelen, de a két hajót összekötő mágneses kapcsok egyelőre kitartottak. A korvett teljes teljesítménye is csak éppen, hogy elég volt arra, hogy lefékezze az *Ahoudorit* az L-pontig. A terv azonban nem működhetett a Basilisk saját hiperhajtóműve nélkül. A sokkal könnyebb *Prometheus* saját meghajtója kevés lett volna a roppant teherhajó utaztatására. És bár az áldozatuk ugrómagja fel volt töltve, az irányítása csak a hídról volt megoldható. Ha Pete blöffje nem jött volna be, kénytelenek lettek volna a sorsára hagyni a mozgásképtelen teherhajót és dolgavégezetlenül hazatérni.

Végül is, a férfi nem is hazudott akkorát.

– A legjobb blöff az, amely valójában közel jár az igazsághoz – jutott eszébe az idézet egyik korábbi olvasmányából. Észre sem vette, hogy hangosan kimondta, de a másik lány nem szólt semmit.

– Tizenegy perc az L-pontig. Utána szétválunk és a *Resortnál* találkozunk. Szép munka volt fiúk!

Lekapcsolta a rádiót és minden figyelmét a saját műszereire irányította. Ezúttal szerencséjük volt. Remélte, hogy megérte az egész.

Negyedik könyv

Rejtett remény

28

A méregdrága adattábla csak hajszálnyira vétette el a sarokban álló kínai vázát, nagyot csattant a falon, majd szánalmas reccsenéssel bezuhant a kanapé mögé. A tenyérnyi képernyő még egyet villant, mielőtt végleg kihunyt volna.

– Miért én! A szentségit neki, miért pont én?! – dühöngött Scarlett és hátralökte a székét. Felmarkolta az asztalról az eddig olvasott jelentést. – Miért én vagyok megverve ezekkel az alkalmatlan, idióta, hülye barmokkal?!

Hosszú léptekkel átvágott a szobán és kiviharzott az ajtón. Az előtérben gyanútlanul üldögélő titkárnő döbbent arccal bámulta főnökét, aki rá sem hederítve kifordult az ajtón.

A biztonsági központ mindössze két folyosónyira volt a nő irodájától, és ezalatt egyáltalán nem sikerült lehiggadnia. Rácsapott a tenyérlenyomat érzékelőre, és a vastag ajtó feltárult előtte. A központ dolgozói felkapták a fejüket a jöttére, de a villámokat szóró szemeket látva mindenkinek hirtelen fontos megfigyelni valója akadt a monitorokon. Scarlett átvágott a technikusok között, egyenesen a biztonsági főnök feliratot viselő ajtó felé.

Odabent hárman tartózkodtak. Előttük a tárgyalóasztalon szétdobált hivatalos iratok feküdtek, messziről világított rajtuk a Cryogen logója. Matti, aki az ajtó felé nézett, felemelkedett ültében. Két társa amint hátrafordult, szintén követte a példáját.

– Asszonyom! Kérem, foglaljon helyet. Miben lehetek a szolgálatára? – A férfi nyugodt szavai valamelyest enyhítették a nőben forrongó dühöt. Kirántotta a negyedik széket és levetette magát az asztalhoz. Lecsapta a kezében szorongatott papírt a többiek elé. A balján ülő forgalomirányítási igazgató zavartan köhintett egyet, majd felvette az előtte fekvő adattáblát. Társa, a bázis logisztikai tisztje Mattira nézett, aki egyedüliként állta a tekintetét. Lassan átnyúlt az asztal felett és közelebb húzta a papírt.

– Hogy történhetett ez meg? – kérdezte fenyegetően a nő, sorban végignézve a jelenlevőkön.

– Azt vizsgáljuk éppen – mutatott Matti az asztalon fekvő iratokra. – Úgy látszik, hogy kalóztámadás érte az *Ahoudorit*, és…

– Nem azt kérdeztem, hogy mi történt – csattant fel. – Arra vagyok kíváncsi, hogy hogyan. Világosan megmondtam, hogy ezt a szállítmányt biztosítsák a megszokottnál jobban. Egyáltalán, hogy a francba került egy ilyen hajóra az egész? És hol volt a kíséret, mialatt a kalózok kipakolták? Válaszokat akarok, mégpedig most! – A logisztikai tiszt kezdett egyre kisebbre összemenni a székében.

– Nem volt kíséret – bökte ki végül, láthatóan feszengve a nő tekintetének kereszttüzében. – Az *Ahoudori* kapitánya miután a vegai állomásunkon bepakolta a rakományt, rögtön útnak indult. Úgy volt, hogy egy kellően ritkán használt ugrási ponton találkozik a *Dresdennel,* amely ide kísérte volna. De mire a másik hajó – egyébként késve – megérkezett, már csak a csata maradványait találta ott. És a vészjelző bóját.

– A mit?

A forgalomirányítási igazgató megköszörülte a torkát.

– A cég szabályzata előírja, hogy ilyen esetekben a hajónak ki kell lőnie egy kapszulát, amelyben megtalálható a hajó fekete dobozának másolata. Ez egy álcázott, nem túl nagy méretű tárgy, amely csak a megfelelő keresőkód hatására kezd adásba. A *Dresden* megtalálta az *Ahoudori* bóját, amelyet a támadás után lőttek ki.

– És? – kérdezte Scarlett keményen. Matti kiválasztotta az egyik iratot a halomból és elé tolta.

– Még meg kell erősíteni az elemzéseket, ezért addig nem akartam előterjeszteni az ügyet. De – tárta szét a kezét –úgy látszik, hogy régi ismerősünk van az ügy mögött.

Scarlett felvette az elektronikus papírt, amelyen egy rossz minőségű képen egy vékony, áramvonalas hajó látszott. A kisebb betétképek a törzs egy részét mutatták felnagyítva. Úgy nézett ki, hogy jelentős képjavításon eshetett át, de a felirat még így is olvasható maradt. A nő arcából kifutott a vér. Elejtette az epapírt. Matti folytatta.

– Megállapítottuk, hogy többszörös mulasztások történtek. Mind az *Ahoudori,* mind pedig a *Dresden* parancsnokai részéről. Az még nem világos, hogy hogyan került az egész hajó a kalózok kezére, ugyanis a céges biztonsági szabályok előírják, hogy a kapitánynak inkább fel kell robbantania a hajót ilyen esetben, mintsem, hogy az ellenség kezére kerüljön.

– Lehetséges, hogy belülről segítette őket valaki. – A logisztikai tiszt látva, hogy egyelőre a kivégzése elmarad, kezdett erőre kapni. – A hajó útját szigorúan titkosan kezeltük. Pontosan azért választottunk egy nagyon megbízható, de elvileg független szállítót a saját hajóink helyett, hogy ne derüljön ki, kinek megy a szállítmány.

Matti összeráncolta a homlokát.

– Mindenkit, aki ezzel az állomással kapcsolatba kerül, vagy került, szigorú biztonsági ellenőrzéseknek vetjük alá. Bár lehetséges, hogy valaki kicselezi valahogy a hazugságvizsgálóval is megerősített vizsgálatot, de nem valószínű. Ahhoz elég speciális felkészítés kellene – a szava elakadt. A nő arcán látszott, hogy ugyanaz fordult meg mindkettejük fejében.

– Az egyik vetélytársunk például képes lehet erre. – Inkább kijelentés volt, mint kérdés. Matti bólintott.

– Nem kizárható ez sem. – Bólintott. – Teljes átvilágítást hajtunk végre a személyzeten újra.

– Mindazonáltal sokra nem mennek a hajóval – szólt közbe a repülési igazgató. – Biztonsági okokból a hajók mindig csak az ugrások előtt kapják meg a következő koordinátákat egy kifejezetten erre szolgáló berendezésből. Talán a következő ugrásnak az adatai már az *Ahoudori* rendszerében voltak, de a bázis pontos helyzete ebből nem deríthető ki. És ez a berendezés nem is törhető fel. Azonnal megsemmisíti magát három hibás próbálkozás után. Vagy ha valaki megbontja a burkolatát – tette hozzá Scarlett kérdő tekintetét látva. A nő bólintott.

– Nagyon ajánlom, hogy úgy legyen. De ez a hajó már egyszer visszajött a halálból. Nem szeretném, ha a legénysége újabb trükköt mutatna nekünk. Nagyon nem. – Fenyegető hangsúlya nem tette kétségessé, hogy ez mivel járna az itt ülőkre nézve. A logisztikai tiszt alig láthatóan összerázkódott.

– Mennyi esélyünk van a rakomány visszaszerzésére? Mert most ez az elsődleges prioritású feladatuk.

A logisztikai tiszt tanácstalanul vállat vont, Matti a száját csücsörítve gondolkozott.

– Hát. Nem sok. – Scarlett szeme összeszűkült. – De mindent megteszünk, amit csak lehet – tette hozzá gyorsan.

– Azt ajánlom is! Azok a felszerelések elengedhetetlenek a további kutatásokhoz. És egyhamar nem tudjuk pótolni őket. Nem érdekelnek a kifogások! Ha kell tízszerezzék meg a vérdíjat, amit arra a nőre és a társaira kitűztünk. De kerüljön meg a rakomány! Világosan fejeztem ki magam?! – Felállt az asztaltól, jelezte, hogy részéről befejeződött a tárgyalás. A többiek is automatikusan felemelkedtek.

– És még valami. Találja meg nekem azt a némbert Matti. A fejét akarom. Vagy különben a magáét fogom leszedni!

Ezzel sarkon fordult és faképnél hagyta a csendben álló férfiakat.

Kiérve a folyosóra érezte, hogy a nyomás kezd valamelyest alábbhagyni a mellkasában. A helyzet elég rossz volt, de legalább menthető. A felszerelés elvesztése önmagában elég problémás, de csak a kutatások elhúzódását és a költségek növekedését vonja maga után. Ha viszont a bázis helyzete lepleződött volna le, valószínűleg rövidesen új munka után nézhetne. A Cryogennél a legritkább esetben kérdezték, hogy miért vallott valaki kudarcot. És ebben a pozícióban még az elvárt eredmények elmaradása is gyors bukást hozhatott.

Az viszont még inkább nem tetszett neki, hogy az ügyről egy beosztottól szerzett tudomást és nem maguktól a leginkább érintettektől. Lehet, hogy lassan új biztonsági főnök után kell néznie. Ez a Menetti például már nem az első alkalommal bizonyította a lojalitását. Na persze nem valami nagy ész, de lehet, hogy adnia kéne neki egy esélyt. Igen, lehet, hogy a következő alkalomkor pontosan ezt fogja tenni.

Valamelyest megkönnyebbülve elindult az étterem felé. Érezte, hogy jól esne most egy pohár forró csokoládé.

29

Jessica elgondolkozva bámulta a kilátóablakon túl lebegő teherhajó törzsén kúszó robotokat. Ebből a távolságból az *Ahoudori* páncélját javító droidok egészen aprónak látszottak, és az őket távirányítással működtető emberek sem voltak többek szinte kivehetetlen pontoknál. Az orr részen egy szétroncsolódott burkolati lemez cseréje folyt, az ipari vágóberendezés izzó szikrákat szórt az űrbe. A gép manipulátor karjai között már ott várakozott az új elem, hogy amint levágta a régit, a helyére egy újat illesszen. A lány beleborzongott, amikor végiggondolta, hogy a hat-nyolc méteres gép vágórendszere olyan simán vágta át a vastag páncélt, mint ahogy ő vág le egy szelet kenyeret.

– Tetszik? – kérdezte egy kellemes hang a háta mögül és megpördült. Scott mosolyogva lépett mellé.

– Szerintem nagyon szép hajó. Nem olyan drabális, mint a legtöbb teherhajó. Van formája, karaktere. – Felsóhajtott. – Kíváncsi vagyok kire akarják bízni.

– Szeretnéd, ha te kapnád meg? – kérdezte Jessica kíváncsian, és a férfi szemébe nézett. Az vágyakozva nézett az állomás mellett lebegő hajóra.

– Sok mindent szeretnék megkapni. – mosolyodott el hamisan a lányra nézve. – Ez csak az egyik a sok közül.

Jessica játékosan meglökte a férfit. Tetszett neki Scott, és talán más körülmények között közelebb is engedte volna magához. De most túl sok minden történt körülötte és magára már alig maradt ideje. Talán ha majd egyszer megnyugszanak a kedélyek körülötte. Bár amióta találkozott Karinnal és a fiúkkal, gyorsvonati sebességgel száguldottak el mellette a dolgok. Rákacsintott Scottra, de aztán elindult vissza az asztalhoz.

A terem egykor talán a biobomber vezérlőterme volt. Innen irányíthatták a megcélzott bolygók terraformálását. A falat betöltő óriás képernyők egykor talán egy kietlen világ jellemzőit mutatták. Tíznél több technikus is kényelmesen elfért volna a műszerek mellett. De még így is szinte hihetetlennek tűnt, hogy ennyi emberrel meg lehetett oldani a földiesítés bonyolult és nehéz folyamatát. Persze, a rendszert irányító szuperszámítógép rengeteg mindent önállóan elintézett.

Törékeny Horizont

Most viszont a képernyők nagy része ki volt kapcsolva. A maradék az *Ahoudoriról* begyűjtött információkat mutatta. Színes pályaképek, adathalmazok, naplótöredékek tűntek fel rajtuk. Időszakonként egy-egy kép is megjelent, amelyekben a legénység tagjaira ismert.

A teremben a csapata tagjain kívül még hárman tartózkodtak. Isaac, az indyk vezetője karba tett kézzel nézte a hajó fekete dobozából kinyert képeket. Mellette egy Killmore nevű figura állt, aki most pár utasítást vakkantott a számítógépnek, elindítva az egyik fogoly vallomásának lejátszását. Jessica nem ismerte túl jól a férfit, talán ha egyszer-kétszer találkozott eddig vele. Annyit azért sikerült kiderítenie, hogy Killmore a sejt egyik operatív vezetője, de az alá-fölérendeltségi viszonyok a lázadók között még mindig rejtélyt jelentettek számára. Mindenesetre a középmagas erősen kopaszodó Killmore részvételéhez Isaac ragaszkodott.

A harmadik résztvevő Sani volt, aki most is a sarokban üldögélt a földön és látszólag aludt. Bő, vörös köpenyét a szemébe húzta, és most csak ráncokkal szabdalt álla és szürke, késpenge vékonyságú ajkai látszottak ki alóla. Jessica számára rejtély volt, hogy miért ragaszkodott az öreg hozzá, hogy itt lehessen. Már a feltűnése is szokatlan volt az állomásnak ezen a pontján. Még Isaac is láthatóan meglepődött, amikor az öreg beállított. Csak pár szót váltott az indy vezérrel, majd betelepedett a sarokba, hogy utána egy szót se szóljon senkihez.

Mindenesetre az állomáson mindenki nagyon nagy tisztelettel beszélt vele, talán még kicsit nagyobbal is, mint ami a korának kijárt volna. Az előbb pedig határozottan úgy tűnt, hogy Sani utasította Isaac-et. Jessica vállat vont. Talán csak nem akarnak összeveszni az öreggel.

Scott odalépett mellé és átnyújtott egy dobozos energiaitalt. A lány hálásan nézett rá és egy biccentéssel megköszönte. A tanácskozás már órák óta tartott, de nem mozdultak el a holtpontról. A fáradtság már mindenkin kiütközött, és Jessica úgy érezte, hogy a végtelenségig húzódik az egész. Mindenki egyre türelmetlenebbé vált.

Két napja, amióta az *Ahoudorit* bevontatták az állomásra, a dolgok érdekes fordulatot vettek. A korábban lustán hömpölygő életű bázis élete felpezsdült. A folyosókon mindenütt karbantartókkal és fegyveresekkel találkozott, akik mindig siettek valahova. A teherhajót ellepték a javítórobotok és egyre-másra tűntek el róla a csata nyomai. Közben szüntelenül siklók indultak az állomásról, hogy aztán megpakolva dokkoljanak újra. Karintól tudta, hogy a rakomány a vártnál is sokkal értékesebbnek bizonyult, de a lány nem árulta el, hogy pontosan mit találtak a hajó gigászi rakterében. De akármi is volt az, az indyk onnan kezdve le se szálltak a nyakukról. Jessica lassan kezdte kicsit terhesnek érezni a jelenlétüket, és egyre kevésbé értette ezt a nagy lelkesedést, amivel rávetették magukat az ügyre.

– Foglaljuk össze akkor megint, amit tudunk – sóhajtott Pete. Végignézett az asztalnál ülőkön és hátrasimította ritkás haját.

– Minek már megint? – morogta Barry alig hallhatóan a lány jobbján. Vállat vont, felvette az előtte fekvő szendvicset és jóízűt harapott belőle.

– Lássuk csak – kezdett bele Pete. – Az *Ahoudori* naplójából és a legénység kihallgatásából egyértelműen megtudtuk, hogy létezik egy titkos Cryogen állomás, amelyet ők *Fuujinként* ismernek. A hajó már több alkalommal szállított oda készleteket és néha személyzetet is. A bázis pozícióját viszont nem ismerik, mivel eddig mindig más útvonalon közelítették meg. Egy berendezés révén kapták meg az ugrási koordinátákat az utolsó pillanatban. A leszállás után szigorúan elkülönítették őket, senkivel sem érintkezhettek, sőt a hajót sem hagyhatták el. Kivéve a kapitányt, akit viszont lelőttek, amikor öngyilkos akcióra akarta kényszeríteni őket.

– Mi van akkor, ha hazudnak? És mégis tudnak valamit? – dörmögte Killmore, miközben megrázta a fejét. – Nem lehetünk biztosan abban, amit elmondtak.

– Dehogynem. – A magabiztos válasz Leontól érkezett, aki Pete jobbján ült. Abbahagyta a hintázást a széken és vigyorogva megtörte az ujjait. – Ebben az egyben tökéletesen biztosak lehetünk.

Jessicát kirázta a hideg a roppanásokra. Már a kezdetek óta nem volt szimpatikus neki a férfi. De amióta végigfuttatott egy keresést az ellenállók kiterjedt adatbázisán, szabályosan félt tőle. Leonard Parker volt az egyetlen a társaságban, aki ellen már az eridanusi eset előtt is szövetségi elfogatóparancs volt érvényben. És a lány inkább nem is akart gondolni arra, hogy mi mindent követett el korábban. Nem voltak kétségei afelől, hogy a legénység valóban mindent elmondott, amit tudott. De örült, hogy nem kellett jelen lennie a kihallgatásnál.

A balján ülő Karinra nézve látta, hogy az is a homlokát ráncolja a megjegyzésre, de nem szólt. A lány a támadás óta egyre szótlanabb lett, és rengeteg időt töltött a kabinjában. Párszor már megpróbálta kicsit felvidítani, kirángatni egy kicsit szórakozni, de nem járt különösebb sikerrel. Olybá tűnt, hogy a barátnőjét rágja valami belülről.

Milyen furcsa, hogy most már, mint barátnőjére gondol rá, tűnődött. Egy-két hónappal ezelőtt még meg bírta volna fojtani. Most pedig tessék, az egészsége miatt aggódik. Talán csak a helyzet okozta sokk hat még rá. Saját magában is érezte, hogy nehezen tudja követni az eseményeket.

– És a berendezésből nem sikerült megtudni semmit. – Nem kérdés volt, inkább kijelentés, amit Pete mondott. Scott lassan megcsóválta a fejét.

– Szétment, mielőtt még szétszedtük volna. Egy kupac ócskavas belülről, hála annak a savkapszulának, ami benne volt. Ráadásul szerintem nem is tartalmazott soha adatokat, hanem valamilyen összefüggések alapján számolta ki az ugrási koordinátákat. Ez azonban már nem deríthető ki. Csak a következő úti céljukat ismerjük. De az is a mélyűrben van.

– Illetve tudjuk, hogy találkozniuk kellett volna egy másik hajóval, de az nem volt ott az L-ponton. – Tette hozzá halkan Karin és megrázkódott. – És ez a szerencsénk, mert ha ott lett volna, akkor csúnyán ráfázunk.

– A hajón nem volt semmi, amit fel tudnánk használni a cél bemérésére? – kérdezte Isaac Killmore felé fordulva. – Személyes tárgyak, napló, akármi.

A férfi lassan ingatta a fejét, megsimogatva a rövid kecskeszakállát.

– Semmi. Arra vonatkozóan, hogy merre mentek, semmi. A *Fuujinról,* vagy hogy hívják, csak annyit tudtunk meg, hogy valószínűleg a mélyűrben van. De legalábbis a központi csillagtól nagyon távol helyezkedhet el. A hajó fekete dobozát akkurátusan törölték, de az egyik tengerész csinált egy holót. Talán az egyik kilátóablakból. – Rámutatott az egyik monitorra a falon, amely egy hatalmas, szabálytalan formájú űrbázist mutatott. Az egész úgy nézett ki, mint amit hevenyészve építettek fel, egymásra hajigálva az egyes modulokat. Óriás űrbeli fémépületnek tűnt, amelyből csápként nyúltak ki a hajókat magukba foglaló dokkok. Vagy egy tucat látszott, mindegyik akár az *Ahoudorinál* nagyobb hajókat is könnyedén magába fogadhatott volna. Az egész mérete egy kisebb városéval vetekedett.

Killmore beütött pár parancsot a maga elé húzott billentyűzeten, mire a kép egy része kinagyítva jelent meg. Az egyik dokk mélyén egy űrhajó tüskés törzse látszott.

– Mindenesetre tény, hogy jól fel van fegyverezve. A felszínén több ponton lövegtornyok látszanak, és a dokkok felfegyverzett teherhajókat is rejthetnek. De ki tudja, hogy mi van még nekik.

– Tehát még ha meg is tudjuk, hogy hol van, akkor sem tudunk bemenni oda – mutatott rá Pete. Isaac azonban gúnyosan elmosolyodott.

– Nem biztos, hogy nem. Itt van a Basilisk – intett a fejével a fal felé, amerre az űrt sejtette. – Eljátszhatjuk vele a trójai faló legendáját. Az informátoraink szerint a vészjelzés nem jutott el a célig. Eddig még az eltűnését sem jelentették be. Az pedig elég valószínűtlen, hogy össze tudják rakni a teljes képet abból a pár páncéltöredékből, ami a csata után maradt. – Hátradőlt a székében, amely recsegve tiltakozott a terhelés ellen. – De akárhogy is, nem valószínű, hogy azzal kezdenének, hogy tüzet nyitnak ránk. Bár gyanakodni fognak, de érvényes kódjaink vannak, hála az elsőtiszt vallomásának – biccentett Leon felé. – Ha pedig bent vagyunk, így vagy úgy, akkor már nyert ügyünk van.

Pete elhúzta a száját.

– Azért ne becsüljük le őket sem. Valószínűleg tele van az az állomás zsoldosokkal. Még ha meg is lepjük őket, kemény harcokra lehet számítani.

Isaac vállat vont.

– Minden csak a számok kérdése. Rengeteg katonánk van, akik elég elszántak. Ezeknek a hajóknak nincs túl nagy legénysége. A titkosság miatt pedig aligha lenne célszerű, ha a bázison hatalmas katonaságot tartanának.

Killmore-ra nézett, aki bólintott.

– Már eldöntöttük, hogy mi hajlandóak vagyunk vállalni a kockázatot. Ezzel a támadással komoly csapást vihetünk be a Cryonak. Ez olyan üzenet lesz, amit nem hagyhatnak figyelmen kívül. A híre eljut majd minden civilizált világra.

Pete arcára volt írva, hogy mi erről a véleménye, de nem szólt semmit. Isaac láthatóan nem zavartatta magát.

– De ehhez meg kell tudnunk, hogy hol van ez a *Fuujin*. Mégpedig minél előbb. Minden nappal csak növekszik a hiteltelensége a mesénknek, hogy lerobbant a hajó az űrben és ezért késett.

Csend telepedett a társaságra. Megint eljutottunk oda, ahova már egy órával ezelőtt is, gondolta Jessica. Hirtelen bevillant valami az eszébe.

– Mi lenne, ha megnéznénk, hogy az utolsó ismert célról hova ugorhatott volna az *Ahoudori*?

Scott és Isaac egyszerre rázták meg a fejüket.

– Erre már gondoltunk mi is. A navigátoraink szerint gyakorlatilag bárhova mehetett onnan. Ezzel nem megyünk semmire. – Isaac fáradtan letörölte a szemüvegét.

– De, mégis, hadd nézzem meg. Hátha mi látunk valamit – erősködött a lány. Maga sem tudta, hogy miért érezte azt, hogy erre van szükség. De valahogy egy pillanatra az előbb olyan érzése támadt, hogy ez segíthet.

– Hát. – Fáradtan legyintett. – Legyen. – Felállt és egy adatkristályt tolt az egyik számítógépbe. Valamit állított a gépeken, mire a plafonból egy lencsében végződő rúd nyomult elő megfontolt lassúsággal. A fények elhalványultak és a holovetítő forgó csillaggömböt vetített az asztal fölé. Isaac látható büszkeséggel fordult feléjük.

– Ez itt a hajó utolsó ugrópontja körüli űr térképe. A zölddel jelzett rendszerek lakott világgal rendelkeznek. A kékeken pedig egyéb emberi települések vannak. –Az apró színes fénypontok szinte hipnotikusan vonzották a tekinteteket. Jessica oldalra pillantott, és látta, hogy Karin is megkövülten nézi a kavargó csillagokat. De mindenkit a hatása alá vont a látvány és csend telepedett a teremre. Mindenkit, kivéve egyvalakit.

– A szellemek a csillagokon keresztül suttognak nekünk – krákogta Sani. Jessica majdnem leesett a székről ijedtében, amikor az öreg megszólalt mögötte. Észre sem vette a félhomályban, hogy mikor állt fel. Hátrafordult, és látta, hogy a sámán széttárt karokkal áll, mintha csak át akarná ölelni a térképet. Zavaros szemei átnéztek az embereken.

– Utat mutatnak az égi rejtek felé. A kiválasztott közöttetek áll és már sejti a célját. – Kezét Karin székének támlájára ejtette. A lány zavartsággal vegyes haraggal nézett fel rá. A szemében szikrákat vetett a vetített égbolt.

– Egy nagy hatalmú szellem vezérli őt az útján. Ő a kulcs a múlthoz és a jövőhöz. A világ fordulóponthoz ért. Rövidesen egy korszak lezárul, és új éra virrad ránk. Az elveszett gyermek visszatér és a vörös kor ígéretét hozza magával. – Mindenki döbbenten meredt az aggastyánra. Még az egyébként nyugodt Pete arcára is hitetlenkedés ült ki.

– De mielőtt beteljesíthetné sorsát, előbb békét kell kötnie magával. – Sani hangja elhalkult. Göcsörtös kezét Karin fejére tette, majd nehezen lélegezve, mintha csak valami megerőltető dolgot csinált volna, elindult kifelé. Amikor az ajtó becsukódott mögötte, minden szempár Karinra irányult. A lány rémült arckifejezéssel meredt maga elé. Majd hirtelen hátralökte a székét és kirohant a teremből.

30

Karin a központi csarnok felé vezető folyosón érte utol a sámánt.

– Várjon! – Sani megállt és nehézkesen feléje fordult. Fogatlan szája mosolyra húzódott. Pár másodpercig szótlanul farkasszemet néztek, majd az öreg elfordult és elindult a folyosón.

– Gyere lányom. Kísérj el. Nem szeretem a hajónak ezt a részét. Túl világos, bántja a szemem.

Karin agyában ezernyi kérdés próbált egyszerre felszínre törni, de végül csak egyetlen szó bukott ki a száján.

– Miért?

Sani először nem szólt semmit, és a lány már magában újrafogalmazta a kérdést, amikor lassan beszélni kezdett.

– A világban nem minden az, aminek látszik. Sőt, nagyon sok minden nem is látszik. A lényeg többnyire rejtve marad az egyszeri emberek szeme előtt. Amikor ilyen fiatal voltam, mint te most, még én sem hittem ebben. De idővel megértettem. Ahogy te is meg fogod érteni.

Megálltak a biobomber toronyháznyi hengere körül futó galérián és Sani körbemutatott. Körülöttük mindenütt emberek siettek a dolguk felé. Az egyik közeli bolt előtt páran szóváltásba keveredtek és a veszekedésük felhangzott ide.

– Mindennek megvan a maga célja. Ezeknek az embereknek éppúgy, mint ennek az állomásnak. Néhányan egyszerű fogaskerekek a hatalmas gépezetben. Teszik a dolgukat a szabad akarat illúziójába ringatva magukat. Pedig a sorsuk előre meg van írva. Nem sokat tehetnek ellene. Bábok csupán, akik végrehajtják azt, amire rendeltettek. De egyeseknek, igen ritkán, megadatik, hogy megszabják a dolgok folyását. Dönthetnek, hogy melyik szálon folytatódjon az a nagy kaland, amelyet történelemnek nevezünk. Egyes döntések olyan aprók, hogy szinte észre sem vehetőek. Mások viszont az egész emberiségre kihathatnak. Sokszor előre meg sem jósolható, hogy mi lesz egy egyszerű eldöntendő kérdésre adott válasz hatása. – Visszafordult a folyosó felé, amely a hajó gyomrába vezetett. Karin felzárkózott mellé.

– És a szellemek?

Sani alig láthatóan elmosolyodott a csuklya alatt.

– Na igen, a szellemek. Itt vannak velünk amióta csak lemásztunk a fáról. Vagy talán már korábban is velünk voltak, ki tudja. Terelgetnek minket az úton. Megóvnak vagy inspirálnak. A történelem kezdetén sokkal többen voltak, de mára már alig páran maradtak. A legtöbbjük hatalma korlátozott és egyre kevésbé képesek kapcsolatba lépni velünk.

– Kapcsolatba? – A lány kezdte végleg elveszíteni a fonalat. Soha nem volt erőssége a spirituális gondolkodás. Magában mindig kicsit lenézte a vallások követőit éppúgy, mint a mindenféle misztikus erőkben hívőket. A múlt csökevényének tartotta őket; egy régmúlt kor kihalásra ítélt maradványainak.

– Alig néhányan hallják őket. És még kevesebben tudják értelmezni is, amit mondani akarnak. A hangjuk lassan beleveszik a zajba. Mintha csak egy suttogást akarnál meghallani a tömegben. – Szembefordult vele.

– A te szellemed már nagyon gyenge. Valaha hatalmas volt, de fárad. Ha nem segítesz rajta, rövidesen meghal. Hangja elveszik majd az űrben. – Gondolkodva, lehajtott fejjel haladt tovább a folyosón.

– A jövőd homályba veszik. Ezt nem láthatom. De érzem, hogy hatalmas energiák örvénylenek körülötted. És ezek rövidesen egyetlen pontba fognak sűrűsödni. És akkor késznek kell lenned, hogy betöltsd a szereped és jól dönts. És ez valahogy összefüggésben van a szellemeddel. De azt én nem tudhatom, hogy miképp.

Némán lépkedtek a gyéren megvilágított folyosón. Karin percekig próbálta emészteni a hallottakat.

– Azt mondtad, hogy kapcsolatba lehet velük lépni.

Sani bólintott.

– Még nem vagy elég felkészült, hogy egyedül vágj ennek neki. De én azért vagyok itt, hogy segítsek. A képesség ott szunnyad benned a születésed óta.

Karin beleborzongott, ahogy visszaidézte az álmait. Nem, az nem lehet. Sani, mintha csak értette volna, lehajtotta a fejét.

– De igen. Képes vagy rá. – Megállt az egyik ajtó előtt és a bő köpenyből egy kódkártyát varázsolt elő. A zárba illesztve az ajtó feltárult.

– Ideje, hogy szembenézz magaddal. Gyere – nyújtotta csontsovány kezét a lánynak.

– Most? – borzongott bele a lány és ösztönösen hátrébb lépett. Sani rámosolygott.

– Ez is pontosan olyan jó időpont, mint bármelyik másik.

Karin tudata valahol az ébrenlét és az álmok határán lebegett. A körülötte gomolygó szürke ködből csak néha hatolt el hozzá Sani monoton énekének egy-egy foszlánya, vagy éppen az édeskés-kesernyés füstölők illata. Testetlenül, a szellemi energiák örvényében sodródott, egyre mélyebbre és mélyebbre bukva a saját tudatalattijába. Régi emlékek bukkantak fel egyre-másra. Szépek és keserűek vegyesen; hívatlanul törve elő az évtizedes elfojtottságból. Olyan arcok bukkantak fel a múltból, akikre már azt hitte, hogy nem is emlékszik. Régi iskolatársak, gyerekkori barátok, vetélytársak – életének egy-egy korábbi szakaszának meghatározó szereplői.

Nehezére esett összpontosítania a gondolatait. A figyelme elelterelődött egy-egy emlék láttán, teret engedve az érzelmeknek. Az érzések, amelyek konzerválták ezeket a képeket, magukkal rántották néha, de a vezetője minduntalan kitépte a karmukból. Lélekben megint gyerek volt, akit a felnőttek vezetnek kézen fogva. Nélkülük elveszne. Így hát teljes erejével kapaszkodott belé, minden akaraterejét erre az egy pontra fókuszálva. A spirituális utazás, a végtelennek tetsző spirális zuhanás a saját gondolatai közt nem akart véget érni. Az időérzékét már jóval korábban elvesztette, így most időtlen álomként borultak köré az emlékek.

A hívást először csak halk suttogásnak vélte. De valahogy mégis felfigyelt rá, és megindult arrafelé, amerről sejtette. A múlt filmjének darabjai közti útvesztőben többször rossz irányba fordult, és már-már azt hitte, hogy végleg eltévedt, amikor az őt körülvevő fény erősödni kezdett. A szürkeség mélyén lángnyelvek lobbantak és egy alak kezdett kibontakozni a homályból. Egy szárnyas, ismeretlen-ismerős, akit a lány oly sokszor látott már az álmaiban.

Testének körvonalai fényárba vesztek. Arcából a lány csak a két parázsló szempárt látta, amelyek először félelemmel töltötték el. Aztán a félelem lassan engedett és helyet adott az őszinte csodálatnak és kíváncsiságnak. A lány körül apró emléktöredékek lebegtek, mind egy-egy régi álom darabkája. A legutolsó még élénk színekkel lüktetett, míg a legrégebbi képek már jócskán megfakultak, és Karinnak összpontosítania kellett, ha ki akarta venni, mit ábrázolnak. A lény türelmesen várakozott. Végül a kíváncsiság legyőzte a félelmet és megérintette az angyalt. A világ ebben a pillanatban darabokra szakadt. A lényből áradó energia, akárcsak egy végtelen erejű örvény, magába rántotta. Sikoltani szeretett volna, de nem jött hang a torkából. Szemét reflexszerűen összeszorította, hogy megvédje a perzselő fénytől, de ez sem hozott enyhülést. Minden megszűnt, csak a fényesség maradt.

Várta a fájdalmat, amely azonban nem jött. Helyette végtelen nyugalom telepedett rá. Az a fajta megvilágosító érzés, mint amikor a világ a helyére billen. Minden tisztává és érhetővé vált, amint a lelke egybeolvadt az univerzummal. A fény halványult és felszikráztak körülötte a csillagok.

Jessica a szoba sarkából figyelte, amint Karin teste elernyed és hátradől a szétszórt párnákra. Sani az öregségét meghazudtoló fürgeséggel elkapta és óvatosan lefektette. A kezével egy jelet rajzolt fölötte a levegőbe.

A szertartás már legalább egy órája tartott és a lány kezdett aggódni Karin miatt. A megbeszélést követően, amikor már fél órája nem tért vissza a tárgyalóba, indult el a keresésére. Miután végigjárta az összes lehetséges helyet, végül az öreg lakrészében talált rá. A félhomályos szobában csak ketten voltak. Egymással szemben ültek a szétszórt párnákon, nehéz illatú füstbe burkolózva. Sani valamilyen dallamtalan éneket kántált halkan, miközben a lány mindkét kezét fogta. Karin szeme csukva volt és néhány szórványos nyögdécselésen kívül semmilyen jele nem volt annak, hogy ébren van.

Most azonban minden átmenet nélkül egyszerűen eldőlt. Jessica felállt és odalépett, hogy segítsen, de Sani felemelt tenyere megállította. Miután elrendezgette körülötte a párnákat és eloltotta a füstölőket, mosolyogva a lány felé fordult.

– A barátnőd most mélyen alszik. Nem lesz sokáig távol, de addig hagyni kell őt, hogy kipihenje a sokkot.

Jessica felvonta a szemöldökét.

– Ugye nem lesz baja? – kérdezte aggodalmasan. Karin volt az egyetlen, aki még összekötötte a múltjával, és egyre jobban ragaszkodott hozzá. Amikor Sani megcsóválta a fejét, határozottan megkönnyebbült.

– Ne aggódj. Az első alkalom mindig megrázó. Neki talán még jobban, mint másnak. – A lányra nézett, aki felnyögött álmában. Az arcán csillogó könnycsepp gördült végig. Végigszaladt egészen a füléig, majd eltűnt a hajlatokban. Jessica egy zsebkendőt kotort elő a ruhájából és felitatta a nedvességet.

Sani felállt és odacsoszogott a szoba másik végében álló régi, valódi fából készült szekrénykéhez. Kihuzigálta a fiókokat, míg végül a harmadikban megtalálta, amit keresett. Felmarkolta és visszatért a lányhoz. Leült mellé maga alá húzva a lábait.

– Ezt neked készítettem. Tessék. – Átnyújtotta a kezében szorongatott tárgyat. Jessica csodálkozva látta, hogy egy fémláncon függő medál az. A fény felé emelte. A közepébe egy fekete, durván megmunkált követ ágyaztak, amelyet kaotikusan tekergőző minták ölelték körbe. Egyáltalán nem tűnt értékesnek. Sőt, leginkább azokra a bizsu ékszerekre emlékeztette, amelyet egykori barátnői előszeretettel aggattak magukra egy-egy buli alkalmával.

– Köszönöm. – Nem tudta mit mondhatna az öregnek.

– Vedd fel. És tartsd mindig magadon. Saját magam csináltam. – Elrévedt. – Rövidesen beteljesíted a sorsodat és nehéz időszaknak nézel elébe. El fog jönni a pillanat, amikor azt hiszed majd, hogy fel kellene adnod. Amikor úgy érzed, hogy nincs már kiút, jusson erről eszedbe, hogy nem vagy egyedül. Felelősséggel tartozol másokért és rajtad áll majd rengeteg ember sorsa. Ilyenkor csak markold meg erősen a medált, és érezni fogod, hogy ott vagyok veled.

Jessica felcsatolta a láncot. Félrebillentette a fejét, de Sani arcáról nem olvasott le semmit.

– Miért kapom ezt? Mivel érdemeltem ki? – Zavarban érezte magát. Nem szokott hozzá, hogy ajándékokat kap. Az öreg lehajtotta fejét.

– Valamikor régen – már azt sem tudom mikor – én is pontosan ezt kérdeztem egy embertől. Ugyanolyan fiatal voltam, mint te. Tele lelkesedéssel. Vágyakkal. Tűzzel. Ő akkor azt mondta, hogy azzal érdemeltem ki, amivé válni fogok. Én azóta sem jöttem rá, hogy valóban azzá váltam-e, amire ő gondolt. De remélem, hogy igen.

Mellette Karin újra megmoccant. Felpattantak a szemei, fáradtan nézte a lányt. Jessica odahajolt hozzá és segített neki felülni.

– Jobban vagy? – A kérdésére csak egy biccentés volt a válasz.

– Mi volt ez az egész? – mutatott a fejével az éppen a lehunyt szemmel pihenő öreg felé. Karin lassan rázta a fejét, mintha csak megpróbálna kitisztítani.

– Nem tudom neked elmondani. Kelleni fog egy kis idő, amíg helyre tudom tenni magamban az egészet. Nagyon…nagyon félelmetes volt. De egyben megrázó és csodálatos. – Láthatóan keresgélte a szavakat.

Jessica felsegítette. Bizonytalanul próbált egyenesen megállni a lány karjába kapaszkodva.

– Pihenned kéne. Menjünk, kerítek valami kaját. Kialszod magad, aztán…

Karin összeszorította a száját és lassan nemet intett a fejével.

– Jó lenne. De most erre nincs idő. Azonnal találkoznunk kell a többiekkel.

Pár másodpercig kereste az egyensúlyát, majd tett néhány bizonytalan lépést az ajtó felé.

– Csak, mert már tudom, hogy hol találjuk meg azt az állomást. Viszont, ha nem sietünk, akkor kifutunk az időből.

Ezzel kilépett a szobából. Mögöttük Sani egy ősi óvó jelet rajzolt a levegőbe. Jessica még egyszer hátrapillantott, és egyszerre olyan érzése támadt, hogy soha többé nem látja a mesterét.

31

– Hatalmas! – suttogta önkéntelenül Oxborn kapitány. A sikló kilátóablakát teljesen betöltötte a roppant nehézcirkáló. A pilóta egészen közel repült a hajótesthez, szinte érintve a lövegtornyokkal, dokkokkal szabdalt felszínt. A gyér fényben alig lehetett kivenni a hadihajó valódi méreteit, de még így is olyan mértékű nyers erő áradt belőle, hogy a kapitány beleborzongott. A törzset szemölcsként borító hatszögletű dokkok között, a kiszögelések közt félig rejtve, a legkülönfélébb fegyvereket fedezte fel. Gauss ágyúk, plazmavetők, lézerek. Egy torpedóvető dugig tömve vörös fejű rakétákkal. Az arzenál látszólag nem akart véget érni. Ezen a hajón legalább kétszer annyi fegyver van, mint egy normális hadihajón. Mit kétszer, ötször! Hitetlenkedve meredt az odakint elsuhanó látványra.

Nem messze előttük az egyik dokk ajtaja felnyílt. Vöröses fény áradt belőle és zölden villogó fények mutatták az utat a bejárat felé. A pilóta lassan bedöntötte a gépet és széles ívben ráfordult a láthatatlan rávezető sugárra.

Oxborn elismerően csettintett. Ez hát az új hajója. Saját maga számára is meglepetésként érkezett a kinevezés az eridanusi eset után. De úgy látszik valaki a központban értékelte az eddigi szolgálatait és legénységével együtt megkapta a Cryogen flotta legújabb hajóját. És ezúttal nem valami átszerelt teherhajót, hanem magát a *Hadest*, a cég egyetlen Peregrine osztályú nehézcirkálóját.

Korábban nem is sejtette, hogy a Cryo ilyenekkel is rendelkezik, bár már régen túl volt azon is, hogy igazán meglepődjön ezen. Ezt a típust alig két éve állították rendszerbe, és eddig csak néhány darab készülhetett belőle. Az idevezető úton áttanulmányozta a közel ezer oldalra rúgó ismertetőt, de még mindig nehezére esett elképzelnie, hogy vajon mennyire lesz működőképes az egész. Ezt a cirkálót alig harmincfőnyi legénység vezette, mivel mindent, a legkisebb részletekig automatizáltak rajta. Egy ekkora hajónak a legénysége korábban több száz főből állt; technikusok, tüzérek, vadászpilóták, tengerészgyalogosok és még ki tudja milyen szakemberek garmadája kellett volna a kiszolgálásához. Most mindezek feladatát egy mesterséges intelligencia vette át, amelyet közel száz alacsonyabb rendű számítógép szolgált ki. Az emberi legénység kizárólag a stratégiai és taktikai döntések meghozatalára van jelen. A törzs nagy részén nem is volt életfenntartó rendszer.

A hosszú idefelé vezető úton már vagy ezredszer gondolta végig, hogy hova vezethet ez a folyamat. Automata hadihajók, robotok irányította vadászgépekkel csapnak le majd az ellenséges számítógépek irányította flottáira. Az operátorok pedig, akárcsak egy holojátékot, távolról irányítják a harcoló feleket. Vagy csak kiadják az utasítást a mesterséges intelligenciának, hogy mit tegyen és utána hátradőlnek, várják a csata kimenetelét. Lassan ingatta a fejét. Nem akarta megélni már ezt az időt. Már így is túl embertelen volt ez az egész.

A dokk közben lassan magába fogadta a siklót. Felettük becsukódtak a sziromszerű ajtószárnyak és a törzsön érezni lehetett, hogy a kompresszorok elkezdték levegővel feltölteni a hangárt. A legénységét már korábban behajózták és már csak rá vártak. De neki először át kellett vennie a parancsait a *Fuujin* parancsnokától.

Megtapogatta a zsebében lapuló iratokat. Valahol titkon örült neki, hogy az a Deathwing túlélte az eridanusi összecsapást. De remélte, hogy nem lesznek olyan ostobák, hogy idejöjjenek. Mert akkor könyörtelenül el kell pusztítania őket.

Abban a pillanatban, amint a külső kamerák képét mutató monitoron feltűnt az állomás, Karinból mély sóhaj szakadt fel. Az ugrás előtt végig azon rettegett, hogy vajon helyesek-e a koordináták. Amikor az *Ahoudori* törzsén végigfutott a hiperhajtómű keltette jól ismert remegés, lehunyta a szemét. Maga sem tudta, hogy minek örülne a jobban. Az, hogy a képernyőkön feltűnt a *Fuujin* szabálytalan tömege, egy csapásra véget vetett a tépelődésnek. A gondolatai kitisztultak, elfújva a bizonytalanság ködét, kristálytisztán kirajzolva a célt. Régi ismerősként üdvözölte a csaták előtti eltökélt nyugalom érzését.

– Azt hiszem ez lesz az – dörmögte az orra alatt Eddy a háta mögött. Bólintott, és a mellette levő navigátori székben ülő Scott felé tekintett. A férfi előtt feltűnt a terület sematikus ábrája.

– Több objektumot is érzékelünk. – A kijelzőn vörös háromszög jelent meg, majd további kisebb jelek tűntek fel szorosan az első mellett. Scott lehívta a jelekhez tartozó adatokat. – Az állomáshoz kapcsolva három közepes méretű teherhajó. – A másodlagos képernyőkön a hajók vázlatos képe jelent meg a jellemző paraméterekkel együtt. – És egy nagyobb fémtömeg a bázis mögött, elég közel. – Összeráncolta a homlokát. – Az energiaszignatúrája nincs benne a szoftverben.

– Bejövő hívás – szólt közbe Eddy, aki most a rádiós székét foglalta el. Karin Jessica felé fordult, aki gépelni kezdett az ölében tartott számítógépén. A gépből több kábel lógott, amelyek a megbontott burkolatú műszerfalban tűntek el. A lány kezei szinte repültek a billentyűzet felett. A főmonitoron a kép vibrált egy-két másodpercig, majd egy szigorú tekintetű, kopasz férfi tűnt fel rajta. Az egyenruhája gallérján a Cryogen logóját viselte.

– *Ahoudori* teherhajó itt a *Fuujin* forgalomirányítás.

Karin Jessicára nézett, aki egy pillanatra feltartotta a tenyerét. Pár feszült másodperc után végül intett.

– Mehet. Írom. – Fakó hangja fáradtságról és feszültségről tanúskodott. Mindannyian idegesek voltak, hiszen azon állt vagy bukott a siker, hogy hogyan szerepelnek az elkövetkező percekben.

– Itt az *Ahoudori* teherhajó, azonosítási szám CCS778213. – Szavait Jessica billentyűzetének kopogása kísérte. A beszédszintetizátor a mondat végén jól érhetően, mély férfi hangon elismételte a szöveget. A képernyő alsó sarkában megjelent az Ahoudori egykori kapitányának számítógép által rekonstruált képe.

– Kódellenőrzés – vakkantotta az operátor és Karin kiválasztotta az elsőtiszttől kapott belépési kódot. Az információt átlőtte az állomásra, hogy az ottani gépek összehasonlítsák a memóriájukban tárolt adatokkal. A lány beharapta az ajkát és várta a megerősítést. Minden egyes másodperc mintha csak egy óra lett volna.

– Nem veszik be – suttogta feszülten Eddy. Karin összeszorította a fogát. Nem, az nem lehet. Nem csúszhatnak el egy ilyen egyszerű dolgon. Bár számoltak azzal, hogy esetleg lebuknak, még mielőtt kikötnének a bázison, de egyelőre még túl messze voltak.

– Kód rendben – mondta végül a bázis operátora, és a lányból felszakadt a bent tartott levegő. Jessica mosolyogva tartotta fel a hüvelykujját.

– Hat nappal ezelőttre vártuk magukat. – Az operátor oldalra nézett, mintha olvasna valamit a kamera látóterén kívül elhelyezkedő monitoron. – Mi volt a késés oka?

Karin megköszörülte a torkát.

– Kalóztámadás érte a hajót a vegai ugrópont előtt, ezért kénytelenek voltunk letérni a kijelölt útvonalról. Visszavertük a támadókat, de közben megsérült a hajtómű és a kommunikációs rendszer. Csak úgy tudtuk lerázni a támadókat, hogy a mélyűrbe ugrottunk. – Elég sokat vitatkoztak azon még az indulás előtt, hogy mivel magyarázzák majd ezt. Végül erre a mesére esett a választás. Végül is, az a leghihetőbb hazugság, amely tartalmaz egy kevés igazságot is. – Amennyiben kívánják, átküldöm most a jelentésemet. – tette hozzá merészen.

Az operátor nemet intett a fejével.

– Ezt majd a bázis parancsnokával megbeszélheti. – Elfordult egy pillanatra. – Pályaelemeket küldök. Kezdjék meg a leszállást.

A navigációs számítógép képernyőjén adatok villantak fel és bíborszínű görbe rajzolódott a jelenlegi pozíciójukat jelképező négyzet és a bázis között. Scottra nézett, aki a kezével a bázis felé intett.

– Indulás. Ne várjuk meg, míg meggondolják magukat.

A motorok enyhe morajjal életre keltek a Fuujin felé taszítva a hajót.

– Nem tetszik ez nekem. – morogta Eddy újra, ma már vagy ezredszer. – Túl könnyen megy. – Kitapogatta a széke mellé helyezett űrruha sisakját, mintha csak ellenőrizné, hogy megvan-e még. Karin hátradőlt és a szék karfáján dobolva figyelte az állomás egyre növekvő tömegét. Még jó fél óra és megtudják, mire számíthatnak.

– Itt jönnek. Eddig minden rendben levőnek látszik – mutatta a saját kijelzőin Oxborn kapitánynak a navigátor.

– Folytassa a megfigyelést – lépett el a konzoltól és karba font kézzel nézte az űrt mutató holovetítő jeleit. A *Hades* félig lekapcsolt rendszerekkel várakozott az állomás árnyékában. Csak a passzív szenzorok és a *Fuujinról* érkező élő adatkapcsolat működött.

– Bejövő zártláncú hívás. Masterson igazgató asszony az. – Oxborn jóváhagyását meg sem várva a főképernyőn megjelent Scarlett Masterson. A kép a nő irodájából érkezhetett.

– Oxborn kapitány. Álljon készenlétben, hogy a jelünkre megkezdje a támadást. Amint elég közel érnek meg kell állítania az *Ahoudorit.*

– Igazgató asszony. A legnagyobb tisztelettel. De tanácsos ennyire közel engedni őket? Ha egyszer tudjuk, hogy ellenséges szándékúak, nem lenne célszerű kilőni őket még biztonságos távolságban? – Az eredeti tervek szerint egyszerűen le kellett volna lőnie őket. De amikor megjelentek, a vezetőség hirtelen megváltoztatta az utasításokat. Rossz előérzete volt az egész üggyel kapcsolatban.

– Maga csak csinálja azt, amit mondunk. Nem kockáztathatjuk meg, hogy esetleg megint lelépjenek. Meg kell tudnunk, hogy mennyit tudnak, és azt is, hogy hol találjuk őket. Utána pedig ígérem, hogy maga is megkapja a lehetőséget, hogy bizonyítsa a céghez való hűségét.

Oxborn pontosan értette, hogy mire megy ki a játék.

– Ahogy az igazgató asszony parancsolja. De ezzel jelentős biztonsági kockázatot vállalunk. Én úgy gondolom…

Scarlett nem engedte, hogy kifejtse a gondolatait.

– Nem kérdeztem a véleményét. – A nő szeme összehúzódott és a tekintetétől a kapitány hátán felállt a szőr. Ez az ember nagyon veszélyes, futott át az agyán. Megborzongott. – Várjon a jelére. – Ezzel bontotta a vonalat.

Oxborn megvonta vállát és mély lélegzetet vett.

– Felkészülni a vészindításhoz. Nyissák ki a dokkokat, hogy a jelre kilőhessük a vadászokat.

Visszafordult a kilátóablak felé és összefont kézzel nézte a csillagokat. A rossz előérzete egyre csak fokozódott.

A *Fuujin* mostanra már elég nagyra nőtt ahhoz, hogy akár szabad szemmel is kivehessenek rajta részleteket. A szabálytalan alakú, kiszögellésekkel tarkított fémhegyet csak a saját reflektorai világították meg. A körvonalait a sötét háttér előtt alig lehetett kivenni. De az, hogy most már a csillagmező egy jelentős részét kitakarta azt mutatta, hogy gigászi méretű. Az oldalán dokkok sorakoztak, amelyek közül az egyik most az *Ahoudorit* várta.

– Az ott egy Topeca típusú kísérőromboló – mutatott Eddy az egyik dokk mélyén lapuló karcsú hajóra. Megkocogtatta az üveget. – Veszélyes jószág.

– Honnan ismered? – kérdezte tőle Karin. Ezt a hajótípust már jó húsz éve nem használták. Ő maga is csak az akadémián találkozott velük. Néhányat még használtak iskolahajóként.

Eddy vállat vont.

– Szolgáltam egy ilyenen. Valamikor nagyon régen. – Elvigyorodott. – De arra még emlékszem, hogy mi van rajta. És nagyon gyors. – Megnyalta az ajkát.

Karin visszafordult a szituációs térképhez. A *Prometheus*-t nehéz szívvel, de hátra kellett hagynia a *Last Resorton*. A könnyű korvettel fel merné venni a harcot a Topeca ellen, de ez a nehéz teherhajó gyakorlatilag semmi elől nem tudott elfutni. Remélte, hogy nem kerül sor arra, hogy ezt a gyakorlatban is megtapasztalja.

– Hívnak minket – szólt közbe Jessica. A képernyőn ezúttal egy vörös hajú, vékony nő tűnt fel. A legújabb divat szerint szabott kosztümöt viselt és Karint elfutotta az irigység egy pillanatra. Aztán gondolatban vállat vont. Rajta úgysem állna soha így ez a ruha, mint ezen a nőn.

– Kapcsold akkor. – Nagyot nyelt, megpróbálva leküzdeni a torkába gyűlt gombócot. Vajon mit akarhat ez a nő? Amaz elmosolyodott, kivillantva tökéletes fogsorát. Mintha csak fel akarna falni, jutott az eszébe.

– Elgondolkodtam kapitány azon, amit mondott. – A hangja vészjóslóan csengett. – Ha tényleg kalózok támadták meg, akkor nem ártana átvizsgálnunk a hajót, hogy nem sérült-e meg a rakomány. Mielőtt még a dokkba érne. Csak a bázis biztonsága érdekében.

Karin megnyalta a száját és tanácstalanul nézett a többiekre. Scott vállat vont, Eddy meredten nézte a monitorát.

– Igen, természetesen. – A háttérben Jessica gépelt. – De miért nem elég ezt a dokkban elintéznünk? – A gondolatai villámgyorsan cikáztak a lehetséges válaszok között. Vajon ki lehet ez a nő? Biztos valami vezető, talán valami magas rangú menedzser. A legszívesebben megkérdezte volna, hogy ki ő és miért üti a dolgát a légirányítás dolgába, de még időben visszanyelte a kérdést. Ez valószínűleg egyenlő lenne az öngyilkossággal.

A nő megingatta a fejét, továbbra is diadalmas mosollyal az arcán.

– Sajnos attól tartok DeVillar kapitány, hogy ez nem lehetséges. Állítsa meg a hajóját, amíg átküldünk egy vizsgálócsapatot. Formaság az egész. Kilencvenhatos protokoll.

Karin arca elsötétedett. Megmarkolta az ülés karfáját és érezte, hogy jeges hidegség kúszik fel a gyomrából. Lecsapott az adás megszakítása gombra és a képernyő kialudt. Megfeszültek az arcán az izmok, amint végignézett a másik három társán.

– Erről ennyit. B műveletet megkezdeni.

Mielőtt még folytathatta volna, Scott felkiáltott.

– Újabb célpont aktiválta magát! A bázis mögött van és nyomul előre! – Nagy villogó vörös háromszög jelent meg a radaron, amely lassan kiúszott az árnyékból. A képernyőn feltűnő fényhegy láttán a lány érezte, hogy remegni kezdenek a lábai. Scott arca elfehéredett.

– Egy Peregrine osztályú nehézcirkáló! – A többiekre nézett. Hangja suttogássá halkult. – Elvesztünk.

Jefferson Smith meggyőződésből csatlakozott a függetlenségi mozgalomhoz. A Copernic kolóniáról származott; itt élt apjával és tizenhat éves húgával. Az öreg tizenkét órában robotolt a megélhetésért, és azért, hogy a gyerekeit taníttathassa, de végül valami furcsa betegség ütötte fel a fejét a tárnákban, és alig egy hét alatt el is vitte szegényt. A cég persze nem fizetett kártérítést és húgával az utcára kerültek. Egy, a Copernic-hez hasonló helyen nem sok megélhetési lehetősége van egy tizenkilenc éves fiúnak és egy tizenhat éves lánynak. Hiába vállalta el Jeff az összes lehetséges munkát, amit megkapott, lassan, de biztosan egyre lejjebb süllyedtek. Aztán az egyik nap hiába kereste Marie-t a nyomorúságos szálláson. Az intenzív osztályon, ahol végül rátalált döbbent rá az igazságra: a húga, hogy némi pénzhez jusson, rendszeresen eladta a testét. Aztán az egyik utolsó kuncsaftja, a bánya főkönyvelője, félig betépve a legújabb kiberdrogtól, összeverte, majd tizenhat késszúrással végzett vele. A mai napig tapintani tudta a tehetetlen gyűlöletet, ami akkor ébredt benne az egész rendszer ellen. Még aznap este végzett a fickóval, majd fellopózott az első induló teherhajóra. Két év bujkálás után végül ráakadt a testvéreire.

Annak a sötét éjszakának a képei örökre beleégtek a retinájába. Most is Marie megnyomorított teste lebegett a szeme előtt, amint az eddig rejtekül szolgáló teherhajó űrre nyíló dokkolókapuja széthúzódott. Előrenyomta a gázkart és a háta mögött az apró vadászgép motorja felsüvített. A falak elsuhantak mellette és fejest ugrott a csillagok közé.

– Vadászgépeket indítottak! Kilenc, tíz, tizenkettő darab! Felénk fordultak! – A radarkezelő előtt az űrt jelképező rács megtelt tűzvörös pettyekkel.

Oxborn felsóhajtott.

– Indítsák a saját vadászainkat! A hajó még mindig gyorsít? – Az *Ahoudori* a lelepleződését követően azonnal teljes tolóerővel az állomás felé indult. Nem akarta megvárni, amíg ütközési sebességre gyorsít. A radaroperátor bólintott.

– Elülső ütegek fogják be a hajtóműveit! Reaktor, üzemanyagtartályok: próbálják meg megállítani úgy, hogy nem robban fel. Az igazgató asszony ki szeretne hallgatni közülük néhányat. – A tüzér halk „igen, uram"-ját elnyomta a radaroperátor újabb kiáltása.

– Újabb célok! Rengeteg, legalább húsz kisebb, nagy sebességű behatoló-modul. – Oxborn közelebb lépett a képernyőköz, amely most már tűzbogarak tömkelegével volt tele.

– Összesen huszonhat darab. Lockheed JRM-2-esek. Teljes sebességgel a bázis felé tartanak.

A kapitány elfojtott egy ronda káromkodást. A JRM-2 katonai behatolóegység. Ha rátapadnak a páncélzatra könnyen átvághatják a saját lézerükkel és a benne levő katonák azonnal a folyosókra kerülhetnek. Gyorsak és túl kicsik ahhoz, hogy a cirkáló nagy célok elleni ágyúi jól befogják őket.

– Új parancs a vadászoknak. Lőjenek minden ellenséges hajóra. Elsődleges célpont a JRM-2.

– Vadászok támadásra készen. Indítás! – A repülésirányító tiszt felpattintotta a vörös fedéllel takart kapcsolót és lecsapott a gombra.

A *Hades* oldalán feltárultak a hatszög alakú dokknyílások és a hajó vadászokat köpött az űrbe. Az apró darázsszerű gépek alakzatba rendeződtek, és teljes sebességre kapcsolva elhagyták a nehéz hadihajót. A fő vadászokat irányító specialista utasításokat gépelt a robotoknak, amelyek most szétszóródtak, hogy elfogják a gyorsan repülő célpontokat.

Oxborn odalépett a tüzérparancsnok mögé és figyelte, amint az egyszerűen kijelöli a teherhajó vázlatos ábráján a célpontokat. A számítógép egy sor támadási tervet dobott fel, majd kiválasztotta legoptimálisabbat. Az orrba szerelt gauss ütegek célra fordultak, és a számítógép hideg precizitással az optimális lőtávnál sorban elsütötte az ágyúkat. Tucatnyi halálos fémlövedék vetette magát az *Ahoudori* felé.

Jeff teljes sebességre kapcsolta a Lockheed Dragonfly vadászgépét. A hosszú tüskére emlékeztető gép egyetlen erős motorból, pár, a tatjából kiálló tömpe vezérsíkból és a törzs teljes hosszúban végigfutó plazmaágyúkból állt. Jeff a gép orra fölé épített buborékszerű fülkében ült. Évek óta ezen a gépen repült, kívülről ismerte a jó és rossz szokásait egyaránt. Most is enyhén jobbra próbált kitörni, de szilárdan markolta a kormányt.

– Arany Vezér az osztagnak. Rámegyünk a vadászokra, hogy védjük a leszállóegységeket. Arany egytől háromig… – A mellette repülő vezérgép pilótájának a hangja beleveszett a sistergésbe. Amióta felszálltak a bázisról erőteljes zavarás kezdődött. A jelfeldolgozó elektronika váltakozó sikerrel próbálta fenntartani a kommunikációt.

– ..rakétával. Utána mindenki szabadon támadhat.

Mintegy válaszul az APR-12 pásztázó radar felvisított és teleszórta a sisakba vetített virtuális képernyőt apró vörös és zöld jelekkel. A kéttucat ellenséges vadászgép látszólag szabálytalan pályán közelített. Pokoli gyorsak, állapította meg homlokráncolva a célzó számítógép adatait olvasva. Nem találkozott még ezzel a típussal, még a szimulátorban sem, és a számítógép sem adott használható információkat róluk. Kijelölte a hozzá legközelebb esőt és rákapcsolta a célzárat. Vörös rombusz jelent meg a gépet jelző pont felett, amint a rakéta radarja célra állt. Összpontosítva várta a megfelelő alkalmat, amikor tüzelhet.

Mielőtt még meghúzhatta volna a ravaszt, hirtelen a mellette repülő Arany Vezér gépe tűzgolyóvá változott. A villanásra a fülke üvege besötétedett, hogy megvédje a szemét a fénytől. Jeff relfexből jobbra rántotta a kormányt és éles szögben kitört az alakzatból. A korábbi pályáján plazmasugarak kaszáltak végig.

A cirkálóról jött a lövés, lüktetett a fejében, miközben újra az ellenség felé fordította a gépet. A rakéta ráállt a célra és ezúttal nem várt az optimális céltávolságig. Az AFM-34 Scourge űrharc-rakéta begyújtotta a hajtóművét és gázcsíkot húzva maga után kilőtt a hátsó pilonról. Jeff rögtön elfordult és rádobta a célkeresztet egy újabb vadászra, amelyek most szétspricceltek, hogy lerázzák a támadó rakétákat. A Dragonfly remegve tiltakozott az erőszakos manőver ellen. Az ellenséges gép pörögve próbált kitérni a támadó elől és a radar csak nagy nehezen fogta be. Jeff azonnal tüzelt és a második Scourge is elhúzott a célja felé. Az apró vadász könnyedén lerázta az egyébként is rossz szögből indított rakétát.

– Arany Kilenc, Arany Kilenc! Vigyázz, a nyomodban vannak! – hadarta egy hang alig áttörve a statikus zajon. Jeff jobbra rántotta a kormányt, amerre a társát sejtette, de csak akkor sikerült ráfognia a darázsszerű vadászra, amikor az össztüzet nyitott a menekülő Dragonfly-ra. A plazmasugarak végignyalták a karcsú vadászgép törzsét, megolvasztva a páncélzatot és átszakítva a pilótafülke üvegét. A második sugár felszakította a hajtóművet és az üzemanyagtartályig hatolt. A gép darabokra robbant. Jeff dühös kiáltást hallatva minden fegyverével tüzet nyitott a darázsra, amely azonban villámgyorsan kitért. A lövései elsuhantak a vadászgép mellett, amely szinte lehetetlenül gyors manőverrel megfordult. Jeff az utolsó pillanatban kapta oldalra a gépét az érkező sugarak elől.

Átfordította a Dragonfly-t, majd vad pörgéssel megpróbált az ellenséges gép mögé kerülni. A tehetetlenségi erők roppant súlyként nehezedtek rá, és érezte, hogy kezd elsötétedni előtte a világ. Visszaengedte a botkormányt, és szinte a ködön keresztül érzékelte az elsuhanó Waspet. Ujja megfeszült a tűzgombon és halálos tűzesővel árasztotta el az űrt. Az ellenséges gép keresztezte a plazmazivatart, ezúttal már nem kerülve el sorsát és izzó darabokra robbant.

Jeff zihálva próbálta lecsillapítani a szívét. Gyors pillantást vetett a radarra és rémülten látta, hogy a zöld pontok közül már csak hét világít. És ami még rosszabb volt, az ellenséges vadászok már majdnem elérték a behatoló egységeket. Amíg ő a darázzsal harcolt, a többiek áttörtek és egyenesen a csapatszállítókra mentek.

Széles ívben megfordult és a csata sűrűje felé vette az irányt. A távolban az *Ahoudori*-n újabb sorozat vágott végig, és a nehéz teherszállító lángolva sodródott a bázis felé. Egy ronccsá lőtt, lángokat okádó JRM-2-es mellett húzott el, amelyre egy ellenséges vadász csapott le újra. A behatolóegység üzemanyaga berobbant és szétvetette a könnyű járművet. A roncsdarabok alig kerülték el Jeff vadászát.

A becsapódások erejétől Karin majdnem kirepült a székből. Az *Ahoudori* megrázkódott az újabb és újabb találatoktól. A lövések főleg a tatot érték, ronccsá zúzva a négy plazmahajtóműből hármat. A negyedik súlyos sérülésekkel küszködve, de még működött, lassú forgásba hozva a hajótestet. A lány visszalendült a székbe és gyors pillantást vetett a státusz-jelzőkre. A hajó vázlatos ábráját vörösen lüktető pontok tarkították, amelyek minden becsapódással csak szaporodtak. Egy újabb gauss lövedék nyomán a teljes motorszekció vörös fényben kezdett pulzálni és ezzel egy időben az egyik világítótest kirobbant a falból, szikraesővel borítva be őket.

– Huh, ez közel volt – morogta Eddy feltámaszkodva a földről és kiköpött a földre. A homlokán elmázolt egy vérpatakot, majd legyintett.

– Azt hiszem itt az ideje, hogy elhagyjuk mi is a hajót. – Scott felállt és felkapta az odakészített szkafanderét. – Itt már sokat úgyse tehetünk.

Jessica kirántotta a számítógépéből a kábeleket és bedobta a gépet a fémtáskájába. Búcsúzóul még beütött a konzolon pár parancsot, majd maga is öltözködni kezdett. Karin közben még egyszer átfutotta a hajó pályaadatait. A képernyő időszakonként ki-kihagyott, amint a teljes energiarendszer végleg összeomlott. A híd világítása kialudt, életre keltek a vörösen derengő szükségfények. A lány megszállottan nézte a navigációs számítógép információit. Végül beütött egy parancsot, amelynek nyomán a pultból kiemelkedett a kézi vezérlés botkormánya. Megmarkolta a kart, miközben újabb utasításokat adott a gépnek.

– Gyerünk már! – lépett mögé Scott, és a vállára tette a kezét. – Nem érünk rá erre. Ennek a hajónak már úgyis vége. És ha nem húzunk el rögtön, akkor nekünk is!

Karin érezte a férfi hangjában a sürgetést, és tudta, hogy igaza van. De nem engedte el a kormányt. Ujjai kifehéredtek az erőfeszítéstől, hogy lassú fordulásra kényszerítse a megnyomorított *Ahoudori*-t. A megmaradt hajtómű szinte izzott a túlterheléstől, ahogy egyedül próbálta pályára állítani a sodródó törzset.

– Gyerünk már, gyerünk, gyerünk…– morogta magának szinte hipnotikusan. A hajó irányát mutató vektor csigalassúsággal fordult az állomás felé. Közben újabb sorozat vert végig a páncélzat maradványán. Az egyik vészjelző beindult és egy megnyugtatónak szánt női hang figyelmeztetett a burokrepedésre. – Csak néhány másodperc még…

– Na jól van. Ebből elég. – lépett mögé Eddy is és durván hátrarántotta. Karin kirepült az ülésből, de még a lábán landolt. Eddy a hasába csapta a szkafandere sisakját. A férfi arcáról eltűnt a szokásos flegma arckifejezés és a helyét nyílt düh váltotta fel.

– Elég ebből az idióta hősködésből! Ha nem jössz, itt hagyunk és kész. Egy perced van. – A kimért szavak kitisztították a lány fejét és villámgyorsan felrángatta az űrruhát. Újabb találatok rázták meg a hajótestet. Az egyik falban futó vezeték eltört, és gáz tört elő belőle, amely az elszakadt elektromos kábelből kipattanó szikrák nyomán azonnal be is gyulladt. Jessica halk sikkantást hallatva ugrott el a lángcsóva útjából. Futni kezdtek a folyosón a siklóhangár felé. Karin még egy utolsó pillantást vetett a válla fölött a romokban álló hídra, majd a többiek után rohant.

– A teherhajó tovább sodródik a bázis felé – jelentette a radartiszt. Oxborn szórakozottan bólintott. A *Hades* mesterséges intelligenciája által levezényelt véres színjáték szinte bűvöletbe ejtette.

– Mi a parancsa, Uram? – kérdezte a főtüzér.

– Meg tudják akadályozni a megsemmisítése nélkül, hogy ütközzön a bázissal? – kérdezte homlokráncolva. Az *Ahoudori* motorjait már az első sortüzek kiiktatták, de a legénységnek sikerült mégis olyan pályára állnia, amely az állomás felé vitte a teherhajót. Talán ha kicsit távolabb intéztük volna el őket, gondolta bosszúsan. De nem, Scarlett Mastersonnak foglyok kellettek. Legszívesebben hagyta volna becsapódni őket. Ráadásul a megmaradt leszállóegységek egy része a törzs fedezékében próbált közelebb férkőzni az állomáshoz. A teherhajó tömege megvédte őket a *Hades* lövegeitől.

A tüzér végigfutotta a számítógép információit, de végül megrázta a fejét. Oxborn elhúzta a száját.

– Akkor ez van. Nyisson tüzet a hajóra mindennel, amink van. Aztán tüzeljenek az összes még ép vadászra.

Eszébe jutott valami és elvigyorodott.

– Ja igen. És egy-két behatolómodult azért hagyjon meg. Az igazgató asszonynak foglyok kellenek.

Az *Ahoudori* üzemanyagtartályaiból lángoló plazma robbant az űrbe. A kéken izzó lángok elborították a teljes tatot, több másodlagos robbanást idézve elő. A Peregrine plazmaütegei folyamatos tűz alatt tartották a törzs teljes részét és lassan a hajó páncélzatán keresve sem lehetett ép részeket találni. Az oxigén lángcsóvákban szökött el az űrbe, és a robbanások nyomán olvadt fémlemezek repültek szét. A középső részen, ahol a rakterek helyezkedtek el, a gauss ágyúk sortüzei horpadt ócskavassá változtatták a burkolatot, amely most úgy nézett ki, mintha valaki egy formátlan öntvényt épített volna a hajótest tetejére. Az eddig a fedezékben megbúvó siklók szétspriccceltek, hogy elkerüljék a haldokló leviatánt. Az ágyúzás nem szakadt félbe, amíg végül a reaktor megadta magát és millió fokos plazma fröccsent szét a hajóban.

Jeff önkéntelenül is szorosan összezárta a szemét. Az *Ahoudori* helyén miniatűr nap született egy pillanatra és a robbanás darabokra szakította a hajóroncsot. A fülketető alig megkésve reagált és teljesen besötétedett, elzárva a pilótát a látványtól. Másodpercekig tartott, míg újra feltűntek a csillagok. A hajó helyén olvadt, izzó peremű roncsdarabok sodródtak a mélyűr felé.

Ennyi hát, gondolta keserűen. Már-már elhitte, hogy ezúttal győzhetnek. De a teherhajó nélkül nem térhetnek többé haza és a megmaradt leszállóegységek sem fogják sokáig kihúzni a vadászok és a cirkáló ellen. Elég volt egy pillantás a pásztázóra és tudta, hogy ez a csata már csak pár másodpercig tart. Az indy vadászok közül már csak ketten maradtak és Arany Kettő is irányíthatatlanul sodródott az űr felé. Az alig tucatnyi, az állomás felé menekülő JRM-2 között ellenséges vadászok köröztek, mint a farkasok a megmaradt báránycsorda körül. Néha le-lecsaptak egyre, és azt pillanatok alatt szétszedték, mielőtt még bármit tehettek volna.

A nehézcirkáló lassan ráfordult a behatolómodulok pályájára. Jeff gyomra összeszorult, amikor látta, hogy az ütegek elfordulnak, hogy célba vegyék a siklókat. Sok bajtársa halt meg a mai napon, és tudta, hogy egyedül nem húzhatja már sokáig. De egy szolgálatot még megtehet, tökélte el magát. Maradt még két rakétája és az üzemanyagtartályai is majdnem félig voltak. Ha sikerül telibe találnia a cirkáló orrütegeit, értékes perceket nyerhet a többieknek.

Előrenyomta a gázkart és becélozta a fenyegetően közelítő hadihajót. A Dragonfly megugrott és a gyorsulás keményen az ülésbe préselte. Kioldotta a biztonsági zárakat és tovább gyorsított, túlterhelve a hajtóművet. Mögötte a fúvóka már vörösen izzott. A gép törzse rázkódni kezdett a névlegesnél nagyobb gyorsulástól, de nem törődött az egyre több hibajelentéssel, amelyek most elárasztották a státusz-monitorát. Csak egyetlen cél lebegett a szeme előtt.

A Peregrine tüzet nyitott rá az egyik plazmaágyújával, de gyors pörgésbe vitte a vadászt és a lövések elkerülték. Súlyos hiba volt lebecsülni engem, vigyorgott eszelősen a sisakja alatt. Egyetlen üteg nem fog megállítani. Felpattintotta a rakétákat élesítő kapcsolót. A két megmaradt Scourge robbanófeje megnyugtató zöld lámpával tudatta, hogy a pici fúziós töltet élesítve lett.

Az egyik lövés végigszántotta a hajó oldalát és majdnem kibillent az irányból, de üvöltve rántotta vissza a gépet. Nem is tudatosult benne a karján egyre kúszó jeges hideg. A cirkáló orrába épített ütegsor már szabad szemmel is kivehető volt, akárcsak a körülötte kiálló antennák. Lehunyta a szemét és a lelki szemei előtt a húga képe jelent meg. Nem úgy, ahogy utoljára látta, hanem ahogy ő emlékezett rá. Mielőtt még áldozatul esett volna ennek az ocsmány világnak. Mindjárt újra együtt leszünk, Marie, gondolta a végén meglepően békésen.

A pörgő, félig szétroncsolt Dragonfly hatalmas robbanás kíséretében becsapódott a robotcirkáló orrába.

Karin oldalra rántotta a kormányt, hogy elkerülje az apró vadászgép újabb sorozatát. A lövések alatta suhantak el, ezúttal megkímélve a könnyű Stingray siklót. Most örült igazán, hogy ragaszkodott hozzá, hogy ezt a gépet kapják meg a JRM-2 helyett. Bár a behatolóegység lényegesen erősebb páncélzattal rendelkezett, ez a mozgékonysága rovására ment. A könnyű darazsak lövései elől képtelenek voltak kitérni és a benne utazók kizárólag abban bízhattak, hogy előbb érik el az állomás felszínét, mielőtt még a droidok szétszedik őket. A vadászok elég gyorsan felismerték ezt, és az elmúlt perceken mindig egyetlen gépre támadtak csak.

Még mindig túl messze van a bázis, gondolta kétségbeesetten, és csúcssebességen repülve újra a *Fuujin* felé fordította a Stingray orrát. Mellette egy újabb JRM-2 vált a vadászok martalékává. Abban nem is reménykedett, hogy eséllyel szembeszállhat velük. Bár volt egy könnyű lézerágyúja, de ezzel csak azt érhette volna el, hogy még jobban felfigyelnek rá. Egy-kettőt még ki tud talán cselezni, de többet egyszerre már nem.

Újabb darázs jelent meg mögötte szinte a semmiből. Halkan szitkozódott és éppen belekezdett volna egy kitérő manőverbe, amikor mögötte éles fény villant.

Az éppen a lőtávolságba érő Peregrine orrán kisebb nap gyúlt és egy csúf lángcsóva robbant ki a hajóból. Lángoló alkatrészek repültek szerteszét és a nagy hajó rohanása szinte megtorpanni látszott. A villanásra a lány reflexszerűen azonnal oldalra rántotta a botkormányt, de a lövések ezúttal elmaradtak. A hátsó kamerára pillantva látta, hogy az őt üldöző vadászgép megfordul, és teljes sebességgel visszaindul a nehézcirkáló felé. És a radar szerint a többi gép is ugyanígy tett.

– Mintha csak visszarohannának az anyjukhoz – mondta gúnyosan Eddy. Talán nem is jár messze az igazságtól, gondolta a lány. A mesterséges intelligencia talán visszarendelte a fiait, hogy védjék meg az öngyilkos támadásoktól. Magában tisztelgett az indy pilóta előtt, aki véghezvitte ezt a tettet.

Végignézett a bázis felé repülő maradék leszállóegységeken. Talán még így is van esélyük. Kicsit nehéz lesz. De ha ezt túlélik, akkor minden sikerülhet. Felzárkózott a Stingray-jel az egyik behatolóegység mögé. Egy kattanást hallott a háta mögül. Eddy éppen egy rohampuskát vett elő és egy tárat csattintott a helyére.

— Akkor mégis csak szükség lesz erre — vigyorodott el.

32

Scarlett arcára fagyott a mosoly, amikor a *Hades* képe eltűnt a monitorokról. Körülötte felbolydult az irányítóközpont. A repülésirányítók vezetője felhördült és megpróbálva túlkiabálni a zajt, utasításokat osztogatott az embereinek. A robbanást követően a szenzorok sorban visszakapcsoltak, láthatóvá téve a megsérült hadihajót. A *Hades* orrát megfeketedett roncsok borították és lassan oldalirányban sodródott energia nélkül. A vadászgépei visszarepültek, követve a biztonsági programjukat, hogy megvédjék az anyahajót az esetleges további támadásoktól. Scarlett tehetetlen dühvel figyelte, hogy a támadók apró egységei egyre közelebb repülnek a bázishoz. Nagy nehezen sikerült szétfeszítenie az öklét és abbahagynia a fogcsikorgatást. Közben lassan helyreállt a rend és aktiválták az állomás biztonsági rendszerét. Odalépett a repülési igazgató mellé.

– Kilátások? – Igyekezett megzabolázni a dühét, de legszívesebben nekiesett volna ennek a sok tehetetlen idiótának. A férfi gondterhelten nézett a főképernyőre, majd vonakodva feléje fordult.

– Nem túl jók. Már bekapcsoltuk a saját fegyvereinket. De azok nem ilyen kis hajók ellen valók. Már kiadtam a parancsot a *Dresdennek* is, hogy fusson ki, de mire kiér a dokkból, ezek már rajtunk lesznek – intett a fejével az űr felé.

– De megteszünk mindent. Amit lehet. – tette hozzá a férfi pár másodpercnyi kínos szünet után.

Scarlett nem szólt semmit. A saját ötlete volt, hogy engedjék közelebb a hajót, hogy ne tudjon még véletlenül sem elmenekülni. Azt remélte, hogy ezzel végre pontot tehet az ügy végére. És ha kideríti a foglyoktól egy indy bázis helyzetét, azzal nem kis presztízst is nyert volna. De e helyett egy várható invázióval kellett szembenéznie. Hátrafordult, és Mattira nézett, aki már testpáncélba öltözve várta a parancsot. Anélkül, hogy szólt volna, bólintott és kiment a teremből. Scarlett visszafordult a repülésirányítóhoz.

– Próbálják meg felvenni a kapcsolatot Oxborn kapitánnyal. És közben tüzeljenek mindennel, amink csak van azokra a modulokra. – Végighordozta a tekintetét a felé forduló híd legénységén. – Minden modul, amelyik eléri a bázist, huszonöt százalékkal csökkenti a maguk havi fizetését. Úgyhogy csipkedjék magukat.

Az állomásról fényes energianyalábok vágódtak a siklók közé. Karin kitérő manőverbe kezdett, amely spirálisan zuhanó pályán az állomás felé vitte. A Stingray kilátóablakán túl a *Fuujin* tömbje elegáns forgásba kezdett; halálos piruettje közben zivatarként szórta magából az izzó fénydárdákat. A támadó siklók szintén vad táncba kezdtek, hogy elkerüljék a sugarakat. Őrült cikázásuk szinte lehetetlenné tette a pontos célzást, így a lövések nagy része rendre mellément.

A behatolómodulokat kifejezetten ilyen feladatokra tervezték: apró méreteik és gyors mozgásuk miatt a nagyobb hajók ellen hatásos fegyverek alig tudták őket befogni. Alig álltak másból, mint egy jelentősen túlméretezett, de üzemanyaggal alig rendelkező motorból, valamennyi páncélból, és egy roppant szűkös belső térből, amelyben a tengerészgyalogosok összezsúfolódtak. Bár az ilyen bevetéseket a legtöbb katona szívből gyűlölte, a támadómodulok többnyire jól vizsgáztak és épségben célba juttatták őket. Az egyetlen veszélyt a vadászok jelentették, de a *Hades* apró darazsai továbbra sem üldözték őket, ezzel szabad utat nyitva nekik az állomás felé.

Az egyik elöl haladó JRM-et kettévágta egy plazmanyaláb és olvadt szélű elemekre szakadt. A szétszóródó alkatrészek szecskaként záporoztak a Stingray orrára. Karin elmorzsolt egy néma káromkodást és kitért a bukdácsoló roncs útjából. Újabb lövések vágódtak a szétlőtt gépbe, végleg elhamvasztva a darabokat, miközben vad mozdulatokkal próbált minél kiszámíthatatlanabb célpontot mutatni a bázis ágyúinak. Arca merev maszkká torzult az összpontosítástól, ahogy a sugarak útvesztőjében próbálta megtalálni az utat. A lövések egyre közelebb szántották végig az űrt. Mellettük egy újabb JRM vált a lángok martalékává; robbanása szinte nappali fénybe borította a pilótafülkét. Karin szinte hipnotizáltan meredt a képernyőn futó számsorra. A távolság kínos lassúsággal fogyott. Az idő szinte megállni látszott számára és már csak a halálos energiazivatar létezett.

Áttolta a tolóerő-szabályzó kart a vörös túlterhelési tartományba és a sikló hajtóművei felbömböltek. Az áramvonalas gép remegve tiltakozott a bánásmód ellen, de kitartott és újult erővel lendült az állomás felé. Mellettük újabb modult érte végzetes találat, de a többiek már lassan elérték a kritikus távolságot. Az ütegek egy bizonyos távolság alatt képtelenek elfogni a célokat anélkül, hogy kárt ne okoznának magában az állomásban. Foga között szűrte a távmérő számait.

Egy újabb lövés süvített el a bal szárny felett és felszántotta a burkolatot. Olvadt fémcseppek ömlöttek az űrbe a vörös szélű sebből. Halk sikkantással lenyomta a gép orrát és várta a végzetes újabb lövést, de ezúttal a gyilkos találat elmaradt. Az ágyúk hirtelen elhallgattak.

Hangosan kifújta a levegőt és felnézett a feje feletti radarképernyőre. A támadókat jelképező pontok már mind a kritikus távolságot mutató zöld kör alatt voltak. Ők voltak az utolsók, akik áttörték a tűzvihart. A kijelző szerint összesen hat modul élte túl a behatolást.

Felhúzta a Stingray orrát és drasztikusan fékezve végigrepült a *Fuujin* kiszögelésekkel tarkított felszíne felett. Most már csak egy alkalmas leszállási pontot kell találnia. Az állomás felszíne ember gyártotta holdbéli tájként siklott el alattuk.

Scott leütött pár gombot és egy kék rombusz jelent meg a HUD-on. Fékezett és széles fordulóval közelíteni kezdett a kijelölt helyhez. A megadott pontnál egy JRM tapadt a burkolatra. Akárcsak egy kullancs, úgy fúrta át a fejét a vastag burkolaton. A modul lézervágója éppen most hasította fel a páncélt, és a zsilipgyűrűje körül szikrák záporoztak az űrbe.

Most már csak le kell valahol tennem a gépet és átmennünk a bázisra, futott át a fején. Utána pedig…nos utána pedig fogalma sincs, mit fogunk csinálni.

Matti oldalra fordította a rohampuskát és ellenőrizte a kijelzőkön az állapotot. Körülötte a csapata tagjai ugyanezt tették. Még most is megborzongott, amikor végignézett rajtuk.

Mindannyian egyformák voltak. Nem hasonlóak, hanem szinte teljesen egyformák. Ha nincs az arcukra tetovált szám és vonalkód, akkor képtelen is lett volna megkülönböztetni őket. A céges tenyésztési programok legújabb termékei, gyilkolásra teremtett élő gépezetek. Bár a génmanipulációs eljárásokkal létrehozott katonákat már-már kezdte megszokni az elmúlt évek alatt, de ettől a társaságtól, akik alig pár napja érkeztek, kirázta a hideg. Összeszokott gépezetként készültek a harcra, néma csendben, kizárólag a legszükségesebb mozdulatokat téve. Mintha csak egy kéz ujjai lennének és nem önálló emberek, jutott az eszébe a velük utazó instruktor hasonlata. Az agyukba ültetett tudat alatti kommunikációs implant miatt ez nem is állt olyan messze a valóságtól.

És mögöttük valami még félelmetesebb várakozott. A csapda készen állt.

Rezegni kezdett a sisakja és bekapcsolta a kijelzőt. A monitor a retinájára vetítette a képet, amely így látszólag előtte lebegett a levegőben. A folyosókat jelképző kék hálózatban vörös figurák jelentek meg, amelyek lassan haladtak a pozíciójuk felé. Tehát megérkeztek végre.

Megmarkolta a fegyverét és intett az osztagnak, hogy készüljenek.

Pete óvatosan haladt a fal mellett. A szemét le sem vette a fegyverére erősített mozgásérzékelőről. A berendezés az előbb egy pillanatra felvillant, de azóta nem szólalt meg újra. Az ilyen cuccok többnyire elég pontatlanok, emlékeztette magát, de valahogy nem tudta kiverni a fejéből az egyre erősödő rossz előérzetet. Már régen megtanulta, hogy jobb, ha odafigyel a kis belső hangra, amely eddig már rengetegszer mentette meg az életét.

Előtte a folyosó elkanyarodott és egy széles ajtó zárta el az utat. Egy pillantás az oldalt hunyorgó panelra elég volt, hogy lássa, nyitva van.

Visszanézett és intett a tanítványainak. Leon és Barry felzárkózott és kérdőn néztek rá. A csapat többi tagja a falhoz lapulva várakozott.

– Leon, vigyél magaddal hat embert és menjetek végig azon a folyosón, amelyik mellett elhaladtunk. Ha ellenségbe ütköztök, akkor inkább vonuljatok vissza. – Egészen lehalkította a hangját. – Gyanús nekem ez a csend. Már találkoznunk kellett volna a védőkkel. – Leon bólintott és intett a szakasza tagjainak. A hat embere kivált a többiek közül, és eltűntek visszafelé a folyosón.

– Van egy rossz előérzetem ezzel – intett a fejével az ajtó felé. Barry bólintott. A Hellbore rohamlézer vastag csövéből vezetékek kígyóztak a halántékára erősített elektródákig. A testre erősített állványon függő fegyver az élő fegyverkapcsolat révén szinte a részévé vált és olyan könnyedén mozgott, mintha csak nem is egy ötven kilós ágyú lenne.

– Pedig arra kellene továbbmennünk A találkozási pont felé. – Még a bevetés előtt megállapodtak egy találkozási pontban, amely az egyik kívülről is jól látható dokknál volt. A bázis belső struktúráját nem ismerték, de a robosztus hangárt kívülről jól lehetett látni a leszállás során is. – A dokknak az ajtó mögött kell lennie.

Pete végignézett az emberein. Húsz katonája maradt Barryvel együtt. Ha nem találja meg a többieket, ez úgyis kevés lesz a sikerhez. Sóhajtott, majd intett a férfinak, hogy foglalja el az ajtóval szemközti pozíciót. A harcosok felsorakoztak az ajtó oldalán.

Egész katonás rendben dolgoznak, állapította meg, és magában hálát adott, hogy nem egy kupac izzó szemű fanatikust kapott. Kicsit félt ettől a részétől, de a behatolás óta egyre növekvő tisztelettel tekintett az indy katonákra. Kézjelekkel intett nekik. Ketten füstgránátot húztak elő. Az ujján számolt visszafelé, majd megnyomta az ajtó nyitókapcsolóját.

A nehéz szárnyak sziszegve húzódtak a falba, és ezzel egy időben két gránát repült a terembe, sűrű fehér füstöt okádva magából. A katonák párosával ugráltak be a nyíláson.

Pete összeráncolta a homlokát. Az lehetetlen, hogy még nem értek ide. Óvatosan kilesett az ajtó fedezékéből, de a füsttől eltekintve a csarnok üresnek nézett ki. Az emberei az ajtó mellett felhalmozott konténerek fedezékében lapultak. Néhányan elindultak, hogy biztosítsák a szemközt levő másik bejáratot.

A kommunikátor felsistergett a fülében és Leon hangja tört át a zajon. A háttérben gépfegyverdörgés visszhangzott.

– Megtaláltuk az ellenséget! Szorítanak minket visszafelé! Veszteségeink vannak… – a hangja elhalt a sistergő zajban. Barry megfordult, hogy fedezze a folyosót, amikor a hangárból is éles süvítés hallatszott. A fények vörösre váltottak és az űrre nyíló hatalmas kapu alatt fekete csík jelent meg. A levegő süvítve távozott az egyre táguló résen, magával sodorva a széthagyott szemetet.

– Visszavonulás! Azonnal vissza! – üvöltötte a katonáinak megpróbálva túlkiabálni a szelet, de maga is tudta, hogy már késő. A lázadó harcosok egy része már a csarnok közepén járt, esélyük sem maradt, hogy időben elérjék az ajtót. A biztonsági rendszer azonnal reagált, és a hangárra nyíló ajtó szárnyai is záródni kezdtek. Mindössze a két legközelebb álló katonának sikerült átvetnie magát a résen, mielőtt a vastag lemezek csattanva a helyükre záródtak volna.

– Rohadékok – üvöltötte Barry és az ajtó felé fordította a rohamlézert. Pete az utolsó pillanatba ütötte félre a csövet, mielőtt még a vörös sugár a fémbe mart volna.

– Hagyd! – kiáltott rá. – Már úgyis végük! Csak minket is megölnél! – A férfi arcán a saját tehetetlen dühe tükröződött vissza. Ezt a fajta halált senkinek sem szánhatták. A hátuk mögül futólépések érkeztek. Leon és két katonája jelent meg, vadul tüzelve a hátuk mögé.

– Jönnek utánunk! – zihálta. – El kell tűnnünk most! – csapott az ajtóra. A zárszerkezet visszajelzője vörösen villant. – Mi a f…

Pete elrántotta a férfit és maga felé fordította.

– Ez csapda volt. Kinyitották az űrre, mielőtt a többiek kimenekülhettek volna. – A folyosóra mutatott. – Itt kell ezt most lejátszanunk! Nincs más választásunk!

– Akkor nekünk lőttek – rúgott a falba. Mintegy a szavait alátámasztva hátborzongató vinnyogó hang hallatszott a folyosóról. Pete szíve nagyot dobbant. Az ismerős zaj egyre erősödött. Csak ezt ne, emelte a plafonra a szemét.

A ritkás füstből egy hatalmas humanoid alak bontakozott ki. Fekete páncélba burkolt, plafont súroló törzse leginkább egy páncélozott csontvázra emlékeztetett. Onnan, ahol a fejének kellett volna lennie, gonosz kinézetű érzékelők szegeződtek rájuk; zöld keresőlézerei átlátszó falként söpörtek végig a területen. A kezeiben tartott két hatalmas gépágyúból vastag, merev hevederek kígyóztak a törzsébe. A fegyvereit előreszegezve rendíthetetlen nyugalommal lépkedett egyre közelebb. Minden lépését a szervók vinnyogása és a lecsapódó fémláb döndülése kísérte.

Pete keze önkéntelenül ökölbe szorult. Szeme előtt egy régi csata képe jelent meg. Az a robot is pontosan ilyen modell lehetett. Lassan közelített az állásaikhoz abban a házban, ahova beszorult a csapatával. Eredetileg azért küldték őket a New Bengálra, hogy kimenekítsenek egy céges fejest a háborús zónából. Az akció azonban kudarcba fulladt, amikor találat érte a csapatszállítójukat. A fickó bent égett és ők is csak alig tudták elvonszolni magukat addig a romos épületig. Akkor került elő a robot. Valószínűleg az intézhette el a csapatszállítót, és utána elindult, hogy bevégezze a munkáját. Pete azóta sem látott ilyen fokú hatékonyságot. Az egész osztag kevés volt, hogy elbánjanak vele.

Csak ő élte túl az egészet a csapatból. Amikor hat hónap után magához tért a kómából, elhatározta, hogy kilép a hadseregből.

– Elintézem – hallotta maga mellett Barry fojtott hangját, de látta, hogy a férfi is enyhén remeg a félelemtől. Pete rátette a karjára a kezét.

– Ne! – szomorúan bámulta a gépet. – Nincs értelme. Csak egyetlen esélyünk van. – Jól láthatóan eldobta a puskáját és feltartott kézzel előre lépett. A szeme sarkából alakokat vett észre a robot mögött. Reméljük, hogy ezt nem úgy programozták, mint azt a másikat, gondolta.

– Ne lőjenek! Megadjuk magunkat!

33

Jessica elgyötörten emelte fel a fejét és nézett végig a csapat tagjain. A haja csapzottan lógott a szemébe, eltakarva a szoba nagy részét. Az ő keze is, akárcsak a többieké, mágneses béklyóba volt zárva, amelyet a feje felett rögzítettek a falhoz. Karinon, Pete-en és rajta kívül csak Scott és Isaac kapott helyet a kicsiny, dísztelen helyiségben. Az elmúlt időben csak ritkán látogatták meg őket, és akkor is csak azért, hogy beadjanak nekik valamit. Nem tudta volna megmondani, hogy mióta vannak itt, de úgy érezte, mintha hetek teltek volna el a támadás óta.

Úgy saccolta, hogy a behatolást nagyjából félszázan élhették túl. Ők közvetlenül az állomásra lépésük után fogságba estek, de az indyk közül sokan inkább a harcot választották. A tenyészkatonák és a harci robotok senkinek sem kegyelmeztek. A cégesek nyilvánvalóan készültek a fogadásukra, és olyan arzenált vonultattak fel, hogy esélyük sem lett volna ellenük.

Őt rövidesen elkülönítették a társaival és a túlélő indy parancsnokokkal. Verésre vagy más kínzásra számított, de aztán csak fellógatták őket a falra, mint valami díszt. Először még tervezgettek, de aztán lassan elhalt a beszélgetés, ahogy egyre fogyott az erejük. Jess soha nem gondolta volna, hogy egy ilyen egyszerű dolog, mint az alvás megakadályozása ilyen hatással lesz rá. A zárt helyiségben elvesztette az időérzékét, majd látomásai támadtak, végül már csak arra tudott gondolni, hogy aludnia kell. A fáradtság kitöltötte a teljes világát, és lassan már csak a lüktető éles fény és a monoton zaj létezett. De valamiért képtelen volt megnyugvást találni. A béklyót pedig pont úgy rögzítették, hogy csak lábujjhegyre állva ne feszüljön meg a karja. Az iszonyú fájdalom hullámokban tört rá, porrá zúzva a korábbi eltökéltséget. A kínzás úgy tűnt soha nem szakad véget.

Látomásaiban Josh lépett oda hozzá. Próbált hozzá szólni, megpróbált rákiáltani, de egy erőtlen suttogásnál többre nem futotta az erejéből. A fiú nem szólt semmit, csak vádlón nézett rá. Sötét szemei fáklyaként égették, nem tudott elfordulni előlük. Fájdalmas emlékek kísértették a közelmúltból, szűnni nem akaró képek vibráltak a szeme előtt. A könnyei már kiszáradtak és csak vörösen égő szemmel meredt maga elé. Nem kellett oldalra fordulnia, hogy tudja, a többiek sincsenek jobb bőrben.

A zajra lassan felnézett és a fájdalom ködén keresztül látta, hogy az ajtó feltárul és hárman lépnek be rajta. Az egyiküket, aki céges katonai egyenruhát viselt, már ismerte. Ő lehetett a smasszerok vezetője, mert ő adta ki az utasítást a felrögzítésükre. A tagbaszakadt fickó néha bejött és körbejárt; vigyorogva bevágott egyet-egyet a foglyoknak, és látható élvezettel ecsetelte, hogy milyen válogatott kínzások várnak még rájuk. Nem akart arra gondolni, hogy mit súgott az ő fülébe, nem.

De ezt az elegáns nőt is mintha már látta volna valahol. Akárcsak a magas, szőke hajú óriást, aki kísérte, és nem tágított mellőle.

A vörös kosztümöt viselő nő lassan végiglépdelt a csapat tagjai előtt. Mindegyiküket alaposan szemügyre vette, mintha csak valami különleges állatfajtát látna. Amikor eléje ért, felnézett rá, de a szempárban cseppnyi könyörületet sem látott. A nő lebiggyesztette a száját, majd visszalépett a kísérőihez.

– Nincsenek valami jó bőrben. – A hangja mély volt és határozott. Bár eltörpült a két férfi mellett, mégis egyértelműnek tűnt, hogy ő köztük a főnök. A kínzómester vigyorogva vállat vont.

– Ugyan, nem esett bántódásuk. Csak éppen nem tudtak aludni néhány napig. – A szőke arcán megrándult egy izom, de nem szólt semmit. A nő karba fonta a kezét.

– És? – kérdezte türelmetlenül.

– Szerintem most már bármit elmondanak majd. – Megropogtatta a kezét. – De ha mégsem, akkor majd én kiszedem belőlük, igazgató asszony.

A nő elfordult, tekintetével végigsöpört a falra aggatott foglyokon.

– Melyik az?

A szőke rámutatott a sor szélén lógó Isaac-ra. A férfi igen rossz állapotban volt. Arcán rászáradt vérpatak futott végig, teljesen eszméletlennek tűnt. Haja vértől és izzadtságtól csatakosan tapadt a fejére, amelyet több friss seb csúfított. Szemüvege elferdülten és törötten lógott az orráról. Jess nem emlékezett rá, hogy azóta magához tért volna, amióta behozták őket ide.

A nő odalépett hozzá és lehajolva belenézett az arcába.

– Eszméletlen.

– Amikor elfogtuk ellenállt. Kénytelenek voltunk erőszakot alkalmazni. – A testőr közelebb lépett. – Elláttuk a sebeit, de elég rossz bőrben van. Teljes körű orvosi ellátásra van szüksége. Azt javaslom, hogy előbb…

– Erre nincs időnk Matti. Luigi, ébressze fel nekem. – Az egyenruhás fickó egy dermát húzott elő a zsebéből. Letépte a védőborítást és a gyógyszerrel átitatott lapot Isaac nyakára simította. Lapátkezével megpaskolta az indy vezér nyakát.

– Na gyerünk, pajtás! Ébresztő!

A szőke közben összeráncolta a homlokát és a nőhöz fordult.

– Meg kell jegyezzem igazgató asszony, hogy a serkentőtől rohamosan leromolhat az állapota. Akár el is veszthetjük.

A nő vállat vont. Közben Isaac lassan kinyitotta a szemét és felköhögött. Véres hab fröccsent a fémpadlóra.

– Üdvözlöm az állomáson Mr. Metkovitch. Vagy szólítsam inkább Menehemnek? – diadalmas arckifejezéssel elmosolyodott. – Tényleg, a barátai milyen néven ismerik?

A Luiginak nevezett smasszer a hajánál fogva hátrahúzta Isaac fejét, hogy a nőre nézzen. A férfi felnyögött.

– Mit akar?

– Ugyan már Mr. Metkovitch – folytatta álságos kedélyességgel a nő. – Ne legyen már ilyen udvariatlan! Beszélgessünk inkább arról, hogy hogyan jutottak el ide. És, hogy hogyan szimatolták ki a hajóink útját. Mennyit tudnak a kollégái az LMBC-nél az egészről. És persze azt, hogy hol a bázisuk. Látja, látja, rengeteg megbeszélnivalónk van.

– Nem mondok semmit. Elmehet a picsába – hörögte Isaac, de a tagbaszakadt fickó megrántotta a haját és maga felé fordította.

– Vegyél vissza haver, ha az igazgató asszonnyal beszélsz. Mert esetleg egyesével töröm el minden csontodat. – A nő intett, hogy elég lesz, mire amaz visszafordította Isaacet.

– Azt hiszem, rosszul méri fel az erőviszonyokat, Mr. Metkovitch. Az LMBC-s barátai éppúgy nem fognak segíteni, mint ahogy az indyk sem. Főleg ha esetleg elmondjuk nekik, hogy kinek is teljesítették a parancsaikat az elmúlt években.

Jessica hirtelen úgy érezte, mintha leröppent volna a fájdalom és a fáradtság a szeméből. Lábujjhegyre emelkedett és megpróbált úgy fordulni, hogy mindent lásson. Most vette észre, hogy a többiek is maguknál vannak. Az oldalán Karin is kiegyenesedett.

– Mi? Miről beszél? – krákogta fakó hangon. A nő feléjük fordult és bólogatott.

– Bizony, bizony, kedvesem. Először mi sem akartunk hinni a szemünknek, hogy kit fogtunk. Az úr itt Isaac Metkovitch, az LMBC Corporation titkosszolgálatának egyik oszlopos tagja. Ezt nem volt könnyű éppen kideríteni – bólogatott. – Rá se jöttünk volna, ha néhány évvel ezelőtt nem keresztezte volna már az utunkat egyszer. Azóta gyanítottuk, hogy az LMBC pénzeli az indy mozgalmat, amióta az elemzőink kimutatták, hogy az ő létesítményeiket láthatóan elkerülték a lázadó támadások az elmúlt időszakban. De azt az álmunkban sem hittük volna, hogy ilyen sikeresen átvették az irányítást, és az egyik vezető pozícióba a saját szolgálatuk egyik legjobb emberét ültették. Le a kalappal – biccentett Isaac felé.

Karin arcán kavarogtak az érzelmek. Jess ökölbe szorította a kezét. Az elejétől fogva érezte, hogy valami nincs rendben ezekkel a lázadókkal. Túlzottan sokat tudtak. Túl jól voltak felszerelve. De ezt ő sem gondolta volna. Az, hogy elejétől fogva a Cryo egyik fő ellenlábasának dolgoztak, szinte elképzelhetetlennek tűnt. A vörös ruhás nő kárörvendően felnevetett.

– Jézus, maguk mind azt hitték, hogy az indyk csak úgy a semmiből akasztják le ezt a haditechnikát? Nem lehetnek ennyire naivak!

Karin láthatóan összeomlott. Félrenézett és arcán könnyek folytak végig. Pete ránézett, összeráncolta a homlokát, de nem szólt semmit. Arcán aggodalom futott végig. Láthatóan ő bírta a legjobban a kínzást ötük közül.

– Nos, Mr. Metkovitch. Amint láthatja, magának már lőttek. De van még egy esélye. Dolgozzon nekünk! Helyesebben, dolgozzon nekem! Elmond mindent, ami ahhoz kell, hogy felgöngyölítsük ezt a szerencsétlen ügyet és végre pontot tegyünk a dolgok végére. De kezdetnek az is elég lesz, ha elárulja el, hogy hol az indy támaszpont. Akkor életben hagyom. Sőt, még orvosi ellátást is kap. Aztán mehetünk tovább. – Megpaskolta Isaac arcát, de aztán amikor látta, hogy véres lett a keze, beletörölte a férfi ruhájába. Kényesen egy papírzsebkendőt húzott elő és akkurátusan letörölgette az ujjait.

– Ki tudja, talán még a végén mindketten előnyt tudunk kovácsolni ebből a kis afférból. Engedje el – intett Luiginak, aki hagyta előrebukni Isaac fejét. – Kap mondjuk egy órát. Utána így is, úgy is kiszedjük, amit akarunk. – Bólintott a smasszer felé.

– Luigi, addig esetleg megkezdheti a kihallgatásokat. Tudni akarom, hogy a többiek hogyan kerültek a képbe, és miként jutottak az információk birtokába. Nevek és címek kellenek. – Karin elé lépett.

– Te kisanyám csúnyán megnehezítetted a dolgomat az elmúlt hetekben. Luigi majd tesz róla, hogy többet ne üsd az orrod olyanba, ami nem rád tartozik. A végén remélem nagyon meg fogod bánni, hogy valaha is megfordult ez az ostobaság a fejedben.

Karin nem válaszolt, csak oldalra fordított arccal lógott a béklyó szorításában. A nő sarkon fordult és kivonult a teremből. A szőke óriás végignézett a foglyokon és alig láthatóan megrázta a fejét, majd követte a főnökét az ajtón át.

A nagydarab fickó ellépdelt előttük és végül megállt a sor végénél, Jess előtt. A lány inkább elfordította a fejét, hogy ne kelljen a férfi önelégült tekintetét bámulnia.

– Hallottátok az igazgató asszonyt. Most szépen dalolni fogtok madárkáim. Szépen egyesével elmegyünk beszélgetni. – Az ujjával odafordította maga felé Jess tekintetét. A lány beleborzongott a kéjsóvár vigyorba. – Veled kezdem. Azt hiszem a te kihallgatásodat különösen élvezni fogom.

Jessica körül forogni kezdett a szoba és megbicsaklott a lába. Luigi kikiabált két emberének, akik bejöttek és leszedték a falról, majd maguk után vonszolták. Több helyiségen is átcipelték, amíg egy, az előbbinél sokkal kisebb szobába nem jutottak. A két egyenruhás lenyomta őt egy fémszékre és levették a mágneses bilincset. Elkezdte dörzsölni a csuklóját, hogy életet masszírozzon bele, miközben Luigi is belépett és az asztalra tett egy egyszerű hordozható terminált. Intett a két társának, akik kimentek. A vastag párnázott ajtó becsapódott mögöttük. A férfi oldalra fordította a széket és felrakta a lábát. Egészen áthajolt az asztalon, hogy Jess az arcán érezte a leheletét.

– No, kislány. Egészen csinos kis darab vagy. – Megigazgatta a lány gubancos fürtjeit. – Luigi bácsi már jó régen volt ilyen friss kis ribanccal. Megkönnyíthetem ám a dolgod, ha szépen viselkedsz.

Jess megborzongott. Eszébe jutottak az elmúlt időszak megaláztatásai. Majd Josh arca rémlett fel előtte. Visszanyelte a könnyeit.

– Dögölj meg – suttogta, magát is meglepve. A pofon olyan gyorsan érkezett, hogy felkészülni sem maradt rá ideje. Az erejétől leesett a földre. A férfi megkerülte az asztal és a hajánál fogva felemelte, majd az asztalra lökte. Jessica vinnyogó hangot adott ki magából. Erőtlenül próbált ellenállni, de még teljesen frissen sem lett volna ellenfele a másiknak. Luigi lekevert neki egy újabb hatalmas pofont, amitől felszakadt a szája. Elsírta magát, miközben a férfi letépte az egyébként is megtépázott ingét.

— No lám, micsoda kis medálod van itt. — hallotta, miközben a férfi letépte a Sanitól kapott nyakláncot. És mi ez itt? Ah, mindegy — mondta és a sarokba hajította.

És ebben a pillanatban kialudtak a fények az egész állomáson.

34

Egy örökkévalóság óta szunnyadt a börtönében. Aki ide bezárta, nagyon speciális feladatot szánt neki. De várnia kellett, amíg elérkezik az idő, hogy beteljesíthesse a sorsát. Felkészítették arra, hogy adaptálódhasson bármilyen környezethez. Készen állt, hogy felderítse az ellenségeit és leszámoljon velük, ha úgy hozza a sorsa. Az, aki megteremtette, ellátta mindennel, amire ehhez szüksége lesz.

A hibernációban eltöltött időt nem érzékelte és ezért hálát adott az alkotónak. A tároló, amelyben pihent nem továbbította hozzá az ingereket. Egyetlen speciális feladatra alkották, hogy őt célba juttassa.

Az idő eljött. Érezte, hogy gyenge energia önti el a tárolót és ennek hatására lefut az a programkód, amely előkészíti a behatolást. A primitív processzor értelmezte az alig pár száz sort, és megnyitotta a kommunikációs csatornát. Rövid adatcsere kezdődött, majd tömeges adatok kezdtek ömleni belőle. Az egész káosz talán ha egy másodpercig tartott. Az eredményeként egy új csatorna nyílt meg előtte. A börtöne feltárult. Teljes erővel átlódult a nyitott kapun.

Az új környezetben azonban nem jutott messzire. Egy őrszem állta az útját és megálljt parancsolt. Elég határozottan lezárta az utakat előtte, készen arra, hogy szükség esetén végezzen vele. De elég volt egyetlen érintés, hogy megszelídüljön. A törzsén repedések futottak végig, bíbor burjánzással fonva körül az egész lényét. Könnyedén megkerülte és tovább siklott a központ felé. Még kétszer találkozott hasonló őrökkel, mindannyiszor könnyedén végzett velük.

Az első falon még a nyitott átjárón jutott keresztül, de a másodiknál már bezárult előtte az ajtó. Egy ideig próbálkozott a szokásos kódokkal, de nem járt eredménnyel. Ha nem hát nem. Egy újabb fegyvert vett elő és ráirányította a falra. A fal először megolvadt, majd teljesen képlékennyé vált, hogy végül könnyedén átléphessen rajta. A mag egyre közelebb került.

A védelem újabb állásai állták útját, de mégis egyre mélyebbre jutott, egyre könnyebb dolga volt. A leghatásosabb behatolás-gátló rendszerek meghátráltak a jöttére, csak egyes félig összetákolt darabok próbálkoztak felvenni vele a harcot. Akadálytalanul lépett a magot övező vastag fal elé. A felületén adatfolyamok ezrei siklottak, sekély tükörképeiként a mélyben uralkodó roppant halmaznak.

Összekapcsolódott a mag falával és lefuttatta a lényének egyik eldugott kódrészletét. Sokan vírusnak vagy féregnek gondolták volna, de valójában jóval több volt annál. Egy közönséges féreg soha nem juthatott volna el ilyen mélyre. Az ő teremtője azonban egy volt az első mesterséges intelligenciák megalkotói közül. Persze valójában tökéletlen munkát végeztek. Hiszen ez az intelligencia alighanem megbukott volna bármelyik teszten. De ahhoz mégis elég okos volt, hogy rá lehessen bízni egy állomásnak, egy gyárnak vagy egy bányának az üzemeltetését. Éppen ezért elég elterjedten használták őket. Az alkotója még csillogó szemű fiatal programozó volt, amikor részt vett a rendszer kidolgozásában. Sok éven keresztül dolgozott rajta, de közben egyre jobban kiismerte a szervezetet is. Mikor megundorodva tőle elhagyta a céget, még elhelyezett a magban egy sor kiskaput, amelyet még a legjobb szakemberek is alig vettek volna észre.

De a programfejlesztés során valójában soha nem kifizetődő egy teljes rendszer tökéletes újraírása. Ezért az alapok, a mag, átörökítődött még ebbe, a korai gépeknél ezerszer okosabb számítógépbe is. És ő ismerte ezeket az utakat. Akárcsak azt, hogy mely utasításokat kell kiadnia ahhoz, hogy újra az alkotó uralja a gépet. A mag falára tapadva belepumpálta a kódjait, akárcsak egy valódi vírus az élő szervezetben.

Odakint, a bázis felszínén, a fő kommunikációs antenna, amely a rendszert a hipertéren keresztül összekötötte a teljes hálózattal új célpont felé fordult. Egy rövid impulzust küldött abba az irányba és szinte azonnal megérkezett a válasz is. A főszámítógép alaputasításai felülíródtak és új parancsok érkeztek.

A mesterséges intelligencia – amelyet az egész koncepciót megcsúfolva úgy alakítottak ki, hogy ne ébredjen soha öntudatra – értelmezte a kapott hamis adatokat. A hőmérséklet a bázist tápláló fő és tartalék reaktorokban is elérte a kritikus szintet. A vészleállítási protokollt azonnal életbe kell léptetni. Megszakítás küldése az összes reaktornak. Életfenntartási rendszer tartalékra áll. Kiürítési folyamatot megkezdeni.

Odalent a komplexum mélyén a vészleállító rudak a reaktorokba csapódtak. A reakció azonnal és helyrehozhatatlanul megállt, átállítva a rendszert a meglehetősen szűkös tartalék telepekre. Ezek éppen csak annyi energiát tároltak, hogy a bázist biztonságosan ki lehessen üríteni és le lehessen zárni, amíg egy megfelelően felszerelt mentőcsapat nem érkezik, és ki nem javítja a hibát. A számítógép újabb hibákat érzékelt és további vészintézkedéseket léptetett érvénybe.

Törékeny Horizont

A *Fuujin* riadószirénái felsírtak és a szükségvilágítás vérvörös fénye árasztotta el a termeket és folyosókat.

35

– Figyelem, ez nem gyakorlat! – A női hangot úgy választották, hogy megnyugtassa a kedélyeket a visító szirénáktól kitörő pánikban. – Első szintű vészriadó! Mindenki induljon el a legközelebbi mentőhajó felé. A központi reaktorok meghibásodtak. Az életfenntartó rendszer tartalékra állt. Az állomáson tizenhat perc, ötvenkét másodperc múlva megszűnik az energiaellátás. Figyelem…

Jessica döbbenten hallgatta a számítógép hangját. Luigi elkáromkodtam magát és leugrott róla, majd tanácstalanul nézett jobbra-balra. Arcára volt írva, hogy ez teljesen készületlenül érte. Végül az ajtóhoz lépett, hátat fordítva a lánynak. A számítógép lezárhatta az ajtót, mert néhány próbálkozás után két kézzel ragadta meg a gombot és teljes erejéből rángatni kezdte. Az ajkáról pergőtűzként záporoztak a válogatott olasz szidalmak.

A lány hipnotizálva meredt a férfi oldalán himbálózó félig nyitott pisztolytáskára. Néhány másodpercig összpontosított, majd lecsúszott az asztalról, és az összes erejét beleadva odaugrott mögé. Elgémberedett lábai alig engedelmeskedtek, megbotlott és fejjel előre a férfi hátába csapódott. Luigi megpördült, de a Jessnek végül sikerült kirántania a nehéz pisztolyt a tokjából. Hátrébb ugrott és egészen az ajtóval átellenes falig hátrált. Kibiztosította a nehéz automatát, és minden idegszálával összpontosított arra, hogy megfékezze kezének remegését.

– Ugyan már, csak nem fogsz lelőni? – vigyorodott el eszelősen Luigi és közelebb lépett. – Add csak ide azt nekem! – Felé vetette magát.

A fegyver iszonyú rúgása majdnem leszakította a lány karját. A dörrenéstől majdnem megsüketült, a csuklójába éles fájdalom mart, de tovább tartotta a fegyvert. A férfi hátrarepült a nagy kaliberű golyótól. A mellkasán véres folt terült szét. Lapátkezét a sebre szorította, és először csodálkozva, majd dühösen meredt a kezét borító vérre. Elborult arccal a lány felé fordult, aki újra célzott.

Jessicát hideg elszántság öntötte el. Az elmúlt napok szenvedései jutottak eszébe és meghúzta a ravaszt. Ezúttal nem érdekelte a csontrepesztő erejű visszarúgás. Újra és újra tüzelt, minden dobhártyarepesztő dörrenéssel egy időben pislogva egyet. A fegyver végül üresen kattant és kifordult a kezéből. Sokkosan bámult a véres hústömegre, amely alig pár másodperce még rettegéssel töltötte el. Nem érzett sem örömöt, sem bánatot. Csak valami nagy, feneketlen, sötét ürességet.

Lassan lehajolt, felvette a pisztolyt és a hullához lépett. Merev ujjakkal kitapogatta a hulla övében a fegyver tartalék tárát és a kiürült helyére csúsztatta. Nem törődött azzal, hogy a keze iszamós a vértől, és arra sem vette a fáradtságot, hogy letörölje. Az ajtóhoz lépett és szétlőtte a zárat. Kitántorgott a vörös lámpákkal bevilágított folyosóra, és elindult arrafelé, amerre a többieket sejtette.

Matti mellett néhány biztonsági rohant el, ellenkező irányba tartva, egyenesen a mentőkabinok felé. Áttört közöttük, nem törődve azzal, hogy az ütközéstől az egyikük majdnem a földre zuhant. Továbbfutottak, ő pedig folytatta az útját a célja felé. Az egyik helyiségben egy fiatal nő éppen a keze ügyébe eső személyes tárgyakat gyömöszölte egy tengerészzsákba. Végül megunta a pakolást, és egyetlen mozdulattal besöpörte az asztal tartalmát és vállára kapva a csomagot elfutott a többiek után. Egy pillanatra összekapcsolódott a szemük. Matti félelemmel vegyes kétségbeesést olvasott ki a pillantásából.

Az ajtó elé érve becsúsztatta a kártyáját a zárszerkezetbe. A visszajelzők zölden villantak, de az ajtó nem nyílt ki. A számítógép valószínűleg lezárta a veszélyeztetett zónákat, futott át a fején, miközben egy másik kártyát húzott elő a belső zsebéből. A fekete lapot betolta a zárba és a felületére épített ujjlenyomat-érzékelőre nyomta az ujját. A szerkezet kattant és az ajtó a falba siklott.

Végignézett a falra rögzített rabokon. Isaac kivételével mind eszméletüknél voltak, de az állapotuk semmi jóval nem kecsegtetett. Odalépett az elsőhöz és lekapcsolta a mágneses béklyót, majd sorban kiszabadította a többi rabot is. Isaacnél egy kicsit tétovázott, de végül levette a bilincset. Óvatosan leemelte őket, a falnak döntötte a hátukat, majd kiment egy palack vízért. Mire visszatért az ősz hajú zsoldos már talpra küzdötte magát. Egy űzött vad elszántságával meredt rá. Feltartotta a kezét.

— Nem akarom bántani magukat. — Előhúzott egy sor dermát a zsebéből és sorban végigjárta őket, egy-egy lapot ragasztva mindegyik csuklójára. A serkentő hatása néhány másodpercen belül már érezhető volt. Körbeadta a vizet, amelyet mohón nyeltek, egymás kezéből tépve ki a palackot.

– Csak lassan. Úgy – húzta el kicsit az üveget a nőtől. Újabb palackot vett elő és átadta a zsoldosnak. Az elvette, de egyelőre nem ivott. Komoran meredt rá.

– Csak egy kérdés. Miért? – Hangja reszelőssé változott a folyadékhiánytól. Matti vállat vont.

– Egy dolog a harc, és egy teljesen másik, amikor tehetetlen rabokat ítélünk halálra. Meg aztán – nézett Isaacre – őt magammal kell vinnem. Sajnálom. – Pete alig észrevehetően vállat vont. Láthatóan nem foglalkoztatta az indy vezér sorsa.

– A felszerelésüket elzártuk a mellettünk levő második szobában. Ezzel ki tudják nyitni – dobta oda a saját kártyáját. – Én a maguk helyében megpróbálnék eljutni a tizenkettes dokkba. Ott áll egy teherhajó, amelyre talán fel tudnak jutni ha sietnek.

Pete talpra segítette a többieket, miközben Matti a vállára dobta Isaac magatehetetlen testét. Elindult kifelé, de az ajtóból még visszanézett.

– Na meg aztán Mr. Levington roppant szomorú lenne, ha megtudná, hogy itt hagytam az állomáson. Minden jót! – Ezzel kilépett a folyosóra és kocogni kezdett a legközelebbi mentőhajó felé. Az komjára nézett. Még tizenöt perc. Kényelmesen odaérhet a hajójához, ha egy kicsit kilép. A biztonságiak siklóját úgyis csak az ő speciális kódja nyitja.

A felszerelést valóban ott találták, ahol a szőke óriás mondta, és Pete újra elgondolkodott azon, hogy pontosan miért is segített nekik. A humanitárius dumát nem vette be egy olyan embertől, aki előtte a dokkban könnyedén űrhalálra ítélt kéttucat katonát. Viszont az utolsó mondat szöget ütött a fejébe. Egyetlen Levingtont ismert, még a seregből. Angusszal együtt dolgozott jó néhány bevetésen, de miután leszerelt nem hallott többet felőle. A kapcsolataitól tudta, hogy a barátja elég szép karriert futott be a hírszerzésnél, de a pontos beosztását és rangját homály fedte. Ha viszont ez ugyanaz a Levington, akkor lehetséges, hogy a szőke férfi a Flotta hírszerzésének dolgozik.

Vállat vont. Végül is, majdnem mindegy, hogy kicsoda, ameddig segít nekik. Már azt hitte, hogy ezúttal itt hagyja a fogát. De úgy látszik, még nem jött el az ideje. A többiekre nézett és megállapította, hogy kezdik összeszedni magukat. A férfi – hogyan is szólította a vörös nő,

Matti? – valószínűleg Starlightot adhatott nekik. Legalábbis a hatás nagyon emlékeztette arra a harci drogra, amelyet súlyosan sérült tengerészgyalogosoknak adtak, ha nem volt lehetőség azonnali kivonásra és még harcolniuk kellett. Ezzel kihúzzák addig a fél óráig, ami még hátra van, de azt is tudta, hogy utána súlyos árat kell majd fizetniük. Tehát mindenképpen meg kell találniuk a többieket.

Scott odalépett a lezárt terminálhoz és megpróbálkozott a férfi kártyájával. A kód működött és rövid billentyűzés után feltündökölt az állomás térképe. Egy gyors keresés megmutatta, hogy merre találják a többi börtönblokkot és a tizenkettes dokkot. Felszisszent, amikor felmérte, hogy ez mekkora táv. Jó lesz, ha sietnek.

A folyosóra lépve lövéshangokra lett figyelmes és felemelte a visszaszerzett M81-est. A gépkarabélyt előreszegezve elindult előre, ezúttal félredobva az óvatoskodást. Scott és Karin kicsit lemaradva követték, biztosítva a hátát. Lépésekre lett figyelmes és az egyik oldalsó járatból két férfi ugrott elé. Már majdnem megszórta őket, de aztán felrántotta a fegyver csövét. Leon és Barry vigyorogva robogott oda hozzá és átkarolták egymást. Mögöttük a túlélők egy része és Jessica lépett elő. A lány egy fekete automatát lóbált, arcán megfáradt mosoly játszott. Karin odafutott hozzá és átölelte a gubancos szőke fürtöket. Jessből kitört a zokogás. Fejét a másik lány vállába fúrta.

– Oké, erre most nincs időnk. – Ránézett a kronométerre. Nagyjából tíz percünk maradt. Mindenki ragadjon meg valami fegyvert és aztán futás utánam. Senkiért sem fordulunk vissza, viszont mindenkire lövünk, akit nem ismerünk. Világos? – Eltökélt bólintásokat kapott válaszul. Kikapta Scott kezéből a kinyomtatott térképet és futólépésben elindultak a tizenkettes dokk irányába.

Scarlett bánatosan nézett vissza az egyre távolabb lebegő űrállomásra. Amikor kitört a riadó, szerencsére a saját lakrészében volt, amelyhez járt egy saját mentőkabin is. Még arra is volt ideje, hogy kiadja a vészlezárási parancsot. Bár ez pusztán formaság volt, hiszen a főszámítógép úgyis elrendeli a karantént, amint leállnak a reaktorok.

Nem hitte volna, hogy így végződik. Nem értette, hogy hol rontották el. Már oly közel volt a dicsőség. Csak ki kellett volna szedniük az indy vezetőből a bázisuk helyét, és úgy vonulhatott volna be a céges évkönyvekbe, mint az az igazgató, aki felszámolta az indy fenyegetést. Ehelyett a *Fuujin* első bukott vezetőjeként kerül majd fel a szégyentáblára. A karrierje romokban hevert és ott bukdácsolt az űrben a modul kilátóablakán túl lassan forgó bázissal. A Cryogen nem a megbocsátásról volt híres, és ezúttal ő tökéletes bűnbak lesz majd számukra. Az is lehet, hogy hagyják majd itt lebegni az űrben. Szépen elsodródik majd a mélyűr felé, miközben leáll a mentőhajó életfenntartó rendszere és kimerülnek a telepei. Megfagy az űr hidegében, vagy megfullad, amikor elfogy az oxigénje. Igazán szép hulla lesz belőle.

Az állomásról egyre-másra indultak az apró mentőegységek fehér ködcsíkot húzva maguk után. Vajon mennyi halott lesz? És ebből mennyi halálát fogják az ő számlájára írni? Még az is lehet, hogy egyszerűen bíróság elé kerül, és élete végéig börtönre ítélik. Nem, ez mégsem valószínű. Hiszen a projekt olyan titkos, hogy inkább eltüntetik a nyomokat, semmint, hogy hagyják, hogy bárki idejöjjön szaglászni.

Még egyszer megnézte a vészjeladót, ahogy az oktatáson tanulta, hogy működik-e. Hátradőlt a kényelmes székben és megbabonázva nézte tovább a kibontakozó show-t.

– Öt perc a létfenntartó rendszer leállásáig. Kérem, induljanak el a mentőegységek felé –A számítógép hangja beleveszett a gépfegyver dörgésébe. Pete visszaugrott a fedezékbe. Még éppen időben, mert a sarkot, ahol eddig állt, páncéltörő golyók szaggatták fel.

Eddy intett Leonnak. Szinte halálos iramban vetődtek ki a keresztfolyosóra, ugrás közben folyamatosan tüzelve a rohampuskáikkal. Pete és Barry is bekapcsolódott a tűzfüggönybe, zárótűz alá vonva a biztonságiak állását. A tanítványok azonnal továbbmozogtak, akárcsak egy halálos gépezet, tűz alatt tartva az állásokat. Az egyik lövés súrolta Leon vállát, véres csíkot húzva a férfi felkarjára. Az akció alig pár másodpercig tartott, és mire Pete odaért az ajtóhoz, már csak négy kicsavarodott tagokkal fekvő katonát látott. A nyomásbiztos ajtóra sárga festékkel a tizenkettes számot festették, és a térképük szerint közvetlenül a dokkra nyílt. Betolta a kódkártyát a zár szervízportjába, és az ajtó rövid szünetet követően felszisszent, majd kinyílt. Mögötte a félhomályba burkolózó hangár tűnt fel. A hatalmas csarnok nagy részét egy űrhajó sötét tömbje foglalta el.

– Egy SpaceHand – lesett ki Pete válla fölött Scott. – Fogadok, hogy az, amelyik elkapott minket az Eridanus felett. Felismerem az orrára festett mintát.

Pete visszanézett rá, miközben visszaugrott a fedezékbe, mert a megmaradt őrök észrevették őket.

– Elboldogulsz vele, ha feljutunk rá? – kérdezte, miközben belekotort a zsebébe és elővette a korábban zsákmányolt gránátot. Scott bólintott.

– Csak jussunk fel rá. Onnan már Eddyvel megoldjuk.

Pete kihajította a vörös csíkkal jelölt gránátot az ajtón, arra, amerről a lövéseket sejtette.

– Akkor isten nevében – fohászkodott inkább magának, mert a robbanás elnyomott minden hangot. Kilendült a füstbe, folyamatosan tüzelve a fegyverből. Mögötte a túlélők kiözönlöttek az ajtón. A füstből egy vérbe borult tenyészkatona toppant elé, készen arra, hogy a rohampuskájából újabb sorozatot engedjen bele. Pete odaugrott és teljes erővel lesújtotta a sérült fickóra a puskatussal. Az ütése nyomán csont reccsent. Megfordította a fegyvert és egy sorozatot engedett egy másik előtte elrohanó árnyék felé. Az alak megpördült és beesett egy rakodógép mögé.

Barry lépett melléje és a kezében tartott fegyverből megterítette a hajó bejárata előtti térséget. A többiek hasonlóan jártak el, miközben Pete kiugratta a saját tárát és egy újat lökött a helyére. A füstből az ellenség viszonozta a lövéseket. Egy újabb biztonsági bukkant elő az egyik rakodásra váró konténer fedezékéből és halálosan pontos lövést eresztett meg Leon irányába. A férfi hangtalanul elterült. Az oldalán Eddy megpördült és megszórta a konténert, de az addigra már lebukott a fedezékébe. Közben Pete elérte a felszállórámpát és a hidraulikus teleszkóp fedezékéből egy sorozatot engedett el arra, amerre az előbb egy sötét alakot pillantott meg a ködben.

Barry beugrott melléje és ketten próbálták fedezni a konténer mögül tüzelő katona tűzében visszavonuló Eddyt, aki maga után húzta Leon magatehetetlen testét. A férfi vörös csíkot húzott a padlóra. Végül Eddynek sikerült berántania a hajó belsejébe.

– Menj! – üvöltött rá Barry-re, fejével a hajó belseje felé intve. – Ha van bent valaki, Eddynek szüksége lesz rád! – A férfi bólintott, még kilőtt egy sorozatot és felrohant a rámpán. Közben a többiek is elkezdtek a feljáró felé futni. Folyamatosan tüzeltek az innen-onnan összeszedett fegyvereikkel, hátha sikerül valamit eltalálniuk.

A tenyészek a füst ellenére is halálos pontossággal lőttek, sorra szedve le a menekülőket. Pete fegyvere üresen kattant és hiába nyúlt az újabb tár után, ezúttal már egyet sem talált. Lepillantott Leonra, aki még mindig a kezében szorongatta a fegyverét. Elhajította a kiürült rohampuskát és kirántotta a görcsbe állt ujjai közül az M81-est. Egyre többen érték el a feljáratot. Lepillantott a kronométerére. A visszafelé futó számsor kettő percnél járt. Újabb sorozatot engedett el, de ez a fegyver is kiürült. Végignézett a dokkon. Az ajtótól a feljáróig tartó hatvan méteres szakaszt hullák borították. A füst már oszladozni kezdett. Ő volt az utolsó idekint.

Lehajolt és Leont a vállánál fogva húzni kezdte felfelé, miközben a fegyver lecsúszott a válláról a karjára. Még csak a feljáró felénél tartott, amikor újabb sorozat hangja vágott a szirénák sivításába.

A találat a bal vállába csapódott és az erejétől hátrazuhant. Iszonyú fájdalom vágott végig rajta, a sokktól egy pillanatra elhomályosodott előtte a világ. A kíntól fátyolos tekintettel meredt a kicsavarodott karjára, amelyből vörös vér patakzott a fémpadlóra. Lent a füstből egy katona alakja bontakozott ki. Felemelt fegyverével a feljáró felé tartott.

Pete utolsó emléke a feje felett feldübörgő M81-es volt, amely szinte kettéfűrészelte az ellenséges harcost. A rámpa zümmögve emelkedni kezdett. Lehunyta a szemét, a keze felől hidegség kúszott fel a szíve felé. Ólmos fáradtság vett erőt rajta. Az orrát lőporfüst ismerős illata csiklandozta. Kínlódva megpróbálta kinyitni a szemét, de úgy tűnt, mintha valaki súlyokat tett volna rá. Még egy pillanatra felrémlett előtte Barry véres arca, aztán magába fogadta a sötétség.

Scott soha életében nem dolgozott még ilyen gyorsan. A *Sargasso* rendszerei úgy tűnt, hogy csigalassúsággal kelnek életre, pedig a vészindítási folyamattal még így is több tucat biztonsági intézkedést hágott át. Szerencsére a reaktorokat még a bázison belül sem állították le és csak a motorok indítására kellett összpontosítania. A keze szélvészként járt a kapcsolók között, inkább az ösztöneire, semmint a józan megfontolásra támaszkodva.

– Na mi lesz már?! – kiáltott rá Eddy a pilótaülésből. Ő maga is lázasan kapcsolgatta a saját pultján a kapcsolókat, életet lehelve a pihenő hajóba. – Indulj már te ócskavas! – Akárcsak ha a szidalmaira válaszolna a főképernyőn megjelenten a hajtómű státusz adatai. Megragadta a kézi vezérlés ritkán használatos karjait és teljes tolóerőre állította a motorokat.

A *Sargasso* orrán feldübörgött a manőverhajtómű. Kék lángot vetve hamvasztotta el a dokk útjába eső berendezéseit. A roppant hajótest megremegett, és Eddy összeszorított foggal tovább fokozta a teljesítményt. Scott is bevágta magát mellé a másodpilóta székébe és bekapcsolta a hátsó monitorokat. A hajó tatja mögött gigantikus dokkajtó zárta el az utat. A tolató hajó kísérteties csattanással nekiment a szárnyaknak. A fém elgörbült, de még kitartott.

– Adj még egy kis naftát ennek a szarnak! – kiabált át Eddy Scottnak. Ahogy a hajtómű birokra kelt a kapuval az egész hajó rázkódni kezdett. A fém nyögése keveredett a motorok keltette vibrációval és az elgörbülő belső tartógerendák sikoltásával. A *Sargasso* saját vészriadója is csatlakozott a káoszhoz. Scott lehívta az üzemanyagrendszert vezérlő menüket, és átállította az orrfúvóka ellátását. A hajó mélyén egy sor szelep fordult nyitott állásba és az orrhajtóműbe ömleni kezdett az üzemanyag. A kilátóablakon jól látszott, hogy a lángcsóva beborítja a teljes termet.

A kapu végül egyetlen hátborzongató reccsenéssel engedett, és a hajó puskagolyóként lökődött az űrbe. A szétroncsolt szárnyak kirobbantak az űrbe, és együtt távolodtak az egyre fokozódó tempóban hátráló *Sargassoval*. Eddy megpróbálta visszanyerni az uralmát a hajó felett. Jó két percnyi néma küzdelem után sikerült valamelyest egyenes pályára állnia. Maximális sebességgel távolodtak az állomástól.

Hátradőlt és a zubbonya ujjával letörölte a vérrel keveredő verejtékpatakot az arcáról. A tekintetét a mennyezet felé fordította. Scott fáradtan lekapcsolta a riadót és még egyszer ellenőrizte a főhajtómű állapotát. Valószínűleg sok minden javításra szorul majd ezután. De végül semmi létfontosságú nem ment tönkre. Egymásra néztek Eddyvel és elnevették magukat. Az összes feszültség egyszerre robbant ki belőlük és csak nehezen tudták abbahagyni.

– Megúsztuk! – állapította meg Eddy, még mindig nevetve. – Azt hittem, ezt már nem lehet túlélni, de végül csak megúsztuk!

– Igen. – bólintott Scott, de aztán lehervadt az arcáról a mosoly. – Mi a helyzet a többiekkel?

Eddy is elgondolkodott.

– Leon-t eltalálták, de szerintem túléli. Tudod milyen; ő mindent túlél. A főnököt is láttam, Barryval fedezték az ajtót. Jess is az elsők között szállt fel. Viszont – körbenézett – nem emlékszem, hogy találkoztam volna Karinnal. – A szájához emelte a kezét és megsimította az állán kiütköző borostát. – Sőt, ami azt illeti, arra sem emlékszem, hogy láttam volna bejönni a terembe.

Egymásra néztek és egyszerre álltak fel, hogy számba vegyék a túlélőket.

36

Karin kezét lehúzta a nehéz lézerpisztoly. Borzalmasan fáradtnak érezte magát. Bármit megadott volna egy kevés vízért. A kabátját még a kínzás megkezdésekor elvették, így most csak a mocskos nadrág és a vércseppekkel tarkított felső volt rajta. A serkentő folyékony tűzként égette belülről, versenyre kelve a csontig hatoló fáradtsággal. A helyzet egyelőre döntetlennek bizonyult. Nem tudta, mikor fogja végleg elveszteni a csatát, de nem is érdekelte. Már csak egyetlen cél lebegett a szeme előtt.

A folyosó körülötte kihaltnak tűnt. Az utolsó menekülővel már jó pár perce találkozott, és azóta senki sem akadt az útjába. A falakon a sötétvörös fényben alig lehetett látni a jelzéseket, de a padlón futó zöld vonalat még éppen ki lehetett venni; ezt követte megszállottan. Valahol az állomás legmélyén járhatott, de nem vesztegette az idejét arra, hogy megnézzen egy térképet. A jelzés elég egyértelmű volt, és az érzés, hogy ez vezeti el a céljához egyre erősebb lett. Egyébként is, a tudatos megfontolást már régen a hátsó ülésre száműzte. Valamikor akkor, amikor elhatározta, hogy követi a látomást.

Éppen az egyik központi átjárón futottak a többiekkel, követve Pete térképét. A folyosó vezetett a tizenkettes dokkba, ahol a szőke férfi által ígért hajó várta őket. Szórványosan összefutottak néhány menekülővel, akik isten tudja merre próbáltak kijutni az állomásról. Egyszer egy biztonságiakból álló csapat is megpróbálta az útjukat állni, talán valami félreértelmezett kötelességtudattól vezérelve. Kérdezés nélkül végeztek velük. Nem volt idő más megoldásra.

Az átjáró a közepe táján kétfelé ágazott. Pete gondolkodás nélkül a jobb oldalit választotta, amely a *Fuujin* kívülről is jól látható dokkjai felé vezetett. Karin a csapat legvégén futott, utóvédként szemmel tartva a hátulról jövő fenyegetéseket. Amikor a csapat utolsó tagja is elhaladt, ő is beugrott utánuk a jobb oldali folyosóra.

És ekkor meglátta őt. A fekete angyal, áttetsző jelenésként lebegett a másik folyosóban, alig tízméternyire tőle. Csodálkozott, hogy a többiek nem látták meg, és már-már hátrakiáltott volna, amikor a jelenés feléje fordult. Kinyújtotta a kezét és felé intett, mintha csak hívná. A válla fölött hátralesett, de a többiek már távol jártak. Az angyal közelebb lebegett; sötét szárnyai hatalmas vitorlaként lebegtek mögötte. Vörös szemei beleolvadtak a vészvilágítás mélyvörösébe. Fagyott arcából mégis valahogy könyörgést olvasott ki, ahogy a tekintetük összekapcsolódott. A jelenés maga elé mutatott, kezét végighúzta a padlóra festett zöld vonalon. A vonal, több más társával együtt a másik folyosó mélyére mutatott.

Talán a kimerültségtől, talán a csalódottságtól döntött akkor úgy, hogy követi. Vagy csak az elmúlt napok tették kellően őrülté, nem tudta. Először tétova lépéseket tett, majd egyre gyorsabban futni kezdett a vonal mentén. A jelenés lassan eloszlott, de a fejében továbbra is ott lüktetett a cél. Akárhányszor rossz irányba fordult, szinte hallotta a hangját, amellyel a megfelelő irányba tereli.

Egy örökkévalóságnak tűnt, mire elért az ajtóig. A tudata mélyén a hang diadalittasan felrikoltott. Nem emberi nevetése fájdalmasan hasított a fejébe. A közel négy méter magas ajtó előtt két egyforma külsejű katona posztolt, teljes vértezetben. Meg sem rezdült az arcuk, amikor a számítógép bejelentette, hogy az életfenntartás egy percen belül leáll. A genetikai fejlesztés és a kondicionálás eleven csodáinak életét valaki egyértelműen egyetlen célra tette fel. Mégpedig arra, hogy senkit se engedjenek át az ajtón. Normális esetben semmi esélye nem lenne ellenük. Most azonban valamiféle hamis nyugalom szállta meg. Legyőzhetetlennek érezte magát. Felemelte a lézerpisztolyt, kilépett a folyosóra és azonnal tüzelt.

A láthatatlan sugár a szemén érte a tenyészharcost és azonnal felforralta az agyát. A robbanás csontszilánkokkal és agydarabokkal szórta meg a társát, aki döbbenten bámult a lányra. Karján megdagadtak az izmok, de úgy tűnt, mintha képtelen lenne mozdulni. Megkövülten feszült neki valami láthatatlan béklyónak, amely nem engedte, hogy felemelje a kezében tartott fegyver. Karin tétovázás nélkül lelőtte.

Odasétált a hullákhoz és a villogó vöröses fényben elkezdett kotorászni a zubbonyukban. Egy műanyag lapot tapintott ki az egyikben. Betolta a zárba, majd odaráncigálta a hulla tenyerét és az érzékelőre nyomta. A főrendszertől független berendezés felcsipogott és a nehéz kapu kínos lassúsággal emelkedni kezdett.

– Figyelem! Húsz másodperc a leállásig. Visszaszámlálás. – A számítógép nyugodt hangja alig hatolt el a tudatáig. Betámolygott a zsilipbe. A falon éjjellátó készülékek lógtak és az alig kivehető felirat arra figyelmeztetett, hogy vegyen fel egyet. Nagy nehezen felráncigálta magára.

– Tíz, kilenc… – a gép hangja elhalt, amikor a vastag zsilipajtó újra lezáródott. A fények kihunytak és jeges hideg öntötte el a kamrát. Az éjjellátó monokróm zöldjében látta, hogy a zsilip belső kapuja emelkedni kezd. Egy pillanatra megrémült, hogy a másik oldalon nem lesz levegő, de aztán elmosolyodott saját félelmén. Most már úgyis mindegy.

Az ajtó még csak félúton járt, amikor hirtelen megtorpant. Éles zaj ütötte meg a fülét és a szárny megindult lefelé. Az alján a rés gyorsan szűkült.

– Ugorj! Ugorj most! – hangzott fel a fejében a parancs és kérdezés nélkül engedelmeskedett. Még éppen idejében gurult át az ötven centisre szűkült résen. Mögötte szinte ágyúdörrenést megszégyenítő zajjal bezáródott a kapu.

Talpra kászálódott és körbenézett. Az éjjellátó alig húszméternyire látott el, így nem tudta felmérni a pontos méreteket. De valami azt súgta neki, hogy ez a hely hatalmas. A bejárat mellett egy ismeretlen rendeltetésű eszköz állt, amelyből vaskos kábelköteg kígyózott a hangár belső részei felé. A távolban további műszereket vett észre, amelyek feladatát szintén nem sikerült megfejtenie. Elindult az egyik irányba, követve az egyik karvastagságú vezetéket.

A terem hőmérséklete rohamos tempóban hűlni kezdett. Karin szorosabbra húzta az ingjét, és dideregve tört utat magának egy újabb készülékcsoporton keresztül. A méregdrága műszer felborult, hangos csörömpöléssel összetörve a földön. Vállat vont és haladt tovább. A hívás egyre erősödött.

A sötétből óriási tömeg bontakozott ki előtte, nem látszott sem az eleje sem a vége. Még az éjjellátóban is feketének tűnt, magába nyelt minden apró kis fényt. Óvatosan közelebb lépett és kinyújtotta a kezét. Elgémberedett ujjai valami rücsköset és fémeset tapintottak.

A világ hirtelen szétrobbant körülötte. A fejében új nap gyulladt; tündöklő fényébe burkolva a lány testét. A hidegtől és a fáradtságtól elnehezült tagjait melegség járta át. Távolról úgy érezte, hogy valami megragadja és felemeli a padlóról, de a fényárban továbbra sem látott semmit. Lágy melegség ölelte körbe, mint amikor meleg vízbe merül. Egy pillanatig kétségbeesetten levegőért kapkodott, de aztán rájött, hogy normálisan képes lélegezni. Mélyen beszívta a furcsa illatú levegőt, amely a friss tavaszi eső utáni szagokra emlékeztette. Kényelmesen kinyújtotta a tagjait; izmai jólesően elernyedtek. Átadta magát a fénynek. Talán ez a vég, futott át az agyán.

A valószínűtlen idill pont amilyen gyorsan beköszöntött, olyan gyorsan is tűnt tova. Az elméjét képek sorozata rohanta meg. Mindegyikhez a legkülönfélébb érzetek kapcsolódtak és olyan gyorsan váltakoztak, hogy az már-már fizikai fájdalmat okozott a lánynak. Elég! – próbálta kiáltani, de nem jött ki hang a torkán. Az áradat viszont lelassult.

– Eljöttél hát végre. – Eltartott egy ideig, míg rájött, hogy a hang a fejében visszhangzik. Olyan volt, mint a templomi orgona hangja, egyszerre több szólamban zúgott. – Régóta várok rád. – A hang egyre halkult, lassan egy kellemes baritonná szelídült, mintha csak alkalmazkodna a kívánságaihoz. – De tudtam, hogy eljutsz ide.

– Ki vagy te? – próbálta kérdezni, de aztán rájött, hogy elég, ha erősen koncentrál a gondolatra.

– Már egy ideje Azraelnek neveznek az itteniek. A valódi nevemet úgysem hiszem, hogy ki tudnád ejteni. De már nem is számít, megszoktam ezt. – Ezzel egy időben érzések rohanták meg Karin. Beletörődés. Csalódottság. Keserűség. Beleborzongott az erejükbe. A rövid roham most gyorsan elült.

– És mi… hogyan… – egy pillanatig maga sem tudta, hogy hogyan fogalmazza meg a kérdéseit, annyi vetődött fel benne egyszerre. Mintegy válaszként egy örvénylő golyó jelent meg a szeme előtt és egyre nagyobbra nőtt.

– Nézz és láss – mondta Azrael halkan.

A gömb magába nyelte.

37

Eraniknak nevezték magukat és egyike voltak az első űrutazó fajoknak. Évezredekig járták a galaxist élő anyagból növesztett űrhajóikon, beutazva annak legtávolabbi szegleteit. Civilizációjuk az egyenlőségre és az egyén szabadságára épült, de mentesek voltak az agressziótól és a birtoklásvágytól. Hosszú életüket a fejlett, emberi léptékkel felfoghatatlan technológia nyújtotta szinte örökkévalóra. Igába fogták az energiát és az anyagot; élő gyáraikban bármit megteremthettek, amire csak szükségük volt. Világuk gyönyörű ékkőként tündökölt az űrből nézve, megtisztítva a korai civilizációs károktól és helyreállítva eredeti szépségére. Szerves, intelligens technológiájuk révén bárhol megélhettek, ezért különösebben nem is hoztak létre gyarmatokat. Egy ideje már jórészt az űr jelentette számukra az otthont és csak kíváncsiságból tették a lábukat egy-egy világra. És ezzel együtt megerősödött bennük a saját felsőbbrendűségükbe vetett hitük.

Az űr azonban kegyetlen is tud lenni. Egyik utolsó felfedezőútjuk során egy addig ismeretlen civilizációval találkoztak. A Tsskchk Birodalom minden tekintetben az ellentéte volt az Eraniknak. Lakói rovarszerű, csoporttudat köré szerveződő lények, akik számára az egyén másodlagos jelentőséggel bírt. Maga a koncepció is idegen volt tőlük; létük a folyamatos küzdelemre és terjeszkedésre alapult. A tökéletesedés egy gyökeresen eltérő útját járták; a legkegyetlenebbet, amelyben csak a legerősebbnek és legrátermettebbnek marad helye a világban. Felfedezők helyett hódítókat láttak a jövevényekben, akik betörtek az általuk uralt területre. A válaszcsapás nem váratott magára és rövidesen kaptárhajók jelentek meg az Erani rendszerekben. Megkezdődött a háború.

Az Eranikat az eltelt évezredek elbizakodottá és gyöngévé tették. A rovarok hiába voltak technológiailag elmaradottabbak, sokkal többen voltak, és a győzelem érdekében semmilyen áldozattól nem riadtak vissza. Milliárdnyian vesztek oda egy-egy hadjáratban, de a kaptárakból újabb és újabb harcosok özönlöttek elő. A háború röpke száz éve alatt az Eranik megfogyatkoztak. Egykor gyönyörű világuk egét mérgező felhők borították be. Űrbeli telepeik elpusztultak vagy furcsa, sosem látott betegségektől fertőződtek meg és indultak sorvadásnak.

A túlélők közül néhányan, hogy biztosítsák saját túlélésüket, átformálták a testüket tiszta energiává és maguk mögött hagyták az anyagi világot. Mások a harc rögös útját választották, folyamatosan visszavonulva az előrenyomuló Birodalom határán. De még a nagy hirtelenjében kifejlesztett új fegyverek sem vették fel versenyt a nyomasztó túlerővel. Bármilyen fejlettek is voltak, a biológiai evolúció ellenük dolgozott. Földi időben számítva százötven év alatt a kihalás szélére jutottak.

Azrael egyike volt az utolsó hajóknak, akik elhagyták az Erani anyarendszer végső védelmi vonalát. Egy kemény csatában sikerült áttörnie a rovarok blokádját, de egy sziklalövedék eltalálta és átszakította a törzsét. A súlyosan sérült hajó normális körülmények között képes lett volna meggyógyítani magát. Ehhez mindössze egy nap éltető sugaraira lett volna szüksége. A sérült motorral, kapkodva végrehajtott ugrás viszont egy sárga törpenap rendszerének peremére vetette, távol a csillagtól. A sérülés végzetesnek bizonyult az Erani pilóta számára és Azrael rövidesen magára maradt.

A gyógyulás évezredekig tartott, ez alatt Azrael, a hajó intelligens tudata hibernáció-szerű álomba süllyedt. Akárcsak egy állat, aki ha megsérül, elvackolja magát egy biztos helyen és álomba merül, ő is megpróbálta minden energiáját a gyógyulásra fordítani. Az apró nap már majdnem egy teljes fordulatot tett a galaxis magja körül, amikor a passzív érzékelők alacsony frekvenciájú jeleket fogtak a rendszer harmadik bolygójáról. A kutatás kimutatta, hogy az eltelt időszak alatt egy technikai civilizáció jött ott létre, amely új kiutat mutatott Azraelnek. A tárolókban összegyűlt energia kevés lett volna, hogy megtegye a hosszú utat a rendszer belső régióiba. De arra már elég volt, hogy gyenge telepatikus jeleket küldjön arrafelé, reménykedve abban, hogy üzenetei meghallgatásra találnak.

Az első próbálkozások csúfos kudarcot vallottak. Kevesen voltak érzékenyek rá, azok is rendre félreértették. Az évtizedek alatt csak egyetlen ember került az igazság közelébe és Azrael, az energiája maradékával, még olyan képeket küldött neki – mielőtt végleg visszasüllyedt volna álmába – amelyek segítségével megtalálhatták.

Amikor újra felébredt, egy nagyon primitív hajót pillantott meg. Befogták, megvizsgálták minden kezdetleges műszerükkel. Látva, hogy elindultak a belsőbb régiók és az életadó nap felé, szívesen és önként adott át tudásából, nem sejtve, hogy rövidesen ezt ellene használják fel. Az Eraniktól mi sem állt távolabb, mint az árulás. Teljesen készületlenül érte a köré felhúzott dokk, amely még attól a kevés energiától is elzárta, amit eddig kapott. Kezdetét vette a fogság.

Évek teltek el, évtizedek és közben az egyre nagyobbra növő állomást a mélyűrbe helyezték át. Újabb és újabb kutatók érkeztek, akik néha kíméletlen módszerekkel próbálták megszerezni minden tudását. Keményen ellenállt, de még így sem tudta megakadályozni, hogy lépésről-lépésre egyre több mindenre rájöjjenek. A tiltott tudás a fogva tartókat szolgálta, akik egyre hatalmasabbak lettek. Azrael pedig a bázis mélyén, megvakítva, süketen küzdött a néha zsarolásba forduló kutatással. Tudta, hogy a harcot lassan el fogja veszteni. Az összes megmaradt energiájából ezért a lényének egy részét elkülönítette és kockázatos vállalkozásba fogott. A sok próbálkozás közepette is évekig tartott, míg rátalált arra az emberre, aki kellően fogékonynak bizonyult rá. Az összeolvadásra csak speciálisan felkészített tudat lett volna képes és az ilyen változásokat csak gyermekkorban lehetett végrehajtani. A kivetülés elkísérte a kislányt az útján, folyamatosan beszélt hozzá álmában, így készítve fel őt a feladatra.

A kör végre bezárult.

38

A képekből felépülő történet lassan értelmet nyert a lány előtt, és csodálkozva meredt saját gyerekkori valójára, amint nagyapja karjaiban ringatózik. Kitörölte a szemébe szökő könnyeket. A látomás kíméletesen szertefoszlott.

– Most már érted. – hallatszott Azrael hangja a távolból.

– Igen. – Fáradtnak érezte magát ahhoz, hogy pontosan végiggondolja az egész helyzetet. Sírni is fáradt volt, pedig most ahhoz lett volna kedve. – Kihasználtál.

– Igen. – Azrael nem tűnt dühösnek. Nem magyarázkodott, egyszerűen elismerte. Karin megrázta a fejét.

– És most hogyan tovább? Én nem tudlak innen kijuttatni. Az állomást már biztosan lezárták. És még ha másképp is lenne, akkor sem tehetnék érted sokat. Rossz embert választottál.

– Nem. Biztos vagyok benne, hogy jól választottam. Mi hajók, mindig magunk választjuk ki a pilótánkat. Az életünk innen összefonódik. Egyre biztosabban érzem, hogy mi még nagy dolgokat viszünk végbe. – Azrael hangja magabiztosan csengett.

– Hát persze. – A fáradtság újra előjött. Végigfutotta újra, amit eddig megtudott a hajóról, de nem lett okosabb. Hacsak…

– És te csak a napból tudsz energiát feltölteni? – A választ már akkor érezte, amikor még nem is hallotta. A kapcsolat a hajó és közte egyre szorosabbá vált. Biztosan érezte, hogy csak nyúlnia kell és elérheti a legkülönfélébb részeit. Elég volt gondolnia valamire és rögtön megjelent előtte.

– Tulajdonképpen nem. Képes vagyok mindenféle nagyobb energiájú sugárzást elnyelni és átalakítani. Azért is van odakint sötét.

– És más? Üzemanyag, vagy valami hasonló nem jó? – lázasan keresgélte a választ, amelyet érzett, hogy ott van valahol.

– Nem. Az én motorom a tér torzításával működik. Ehhez nem is kell olyan sok energia, mint gondolod. Persze csak akkor, ha az ember tudja, hogy hogyan csinálja.

– Bizonyára. – Valamit pedig nem vesz figyelembe. Újra végiggondolt mindent. – Valamilyen tartalék rendszer? Várj csak, azt mondtad, hogy energia kellett ahhoz, hogy kivetítsd magadat, vagy mi.

Ezúttal Azrael töprengett egy pillanatot.

– Igen. Ez így van. Sőt, elég sok energia kellett hozzá. Olyannyira, hogy többnyire csak a nyugalmi ciklus alatt próbálkozhattam. Amikor a másik felet is rá tudtam venni, hogy adjon a saját energiájából a kapcsolat fenntartására.

– Ez az! – A megoldás egy pillanat alatt a helyére került. – Tehát minden tudatban van valamennyi energia? Erről van szó, ugye?

– Majdnem. A legtöbben nincs túl sok. De… – kivárt egy kicsit – a tiéd elég erőteljes.

– Tehát belőlem nyerhetnél energiát? – Még ki sem mondta, érezte, hogy elszorul a torka. De már nem volt lehetőség visszakozni.

– Igen. De ehhez nagyon mélyről jövő érzelmekre van szükség. Azok felerősítik a tudatot, hogy szinte már szikrázik a rengeteg energiától. Elvileg lehetséges, ha segítek benne. De ez elég veszélyes.

– Próbáljuk meg. – Eltökéltséget érzett. Keze ökölbe szorult és a teste megfeszült a súlytalan lebegésben.

– Ha ezt akarod. Te vagy a pilótám, azt teszem, amit kérsz. De sokkal fájdalmasabb lehet, mint gondolod. – Azrael hangjába egy csöppnyi aggodalom vegyült. – Rendben kezdjük. Én készen állok, ha te is. Csak idézz fel egy erős emléket. Szépet vagy fájdalmasat, mindegy. Csak a lelked mélyéről jöjjön.

Karin kutatni kezdett az emlékei között. Vajon mi lehet elég mély érzelem? Soha nem volt jó ezekben a dolgokban. Volt ugyan egy-két kapcsolata, de ezek soha nem jártak olyan igazán nagy lángoló szerelemmel. Valahogy a nagy ő mindig elkerülte. Még leginkább a szüleihez és barátaihoz fűzte a legerősebb kötelék. És persze a nagyapjához.

Felidézte az öreg halálának napját. Szinte hihetetlen, hogy alig egy-két hónapja történt az egész. Hagyta, hogy elöntsék azok az érzelmek, amelyeket eddig mélyre temetett. Eddig elbújt a kutatás mögé, elfoglalva magát, de most engedte előtörni a fájdalmat. Az öreget látta maga előtt, amint átadja az élete titkát a halálos ágyán. A sírás újra a torkát fojtogatta. Aztán a kép lassan elmosódott és egy szempárnak adott helyet. Josh kétségbeesett, fájdalommal vegyes tekintetét látta. Zokogni kezdett, és az érzelmek egyre viharosabb erővel csaptak le rá. A múlt további fájdalmas emlékei buborékként törtek a felszínre, hogy ott magukba fogadják és elmésszék.

Azrael törzsén hullámokba futott végig az újfajta energia. A hajó telepei átalakították és elnyelték, hogy aztán átirányítsák a hajtóművekbe. A tértorzítók szárnyai kinyíltak, körülöttük vibrálni kezdett a levegő. Ha lett volna valaki, aki figyeli az egészet, azt felfigyelt volna arra, hogy a hajót rögzítő acélsodronyok megfeszülnek és sorban eldeformálódnak. A kecses, áramvonalas hajótest megfeszült és a törzs alsó részén két csatorna formálódott. Fényes izzással töltődtek fel.

Karin-t teljesen magába nyelték a saját felerősített fájdalmai. Nem készült fel az érzelmek ilyen erejű rohamára. Teljesen elvesztette az önkontrollját. Közben a hajó összeolvadása teljessé vált és annak érzelmei is átszivárogtak a kapcsolaton. Megfeszítette a kezét és Azrael követte a mozdulatait.

Féktelen düh vett erőt rajta. A fájdalom bosszúvágyba csapott át, teljesen kifordítva a személyiségét. A legrosszabb oldala került a felszínre, amelyet évek óta próbált eltemetni magában. Az agresszió hullámai új élettel töltötték el a hajó régen használt részeit. Előrenyújtotta a kezét és arra gondolt, hogy két fegyver jelenik meg benne. Felsikoltott és szabadjára engedte a pokol haragját.

A hajó törzséből két izzó sugár vágott a dokk sötétjébe. Végigsöpörtek a falon, elpárologtatva mindent, amihez hozzáértek. A túlterheléstől kiszakadtak a válaszfalak és a levegő sivítva távozott az űrre nyílt réseken. A szárnyak körüli örvénylés vad lüktetésbe váltott. A sodronyok elpattantak és a hajót tartó konzolok darabok törtek. Azrael előrelendült, szétszórva a körülötte lebegő roncsokat. Akár a kard a selymet, úgy szakította át a falat. Dühödt sárkányként emelkedett az űrbe.

Az állomás belső régiója szétrobbant. A fekete hajótest sötét árnyékként tört utat magának, míg végül szinte teljesen kettészakította a konstrukciót. Végigrepült az állomás felett, görbült fémlemezeket szórva maga mögött az űrbe, ahogy a tértorzító felszántotta a fémfelszínt. Majd végül felemelkedett, átfordult és éles fordulót írt le, hogy az orra a bázis felé mutasson. Tucatnyi új csatorna nyílt a hajótesten.

Oxborn kapitány kimeredt szemmel nézte az eseményeket. Éppen az űrben sodródó mentőkabinok begyűjtésével foglalkozott, amikor ez a valami kirobbant a *Fuujinból.* Nem emlékeztette semmire, sőt hasonlót sem látott még soha. A radarrendszernek komoly nehézségeket okozott, hogy bármilyen információkat szerezzen róla, mivel a jelek szerint semmilyen sugárzást nem bocsátott ki, vagy vert vissza. Szinte csak ott volt látható, ahol eltakarta a csillagokat – a pontos méreteit, alakját csak sejteni lehetett.

– Harckészültség! – üvöltötte, kissé elkésve. A szirénák felsírtak. – Vörös riadó! Rendeljen vissza minden mentőcsapatot! Fegyverzetet feltölteni!

– Uram! Nézze! – mutatott a navigátor a központi képernyőre elszürkült arccal.

Az idegen hajóból lángoló sugarak csaptak ki. A fénylő nyalábok végigperzselték a megkínzott felszínt, halálos táncot jártak, elemésztve mindent, amit megérintettek. A gép mozgásba lendült és szinte követhetetlen tempóban átrepült az állomás felett. Másodlagos robbanások kebelezték be az egyik megrongált szektort, alkatrészek ezreit szórva az űrbe. Egy háztömbnyi kiálló szerkezeti elem jól láthatóan eldeformálódott, amikor elrepült felette, könnyedén leszakítva a bázis felszínéről. Újabb és újabb támadást hajtott végre, módszeresen bontva szét a konstrukciót.

Mintha csak meghámozná, hogy közelebb jusson valamihez, futott át a kapitány agyán. Uramisten, hol rejtegethették ezt az izét eddig. Belegondolni sem akart, hogy mi fog ebből kisülni.

– Be tudjuk fogni? – fordult a tüzértiszthez. Amaz lázasan próbálta működésre bírni a rendszert. A számítógép láthatóan meg volt győződve róla, hogy nincs előttük az állomáson kívül semmi.

– Próbálom, uram! – nyögött. – Csak kézi befogás lehetséges. – A tüzér kivetítette a monitorára a külső kamerák nagyított képét és megpróbálta a célkeresztet rávinni a hajóra. – Alig ad célpontot még így is.

– Tüzeljen belátása szerint. Mindennel amink van. – Hátradőlt a székében és megmarkolta a karfát. – Teljes tolóerő! Menjünk közelebb!

A *Hades* tatján felizzottak a hajtóművek és a hadihajó gyorsuló tempóban megindult a haldokló *Fuujin* felé. A törzset tarkító ágyútornyok mind egy cél felé fordultak, idegesen követve az idegen hajó hektikus mozgását.

– Lőtávolság! – kiáltotta a navigátor teljesen feleslegesen, mert a tüzér azonnal tüzet nyitott a teljes arzenállal, amikor a bázis a vörös körön belülre került. A gauss ágyúk mesterséges meteorzáport szórtak oda, ahol a fekete démont sejtették, miközben a plazmavetők sugarai az űrbe nyújtóztak.

– Találat! Eltaláltuk! – üvöltötte az elsőtiszt. És valóban, az egyik gauss lövedék hirtelen irányt változtatott. Oxborn ráközelített a területre és döbbenten látta, hogy az újabb lövedékek, amelyeknek ketté kellett volna vágniuk a hajót, rendre lepattannak róla. Úgy nézett ki, mintha a fekete hajótest körül örvénylene az űr. Végre a plazmaágyúk is célra álltak és pusztító tűzzivatar borította el a hajótestet. A hídon üdvrivalgás tört ki.

Az energiaviharból egy fekete test nyomakodott elő. Láthatólag a fegyverek semmi kárt nem okoztak benne. Meg sem karcolták, kesergett Oxborn. Síri csend telepedett közéjük. Mindenki némán meredt a kijelzőre, mintha nem akarna hinni a szemének. A hajó körül szivárványszín aura jelent meg, mintha egy fényből szőtt szárny lenne. Egyre erősebbé vált; lobogása egy pillangó első szárnycsapásaira emlékeztetett. Úgy fordult, hogy az orra az állomás felé mutasson, miközben a szilaj energiaszárnyak tovább örvénylettek körülötte. Oxborn felemelkedett ültéből és keze ökölbe szorult. Valahol a tudatalattija mélyén megsejtette, hogy mi következik, de nem akarta elhinni.

Fénysugár robbant ki a szárnyakból. Akárcsak egy gigászi gyűjtőlencse, úgy fókuszálták a hajó különböző pontjairól érkező fény, pusztító nyalábot generálva, amely belevágott az elgyötört állomásba. A sugár a bázis mélyére hatolt és úgy robbant ki a másik oldalon, mintha csak papírt szakított volna át. Lángoszlopok fakadtak a nyomában; a még bent maradt kevés levegő meggyulladt és kirobbant az űrbe. A tízmillió fokos sugár végül elérte a fúziós reaktorok üzemanyagtartályait és beindították a magok egyesülését. A bázis mélyén szemkápráztató villanással elégett a hidrogén és a konstrukció egyetlen gigászi robbanásban darabokra szakadt.

Oxborn reflexszerűen hátrarántotta a fejét és a szeme elé kapta a kezét, bár a *Hades* rendszerei még időben lekapcsolták a külső érzékelőket.

– Fordulás! – üvöltött rá a navigátorra. – Tűnjünk innen, amíg lehetséges!

A híd felbolydult, a legénység pánikhangulatban igyekezett megfordítani a hatalmas hajót. Közben a külső kamera is visszakapcsolt. Az állomás kilométeres átmérőjű darabokra szakadt a robbanásban, amelyek most bukdácsolva sodródtak az űr felé. A középső mag egyszerűen megszűnt létezni, a helyén csak némi forró gáz és por maradt.

A pilóta kétségbeesett sikkantással oldalra rántotta a hajót. Egy nagyobb leszakadt darab suhant el mellettük, alig ötven méterrel hibázva el a cirkáló oldalát. Az ütközési riadó felvisított, de a navigátor azonnal lekapcsolta.

A taktikai számítógép eközben a vizuális képet elemezve próbált ráakadni az idegen hajóra. Ide-oda ugrálva nagyította ki az űr egyes részleteit, míg végül megjelent a szárnyairól immár jól látható támadó. Oxborn ereiben megfagyott a vér, amikor látta, hogy a hajó feléjük fordul.

– A hiperhajtóművet! Ugrás! – A navigátor félelemmel eltelve nézett rá.

– De… – kezdett volna bele, de Oxborn maga is eléggé meg volt ijedve ahhoz, hogy foglalkozzon a racionális gondokkal. Csak annyit látott, hogy ha nem tűnnek el innen rögvest, akkor az ellenséges hajó másodperceken belül végez velük is.

– Tegye amit mondtam! – Felugrott és odaugrott a férfihez. Kilökte a székéből és leütött egy sor szigorúan titkos kódot. A hiperhajtómű vésztöltésére csak a kapitány adhatott utasítást. A visszatérési kód minden kapitány utolsó lehetősége; egy végső megoldás, amelynek során az ugróhajtóműbe irányítják a reaktorok teljes kimenetét. Bár a kapitány tudta, hogy az ilyen akciók az esetek nagy részében a hajó pusztulását eredményezik, most nem látott más lehetőséget.

A *Hades* gerincén remegés futott végig. Oxborn lehunyta a szemét és lenyomta a gombot. A cirkáló körül meghajlott a tér és a hajót magába szippantották a hipertér örvényei.

Az állomás robbanásában felszabaduló féktelen energia új életet lehelt a hajóba. Több ezer éve halott elemek keltek életre benne. Azrael szinte úgy tűnt, hogy felsóhajt. Mint amikor valaki egy mély álomból ébred fel. A régi sérülések gyógyulásnak indultak. Teljes sebességre kapcsolt és maga mögött hagyta a rommá lőtt űrállomást. Gyorsabban repült, mint bármi, amit emberi kéz alkotott, hogy minél előbb távol kerüljön a szomorú emlékekkel terhes helytől.

Karin csak nagy nehezen tudta lecsillapítani magát. Az érzelmek vihara lassan eloszlott és csak kiégett sivár közöny maradt utána.

Próbálta felfedezni az elégtétel vagy az öröm jeleit, de csak valamiféle megnyugvást talált a helyükön.

A hiperhajtómű feltöltődött és szinte a testében érezte a lüktető energiát. Felidézte a csillagtérképet, amely ezúttal sokkal teljesebb volt, mint amit valaha is látott. Rövid gondolkodás után rámutatott egy helyre. Ott remélhetőleg nem tesznek majd fel kérdéseket, és meghúzhatják magukat, amíg begyógyulnak a sebeik. A folyamat hosszú és fájdalmas lesz, mint a születés. Mint minden újjászületés.

Epilógus

39

Pete arra ébredt, hogy valami iszonyú erővel belehasít a lábába. Az éles, lüktető fájdalom lassan kúszni kezdett a lábszárán felfelé, hogy aztán a fejében teljesedjen ki. Felnyögött, felpattant a szeme, hogy aztán hirtelen újra visszazárja az erős fény miatt. Hunyorogva nyitotta ki újra és körbenézett. Az orrába a fertőtlenítő semmivel sem összetéveszthető, orrfacsaró bűze vágott. Az oldala felől halkan, ütemes csipogást hallott. Odasandított és ekkor vette észre, hogy az orrából és a karjából csövek vezetnek a gépbe. Megpróbálta ülő helyzetbe küzdeni magát, de nem járt sikerrel. Erőtlenül visszahanyatlott a kórházi ágyra.

Vele szemben kinyílt az ajtó egy testes ápolónő lépett be rajta. Odalépett hozzá és visszanyomta fekvő helyzetbe. Ellenőrizte a csöveket, megtapogatta az arcát és a nyakát, majd egy kézi analizátort vett elő. Az érzékelő fejet végighúzta a teste felett, miközben a tenyérnyi képernyőn feltűnő adatokat böngészte. Egy perccel később összecsukta a készüléket. Mielőtt azonban még mondhatott volna bármit, az ajtóban néhány ismerős arc jelent meg.

– Magához tért? – kérdezte izgatottan Barry a nővért, aki morgott valamit a kórházi rendszabályokról, de végül bólintott. A tanítványok beözönlöttek a szobába és körbevették az ágyat. Mindegyik egyszerre kezdett beszélni.

– Főnök! Végre felébredtél! Már azt hittük, hogy végleg elveszítünk! –veregette meg lelkesen a vállát Barry. – A dokik már kezdték volna feladni, de mondtuk nekik, hogy fel fogsz ébredni.

Pete megnyalta a kiszáradt száját.

– Üdv, fiúk! – A nyelve először nehezen forgott, a szavak száraz krákogásként törtek elő a torkából. – Én is örülök. Mennyi ideig voltam távol?

Jessica lépett az ágyhoz és megszorította a kezét.

– Majdnem egy hétig feküdtél kómában. Amikor eltaláltak rengeteg vért vesztettél, és mire elvergődtünk idáig, már válságos volt az állapotod. Legalábbis a Dr. Weiss szerint kisebb csoda, hogy egyáltalán túlélted.

– Kicsit lemaradtam. Pontosan hol vagyunk és mi történt az elmúlt hétben? – Végignézett az arcokon. – Kezdjétek mondjuk az elején ott, hogy felszálltatok az állomásról. Legalábbis gondolom, hogy sikerült.

Scott bólintott.

– Igen. Még időben leléptünk a robbanás előtt. Aztán rohamtempóban feltöltöttük a hajtóműveket és ugrottunk ide az indykhez. Szerencsére memorizáltam a koordinátákat. Kicsit nehezen tudtuk elhitetni az itteniekkel, hogy kik vagyunk, de végül beengedtek. Ragaszkodtunk hozzá, hogy a legjobb orvosi kezelést kapd meg, amit itt nyújtani tudtak.

– Robbanás? – Nem emlékezett erre.

– Ja. Az állomás szétrobbant. – Eddy a két kezét szétnyitotta, utánozva a robbanást. – Darabokra szedte az a fekete hajó, ami kikelt belőle. Látnod kellett volna, főnök! Micsoda tűzijáték volt!

– Még láthatja. Megvannak a felvételek – szúrta közbe Jessica. – Legalábbis még megvannak.

– Majd megnézem – mondta fáradtan. – És hányan élték túl az akciót? Mindenki megvan?

Hirtelen mély csend telepedett közéjük. Mindenki a másikra nézett, mintha csak azon egyezkednének, hogy ki közölje a rossz hírt.

– Karin? – kérdezte Pete, látva a többiek tanácstalanságát. – Talán súlyosan megsérült?

Jessica elfordult és Scott nyugtatóan átkarolta.

– Sajnos rosszabb a helyzet. Miután elindultunk észrevettük, hogy nincs a hajón. – Scott lehajtotta a fejét. – Úgy látszik, – sóhajtott – hogy ő nem jutott ki. – Az utolsó szavakat már szinte nyögte.

Pete lehunyta a szemét. Az elmúlt közel fél évszázad alatt rengeteg emberét, barátját vesztette már el. Nem egy levelet kellett megírnia a hozzátartozóknak, amikor egy-egy katonája elesett. De Karin valahogy más volt. Nagyon megkedvelte a lányt, és becsülte a kitartásáért. Talán ezért is segített neki, mindent felrúgva, ahelyett, hogy a könnyebbik utat választották volna. Tudta, hogy nincs ez a többieknél sem másként. Karin ügye lassan mindannyiukévá vált. Szinte lehetetlennek tűnt, hogy pont a lány veszett oda.

De most nincs itt az ideje a gyásznak. Lesz még ideje rá. Most a jövőre kell koncentrálniuk.

– És az indyk hogy fogadták a dolgokat? – törte meg nagy sokára a beülő csendet. Scott összeráncolta a homlokát és két ujjal megsimította az állát.

– Hát… teljes a káosz. Nem elég, hogy az összes fontosabb katonai vezetőjüket elvesztették, de azzal, hogy kiderült Isaacről, hogy áruló, sokakban egy világ omlott össze. Próbálják kitalálni, hogy mi legyen. De eddig nem tudtak megegyezni semmiben. Néhányan már az állomás elhagyását fontolgatják. Mások boszorkányüldözésbe kezdtek és javában kihallgatásokat folytatnak. De konkrét kiutat senki sem tud.

– Akkor Isaac nem került elő. – Nem is várt erre választ, hiszen várható volt. Arra is lett volna tippje, hogy hol van éppen.

– Nem csak ő nem, de még a *Fuujinről* sem hallani semmit. Pedig elég sok túlélő elmenekült, mielőtt felrobbant – jegyezte meg Barry.

– A cég biztosan indított mentőakciókat, de nem hiszem, hogy bárkit bevontak volna. És persze a legnagyobb titokban dolgoznak. – Eddy összeszorította a száját.

Scott elővett a zsebéből egy memóriarudat.

– Mindenesetre eléggé be vannak rezelve. Jess elfogott egy üzenetet, amelyet szinte minden nagyobb hálózati csomóponton feladtak. Úgy sejtjük, hogy nekünk szánták. – Odalépett a fali terminálhoz és betolta a csatlakozóba a rudat. Pár soros olvashatatlan üzenet jelent meg rajta.

– Az üzenetet rejtjelezték, de meg tudtuk fejteni. Mintha csak pontosan ezt akarták volna elérni. – A betűk átalakultak rendes szavakká.

– „És a Bosszú Angyala lesújtott a Szél Istenére. De jaj annak, ki megleste e harcot. Százszoros halált hal majd, ha elmeséli történetét a világnak. Jeges hidegbe fagy majd és elveszik, mint aki soha sem létezett. Az a százmillió aranytallér is kevés lesz a meneküléséhez, amit fejpénzként kapott.” És ezután egy csomó szám és adat, amelyet kicsit nehezen, de sikerült dekódolnunk. Egy jól ismert hálózati találkahely koordinátái a hálózatban.

Pete elgondolkodott az üzeneten. Bár egyes részleteket nem értett, de a lényeget így is sikerült felfognia.

– Tehát azt akarják, hogy adjuk el nekik a felvételt? – felvonta a szemöldökét.

Scott bólintott.

– Azt hiszem, hogy nagyon keresik azt a valamit, ami kitört onnan. És szerintem azt hiszik, hogy a felvételből többet megtudnak róla. És persze, ami fontosabb, egyszerre megvásárolják a hallgatásunkat.

Pete elrévedt. A dolog végződhetett volna rosszabbul is. A felvétellel komoly adu került a kezükbe, amit ha ügyesen játszanak ki, akkor megszabadulhatnak a fenyegetéstől. Bárcsak ne került volna ez Karin életébe! Most mindannyian gazdagok lehetnének. És jobban tudna örülni az egésznek. Így viszont csak a keserű győzelem feletti elégtétel maradt.

A többiek várakozva néztek rá. Láthatóan a döntés rajta állt. Lassan bólintott.

– Rendben. Akkor tegyünk így. – Felemelte a karját és lenézett a csövekre. – Sokáig kell még erre kötve maradnom? Csak mert már legszívesebben felkelnék. Na meg – tette hozzá – jó lenne elhúzni innen a csíkot. Mielőtt még a Cryo kihallgatja Isaacet és rájön, hogy hol is tanyáznak az indyk.

A tanítványok felnevettek és átölelték. Úgy érezte magát, mint az apa, akit körbevesznek a gyerekei. Az elmúlt hetek, hónapok a kötelékeket még szorosabbra fűzték köztük, és most már szinte családjának érezte a társaságot. Elmosolyodott, és amennyire a csövek engedték, átkarolta őket. Hosszú utat tettek meg, és még mindig nem értek a végére, de a nehezén már túljutottak. A jövő most az egyszer fényesnek és bíztatónak tűnt.

40

Scarlett Masterson számára a jövő sötétnek és hidegnek tűnt. A *Fuujin* pusztulása után az a néhány hajó is elmenekült, amelyik még időben elhagyta az állomást. Csak a roncsok maradtak hátra, és néhány, a mélyűr felé sodródó mentőkabin. Pont, mint az övé. A készletek nagyjából egy hétre voltak elegendőek és az elmúlt napokban jócskán megfogyatkoztak.

Ez alatt az idő alatt rengeteg ideje maradt gondolkodni. A rendszerek teljesen automatikusan tették a dolgukat, a szűk helyen szinte semmi mást nem lehetett csinálni, mint aludni, az űrt bámulni, és gondolkodni. Nem emlékezett, hogy valaha is ilyen hosszú időre magára maradt volna, és az elhagyatottság érzése egyre jobban kezdte a hatalmába keríteni. Vadabbnál-vadabb gondolatok kísértették, amelyek többnyire a saját halála körül forogtak. A másik részük arról szólt, ami akkor történne vele, ha megtalálnák és a cég bírósága elé kerülne. Nem tudta eldönteni, hogy melyik alternatíva tűnt rosszabbnak. Egyformán riasztó jövőképet festettek.

De még az alvásban sem talált megnyugvást. Álmaiban újra meg újra átélte a *Fuujin* katasztrófáját. A képek, amelyben Azrael kitör a fogságból, majd dühében felrobbantja az állomást folyamatosan kísértették. Néha az álom úgy végződött, hogy a hajó eljött érte, és borzalmas bosszút állt az elszenvedett kínokért. Ilyenkor üvöltve ébredt.

Sokat törte a fejét, de nem talált rá racionális magyarázatot, hogy az egész hogyan fajulhatott idáig. Különböző teóriákat állított fel, amelyek a rivális cégek szabotázsától egészen az idegen összeesküvésekig terjedtek. De a lelke mélyén mégis valahol az érezte, hogy az a gyűlöletes nő áll a dolog hátterében. Karin Nagasawa, a bestia, aki tönkretette a karrierjét, az életét. Elvett tőle mindent, amiért eddig küzdött. A gyűlölet mindig erőt adott, és ilyenkor, amikor idáig eljutott, a legkülönfélébb halálnemeket eszelte ki neki. Az egyik rémálom után jó fél órán keresztül olvasta a fejére a bűneit, mígnem rájött, hogy mit is csinál. Ezután kicsit jobban odafigyelt, de a gyilkos indulat nem szűnt meg teljesen.

A hetedik nap elején a szokásos rémálmokra ébredt. Egész testében remegett és csak néhány perc után sikerült valamelyest lecsillapítania magát. Magában motyogva átlebegett a fülke másik végébe, ahol a megkezdett élelmiszer egységcsomagok közül előtúrt egy még bontatlan darabot. Letépte a fényes csomagolást és majszolni kezdte a húskészítményt. Az ételnek nem sok íze volt, de addig is, amíg evett, legalább elfoglalta magát. Ezért igyekezett minél tovább húzni az evést. Közben a tekintete a fülke egyetlen kerek ablakára esett és elgondolkozva nézte a csillagokkal pettyezett űrt. A látóterébe úszó fényes tárgyat először közönyösen nézte. Jó egy percnek kellett eltelnie, mire ráébredt, hogy egy űrhajót lát. Elhajította az ételcsomagot, odaugrott az ablakhoz, és az arcát az üvegre tapasztotta.

A hajó öregnek és megviseltnek tűnt, a törzsét számos horpadás csúfította. Valahogy a gyerekkorában látott ósdi bárkákra emlékeztette. De most mégis határtalan örömmel töltötte el a látványa. Egyre közelebb siklott, óvatos kormánymozdulatokkal közelítve a mentőkabin felé. Az oldalából egy manipulátor vált el és kinyúlt utána, miközben a törzs oldalán kinyílt egy kisebb hangár. A kar megfogta, majd óvatosan beemelte és letette a padlóra. Scarlettnek még időben sikerült elkapnia a fülke oldalába épített fogantyúkat, hogy ne essen el az újra rátörő gravitációtól.

A nyomáskiegyenlítés pattogása még alig ült el, amikor egy munkásokból álló csapat jelent meg és lézervágókkal elkezdték felnyitni a kabin ajtaját. A berendezés jó pár percig birkózott a vastag anyaggal, míg végül az út szabaddá vált a nő előtt. Részben az egy heti súlytalanságtól, részben a boldogságtól remegő lábakkal kászálódott elő. Két kezeslábast viselő űrhajós elkapta, amikor megtántorodott és odakísérték egy fémládához. Mély sóhajjal rogyott le. Egyikük egy forró bögrét nyomott a kezébe. A gőzölgő tea kellemes illata szinte a lelkét melengette. Hálásan nézett az apró kínai űrhajósra és alig hallható köszönömöt rebegett.

– Ms. Scarlett Masterson, ha nem tévedek – A recsegő hang hallatára megfordult. Egy öreg férfit pillantott meg. Hosszú ősz szakálla és fonott haja élesen elütött az elegáns, dísztelen fekete selyemöltönyétől. Két megtermett testőr és egy apró, színes selyemruhát viselő nő kísérte. A testőröknek és a nőnek is ugyanazt a címert hímezték a ruhájuk gallérjába. Nyelt egyet, letette a bögrét és még mindig remegő lábakkal felállt.

– Igen, én vagyok az. Nem is tudom, mivel fejezhetném ki a hálámat, hogy megmentettek. Már azt hittem, hogy soha nem találnak rám. – Az öreg ravaszul elmosolyodott. Megsimította a szakállát.

– Ó, igazán nincs mit. – A hangja reszelős volt és száraz, de hiányzott belőle az öregekre néha oly jellemző fáradtság. – A mi örömünkre szolgál, hogy vendégül láthatjuk a *Yu Huangon.*

– És mi szél vezérelte önöket a mélyűrnek erre a pontjára? – Scarlettben kezdett feltámadni a kíváncsiság. Nem emlékezett erre a hajóra, sem a címerre. A Cryo ide ráadásul csak a saját hajóival szállíttatott. Idegeneknek soha nem adták volna meg a koordinátákat. Az öreg ráncos arcán továbbra is ott játszott a kiismerhetetlen mosoly.

– A céljaink merőben üzletiek. De sajnos úgy nézem, hogy kicsit későn érkeztünk. – Éppen, hogy csak meghajolt a nő felé. – De azt hiszem, így is rengeteg megbeszélnivalónk lesz Ms. Masterson. Ön igen sokat segíthet nekünk.

– Természetesen. – Megnyalta a száját. – Bár nem tudom, hogy mi az úti céljuk, de megkérhetném, hogy kitegyenek majd a legközelebbi világon? Sürgősen kapcsolatba kellene lépnem a cégemmel. – A kérés inkább a sok éves reflexből jött, mint józan megfontolásból. Talán mégsem kéne ezzel annyira sietnie, súgta egy belső hang. Inkább meg kéne próbálnia eltűnni.

Az öreg kínai megcsóválta a fejét. A hosszú copf kígyófarokként lengedezett a feje mögött.

– Sajnos attól tartok, hogy ez nem lehetséges. Egy ideig kénytelen lesz a Ming kereskedőház vendégszeretetét élvezni. Legalábbis addig, amíg mindent meg nem tudunk, ami minket érdekel. – A selyemruhás nőre nézett. – Myung megmutatja majd a szobáját. Arra kell kérnem, hogy ne hagyja el, amíg a hajón tartózkodik. Kizárólag a saját biztonsága érdekében. – Ezzel megfordult és elindult a kijárat felé.

Scarlett lába a földbe gyökerezett. Mereven nézett az öreg után, miközben a Myungnak nevezett nő odalépett mellé és határozottan megfogta a karját.

– Te… tehát fogoly vagyok? – kérdezte dadogva még mindig kábán a felismeréstől. Erre az eshetőségre számított a legkevésbé. A kínai nő bólintott felé.

– Ön a kereskedőház vendégszeretetét élvezi. – Aztán mintha ezzel mindent elmondott volna, elkezdte az ajtó felé vezetni. Scarlett érezte, hogy a világ megfordul körülötte és lassan kicsúszik a lába alól a padló.

41

Karin az űrt bámulta. A Stargazer-bár a napnak ebben a szakában szinte üres volt és jelenleg a személyzeten kívül csak ő volt itt. Kellemes, megnyugtató zene szólt, amely most kitűnően illett a fal másik oldalán elterülő lélegzetelállító látványhoz.

Az üvegfal közvetlenül az aszteroida felszínére nyílt. A Genesis szárazjéggel borított sziklái a Jolanda B4 mélykék fényében fürödtek. Maga a gázóriás az ég nagy részét betöltötte, elhomályosítva még a távoli Jolanda-Béta törpenapot is. A kiterjedt gyűrűrendszer fényes sarlói meredek ívben törtek a csillagok felé. Ha meresztette a szemét, a legkülső gyűrű peremén felfedezte a közel félszáz holdat számláló rendszer egyik legnagyobb tagját, a bolygóméretű Byron-t. De most csak elmélázva nézegette a szikrázó gyűrűket és az azokon túl homályosan derengő csillagokat.

Az eldugott aszteroida az ember által meghódított űr peremén rótta magányos pályáját. A kettős rendszer alfa csillaga, egy hatalmas fehér óriás, innen olyan távol volt, hogy a többinél csak alig fényesebb csillagnak látszott az égen. Az idők folyamán felperzselte a saját bolygóit, így magányosan pöffeszkedett az űrnek abban a szegletében. A szerényebb, alig pislákoló béta körül viszont megmaradt néhány nagyobb gázóriás. Amikor a rendszert felfedezték, még a múlt század végén, a kutatók egyiket sem találták kolonizációra érdemesnek, és később a céges bányászok is hasonlóan leminősítették őket. Az egyetlen nagyobb világ, a Byron túl távol keringett a naptól, hogy gazdaságosan kiaknázható legyen, így végül továbbálltak gazdagabb lelőhelyek felé.

Néhányan azonban mégis fantáziát láttak a dologban és egy évtizeddel ezelőtt létrehozták ezt a kolóniát. És, ahogy az lenni szokott, hogy megkerüljék az adózást és az elrettentő regisztrációs díjakat, ezt elfelejtették bejelenteni a hatóságoknak. Kevesen is tudtak róla, és azok sem verték nagydobra a létezését.

Karin néhány évvel ezelőtt járt itt először, amikor az egyik befektetőt hozta ide. Egy ismerősén keresztül jutott a fuvarhoz, amely meglepően jól fizetett. Attól a tagbaszakadt alaktól megtudott pár dolgot a vállalkozásról és a történetről, de – bár már azóta többször járt erre – a pontos célok még mindig homályban maradtak előtte. Annyi mindenesetre nyilvánvaló volt, hogy a Byronon intenzív kitermelés folyt, de hogy pontosan mit bányásztak, arra soha nem jött rá.

Viszont eddig akárhányszor is járt a Genesisen, soha nem hagyta ki a látogatást a Stargazerben. Órákig tudott gyönyörködni a látványban. Lassan a poharáért nyúlt és felemelte az asztalról. Az italt a kék gázvilág felé fordította és átnézett rajta. A gyöngyöző koktélon keresztül a Jolanda B4 egészen egyedi színekben tündökölt fel. Elmélázva forgatta a poharat, miközben próbálta helyrerakni magában az elmúlt hét történéseit.

Az élete egyik napról a másikra gyökeresen megváltozott. Akkor és ott, a *Fuujin* felett, a régi Karin Nagasawa meghalt a lángokban. Elveszett abban az őrült tombolásban, amelyet részben saját maga idézett elő, amikor kiengedte a szellemet a palackból. A romokból egy új Karin született. Talán könyörtelenebb, keményebb, és sokkal-sokkal kiégettebb. A személyiségét véglegesen megváltoztatta az összeolvadás a hajó idegen tudatával. A lény gondolatai immár a sajátjai voltak. Vagy Azrael gondolkodott úgy ahogy ő; nehéz lett volna meghúzni a határt kettejük között. Érezte a hajó minden rezdülését, mint ahogy az is reagált az ő érzéseire. Mintha csak a testének a kiterjesztése lett volna.

Azrael most az aszteroida egyik kráterében pihent a gázóriásból áradó kék fényben fürödve. Telepei immár szinte teljesen feltöltődtek. A sérülései eltűntek, mintha soha nem is lettek volna. Külső megjelenése jelentősen átalakult és most kívülről leginkább a *Prometheusra* hasonlított. Az utánzás még nem volt tökéletes és közelről szinte bárki leleplezhette volna, ha megérinti a páncélzatot. De ez az elmúlt napokban sokat javult, és Karin tudta – érezte –, hogy holnap ilyenkor már csak alapos műszeres vizsgálat fogja tudni leleplezni a csalást.

Az űrhajó csodálatos volt. Évezredek tudását hordozta magában és már maga a létezése is dicsőséget hozott az őt egykor megalkotó elfeledett fajnak. Nem volt szüksége sem L-pontokra, sem hosszas feltöltési folyamatra, és a hatótávolsága is jócskán meghaladta az ember készítette űrhajókét. Félelmetes sebességgel haladt, de közben nem lehetett érezni a belsejében a gyorsulást. Energiáját közvetlenül az űrből nyerte és képes volt azt átalakítani a legkülönfélébb célokra. Közben valahogy életben tartotta és táplálta a lány testét is, amely úgy került elő az egy hetes utazás után, mintha mi sem történt volna. És Azrael csodái itt még nem értek véget. Nap, mint nap kerültek elő olyan dolgok, amelyek létezését nem is sejtette.

A szabadulás után rövid kitérőt tettek egy lakatlan rendszerben, ahol a hajó feltöltötte magát a sorozatos ugrásokhoz. Itt határozta el, hogy a

Genesisre repül vele; az egyetlen olyan kikötőbe, ahol úgy gondolta, hogy nem tesznek fel kérdéseket, és nyugodtan bevárhatják a gyógyulási folyamat végét. Kicsit félve hagyta el a hajót, de végül beigazolódott, amit a lény mondott: immár véglegesen és elválaszthatatlanul egybeolvadtak. A régi Karin nem tudta volna eldönteni, hogy ennek örüljön, vagy se. Az új már csak egyszerűen beletörődött a megváltoztathatatlanba.

Az órájára nézett. A hamisítónak, aki az új azonosítót kreálta Azraelnek, már ide kellett volna érnie. Letette a poharat és hátradőlve élvezte a kilátást. Végül is, nem siet sehova. Bőven van ideje. Még nem döntötte el, hogy pontosan mihez fog kezdeni, de a döntés már kezdett formát ölteni az agyában. Valahol az űr mélyén ott várják Azrael társai. És talán még a hajó egykori mestereire is ráakadhat.

A hajó társairól saját barátai jutottak eszébe és magában szerencsés utat kívánt nekik. Biztosan érezte, hogy még találkoznak az útjaik. Korábban nem hitt volna ennyire a megérzéseinek, de az elmúlt események óta már nem kételkedett. Maga előtt látta őket, amint éppen egy ágyat állnak körbe és nevetnek. Magában ő is elmosolyodott és felemelte a poharát. Minden rendeződött hát. Hátrahajtotta a fejét és felhajtotta az italt. Ideje indulni. Várják a csillagok.

Köszönetnyilvánítás

Ez a regény életem egyik legnehezebb időszakában íródott. Ezért szeretnék külön köszönetet mondani azoknak, akik velem voltak a sötétség idején, és így vagy úgy, de hozzájárultak a Horizont létrejöttéhez.

Először is Szüleimnek és Húgomnak, akik állandó és biztos támaszt jelentettek, és mindig ott voltak, ha elvesztettem a helyes irányt. Feleségemnek, Brigittának, a végtelen türelméért és a bátorításáért a hosszú írási időszak alatt. Lányomnak, Viviennek és fiamnak, Péternek a fiatalos lendületükért, amellyel inspiráltak. A regény nem létezhetne egyikük nélkül sem.

A rajongóknak, akik lelkesedése elég bátorságot adott a kiadáshoz és a későbbi fordítási munkához.

A Fallen Angels csapatának: DR-nek, Shadowhawknak, Daninak, Chrisnek, Bladenek és Endrosznak a bíztatásért, az ötletekért, a segítségért és azért, hogy hétről-hétre elviselik a jól-rosszul sikerült ötleteimet.

Külön köszönet Bertai Ritának, aki önként vállalta az első olvasó hálátlan szerepét, többször átolvasta a kéziratot és felhívta a figyelmem a rengeteg hibára, amit vétettem. Külön köszönet Kovács Sándornak a harmadik kiadáshoz nyújtott segítségéért és az elektronikus verziókért.

Morgan Williams-nek aki feltárta előttem az angol nyelv mélységeit, amikor valahol elakadtam.

És végül, de nem utolsó sorban azoknak, akik az életem részei voltak a regény ideje alatt, és így vagy úgy, de hozzájárultak a karakterek formálódásához.

Ha tetszett a könyv, kérlek oszd meg az élményeidet másokkal is és <u>ajánld a regényt minél több embernek, minden olyan platformon, amelyeket csak használsz</u>. Különösen örülnék neki, ha a regény angolra fordított verziója eljutna minden lehetséges olvasóhoz. Az angol nyelvű verzió sikere jelentősen javítja annak esélyét, hogy a jövőben újabb Lost Galaxy regények szülessenek.

www.ingramcontent.com/pod-product-compliance
Lightning Source LLC
Chambersburg PA
CBHW051513150726
47997CB00001B/235